달그늘 아래 부서진 각인

달 그늘 아래 부서진 각인 2

2024년 7월 17일 초판 1쇄 인쇄
2024년 7월 22일 초판 1쇄 발행

지은이 무 연
발행인 김관영

기획 편집 주종숙 김유니
마케팅 지원 유형일 장민정

발행처 (주)로크미디어
출판등록 2003년 3월 24일
주소 서울특별시 마포구 마포대로 45 일진빌딩 6층
편집 문의 (02)6365-5170 **구입 문의** (02)3273-5134
홈페이지 rokmedia.com
E-mail romance@rokmedia.com

값 10,000원

ISBN 979-11-408-2746-6 04810 (2권)
ISBN 979-11-408-2744-2 04810 (세트)

달그늘 아래 부서진 각인

下

무연 장편소설

ROCOCO

목차

九章

호위들 사이에서 미소 짓는 유수를 보는 순간 이원은 치미는 분노를 삼켰다. 유수에게 달려드는 대신 이원의 눈이 주변을 빠르게 살폈다.

유수가 이곳에 있다는 건 이호는 없다는 것이다.

"이호는 어디에 있습니까?"

"오랜만에 본 오라버니에게 인사조차 하지 않는 것이냐? 그 건방진 성격은 여전하구나."

유수의 말이 끝나자마자 이원의 인영이 사라졌다. 이원을 따라 눈을 움직이던 유수는 바로 앞에 나타난 이원을 보며 뒷걸음질을 쳤다.

"쳐, 쳐라!"

유수의 말이 끝나기도 전에 이원의 검이 먼저 움직였다. 마치 줄이 끊긴 인형처럼 목이나 심장에 피가 터져 나오며 주변의 호위들이 픽픽 쓰러졌다.

신음을 삼키며 몸을 돌리려는 것과 동시에 피에 젖은 검이 유수의 목에 닿았다.

"너, 너 미쳤어!"

"이호. 어디에 있습니까?"

"내, 내, 내가 죽으면 이호도 해를 입…… 아아악!"

검에 살짝 베인 상처에서 피가 배어 나오자 유수가 비명을 질렀다. 겁에 질린 유수가 뒷걸음질을 치자 이원이 멱살을 붙잡고 당겼다.

좀 전의 의기양양한 표정은 완전히 사라진 유수가 새하얗게 겁에 질려 검을 보았다.

"어디에 있어?"

"아! 아버지가 데리고 갔다! 지금 아버지와 함께 있단 말이다!"

건명이 데리고 갔다는 말에 이원의 손에 힘이 풀렸다. 그제야 검의 범위에서 벗어난 유수가 제 목을 쓸었다.

깊지 않은 상처에서 흐르는 피를 보던 유수가 이를 갈았다.

그냥 죽었으면 했건만, 악착같이 살아남아서 감히 오라버니인 유수에게 검을 겨눌 정도가 되었다.

불쾌할 정도로 눈엣가시였지만 좀 전의 움직임은 확실히 자신보다도 이원이 우위였다.

"황제의 눈을 피해 움직이느라 힘들었다. 아무리 너와 내 사이가 좋지 않았어도 넌 은가의 여인이다! 그런데 어찌 그 가짜 놈을 위해 앞장을 서서 검을 휘두르고 있는 것이냐?"

"……그런 대화를 나눌 시간 없습니다. 아버지는 어디에 계십니까?"

"아버지께서는 네 걱정은 한순간도 안 하신 적이 없었다. 그리고 너도 알다시피 아버지께서 무척 힘드시단다."

날카로운 눈은 바뀌지 않았지만 당장에라도 유수를 죽이려 했던 소름 끼치는 분위기는 많이 가라앉아 있었다. 역시 이원에게 약점은 이호와 건명이었다. 차분히 설득하면 이원에게 먹힐 거라는 명의 말을 되새김질하며 유수가 떨리는 마음을 가라앉혔다.

"네가 아버지의 딸이라면 도와 다오."

"이호는 치료가 필요한 아이입니다. 이제야 좀 나아진 그 아이의 건강이 다시 나빠질 수 있습니다!"

"좋지 않은 방법이라는 건 알지만 이제는 방법이 없단다. 이대로는 나는 물론이고 명 폐하와 아버지께서도 위험해지신다. 제발 도와 다오. 이호에게는 아무 일도 없을 것이니 넌 하나만 해 주면 된다."

"무슨 도움을 말씀하시는 겁니까?"

"한 달 안에 서우환을 죽여 다오."

환에게 붙잡히고, 무흔으로 살게 되면서 이원은 황궁에서 경멸과 무시를 받았었다.

조금은 억울하기도 했었지만, 정 상궁의 죽음에 대한 책임과 역모의 죄를 짊어지고 있었기에 감당했을 뿐이었다.

이 정도면 그나마 좀 살 만하다고 생각했었다. 그랬던 그녀의 생각을 비웃듯이 새로운 상황이 목을 졸랐다.

"넌 서우환의 호위이니 접근도 쉬울 것이고, 네 실력으로 급습을 한다면 치명상을 입힐 수 있을 것이다."

"걱정했다는 가족에게 목숨을 걸고 황제를 죽이라는 명령을 내리신단 말입니까?"

"가짜 놈에게 잡혀 있다 보니 네가 은건명의 딸 은이원이라는 것을 잊은 것이냐? 네가 성공만 한다면 아버지가 다시 제자리로 돌아오실 수 있게 되신단 말이다!"

"……."

"그리고 너도 이제 이런 험한 일은 그만해야 하지 않겠느냐? 명 폐하께서도 널 내내 걱정하시었다."

아무 말도 하지 않는 이원을 보며 유수가 치미는 초조를 억눌렀다. 어차피 자신이 전할 말은 모두 전했다.

황병이 죽었으니 곧 추가 병력이 다다를 것이다. 그전에 도망가야 했다.

"곧 명 폐하의 시대가 열릴 것이다. 준비는 끝났고 너만 제대로 나서 주면 된다. 서우환을 죽이기 전까지 이호가 어디에 있는지는 절대 말해 줄 수 없다. 여기서 네가 날 죽이면 평생 이호를 보지 못할 것이다."

굳어 있는 이원을 보지도 않은 채, 유수가 전력으로 승명사를 빠져나갔다.

서우환을 죽이지 못하면 이호를 다시는 볼 수 없다. 이제야 나아진 동생의 건강이 다시 나빠지게 할 수 없었다.

그렇다고 서우환을 죽일 수 있는가?

최근 환을 향한 감정은 하나로 정리되지 않았다.

이미 끊긴 연모가 다시 이어질 리가 없다는 건 알고 있었지만, 종종 예전의 그가 보였던 모습을 마주하게 되면 자신도 모르게 그에게 좀 더 다가가고 싶어졌었다.

'내 주제를 알라는 거네.'

검을 잡고 실력을 늘려도 자신은 너무 무력했다. 양극단의 사람들 속에서 이원은 그저 끼어 있을 뿐이었다.

'이번만큼은 내가 선택할 수 있어.'

검을 붙잡고 있는 손에 힘이 들어갔다. 조용히 살고 싶다는 바람과는 달리 세상은 이원을 다시 절벽에 몰았다.

하지만 힘없이 절벽에서 떨어지지는 않을 것이다. 각오한 이원이 유수가 사라진 방향으로 발을 박찼다.

⁂

깊은 밤, 해준이 홀로 술을 기울이고 있었다. 그리고 그의 앞에 사내가 몸을 숙이고 있었다.

"더는 버티기 힘들었겠지."

서우환과 자신의 병력이면 남아 있는 이들 따위 얼마든지 소탕할 수 있었다. 눈엣가시 같은 역도를 남겨 놓은 것은 그들을 쉽게 죽일 수 없다는 서우환의 생각 때문이었다.

이리저리 만들어 놓은 인맥으로 버텼지만, 벌써 몇 년이 지나 있었다.

하물며 이번 겨울은 유난히 춥고 힘들 거라는 예상이 나오고 있었다.

"더는 버티기 힘들었으니 쓸 방법은 모두 동원해야지."

아무리 환의 검으로 살았어도 은가의 계집은 가문을 완전히 내려놓지는 못할 것이었다.

하물며 서우명이 황제가 된다면 자신의 자리가 되돌아올지도 모른다는 기대를 할 수 있으니 더더욱 그 계집은 가문의 명령을 거절하지 못할 것이다.

'말을 잘 듣지 않을 서우환을 데리고 있을 바에야 적당히 타협을 할 것 같은 날 대안으로 삼는 것은 어떻소?'

갑자기 나타나 해준의 길을 막은 명은 자신과 손을 잡자는 말을 던졌다.

들을 가치도 없다며 자리를 박차고 일어났지만, 불쾌한 기색을 보이는 대신 조만간 제 가치를 보일 테니 다른 방향도 생각해 보라는 말을 남기고는 사라졌다.

"다른 대안이라…… 서우환은 도구로만 두기에는 너무 영악하기는 하지."

본래 손아귀에 두고 흔들려고 했었던 황제였건만, 최근 그놈이 조금씩 제 힘을 만들고 있었다. 환의 세력이 이 이상 커지는 건 해준에게도 제법 곤란한 일이었다.

가장 최선은 서우환의 기세를 꺾어 제 발아래 두는 것이었지만, 그게 생각보다 쉽지 않았다.

"서우명에게 서우환의 노릇을 시킬까?"

스치는 생각에 말도 안 된다는 듯이 해준이 입꼬리를 올렸다.

서우명이 서우환에 뒤지지 않는 건 꺾이지 않는 자존심뿐이었다. 당분간은 아쉬우니 해준의 발아래서 기겠지만 얼마 가지 않아 제 야욕을 드러낼 이였다.

하지만 이대로라면 해준은 환에게 완전히 집어삼켜질 것이다.

"어찌할 것인가?"

"절 폐비로 만드실 것입니까?"

들릴 리 없는 목소리에 해준의 눈이 꿈틀댔다. 잠시 후, 안으로 들어온 설아가 해준의 앞에 앉았다.

황궁에 있어야 할 황후가 사가에 사사로이 들어오다니. 화가 난 해준이 입을 열려는 순간 설아가 먼저 말을 잘랐다.

"아버지와 할 이야기가 있다. 모두 나가라."

방이 비워지고, 주변의 기척이 사라졌다. 무거운 정적 속에서 먼저 입을 연 사람은 설아였다.

"아버지의 도움이 필요해서 왔습니다."

"다른 이들의 눈에 띌 위험을 무릅쓰고 올 일이라면 작지는 않을 터, 그럴 가치가 있는 일입니까?"

"아버지께서 눈엣가시처럼 여기던 그놈은 정리되었습니다. 다시는 아버지의 귀에 그놈의 이야기는 들리지 않을 것입니다."

"음?"

"표가의 하원을 만들고자 합니다. 그러려면 둘이 죽어야 합니다. 황자를 낳을 사람은 저 하나여야 합니다."

설아의 선언에 해준이 눈을 좁혔다. 설아가 권운을 정리했다는 건 이미 들어 알고 있었다.

죽어도 포기할 수 없다는 연모를 왜 정리했는지 알지 못했지만, 어차피 계속 있어 봤자 표가에 해가 될 인물이었다.

"서우환을 사내로 보겠다는 것이냐?"

"잊으셨습니까? 전 하원의 황후고, 그분은 제가 모셔야 할 황제입니다. 용종을 가져 후대를 이을 황자를 생산하는 건 제가 해야 할 일입니다. 다만 걱정이 되는 것은 저보다 먼저 다른 이가 용종을 가질지도 모른다는 것뿐입니다."

"흐음."

"정 귀인은 제가 손을 쓸 수 있습니다. 거짓 황은조차 알지 못하는 계집이니 신경 쓰지 않습니다. 하지만 연모는 곤란합니다."

"황제가 은가의 계집을 연모한다는 것이냐?"

부정하지 않는 딸을 보며 해준이 부지런히 머리를 굴렸다. 누구보다도 자신을 닮은 딸이었다.

그 딸이 환에게서 용종을 가질 마음을 먹었다면, 그리하여 황자를 생산할 수 있다면 지금의 걱정은 아무것도 아니었다.

어차피 명이 말한 수단은 절대 급한 것이 아니었다. 설아가 황자를 낳으면 서우환이 어떤 행동을 하더라도 외척인 표가를 건들기는 쉽지 않을 것이었다.

"폐비보다는 황후가 낫지. 어떤 도움이 필요한지 말해 보거라."

힘든 황궁에서 의지할 사람이 필요했다. 그리고 환이라면 의지가 되어 줄 것 같았다.

가지고 싶어졌으니 가져야 했다.

다만, 누구와도 그를 공유할 생각은 없었다.

***

이원이 돌아온 것은 하루가 지나고 새벽 해가 어스름히 떠오를 때였다.

'곧 찾을 거야.'

돌아온 이원에게 환은 묻는 대신 찾아낼 거라는 말을 해 주었다. 차마 그에게 유수와 나누었던 말은 할 수 없었다. 아니, 할 가치가 없었다.

벌써 일주일이 지나 있었다. 다른 이들에게는 아직 여유로운 시간일지 몰라도 이호는 건강이 어떻게 달라질지 알 수 없었다.

'서우환을 죽여 다오.'

서우환의 하원과 서우명의 하원.

정치를 모르는 이원도 무슨 선택이 미래를 위한 것인지는 알고 있었다. 가문의 보호라는 말을 유수가 썼지만 이원에게 은가는 그다지 의미가 없었다.

"은 호위님."

어두운 집무실 밖에 서 있는 이원의 옆으로 궁녀가 다가왔다. 그녀를 향해 궁녀가 작은 쪽지를 내밀었다.

"이쪽으로 오시라는 황명이셨습니다."

접혀 있는 쪽지를 보니 호수가 있었던 북서쪽의 궁이었다. 천동윤의 일이 정리된 후, 호수 주변을 정비했다는 이야기를 들었었다.

몇 번의 확인을 거쳐 미로처럼 이어진 길을 내관을 따라 들어가자 그때의 피가 깔끔하게 사라진 정자가 보였다.

"은 호위님. 그쪽이 아닙니다."

"음?"

"이쪽으로 오십시오."

호수가 넓은 만큼 길은 여러 곳으로 향해 있었다. 길을 잘못 드는 순간 입구조차 찾지 못한 채 죽을 때까지 헤맬 것 같았다.

"이곳입니다."

길게 나 있는 길을 따라 들어가니 고즈넉하게 지어진 작은 저택이 보였다. 안에서 느껴지는 기척이라고는 환뿐이었다.

"폐하. 소인 들어가겠습니다."

일부러 기척을 내며 이원이 저택 안으로 들어갔다. 그가 있는 방으로 들어가기 직전 이원이 허리춤에 차고 있는 검을 보았다.

잠시 후, 제 몸에 있는 무기를 내려놓은 이원이 환이 앉아 있는 방으로 들어가 몸을 숙였다.

이원이 들어왔지만, 장계를 보는 환의 눈은 멈추지 않았다.

이원이 말없이 그를 지켜보았다. 권좌에 올랐어도 여전히 거칠고 굳은살이 있는 손을 보았고, 무언가 마음에 들지 않는지 찌푸린 미간을 보고, 장계를 보는 눈을, 얼굴을, 굵은 선을 가진 목과 몸을 보았다.

"후우."

원하는 대로 답을 찾아 마무리를 한 환이 이원을 보며 빙긋 미소를 지었다.

그녀를 너무 힘들게 하는 사내. 몇 번이고 내려놓으려 했지만 단 한 번도 놓을 수 없었던 사내.

"한참 기다렸어?"

단둘이 있었기에 환의 말투는 평소와 달랐다. 여전히 환과 예전으로 돌아갈 수 없다는 생각은 변함이 없었다.

다만 전에 그가 했었던 말처럼 만약 그때 환과 함께 도망칠 수 있었다면.

물론 그 후에도 삶은 쉽지 않았겠지만 적어도 지금처럼 혼자 흔들리며 고통받지는 않았을 것 같았다.

"폐하께서는 어떤 하원을 만드시고 싶으십니까?"

갑작스럽게 들어오는 물음에 환이 미간을 좁혔다. 하지만 어쩌면 단둘이 있는 지금이 아니라면 답을 듣지 못할지도 모른다는 생각이 들었다.

항상 눈으로 보기만 했을 뿐, 그에게서 전혀 듣지 못했다.

"솔직히 내가 무언가를 바꾼다고 세상이 당장 바뀌지는 않아. 다만 내가 기반을 깔아 놓으면 전과는 다른 생각을 하는 사람들이 하원을 바꾸겠지. 그러다 보면 조금은 살 만한 곳으로 바뀌지 않을까?"

"폐하께서 권좌에 앉으신 이유는 복수가 아니셨습니까? 어찌하여 서우명과 은건명을 죽여 오랜 원한을 정리하지 않으셨습니까?"

이호의 일로 최근 힘들어하는 건 알고 있었지만 특히 오늘은 평소와 달랐다.

무슨 일이 있느냐며 물어보는 대신 환이 몸을 일으켜 무릎을 꿇고 있는 이원의 앞에 앉았다. 감정을 숨기기 위해 고개를 숙이거나 눈을 피했을 이원이 지금만큼은 환을 그대로 마주하고 있었다.

저 눈을 보며 거짓을 말할 수는 없었다.

"서우명과 은건명의 목숨을 거두는 것도 복수지만, 서우명이 만들지 못할 하원을 내가 만든다면 그것도 복수일 테니까. 그리고 바꿀 힘이 생겼는데 가만히 있는 것도 멍청한 일이잖아."

예전에도 환과 함께 있으면 어떤 힘든 일도 이룰 것 같은 확신이 들었었다. 제 앞의 걸림돌 따위 아무것도 아닐 것 같은 그의 자신감을 이원은 연모하고 따랐었다.

이 사내는 하원의 많은 것을 바꿀 것이다.

가까이에서 이 사내가 바꾸는 하원을 보고 싶었지만 이제는 그럴 수 없다는 사실이 조금은 서글퍼졌다.

"궁금증은 어느 정도 해결이 되었으려나?"

"왜 소인을 여기까지 부르셨습니까?"

"잠을 못 이루는 것 같아서."

"네? 아앗!"

환이 이원의 오금과 어깨 아래에 팔을 끼웠다. 미처 피할 틈도 없이 그에게 안긴 이원이 당황하여 몸부림쳤지만, 힘으로 그녀를 붙잡은 환이 침상에 이원을 눕혔다.

"폐하!"

"황명이야. 일어나지 마."

이원이 거부할 수 없는 말로 붙잡은 환이 절대 일어나지 말라는 듯이 이원의 눈을 손바닥으로 덮었다. 파르르 떨리는 눈썹이 덮은 손바닥을 간질였다.

이호가 사라진 이후로 이원은 먹지도 않았고, 잠도 못 들고 있었다. 쉬라고 해 봤자 고집스러운 은이원은 괜찮다고 할 터,

차라리 이렇게라도 쉬게 하고 싶었다.

"저는 괜찮습니……."

"괜찮다는 말도 하지 마. 황명이야."

"……."

"더는 가까이 가지 않을 테니까 잠깐이라도 눈을 붙여."

어쩔 수 없다고 생각했는지 이원이 눈을 감았다. 얼마 지나지 않아 이원이 잠이 들자 그제야 환이 눈을 덮었던 손을 떼고 잠든 이원을 쳐다보았다.

조심스러운 손길로 이마를 살짝 어루만지니 그의 손가락에 머리카락이 감겨들었다.

"은이호는 곧 찾아낼 거야."

다른 사람이 옆에 있으면 전혀 쉬지 못하는 것과는 달리 그녀와 함께 있으면 자각하지 못했던 피로가 한 번에 밀려들었다. 이원이 누워 있는 방향으로 누운 환이 편안한 숨을 내쉬며 눈을 감았다.

환이 잠든 후, 이원의 눈이 천천히 떠졌다.

고개를 옆으로 돌려 잠든 환을 말없이 쳐다보았다.

'저지른 죄에 대한 처벌은 돌아와서 받겠습니다.'

그녀의 행동을 알아차린 환은 불같이 화를 내겠지만, 자신이 할 수 있는 최선이었다. 침상에서 일어난 이원이 환의 몸에 이불을 덮어 주었다.

마음에 담았던 정인. 그녀의 삶을 힘들게 한 사람. 도구로써 이용했다가도 어느새 그녀에게 새로운 길을 보여 준 사람.

많은 이들에게 새로운 하원을 보여 줄 수 있는 황제.

그렇기에 떠나야 했다.
"죄송합니다. 폐하."
인사를 끝낸 이원이 최대한 조심히 방을 빠져나갔다.

비어 있는 침상에서 환이 눈은 뜬 채 가만히 누워 있었다.
이원은 그가 잠들어 있다고 생각하고 떠났지만, 눈을 감고만 있었을 뿐 환은 잠들지 않았었다.
"폐하."
"들어오지 말고 그 자리에서 보고하라."
이원의 체취가 남아 있는 방에 사내새끼는 단 한 명도 들이고 싶지 않았다.
"그날 이후로 서우명이 승상에게 다가간 일은 없었습니다. 승상께서도 특별히 눈에 띄는 행동을 하시지는 않았습니다. 다만 사가에 황후 마마께서 드셨다고 합니다."
"황후가?"
"표가의 하원을 만들 것이니 도와 달라고 하셨습니다. 대신 폐하의 연모는 곤란하니…… 은 호위를 정리하는 데 도와 달라고 하셨습니다. 그 이후의 대화는 기척을 느낀 사병에게 들켜 제대로 듣지 못했다고 합니다."
누워 있던 환이 입꼬리를 올렸다. 이원에게 보여 주던 매력적이고 평안한 미소가 아닌 불쾌감을 억누르는 것 같은 미소였다.
당장 정리해야 할 것이 산더미였지만, 우선 최우선으로 잡아야 할 사람은 이원이었다.
"승상은 계속 주시하라. 대신 증좌가 보일 만한 행동을 하면 놓치지 마라.”

“은 호위에게는 사람을 붙였습니다. 다만 은 호위의 실력을 봤을 때 끝까지 감시자가 따라붙는 건 어려울 것 같습니다.”

누워 있던 환이 그제야 몸을 일으켰다.

이원의 생각이야 일부러 묻지 않아도 충분히 알고 있었다. 은이호는 물론이고 은건명을 위한 최선의 선택이라고 생각했겠지만, 안타깝게도 환은 그 장단에 같이 놀아날 생각이 없었다.

“먹이가 미끼를 물었으니 사냥을 해야지.”

“소인이 드릴 말씀은 아니지만 괜찮으시겠습니까? 실패하거나 들켜 버린다면 은 호위는 버티지 못합니다.”

석운의 날카로운 조언이 환의 양심을 매섭게 찔렀다.

이원을 생각했다면 절대로 해서는 안 되는 짓이다. 하지만 이번 일이 성공하면 어설프게 명의 주변을 맴돌던 역도들을 완전히 도려낼 수 있다.

“이제 슬슬 살려 놓았던 것들을 전부 거둬야지. 준비하라.”

석운이 사라진 후, 홀로 남은 방에서 환이 다시 누웠다. 이제는 완전히 차가워진 옆자리에 환의 손이 닿았다.

눈을 감고 숨을 들이마시자 이원의 체취가 가득 들어왔다.

이원을 여인의 틀에 가둬 놓을 생각도, 강제로 날개를 꺾을 생각도 없었다.

다만 그녀에게 가장 큰 새장을 만들어 줄 생각이었다.

아무리 날아도 닿지도 않을 만큼 큰 새장에 이원을 넣어 두고, 자신의 손아귀에 그녀를 붙잡아 놓을 것이다.

제가 갇혀 있는지도 모른 채, 이원은 그 새장에서 그녀가 원하는 삶을 이루게 할 것이었다.

⁂

침상에서 일어난 이호가 제 옷을 갈무리하였다. 건명을 따라 도착한 곳은 승명사에서 얼마 떨어지지 않은 산속 마을이었다.

건명과 명이 직접 만들었다고 하는 마을은 겉으로 보기에는 평범했지만, 하루에도 몇 번씩 군사 훈련을 했다.

"들어가도 되겠느냐?"

창밖의 훈련을 보고 있던 이호가 건명의 목소리가 들리자 문을 열었다. 어느 정도 건강을 찾은 이호를 보던 건명의 눈이 부드럽게 휘었다.

당장에라도 쓰러질 것처럼 위태로웠던 아들의 달라진 모습을 본 순간 건명은 많은 생각이 교차했다. 분명 치료할 수 없는 병이라고 하더니만 그게 아닌 것 같았다.

"지낼 만한 것이냐?"

"다들 편하게 대해 주시니 지낼 만합니다."

"의원이 필요하면 언제든지 말하거라."

"괜찮습니다."

미소를 짓는 이호에게서 죽은 부인의 모습이 그대로 보였다. 생각해 보면 딸인 이원보다도 이호가 더 제 부인을 닮았었다. 도리어 이원은 건명을 더 닮았다.

"네 누나는 곧 올 거란다. 너부터 먼저 데려와서 미안하구나."

이원을 떠올린 이호의 안색이 어두워졌다. 도와 달라는 건명의 말에 여기까지 왔지만 이원이 이곳으로 오는 게 맞는 건지는 의심이 들었다.

가문에 있었던 이원은 고왔지만 종종 답답해하며 은가의 높은 담을 막연히 바라볼 때가 있었다.

"아버지. 누님을 데려오는 것이 맞을까요?"

"무슨 말이냐?"

"최근 누님께서는 평온해 보이셨습니다. 힘든 일을 하시기는 했지만, 답답해하지 않으셨습니다. 그런데 이곳에 오시는 게 맞는지 모르겠습니다."

"여인이 검을 잡고 휘두르다니 있을 수 없는 일이란다. 원래대로라면 황후가 되어 부귀영화와 편안한 삶을 누렸어야 할 아이였다. 여인은 그저 가문의 후대를 생산하고 가문을 위하는 삶을 누리면 되는 것이란 말이다!"

"……그건 그저 가문에 가둬지는 것이 아닙니까? 그건 가문을 위하는 것일 뿐, 누님을 위하는 건 아니라고 생각합니다. 아버지."

이호의 항변에 건명이 고개를 저었다.

서우환에게 오랫동안 붙잡혀 있었으니 판단에 혼란이 올 수 있었다. 하물며 환에게서 치료를 받고 건강을 찾은 이호였으니 환에게 좋은 감정이 있을지도 모른다.

잘못된 판단은 천천히 되돌리면 되니, 우선은 이원을 이곳까지 데리고 오는 것이 우선이었다.

"내가 네 시간을 너무 많이 잡아먹은 것 같구나. 쉬어라."

"아버지. 전…… 네. 알겠습니다."

"……그놈은 우리 은가를 멸문까지 몰아간 역도란다. 지금은 혼란스럽겠지만 곧 그가 대역죄인이라는 것을 알게 될 것이다. 밖에 이야기를 해 놓을 테니 편하게 다니거라."

말을 끝낸 건명이 이호의 답은 듣지도 않은 채 밖으로 나갔다. 건명이 사라진 지 얼마 지나지 않아 이호가 방 밖을 나왔다.

혼자 다니고 싶다는 말에 이호를 따르려던 이는 알겠다며 고개를 숙이며 사라지고, 이호가 창에서 봤었던 길을 더듬으며 건명이 사라진 방향의 길로 걸어갔다.

숨이 가쁘고 힘이 들었지만 조심스럽게 길을 따라가자 얼마 후, 건명과 명이 대화하는 소리가 귀에 들렸다.

더 가까이 가면 들키게 될 것이다. 최대한 몸을 웅크린 채 귀를 기울였다.

"이원이 오지 않을까 걱정되오."

건명의 걱정스러운 목소리에 이호가 입술을 깨물었다. 방향은 달라도 건명에게 이원은 아끼는 딸이었다. 조금만 귀를 열고, 이원의 상황을 봐 줬으면 좋았으련만 건명은 이원이 원하는 것을 알려 하지 않았다.

"이호가 우리에게 있는 한 이원은 올 것입니다. 이원에게 이호는 가장 아끼는 동생이니까요."

"그래도 목숨을 걸어야 하는 일이오. 쉽지 않을 것이오."

"예전에도 혼자 충분히 도망갈 수 있었던 상황에서 환에게 붙잡힌 이유는 운신이 어려운 이호를 지키느라였소. 이호의 건강이 걱정되어서라도 이원은 꼭 올 것입니다."

서우명의 말에 이호의 얼굴이 굳어졌다. 언제나 이원을 위한다고 했지만 명은 노골적으로 이호를 꺼렸다. 이호를 치료해 주겠다고 했지만 명은 말만 그렇게 할 뿐 그에게 따로 말조차 건 적이 없었다.

좋게 말하고 있을 뿐, 이호가 이원의 약점이라는 것을 노골적으로 이용하자는 말이었다.

'친근했던 의관이 황제여서 꺼리는 것이냐? 그럼 서운해질 것 같은데 말이지. 껍데기만 달라졌을 뿐 속은 그대로거든.'

믿을 수 있는 의관이 실은 황제라는 사실을 깨닫고는 죽을죄를 지었다며 몸을 숙였었다. 당장에라도 이호의 목을 벨 수 있었을 텐데 환은 도리어 서운하다며 눈을 내렸었다.

서우명의 이복형제. 하지만 이호에게 둘은 완전히 다른 이였다.

"은이호가 있는 한 이원은 우리의 말을 들을 것입니다. 설령 이원이 고집을 부려도 은이호가 설득한다면 마음을 바꿀 것입니다."

극진한 말로 그럴듯하게 말했을 뿐, 은이호가 자신에게 있는 한 이원은 억지로라도 따를 거라는 말이었다.

이호가 아는 서우명은 저런 사내였기에 새롭게 상처가 되거나 하지는 않았다. 하지만 명의 말에 동조하는 건명을 보는 건 무척 쓰렸다.

자신이 건강을 되찾아도 건명에게는 여전히 쇠약한 아들일 뿐이다.

저들에게 이호는 이원을 붙잡고 흔들게 하기 위한 약점일 뿐이다.

"도련님. 벌써 돌아오셨어요?"

인사를 하는 이에게 적당히 둘러댄 이호가 다시 방으로 돌아왔다.

반은 강제로 끌려왔지만 이호의 주변에 감시가 없는 건 다행이었다. 생각해 보면 저들은 이호가 무슨 짓을 할 수 있을 거라는 생각조차 하지 않았다.

자신은 병약하고 유약할 뿐인 사람이었으니까.

"후우."

밖의 기척을 살피던 이호가 닫았던 창문을 다시 열었다. 창문으로 보이는 나무들 사이에 다리에 청색의 작은 끈을 묶고 있는 비둘기가 앉아 있었다.

'다른 사람들에게 제 가능성을 숨기고 있는 사람이 진짜 능력이 있는 거지. 남에게 어떻게 보이느냐의 문제는 별것 아니야. 자신이 할 수 있느냐의 문제가 더 중요하지.'

환이 해 줬던 말이 떠오른 이호가 자신을 가졌다. 품에 넣어 놓았던 청색의 천을 흔들자 비둘기가 안으로 들어왔다.

열려 있던 창문을 닫은 후, 한참을 부산스럽게 움직이던 이호가 비둘기의 발에 작은 천을 묶었다.

"어서 날아가!"

창을 열어 주자 기다렸다는 듯이 비둘기가 밖으로 나갔다. 불안해하며 주변을 두리번거렸지만 주변에는 아무도 없었다.

"이번에야말로 도움이 될 거야."

언제나 자신을 위해 희생한 이원을 위한 작은 보탬이 되었다는 사실에 이호의 입가에 환한 미소가 생겼다.

이제 자신은 받기만 하는 어린아이가 아니었다. 더는 이원이 혼자 버티고 감당하게 두지 않을 것이다.

오늘의 일이 그 시작이 될 것이다.

⁂

'못한다고 생각하는 것 자체가 부정적인 거야. 한번 해 보고 안 되면 그때 고민해도 되는 거야.'

은건명의 아들, 은이호로 사람들은 대했지만 이곳에서의 삶은 딱 그 정도였다. 다들 바쁘기도 했지만, 이들에게 이호는 그림자 같은 존재였다.

몸이 좋지 않아 승명사에 머물 때도 이호는 종종 제가 할 수 있는 일을 찾아 도왔었다. 하지만 이곳에서는 이호가 조금이라도 도와주려 하면 손도 대지 못하게 했다.

"누님만 갇혀 있었던 게 아니었네."

몸이 나아지고 하나씩 스스로 해 보면서 자신감이 붙었다. 다른 사람에 비해 형편없이 느린 시작이었지만 초조함이 밀려들 때마다 환이 해 주었던 이야기를 머리에 떠올렸다.

그를 지켜 주는 단단한 담장이 이원이었다면 새로운 길을 보여 주고 이끌어 준 사람은 환이었다.

"이제 며칠만 잘 넘기면 돼."

이번 일이 잘 해결된다면 환에게 학문을 제대로 배우고 싶다는 부탁을 할 생각이었다.

그는 이원처럼 검에는 재능이 없었지만 대신 문인에 뜻을 두고 싶었다.

죄인의 몸으로 쉽지는 않겠지만 환이라면, 이호가 아는 그라면 왠지 길을 보여 줄 것 같았다.

"아앗!"

문을 열고 들어가던 이호를 방에 있던 손이 붙잡고 끌어당겼다. 문이 닫히는 것과 동시에 자신을 끌어당긴 사람을 보던 이호의 눈이 커졌다.

"누님!"

"쉿! 괜찮은 것이냐?"

이호의 몸을 이원이 정신없이 살폈다. 마지막으로 봤을 때보다도 수척해진 이원을 보며 이호가 눈을 내렸다. 추위에 차가워진 이원의 손을 이호의 따뜻한 손이 감쌌다.

본인의 몸은 제대로 돌보지도 않으면서 그를 걱정해 주는 이원에게 미안했다.

"누님. 저는 괜찮습니다."

"진짜 아픈 곳은 없는 것이냐?"

"몸이 조금 피곤하지만 아픈 곳은 없습니다. 누님은 어떻게 알고 오신 것입니까? 전서구가 벌써 도착했습니까?"

전서구라니 무슨 소리일까? 그녀는 알지 못하는 이야기가 이호에게서 나왔다.

이원이 여기를 알게 된 것은 유수의 뒤를 밟아서였다. 뒤늦게 따라간 터라 중간에 그를 놓치기는 했지만 주변 지리와 사람들에게 물어 여기까지 찾아낼 수 있었다.

이곳을 찾지 못한 며칠이 몇 년이나 지난 것처럼 초조했지만 이렇게 이호를 만날 수 있어 다행이었다.

"준비를 해 놓았다. 우선 이곳에서 빠져나가야 한다. 곧 황궁의 병사들이 들이닥칠 것이니 너부터 피해야 한다."

믿을 수 있는 무인을 고용한 후, 이호가 몸을 피할 수 있는 저택부터 구해 놓았다. 황궁에도 이곳의 위치를 보내 놓았으니 며칠 안으로 황병이 들이닥칠 것이다.

"사람을 좀 구해 놓았다. 그들을 따라가면 이곳을 빠져나갈 수 있을 것이다."

"누님께서는 함께 가지 않으십니까?"

"나는 해야 할 일이 있단다. 위험하지는 않을 것이다."

"누님."

"아버지를…… 설득해 볼 생각이란다."

건명을 설득한다는 건 불가능한 일이라는 것을 알면서도 마지막으로 그리해 볼 생각이었다. 이호를 빼돌린 시점에서부터 건명은 이원에게 크게 분노하겠지만 그걸 감당할 사람은 자신이었다.

그러니 더더욱 이호는 이곳에서 빠져나가야 한다.

"지금 나가야 하니 움직이자."

"누님. 차라리 의관님…… 아니 폐하께서 곧 오실 겁니다. 우선 저와 같이 나가고, 폐하께 아버지의 목숨을 구명해 달라 부탁드리는 것이 어떠하십니까?"

그녀가 알지 못하는 무언가가 있었다. 이원이 황궁에 서신을 보낸 건 어제였다. 아무리 발이 빠른 사람이 가더라도 최소한 일주일은 걸릴 거리였다.

분명 이호는 전서구가 벌써 도착했냐는 물음을 던졌었다.

"어찌하여 폐하께서 여기에 오신다는 것이냐?"

"누님께 가장 나은 길이 무엇인지 고민했습니다. 누님께서는 괜찮다고 하시겠지만 진심으로 도움이 되고 싶었습니다. 항상 전 누님에게 받기만 하지 않았습니까?"

"……."

"전서구를 보낸 지 일주일이 지났으니 폐하께서 오실 것입니다."

검을 잡고 있는 손이 떨리는지도 느끼지 못했다. 그녀가 모든 것을 외면하며 마음이 가는 대로 행동했었던 사이, 무슨 일이 일어났었던 것일까?

그녀가 생각하는 최악의 그런 일은 아닐 것이다. 그저 그녀가 잘못 생각하고 있는 것이다.

"혹 폐하께서……."

"누가 오고 있소! 서둘러야 하오!"

사내의 목소리에 이원이 물음을 삼켰다. 지금은 이호를 먼저 벗어나게 하는 것이 우선이었다.

이호의 뺨을 감싼 이원이 제 눈을 마주 보게 했다.

"저 사내를 따라 나가면 밖에 널 기다리는 이들이 있을 것이다. 절대 다시 돌아오지도 말고, 무슨 소리가 나도 쳐다보지도 말고 그들을 따라 나가거라. 이 산만 벗어나면 안전할 것이다."

"누님."

"어서 가거라. 내 반드시 이곳에서 살아남아 뒤따라가마."

이호는 의심하는 눈초리였지만 이원은 진심이었다. 이 위기만 잘 넘어간다면 살아 있다는 것에 감사하면서 최선을 다해 살 것이었다.

의원이 되고 싶다는 바람도, 하나뿐인 연모를 이루고 싶다는 바람도 더는 없었다.

그녀의 삶에 어느 것도 허락되지 않는다면 그저 주어진 것에 만족하며 살면 될 뿐이다.

"절대 뒤를 돌아보지 말고 앞만 보고 가야 한다."

재촉에 나가려던 이호가 성큼성큼 다가와 이원에게 안겨 왔다.

전에는 그녀보다도 작아서 손을 붙잡고 함께 걸어갔던 동생이 어느새 그녀보다 키가 더 커 있었다.

갑작스러운 상황에 눈이 커진 것도 잠시 이원의 손이 이호의 등을 토닥였다.

"저에게 가족은 누님뿐입니다. 조심하십시오."

"……그리하마. 너도 조심해야 한다."

이원의 당부에 이호가 환하게 미소 지었다.

사내를 따라 이호가 나간 후, 이원이 숨을 길게 내쉬었다. 몸의 긴장을 풀기 위함이었지만 이번에는 몇 번이고 숨을 내쉬어도 긴장이 사라지지 않았다.

결국 풀리지 않는 긴장을 마음속 깊숙이 억누른 채, 이원이 문이 열리면 보이는 자리에 앉았다.

문이 열리고, 방으로 들어온 사람은 건명이었다.

⁂

예전의 곱고 단정했던 딸은 몇 년 사이에 완전히 달라져 있었다.

날카로우면서도 차분한 분위기는 마주하는 이로 하여금 섣불리 다가가지 못하게 하는 절제가 느껴졌다.

손의 굳은살이나 건명을 똑바로 마주 보는 행동은 안채에서 곱게 자랐던 딸이 아니라 잘 벼려진 무인이었다.

"이원아."

"이호는 밖으로 내보냈습니다. 지금쯤 담을 완전히 넘었을 것입니다."

"고생이 많았구나."

걱정이 담긴 말에 이원의 말문이 막혔다. 황제가 바뀌고 처음 만나는 아버지였다.

괜찮으셨나요? 편찮은 곳은 없으신지요?

수많은 질문이 머릿속을 가득 채웠지만 차마 입 밖으로 나오지는 않았다. 지금은 감상에 젖어 건명에게 제 감정을 드러낼 때가 아니었다.

"아버지. 이곳을 둘러보았습니다. 좋은 지리에 실력이 출중한 이들이 많았습니다만 폐하를 이길 승산이 없었습니다."

"아비를 보자마자 꺼내는 말이 적에게 굴욕적으로 항복하라는 것이냐?"

"다른 말을 꺼내면 제가 약해질 것 같습니다. 그리고 아버지만큼은 지키고 싶습니다."

무척이나 담백하지만 그렇기에 너무나도 잔인하고 현실적이었다. 한번 결심한 것을 꺾지도 않았고, 한번 선택한 것에 뒤를 돌아보지도 않았다.

세 아이 중 가장 여리고 곱게 자라야 할 이원이 누구보다도 무인인 건명을 닮아 있었다.

"황궁의 그놈은 황제의 자격이 없다. 천한 궁녀의 몸에서 태어나 인정조차 받지 못한 채 검으로 지낸 살수일 뿐이다. 그런 자가 어찌 황제가 되어 하원을 다스릴 수 있겠느냐?"

"아버지께서 말씀하신 그 살수가 권좌에 오른 지 2년이 넘었습니다. 그리고 하원은 안정되고 있습니다."

"네가 그놈에게 홀려서 그리 느끼는 것이겠지! 그리고 이대로 항복하면 모두가 죽음이다! 넌 힘겹게 살아남은 은가의 식솔을 모두 죽이겠다는 것이냐!"

"아버지. 저와 이호는 살아남았습니다. 그리고 이미 은가는 멸문했습니다."

"서우명을 다시 황제의 자리에 올리면 된다! 그럼 네가 이렇게 검을 잡아 험하게 살지 않아도 된단 말이다!"

각오는 하고 있었지만 의미 없는 대화가 계속 돌고 돌았다.

과연 서우명이 황제가 된다 한들 이원이 예전처럼 돌아갈 거라는 생각은 들지 않았다. 쉽지는 않았지만 지금의 삶이 이원에게는 훨씬 의미 있었다.

"아버지께서 말씀하셨던 힘들게 살아남은 이들을 전부 죽이실 것입니까?"

"너와는 달리 날 믿고 따라와 준 이들이다! 모두가 네가 가짜에게 몸을 숙였다며 손가락질을 할 때 이 아비만큼은 널 믿었단 말이다!"

"……."

"내 네가 서우환에게 붙잡혀 오지 못했다고 생각했다. 그런데 이제 보니 네 스스로 그놈에게 몸을 숙인 것이 아니냐? 이 아비를 배신해 놓고는 또다시 아비의 등에 칼을 꽂으려는 것이냐?"

건명의 말에 이원이 미간을 좁혔다.

그가 꺼낸 말이 환이 군사를 일으켜 황제가 되었을 때를 말하는 것이라면, 무언가 이원의 기억과는 다른 말이었다.

"전 그때 서우환을 포기하고 아버지께 마차와 병사를 보내 달라 청하였습니다. 절 데려가시는 것이 어렵다면 아들인 이호만이라도 구해 달라면서 말입니다. 제 간절한 부탁에 오라버니는 병사 몇을 보내기는 했습니다. 전부 은가에 들어온 지 1년도 안 된 이들이었죠. 채 열도 되지 않는 병사들과 그곳을 빠져나오는 건 무리였습니다. 그럼 그곳에서 죽었어야 하는 것입니까?"

"뭐?"

전혀 모르는 이야기였다. 분명 유수의 보고로는 최선을 다했지만 병사가 너무 많아 구할 수 없었다는 것뿐이었다.

이원과 이호를 구할 수 없었다는 자괴감에 건명은 땅을 치며 오열했지만 이미 지나간 일이었고 유수도 최선을 다했기에 마음 아파하면서도 묻었던 일이었다.

"아버지께서는 송 부인과 유수 오라버니를 항상 믿으셨죠. 저는 그렇다 치더라도 이호는 유수 오라버니에게는 눈엣가시 같은 존재였습니다."

"……."

"다시 생각해 보십시오. 아버지께서 뜻만 꺾어 주신다면 폐하께 직접 목숨만 살려 달라 말씀드리겠습니다."

"제 어미를 죽인 원흉을 그 미친놈이 살려 줄까?"

닫혀 있던 문이 열리며 명이 안으로 들어왔다. 명의 뒤로 빼곡하게 보이는 병사를 보며 이원이 입술을 굳게 다물었다.

"내 너만큼은 지조를 지켜 주기를 바랐었다. 그런데 결국 너도 서우환에게 넘어갔구나."

"……."

"네가 서우환을 죽여 줬으면 했지만, 그러지 않을 거라는 걸 알았다. 여인의 마음은 무척이나 가벼운 것이었구나."

혀를 차는 명을 보면서도 이원은 미동조차 없었다. 그저 차분한 눈이 제 뒤의 창을 보고, 명의 뒤에 병사들을 살필 뿐이었다.

건명이 이곳에 온 순간부터 명이 올 거라는 건 이미 예상하였다. 다만 건명과는 달리 명과는 할 이야기가 없었다.

"전하…… 아니 명께서 잘못 알고 계시기에 말씀드리는 것이지만 처음부터 제 연모는 환이었습니다."

"너…… 네가 감히!"

"알고 계셨지 않습니까?"

뻔뻔하리만큼 담담한 이원을 보며 명이 이를 갈았다.

예전의 그녀는 이러지 않았다. 그의 명대로 얌전히 따르던 이원을 서우환이 전부 망가트렸다.

그래도 조금이나마 건명을 생각하여 이원을 붙잡았지만 명의 인내와 호의를 알지 못하는 이원은 건명을 무너뜨리려 했다.

"죄인으로라도 놈의 곁에 있고 싶었던 것이냐? 한심하구나. 그런다고 그 끔찍한 놈이 네 희생을 알아줄 거라 믿는 거냐? 넌 결국 이용당하고 버려질 것이다."

"여인의 연모로만 이 자리에 목숨을 걸고 왔다고 생각하십니까? 그렇다면 여전히 명은 시야가 좁고 생각이 갇혀 있습니다.”

“뭐?”

“점점 나아지는 나라를 꿈꿔 왔을 뿐입니다. 다만 서우명은 그런 나라를 만들지 못한다는 것을 알게 되었을 뿐입니다.”

“은이원!”

분노를 토해 내던 명이 감정을 추슬렀다. 이호는 도망간 것 같았지만 이원이 여기 있으니 상관없었다. 서우환이 그렇게 바꿨다면 서우명이 되돌리면 될 뿐이었다.

건명을 단단히 붙잡기 위해서는 이원이 필요했다.

“생포해야 한다. 잡아라!”

명의 명령이 떨어지는 순간 이원의 검이 움직였다.

이원의 검을 인지하기도 전에 명의 잘린 머리카락이 바닥에 툭 떨어졌다. 갑작스러운 공격에 병사와 명은 물론이고 건명조차 눈이 커졌다.

“다음에는 목이다.”

“너…… 너!”

“목숨을 버릴 각오로 와야 할 것이다.”

“무, 무엇 하는 것이냐! 어서 잡으라니까!”

본능적으로 뒷걸음을 치며 명이 발악하듯 고함을 질렀다. 명의 재촉에 병사 하나가 최대한 빠르게 공격해 왔지만, 검이 닿기도 전에 이원에게 목이 베여 피를 흘리며 쓰러졌다.

한 명으로 되지 않자 셋이 동시에 이원에게 달려들었지만, 그들의 결과도 앞선 죽은 이와 별반 다르지 않았다.

‘너였구나.’

아직도 제대로 따라 하지 못하는 유수와는 달리 이원은 은가의 검술을 완벽하게 구사하고 있었다.

건명에게 배우지 않았기에 공격의 방향이나 움직임은 전혀 달랐지만, 분명 이원이 쓰는 검의 기반은 은가였다.

이원이 사내였다면, 아니 사내가 아니어도 상관없었다. 이원의 검술은 건명이 생각한 이상이었다.

“어서 잡으란 말이다!”

“폐, 폐하! 서우환입니다!”

환이라는 말에 공격하는 이들은 물론이고 이원조차 검을 멈추었다. 모두의 시선을 한 몸에 받는 사내가 창백해진 얼굴로 명을 향해 다시 외쳤다.

“서우환이 병사를 이끌고 주변을 전부 포위했습니다!”

생각하지 못한 환의 공격에 모두가 멈춘 사이, 이원이 주저 없이 창으로 뛰어내렸다.

⁂

창밖으로 빠져나온 이원의 눈에 보이는 건 마을을 완전히 둘러싼 병력과 그 가운데에 있는 환이었다.

마치 제집처럼 마을 안으로 환이 걸어오자 공격할 엄두조차 내지 못한 채, 무기를 든 이들이 자신도 모르게 길을 열어 주었다.

“망할 놈.”

전에는 똑같은 외모에 분위기였지만 이제는 많은 것이 달라져 있었다.

얼굴은 비슷해 보일 수 있었으나 체격이 달랐고, 분위기가 달랐으며 무인으로 느껴지는 기운의 차이가 너무나도 또렷했다.

무엇보다도 적에 포위되어 있으면서도 환은 여유로웠다.

"네놈이 여기를 어디라고 찾아와!"

"데리러 왔어."

고함을 치는 명에게는 눈길조차 주지 않던 환이 이원만을 보았다. 마치 정인을 기다렸다는 듯한 시선에도 이원은 그를 보며 어떤 말도 꺼낼 수 없었다.

환의 눈을 따라 이원을 본 명이 이를 갈았다.

"넌 너 혼자 움직였다고 생각했겠지. 결국 네가 은 장군을 사지로 몰아넣은 것이다! 저 영악한 놈은 너에게 길잡이를 시킨 거란 말이다!"

"……."

"저놈은 그럴듯한 말로 널 현혹시키고 이용한 것이다. 그것도 모르고 넌 서우환의 손아귀에서 꼭두각시처럼 움직였구나."

"폐하께서 저에게 사람을 붙였을 거라는 건 이미 알고 있었습니다."

이호가 보냈다는 전서구. 곧 폐하가 올 거라는 확신.

아니었으면 했었던 의심은 결국 현실이 되었다. 머리로는 이미 답을 알고 있지 않느냐고 했지만 입은 의지와는 상관없이 환에게 물음을 던졌다.

"이호는 아버지께서 데려오신 것입니까? 폐하께서 이곳을 알아내러 보내신 것입니까?"

"뭐, 뭐? 이원아. 그게 무슨?"

"이호까지도 이용하신 것입니까?"

목소리는 무척 담담했지만 힘겹게 꺼낸 물음은 처참했다.

자신은 얼마든지 이용해도 좋으니 이호만큼은 지켜 달라고 했었다. 환이 그 약조만큼은 지켜 주고 있다고 믿었었다.

함께 있었던 순간만큼은 그에게 닿아 있었다고 생각했다. 비록 같은 길을 걸어갈 수는 없겠지만 적어도 그가 가는 길을 최선을 다해 도우며 살 마음을 먹었었다.

"상황을 바꾸려면 전부를 걸어야 하는 순간이 있어. 네가 날 위해 떠났었던 것처럼 말이야."

"……."

"은이원에게 은이호는 지켜야 할 가족이고, 다른 이들에게 은이호는 은이원을 흔들 미끼였으니까. 다만 명은 은이호를 제 손아귀에 넣고 이용하려 했을 뿐이고, 난 은이호에게 부탁을 했다는 차이만 있을 뿐이야."

"……."

"귀한 누나를 위해 명의 근거지를 찾는 데 도움이 되어 달라고 말이야. 그리고 용감한 동생은 받아들인 거야. 그리고 은이호에게는 용호군이 가 있으니 지금쯤 산에서 내려가고 있을 거야."

"저리 뻔뻔하게 변명을 해 대는 사내를 믿겠다고 한 것이냐? 한심하구나. 이원아. 네가 아무리 저 가짜에게 충성을 맹세하고 몸을 숙여도 넌 대역죄인인 은가의 계집일 뿐이다! 넌 서우환의 사람도, 서우명의 사람도 되지 못할 것이니 평생 이용만 당하겠구나."

이호가 스스로 했다고는 하지만 결국 제안은 환이 했을 것이다. 평생 누님에게 미안해하는 이호는 환의 제안을 기꺼이 받아들였을 것이다.

결국 이호의 약점을 환이 쥐고 흔들었다. 이제야 몸이 조금 나아진 동생은 죽을지도 모르는 위험한 곳에, 그저 이원을 도와주겠다는 결심 하나로 스스로 온 것이었다.

"날 욕하더니만 서우환 네놈도 결국은 나와 똑같았다. 넌 날 죽일 수는 있겠지만 원하는 여인 하나 제대로 얻지 못하겠구나."

명의 조소에 환이 그제야 눈을 돌렸다. 이원을 보던 것과는 다르게 감정이라고는 전혀 느껴지지 않는 무미건조한 눈이 평가를 하듯 명을 위아래로 훑었다.

피식.

노골적인 비웃음이 환의 입가에 터져 나왔다.

"제 손을 대신해 줄 검이 없어서 그런가? 서우명도 형편없어졌네."

"겨우 가짜 주제에……."

"그 가짜가 권좌에 앉아 황제가 되어 있는 동안 진짜는 이런 구석에서 뭘 하고 있었는가? 아! 대답할 필요는 없어. 이미 내 눈으로 보고 있으니까."

"네 이놈!"

"언제까지 짐이 폐태자가 떠드는 헛소리를 들어야 하는 것인가!"

"역도를 모두 처단해라!"

환의 말이 끝나기가 무섭게 주변을 포위하고 있던 이들이 검을 빼 들었다. 부들거리며 환을 노려보던 명 또한 검을 빼 들어 환을 가리켰다.

순식간에 환의 병력과 명의 병력이 엉켜들었다. 땅이 울리고 시신에서 흘러나오는 피가 바닥을 붉게 적셨다.

모두가 얽혀 있는 상황에서 이원은 나서는 대신 환을 쳐다보고 있었다.

"죽어라!"

가만히 서 있는 이원을 향해 명의 병사가 달려드는 순간 멈춰 있던 검이 움직였다. 비명조차 지르지 못한 채 다가오던 병사가 검을 맞고 쓰러졌다.

멈추지 않은 검이 그녀의 주변에 있는 명의 병사를 베었다.

찰나라고 할 시간에 병사 열 명이 이원에게 죽자 명이 고함을 터트렸다.

"네가 결국은!"

명의 욕설이 들렸지만, 이원은 신경조차 쓰지 않았다.

이호의 일은 나중이다. 서우명과 서우환의 사이에서 그녀가 택한 황제는 환이었다. 결심을 굳힌 이원의 검이 주저 없이 명의 사람들을 베었다.

"매복이다!"

"폐하를 지켜라!"

환의 뒤쪽에서 명의 병사들이 안으로 진입하였다. 압도적인 병사의 숫자를 마주하는 순간 이원이 저에게 밀려드는 공격을 전부 쳐 내며 환을 향해 달려갔다.

***

"하아. 하아."

산을 내려가던 이호가 가쁜 숨을 내쉬었다. 이호가 자리에서 멈추자 주변을 감싼 무인들은 물론이고 어느새인가 합류했던 황병들조차 멈추었다.

"조금만 힘을 내게. 거의 다 왔네."

이제는 몸이 거의 다 나았다고 생각했는데 아직은 아니었는지 조금 빠르게 뛰었다고 숨이 가빴다. 이럴 때마다 도망가야 하는 자신의 무능에 화가 났지만 지금은 따르는 것이 맞았다.

'절대 뒤를 돌아보지 말고 앞만 보고 가야 한다.'

이원의 말을 떠올린 이호가 다시 몸을 일으켰다. 다시 산에서 내려가려던 이호가 몇 걸음 제대로 가지도 못하고 멈추었다.

어서 움직여야 한다는 재촉이 있었지만 지금만큼은 아무것도 들리지 않았다.

"어서 가야 하네."

"……."

"자네 어디를 가는 건가!"

흐릿했지만, 분명 이원과 닮은 여인이었다. 다가오는 사람을 밀어내고 흐릿한 인영에게 가까이 다가가니 앞서가던 여인이 몸을 돌렸다.

이호의 기억에는 전혀 없는 여인이었다. 하지만 왠지 누구인지 알 것 같았다.

"도대체 어디를 보고 있는 건가? 서둘러야 하네."

"잠, 잠시만요."

중년의 여인에게서 이원이 보였다. 이원에게 듣기만 했을 뿐, 보지 못했던 어머니가 떠오르는 여인이었다. 혼란스러워하는 이호를 보던 여인이 맞는다는 듯이 고개를 끄덕였다.

조심스러운 발걸음으로 좀 더 가까이 걸어가자 여인이 그만큼 뒤로 물러났다.

더는 가까이 다가오지 말라는 신호에 이호가 제자리에서 멈추었다. 어느 정도 떨어져 서 있던 여인이 이호를 보며 환하게 미소를 지었다.

그 미소조차 이원이 겹쳐 보였다.

"왜 지금…… 나타나셨습니까?"

한 번만이라도 얼굴을 보게 해 달라며 소원을 빌었어도 한 번도 보지 못했던 어머니였다. 그랬던 어머니가 이호를 보며 어딘가를 가리키고 있었다.

여인이 가리키는 방향을 따라 고개를 돌렸던 이호의 눈이 커졌다.

"유수 형님."

이호를 발견하지 못한 듯 유수가 활을 든 병사를 데리고 이원이 있는 방향으로 가고 있었다. 평소의 그라면 절대 보지 못할 먼 거리였지만, 이상하게도 오늘만큼은 유수의 병력이 또렷하게 보였다.

이호를 보던 여인이 고개를 끄덕이며 손을 내밀었다.

'절대 뒤를 돌아보지 말고.'

이원의 당부가 다시 떠올랐지만 이호는 처음으로 이원의 말을 어겼다. 처음이자 마지막으로 보게 될 어머니를 향해 이호가 활짝 미소 지었다.

어쩌면 오늘에야말로 이원에게 동생으로서 도움이 될 것 같았다.

“저쪽을 보십시오.”

이호가 가리키는 방향으로 몇몇 무인이 가까이 다가왔다. 눈을 좁혀 유수가 가리키는 방향을 보던 무인이 곤란하다는 듯이 미간을 좁혔다.

“저건 위쪽의 언덕으로 가는 길이다. 그곳에서 자리를 잡고 화살을 쏠 생각인 것 같다.”

“저 정도 인원이면 제법 타격이 클 것 같은데?”

용호군끼리 하는 말에 이호의 얼굴이 창백해졌다. 환이 위험하다면, 지금 그곳에 있을 이원도 위험하다는 말이었다. 더는 감상에 젖을 상황이 아니었다.

“그런 거라면 마, 막아야 합니다! 누님이 위험합니다.”

“이 병력으로 어떻게 막는다고 이러는 건가! 무엇보다도 우리는 자네를 산 아래로 데려다주라는 의뢰를 받았네. 여기서 벗어나야…… 이, 이보게!”

안 된다며 말리는 무인의 허리춤에 있던 단검을 꺼낸 이호가 제 목에 대었다. 검이 닿은 목에서 피가 흘러내리자 곁에 있던 이들의 안색이 창백해졌다.

처음 저지르는 일이라 심장이 터질 듯이 뛰었지만 정작 이호는 침착했다.

이원도, 환도 다치게 할 수 없다.

“저 인원을 막을 수 없다면 지원을 부를 수도 있지 않습니까?"

"하지만 그렇게 되면 자네를 보호하지 못하게 되네. 우리가 받은 황명은 자네를 안전하게 산에서 내려보내라는 것이었네."

"제 목숨 하나 구하자고 전부를 죽이실 것입니까?"

"그건……."

"절 억지로 내려가게 한다면 목에 검을 꽂겠습니다. 진심으로 부탁드리니, 저쪽의 병사만은 막아 주십시오. 저는 다시 돌아가야겠습니다."

무인들이 말리는 소리가 들렸지만, 더는 지체할 수 없었다. 유수와 함께 올라가는 병사들을 막을 힘은 없었지만, 상황이 위험하다는 경고 정도는 할 수 있었다.

몸의 통증이 밀려왔지만, 그마저도 제대로 느껴지지 않았다.

어머니가 알려 준 기회를 제 몸만을 지키겠다며 버릴 수 없었다. 머리에서는 위험하다며 가지 말라며 이호를 붙잡았지만, 다리는 정신없이 내려왔던 길을 다시 뛰어가고 있었다.

***

명의 목표는 오직 한 사람이었다.

서우환.

자신만큼이나 저놈도 자신을 제일 죽이고 싶어 할 테니 명이 나서면 그도 전투를 피하지 않을 거였다.

서우환만 죽이면 만금을 주겠다는 약조를 했었기에 환의 주변에는 명의 병사들로 빼곡했다.

뒤에서 숨어 있기보다는 앞서 나오는 놈이었기에 환 또한 검을 휘두르고 있었다. 아무리 그가 황궁의 병력을 데리고 왔어도 이곳은 명의 주거지였다.

'계집에게 빠져 판단도 제대로 못 하는 놈.'

멍청한 놈이 아무리 병사를 많이 데려와도 이곳은 명의 본거지였다. 환은 명의 전부를 노리겠지만, 명에게는 환 하나만 죽이면 끝나는 일이었다.

병사에게 몸을 숨겨 가며 빠르게 거리를 줄여 가던 명이 자신을 발견하지 못한 환을 보며 눈을 빛냈다.

'죽어라!'

한 치의 주저도 없이 명이 검을 찔렀다. 정확하게 검이 뻗어나간 곳은 환의 심장이었다.

챙!

병사를 파고든 검이 환의 바로 앞까지 갔지만, 순간 사이를 파고든 검이 주저 없이 위로 쳐 냈다. 중간에 끼어든 검의 주인을 확인한 명이 이를 갈았다.

"네 어찌 은혜를 모르고 이럴 수 있단 말이냐!"

그의 독설에도 상관없이 검을 회수한 이원이 다시 명을 향해 검을 뻗었다. 빠르게 찔러 들어오는 공격에 검을 쳐 내며 명이 뒤로 빠지자 명과 이원의 사이에 다른 병사들이 끼어들었다.

누구의 검인지 확인하기도 어려운 난전이 계속되었다. 초반에는 명이 기세를 잡았지만 시간을 끌면 끌수록 불리해지는 건 환이 아니라 자신이었다.

저놈이 이 정도의 병력만 끌고 왔을 리가 없다. 조만간 지원군이 합세할 것이고, 그럼 명은 전멸이었다.

"무엇 하고 있느냐! 저 가짜를 어서 죽이란 말이다!"

명령을 내리며 명이 뒤로 빠졌지만, 환이 조금 더 빨랐다. 어느새 용호군에서 빠져나온 환이 명의 바로 앞에서 검을 휘둘렀다.

이를 악물며 환의 공격을 막았지만 힘에 밀린 명이 몸을 휘청거렸다.

"죽어야 할 건 네놈이다."

나지막이 나오는 말에 명의 신경이 모두 곤두섰다. 빠르게 찔러 오는 검을 최선을 다해 막았지만, 미처 피하지 못한 순간 어깨에서 피가 터져 나왔다.

"컥!"

"다음은 다리."

말이 끝나기가 무섭게 명의 다리에서 피가 뿜어져 나왔다. 분명 검은 보이지도 않았다. 당황한 명이 몸을 뒤로 빼며 도망치려고 했지만, 그때마다 여지없이 보이지 않는 검이 명의 몸을 베었다.

"네, 네 이놈!"

충분히 목숨을 거둘 수 있으면서도 농락하는 환을 보며 이를 갈았다. 그에게서 벗어나려 거리를 계속 만들었지만, 아무리 발악을 해도 환에게서 도망칠 수 없었다.

"이제 정리하자."

낮게 깔리는 목소리에서 느껴지는 살기에 명이 비명을 지르며 검을 들었다. 잡고 있는 검에 힘을 주며 환이 아래로 내려쳤다.

"폐하!"

환의 검이 명의 목을 뚫기 전 바람을 가르는 날카로운 소리가 들렸다. 이원의 날카로운 외침에 환이 고개를 들었다.

순간 비가 쏟아지듯이 화살이 아래로 내리꽂혔다. 환의 병력은 물론이고 명의 병력까지도 가리지 않은 채 들이붓듯이 내리치는 화살에 다치거나 죽는 사람이 생겨났다.

"폐하를 지켜라!"

석운의 명령이 울렸지만, 몰아치는 화살에 섣부르게 움직일 수 없었다. 그저 자기에게로 쏟아지는 화살을 막는 것만이 살아 있는 자들이 할 수 있는 최선이었다.

"저놈을 죽여라! 죽이란 말이다!"

병사들의 비명 소리 사이에서 들리는 명의 웃음소리가 불길하게 들렸다. 제 편은 생각조차 하지 않는지 화살은 계속해서 무차별적으로 쏟아졌다. 명의 목숨을 거두는 대신 환의 검이 자신과 주변의 호위들에게로 날아오는 화살을 베어 냈다.

"큭!"

"아버지!"

멀지 않은 곳에서 들리는 익숙한 비명에 이원이 고개를 돌렸다. 화살에 다리를 맞은 건명이 비틀거리며 주저앉았다.

건명을 향해 쏟아지는 화살과 검을 마주하는 순간, 이원은 저에게는 오는 화살을 막는 대신 그를 향해 몸을 날렸다.

아슬아슬하게 용호군의 검을 쳐 낸 이원이 동시에 위에서 쏟아지는 화살을 베어 냈다.

"……원아."

"어서 일어나세요! 이러다가 죽습니……."

바로 옆에서 느껴지는 살기에 이원이 다급히 몸을 틀었다. 병사의 검을 피했다고 생각한 순간 그의 뒤에 있던 명이 이원을 향해 검을 찔렀다.

명의 검을 피하지 못한 이원의 손등에서 피가 터져 나왔다.

"이원아!"

"저놈을 죽일 수 없다면, 저놈 앞에서 널 죽여 버리면 되지 않겠는가?"

"서우명! 이게 무슨 짓이오! 내 딸이란 말이오!"

건명의 비명은 들리지도 않았다. 이원이 무너지면 환도 무너질 것이다. 환을 무너뜨릴 수 있다면 이원의 목숨 따위 얼마든지 이용할 수 있었다.

검을 떨어뜨린 이원을 향해 명이 주저 없이 검을 휘둘렀다. 명의 검이 이원의 목을 향해 움직이는 것과 동시에 명의 몸에서 피가 뿜어져 나왔다.

"아아악!"

"네놈이 감히 누구를 건드려."

온몸에 피를 뒤집어쓴 환이 명의 등에 검을 찔렀다. 등을 찌른 검을 뽑아내자 고통에 몸부림치던 명이 환을 향해 검을 휘둘렀다.

몸을 뒤로 빼며 검을 피한 환이 명의 빈틈을 찾아 검을 휘둘렀다.

찢어지는 듯한 소리가 들리며 둘의 검이 다시 부딪치고 이원이 다친 손으로 검을 붙잡기 위해 손을 뻗었다.

"이원아!"

검을 붙잡으려는 순간 잠시 멈췄던 화살이 다시 쏟아져 내렸다. 날아오는 화살을 간신히 피했지만, 그 찰나를 놓치지 않은 병사가 이원의 다리를 베었다.

이원이 자리에 주저앉았다. 그 위로 피할 수 없을 정도로 많은 화살이 쏟아졌다.

"안 돼!"

건명의 비명이 들렸지만, 몸이 굳은 것처럼 움직여지지 않았다.

제 앞으로 쏟아지는 화살을 마주하던 이원이 눈을 감은 순간, 그녀의 앞에 그림자가 드리워졌다.

"아……."

몸을 꿰뚫을 것처럼 쏟아지는 화살은 단 하나도 맞지 않았다. 감았던 눈을 뜨는 순간 제 앞을 막은 사람을 확인한 이원의 눈이 커졌다.

"이……호야?"

분명 뒤도 돌아보지 말고 도망치라고 당부했던 동생이었다. 그런데 왜 이곳에서, 그것도 자신의 앞에 서 있는 것일까?

무언가 잘못되었다. 아니 그녀가 잘못 본 것이 분명했다.

"누님……."

끊어지듯 나오던 말이 멈추며 이호가 천천히 이원의 품으로 쓰러졌다. 이호의 가슴에 박힌 화살에서 나오는 피가 그의 옷을 붉게 물들었다.

있을 수 없는 일에 이원은 현실을 부정했다.

이건 꿈이다. 그저 아주 지독하고 깨기 힘든 악몽일 뿐이다.

"……이호야?"

상처에 붉게 물든 이원의 손이 이호의 가슴을 감쌌다. 그저 자신의 손에서 나온 피가 물든 것뿐이다.

"이, 일어나 보거라…… 장난하지 말고 어서……."

간절한 바람과는 달리 쓰러진 이호는 미동조차 없었다. 그녀의 손에서 나오는 피보다도 더 흥건해진 피가 상처를 타고 흘러내리자 꿈은 단숨에 현실로 돌아왔다.

"이호야!"

***

"폐하! 피하셔야 합니다!"

"아직 저놈을 죽이지 못했다!"

말리는 부하의 팔을 쳐 낸 명이 환을 노려보았다. 쏟아지는 화살이 끝나자 명의 병사들이 일제히 환을 향해 달려들었다. 그들을 따라 환을 죽이려 움직이는 순간, 다른 이들이 붙잡았다.

저놈만 죽이면 하원의 황제는 자신이었다.

"누구든 서우환을 베란 말이다!"

언제나 제 앞을 막는 존재. 저 가짜가 살아 있는 한 명은 절대 황제가 될 수 없다.

이쪽의 궁병이 몇 번만 더 지원해 준다면 환의 목숨을 끊는 건 어려운 일이 아니었다.

"은유수 쪽도 병사가 들이닥쳤다고 합니다! 서두르셔야 합니다!"

병사의 고함에 명이 화살이 날아온 방향으로 고개를 돌렸다. 제대로 확인할 수는 없었지만 점점 황병의 수가 늘고 있었다.

이대로라면 명은 기반을 전부 잃는다. 하지만 도망가지 않으면 이 자리에서 서우환에게 개죽음을 당할 뿐이었다. 그의 눈이 쓰러져 있는 건명을 향했다.

은건명을 두고 가는 건 쓰리지만, 지금 그까지 데려갈 여력이 없다.

"아아악!"

인정하고 싶지 않았지만 이대로라면 자신이 죽는다.

겨우 이딴 곳에서 죽으려고 버텨 온 삶이 아니었다. 억울하고 화가 치밀었지만 몸부터 피하는 게 우선이었다.

신호를 보내자 명의 주변에 있던 이들이 환을 향해 전부 달려들었다. 그들의 공격을 직접 막는 환을 보던 눈이 이호를 붙잡고 절규하는 이원을 보았다.

'제가 저지른 업보지.'

저 가짜를 선택한 죄의 대가였다. 은이호의 상태를 볼 때 저 상처는 치명적이었다.

결국 저 계집의 잘못된 선택이 이런 결과를 만들어 냈다. 한때는 마음을 주고 곁을 내주었던 계집이었지만 이원은 명의 은혜를 배신으로 갚았다.

'멍청한 계집.'

은가가 무너지면 결국 그녀도 죄인일 뿐이다. 살아남아 부귀영화를 누릴 수 있는 길을 스스로 차 버린 멍청한 계집일 뿐이었다.

그런 계집 따위 제 아버지와 함께 놔두면 알아서 무너질 터, 그 모습을 제대로 보지 못하는 게 아쉬울 뿐이었다.

분명 생각은 그러한데, 이호를 붙잡고 절규하는 이원의 모습이 자꾸 눈에 밟혔다.

"못된 계집 같으니."

“길이 열렸습니다. 폐하. 가시지요.”

병사가 열어 주는 길로 걸어가던 명의 몸이 휘청거렸다. 등에 긴 자상이 생겼지만, 검은 전혀 보이지 않았다.

느껴지는 건 날카로운 기쁨, 믿을 수 없는 눈이 기검을 날린 환을 노려보았다.

놈이 벌써 저 정도의 경지라는 것일까? 아니다. 그저 요행일 뿐이다!

“내 다음에는 네놈의 등에 똑같이 검을 박을 것이다.”

입술을 악문 명이 병사들 사이를 빠르게 빠져나갔다.

전력으로 도망가는 그의 뒤를 환의 병사들이 다급히 따라붙었다. 달려드는 적을 베고 또 베느라 환의 온몸에 피가 그득했다.

“폐하. 적들이 퇴각합니다.”

“산에서 내려가기 전에 잡아야 한다. 그리고…….”

환의 눈이 이호를 붙잡고 절규하는 이원에게 향했다. 용호군을 따라 내려갔어야 할 은이호가 왜 이곳에 나타났는지는 중요하지 않았다.

이호의 몸에서 흐르는 피가 심상치 않았다.

“태의를 불러라.”

절대 일어나면 안 되는 일이 일어나려 하고 있었다.

***

손에 나 있는 상처를 치료할 생각조차 들지 않았다.

쏟아붓듯이 내리는 눈도, 살을 에는 추위도 느끼지 못하는 것처럼 이원이 굳게 닫혀 있는 방 앞을 지켰다.

태의와 다른 의관들이 들어간 지 벌써 한 시진이 넘어가고 있었다. 시간은 얼마가 걸려도 상관없으니 이호가 건강했으면 싶었지만 긴 시간 동안 이호의 소리는 전혀 들리지 않았다.

손발이 떨리고, 입이 말랐지만 이원은 버텼다.

어느 정도 건강을 찾은 동생이었다. 큰 상처이기는 했지만 이겨 낼 것이다.

"원아."

환이 가까이 다가왔지만, 지금은 그를 볼 여력도 없었다. 잠시 한눈을 팔다가 동생이 잘못되기라도 한다면, 이원은 버틸 자신이 없었다.

"상처 치료라도 하자."

"아직 아무도 나오지 않았습니다."

"원아."

"이호가 괜찮다는 말을 듣고 하겠습니다. 제 상처는 심하지 않습니다."

괜찮다는 말과는 다르게 손에서 뚝뚝 흐르는 피가 바닥을 적시고 있었다. 더는 저대로 둘 수 없었던 환이 대기하던 의관에게 시선을 보내자 기다리던 이들이 이원에게로 다가갔다.

몸을 숙여 이원의 상처를 보려는 것과 동시에 문이 열리며 태의가 밖으로 나왔다.

"제, 제 동생은……."

문을 닫고 내려오는 태의를 향해 이원이 절뚝거리며 다가왔다. 위태로운 모습으로 답을 기다리는 이원을 향해 태의가 고개를 저었다.

당장 쓰러질 정도로 몸을 떨던 이원이 태의의 앞에 손을 모으고 몸을 숙였다.

"태의 영감. 살려 주십시오. 한 번만 더 동생을 봐 주십시오!"

"호위님."

"무엇을 원하십니까? 제가 어찌했으면 하십니까? 전부 하겠습니다! 필요한 게 있으시다면 평생을 걸어서라도 찾을 것이고, 만금이 필요하시면 어떻게든 가져오겠습니다. 동생만 살려 주세요. 제발 동생만 살려 주십시오."

피투성이인 손으로 이원이 태의 앞에 빌고 또 빌었다. 한 번만 살려 달라며 애처롭게 외치는 소리가 당장에라도 사라질 것처럼 위태로웠다.

제 앞에서 빌고 또 비는 이원을 보던 태의가 환의 시선을 느끼고는 고개를 들었다.

환에게도 똑같이 고개를 저은 태의가 몸을 숙여 주저앉아 있는 이원을 붙잡았다.

"제발 한 번만 더 동생을 봐 주십시오. 지금까지 잘 버틴 아이입니다! 이번에도 잘 넘길 것입니다! 제발!"

"은 호위님. 이러는 와중에도 도련님에게 남은 시간은 흘러갑니다."

"……."

이원의 손에 나 있는 커다란 상처를 보던 태의의 안색이 어두워졌지만, 곧 단호한 눈으로 이원을 붙잡았다.

제 상처는 보이지 않을 만큼 아끼는 동생이라면, 그 동생을 보내 줄 사람 또한 이 여인이었다.

"이제부터 도련님의 곁을 지킬 사람은 낯선 의관들이 아니라 호위님입니다."

"……."

"지금이 아니면 평생 후회하실 겁니다. 호위님이 해 줄 수 있는 일을 해 주십시오."

두려움에 눈가에 맺혀 있던 눈물이 얼굴을 타고 흘러내렸다. 숨조차 제대로 내쉬지 못하는 이원을 보며 태의가 그리해야 한다는 듯이 고개를 끄덕였다.

그 자리에 주저앉은 이원의 고개가 푹 꺾였다. 고여 있던 눈물이 바닥에 떨어졌지만 피가 배어 나오도록 입술을 깨물어서인지 소리는 들리지 않았다.

소리 없이 서럽게 터트리던 울음이 어느새 멈추었고 비틀거리며 이원이 자리에서 일어났다.

"부탁을 좀…… 드리고 싶습니다."

이원이 상처 난 손으로 제 얼굴의 눈물을 닦아 냈다. 이호를 살려 달라며 사시나무처럼 떨던 몸은 어느새 진정이 되어 있었다.

핏발이 선 눈과 그렁그렁 맺힌 눈물이 아니었다면 마치 아무 일도 없는 것 같은 침착함이었다.

"치료는 나중에 받을 것이니 제 상처만 가려 주십시오."

***

무거운 눈꺼풀을 힘겹게 들어 올리니 이원이 보였다. 이원을 보며 이호가 힘없이 미소를 지었다. 고개를 좀 더 들어 창을 보니 함박눈이 내렸다.

"누님은 괜찮으십니까?"

"네가 날 지켜 주지 않았느냐? 다치지 않았단다."

이원의 손가락이 이호의 이마를 조심스럽게 어루만졌다. 손을 감싼 두꺼운 붕대에 피가 고였지만 이호에게는 보이지 않는 것 같았다.

잠시 이원에게 얼굴을 맡기고 있던 이호가 힘없이 손을 들어 올렸다. 이호의 새하얀 손을 보던 이원이 힘주어 붙잡았다.

"언제나 누님의 앞에서 걷고 싶었습니다. 누님의 발에 걸릴 돌부리도 먼저 찾아내서 치워 주고, 좋지 않은 길이 있으면 다른 길로 가시라 말씀드리고 싶었습니다. 그런데 못난 동생이라 항상 누님의 등 뒤에 숨어 편한 길로만 다녔습니다."

"넌 언제나 내 뒤가 아니라 옆에 있었단다. 네가 같이 걸어 줬기에 나도 겁내지 않고 걸을 수 있었단다. 그러니 어서 일어나서 이 못난 누이 옆에 있어 줘야지. 나는 겁이 많아 혼자 걸을 자신이 없단다."

이렇게 보낼 수밖에 없다면 이호가 편안히 가게 해 주는 것이 그녀가 할 수 있는 최선이었다. 제 누이가 혼자 남을까 봐 걱정하지 않도록, 좋은 모습만 보여 줘야 했다.

분명 머리는 그렇게 생각하고 있었지만, 입에서는 자꾸 그를 붙잡는 말만 하고 있었다.

"……누님."

"듣고 있단다."

"이제 누님을 붙잡을 족쇄는 없습니다."

"……."

"그러니 이제는 자유로워지십시오. 마음 가는 대로…… 누님께서 하고 싶은 대로 행복하게 사십시오."

침착해야 한다며 자신을 추슬렀지만, 이호를 붙잡은 손이 파르르 떨렸다. 아직 자신은 동생을 보낼 준비가 되어 있지 않았다.

이제야 건강해져서 제 삶을 누릴 일만 남았던 동생이었다. 평생 나쁜 일이라고는 단 한 번도 하지 않은 착한 동생이었다.

하늘이 있다면 이호가 아니라 자신을 데려가야 했다.

"넌 족쇄가 아니라 내 목숨이었다. 너 없는 삶이 나에게 무슨 의미가 있느냐?"

이원의 눈에 고여 있던 눈물이 이호의 얼굴에 떨어졌다. 이 상황은 이원에게 너무 잔인했다.

상처투성이의 손이 이호의 얼굴에 떨어진 눈물을 닦아 냈다. 손에 닿는 이호는 여전히 따뜻했다.

"누님. 옆에 계십니까?"

"네 곁에 있단다. 지금 네 손을 꼭 붙잡고 있는데…… 느끼지 못하는 것이냐?"

"누님이 가시는 길가의 풀이 되고, 꽃이 되고…… 바람이 되어 누님의 곁에…… 있겠습니다. 이번에는…… 제가…… 누님의 앞에서…… 길이 되겠습니다."

"……."

"그러니 누님은…… 생을…… 질리도록 누리시다가…… 오셔야 합니다."

"……."

"……약조해 주십시오."

자신이 죽은 후의 이원을 보기라도 한 것처럼 이호는 그녀가 도저히 피할 수 없는 약조를 꺼냈다. 착한 동생은 제 생이 꺼져 가는 마지막까지 이원을 걱정했다.

이건 무언가 단단히 잘못되었다. 죽어야 한다면 이호가 아니라 이원이 죽었어야 했다.

떨리는 손이 이호의 뺨을 감쌌다. 조금 전보다도 차가워진 동생을 보던 이원이 갈기갈기 찢기는 마음을 다잡았다.

마음은 수만 갈래로 찢어지고 갈라져도 이호 앞에서는 최선을 다해 미소를 지었다.

"약조하마. 네가 하자는 대로 할 터이니 조금만 내 곁에 같이 있거라."

"눈이…… 많이…… 옵니다."

이호의 눈이 그녀 너머의 창으로 향했다. 좀 더 그녀를 봐 줬으면 했지만 이호의 초점이 점점 흐려졌다.

다급한 마음에 이원이 이호의 뺨을 붙잡아 자신을 보게 했다.

항상 그녀에게 웃어 줬던 동생이 지금은 그녀를 보지 않았다.

"눈이 많이 오니 급할 필요가 없단다. 가야 한다면…… 꼭 가야겠으면 눈이 그치고…… 그러다 보면 봄이 올 것이니 그때 가거라. 그때 보내 줄 테니…… 오늘은 가지 말거라."

허공을 맴돌던 눈이 그제야 이원을 다시 향했다.

울먹이는 이원을 향해 이호가 환한 미소를 지었다.

옅게 나오던 숨이 멈추고, 붙잡고 있던 손에 힘이 빠졌다.

힘겹게 이름을 부르던 이원이 숨이 멈춘 이호를 안고는 울음을 터트렸다.

⁂

하루를 내내 이원은 이호의 곁에서 울음을 터트렸다. 굳게 닫혀 있는 문 밖에서 환이 그 울음소리를 그대로 들었다.

환의 건강을 걱정하는 이들이 가까이 다가오려 했지만, 그들을 전부 물렸다.

'폐하. 누님이 다른 이들과 조금은 다르시다면 귀하게 여겨 주십시오.'

서우명을 잡을 수 있게 도와 달라는 환의 부탁에 이호는 약간의 주저도 없이 그리하겠노라며 받아들였다.

고맙다는 환에게 잠시 주저하던 이호는 이원의 안위를 부탁했었다.

'저희 가문의 죄가 커서 누님이 홀로 짊어지기는 너무 힘듭니다. 소인 또한 죄를 갚기 위해 노력할 것이니 폐하의 노여움을 누님이 전부 감당하지 않게 해 주십시오.'

"내 목숨을 살린 것으로 너는 모든 것을 갚았다."

이호를 보호하며 마을로 내려가던 중, 명의 궁병을 발견했다고 했다. 서둘러 궁병을 막지 않으면 모두 목숨을 잃을 것이라는 이호의 결단에 이원은 물론이고 환도 목숨을 구할 수 있었다.

큰 빚을 졌지만, 정작 고맙다는 인사조차 할 수 없게 되었다.

서럽게 흐느끼던 목소리가 다시 오열로 바뀌었다.

'아끼는 누이였다면 너도 살았어야지.'

"폐하."

다가온 무흔이 황제의 뒤에 몸을 숙였다. 희미하게 들려오는 오열을 듣는 황제를 보며 무흔이 긴장을 풀지 않았다.

황제의 두려운 점은 제 감정을 바로 드러내지 않는다는 것이었다. 하물며 반드시 지키라는 명을 받았던 은이호가 죽은 시점부터 용호군과 무흔은 모두 죄인이었다.

"모든 정리는 끝냈습니다. 은건명은 옥에 가두었고, 서우명과 은유수는 도주했습니다. 그리고 은유수의 모친은 추적하던 병사가 목숨을 거두었습니다."

"서우명은 부상을 입었으니 멀지 가지 못했을 것이다. 그럼에도 흔적이 없다는 건 조력자가 있다는 것이니 찾아내라. 그리고 은건명에게는 나에게 했었던 보고를 똑같이 전하라. 은이호가 어떻게 되었는지 은건명도 들어야겠지."

"그러겠습니다."

"붙잡은 이들은 살려 둘 필요가 없다."

어차피 명의 배경 안에서 세상을 바꾸려 했던 이들이었다. 그들에게 내릴 자비는 없었다.

명을 구석까지 몰고 몰아 목숨을 거두려 했었다. 하지만 그 계획에 은이호의 죽음은 없었다.

자신이 죽었어야 했다는 죄책감, 하나뿐인 가족을 잃은 상실, 세상에 혼자 남겨졌다는 두려움.

정 상궁의 죽음으로 겪었던 그 모든 감정을 이원이 느끼게 하고 싶지 않았다.

하지만 자신의 잘못, 그럴 의도는 아니었어도 결국 이호를 자신의 손으로 죽인 것이 되었다.

"폐하. 그리고……."

무흔의 말을 막은 환이 한 걸음 앞으로 다가갔다. 굳게 닫혀 있던 문이 열리고 이원이 걸어 나왔다.

온몸에 감은 붕대에 배어 나온 피에 환의 눈이 보일 듯 말 듯 하게 떨렸다. 제 몸의 고통은 느끼지 못하는지 환을 쳐다보는 이원에게서는 어떤 감정도 읽히지 않았다.

"동생을 어머니의 곁으로 보내고 싶습니다."

눈이 내리는 계단을 내려온 이원이 환에게 걸어왔다. 눈가에 맺혀 있는 눈물이 얼굴을 타고 흘러내릴 것처럼 위태롭게 매달려 있었지만 환을 쳐다보는 그녀의 분위기는 무척이나 차분했다.

"도와주십시오. 폐하."

처음으로 환은 이원의 차분함이 무서워졌다.

***

은가의 조상들이 모여 있는 묘지의 가장 마지막 자리에 어머니의 산소가 있었다.

멸문된 가문의 묘지였기에 전혀 관리가 되지 않았지만 황궁에서 온 이들이 다급히 주변을 치우고, 이호의 자리를 만들었다.

하루를 이호의 곁에서 울었던 이원은 이호의 관이 들어가고,

봉분이 올라가는 내내 울지 않고 자리를 지켰다.

아직 마음에서 동생을 떠나보내지 못했지만 산소는 금세 만들어졌다.

동생이 가는 날이라도 날이 좋기를 바랐지만, 한번 내리기 시작한 눈은 좀처럼 멈추지 않았다.

“이제 돌아가자.”

산소 앞에 주저앉아 있는 이원의 몸에 환이 두꺼운 장옷을 덮어 주었다.

혼이 나간 눈으로 이호의 산소를 보던 이원이 그제야 고개를 들어 환을 쳐다보았다. 이호의 시신을 옮기고, 산소를 만드는 내내 환은 곁을 지켜 주었다.

고마운 일이었지만, 이상하게도 아무것도 느껴지지 않았다.

“이렇게 있으면 네가 쓰러진다. 돌아가자. 원아.”

“사람을 살리는 손이 되고 싶었습니다.”

“원아.”

“여인은 의원을 할 수 없었기에 이룰 수 없는 꿈이라는 건 알았지만, 그래도 힘든 이를 도와주는 손을 가지고 싶었습니다. 그런데 돌이켜 보니 제 손에는 피밖에 남아 있지 않았습니다.”

“그건 네 잘못이 아니다.”

자신이 그렇게 만들었다. 은건명을 죽이기 위한 검으로 이원의 손에 피를 묻히게 했다.

모든 복수가 끝나면 제 손으로 목숨을 거둘 존재였으니까. 환에게 이원은 그저 도구일 뿐이었다.

그런 안일한 생각으로 저지른 일은 그대로 되돌아와 환의 목을 조르고 있었다.

"내 명령으로 저지른 거지. 네가 원해서 한 게 아니잖아!"

"……."

"넌 그저…… 네 동생을 위해 내 명령을 따른 것뿐이야."

"그런다고 피가 지워지는 건 아니지 않습니까?"

"원아!"

"사람을 죽이는 손을 가지게 되었습니다. 그리고 그 손이 동생을 죽였습니다."

이원이 끝까지 버틸 수 있었던 힘은 이호였다. 지켜야 할 존재가 사라진 순간 이원은 무너져 내렸다.

가장 생각하고 싶지 않은 상황에서 환의 몸이 떨렸다.

이대로 아무것도 하지도 못한 채 이원이 무너지는 걸 지켜볼 수는 없었다. 모든 것을 내려놓으려는 그녀를 말릴 기세로 환이 있는 힘껏 이원을 붙잡았다.

"내가 이호에게 명령했다. 황명이니 명을 따라가서 본거지를 알아내라고 시켰단 말이다! 은이호에게 황명을 거부할 힘이 없었단 말이다!"

"……."

"은이호가 죽을 수 있다는 것을 알면서도 내가 시켰어! 내가 은가를 없애려 그렇게 했단 말이다!"

그에게 적의를 가져서라도 이원이 다시 생의 의지를 가질 수만 있다면.

무기력을 이겨 낼 감정은 증오와 분노뿐이었다.

"그게 무슨 의미가 있겠습니까?"

"……원아?"

"이호가 죽었습니다. 절 원망하며 저주를 퍼부어도 모자랄 텐데 동생은 저에게 행복하게 제 생을 전부 누리고 오라고 했습니다."

"……."

"내가…… 무슨 자격으로. 동생을 죽인 것이 무슨 자격으로……."

고통에 몸부림치며 후회해도 이호는 돌아오지 않는다.

생을 전부 누리고 오라는 동생의 유언 때문에, 이 빌어먹을 목숨을 내려놓을 수도 없게 되었다.

왜 살아야 하는가? 아니 자신에게 살 자격이 있기라도 한 것인가?

"원아?"

아슬아슬하게 고여 있던 눈물이 얼굴을 타고 바닥에 뚝 떨어졌다.

끔찍하도록 고통스러운 삶이었다. 수없이 내려놓고 싶은 삶을 어떻게든 버텨 내야 한다는 절망이 이원을 갉아먹었다.

"원아!"

눈앞이 깜깜해지면서 힘이 빠진 이원이 환의 품에서 무너져 내렸다.

***

이원의 이마에 손을 댄 환의 얼굴이 딱딱하게 굳었다.

쓰러진 이후로 이틀 내내 고열이었다. 태의가 직접 진료를 보고, 미지근한 물로 몸을 닦았지만 조금도 나아지지 않았다.

"마음의 병이라는 건가?"

"송구하옵니다. 폐하."

태의가 바닥에 이마를 박았다. 이마를 감쌌던 손으로 뺨을 감싸자 이원의 입가에서 더운 숨이 흘러나왔다.

탕약이라도 먹었으면 했지만, 전혀 정신을 차리지 못하니 약은커녕 입술에 미지근한 물을 묻혀 주는 것이 고작이었다.

"탕약을 준비해 보겠습니다. 드실 수 있을지는 장담하지 못하지만 조금이라도 드시면 열을 떨어트릴 수 있을 것입니다. 폐하."

"손은 어떠한가?"

환의 물음에 태의의 눈이 이원의 손을 향했다.

상처를 치료하고 붕대로 감아 놓은 손은 피가 멈추기는 했지만 상황은 좋지 않았다.

천운이 따라 손이 완전히 망가지지는 않았지만, 그가 생각한 것보다도 상처는 심각했다.

"꾸준히 치료받으시면 평소처럼 손을 쓰실 수 있을 것입니다. 예전의 실력으로 돌아오실지는 알 수 없지만 상당한 시간을 들여 치료받으시고 연습하신다면 검을 다시 잡는 것도 조심스럽게 가능하실 거라 생각하고 있습니다. 다만 비파를 연주하시는 건 불가능합니다."

"의원은?"

"네?"

"아니다. 탕약을 준비하라."

이마에 올려놓은 수건이 뜨거워지자 환이 다시 물에 담갔다. 이마에 새로운 수건을 올리고, 불덩이 같은 몸을 젖은 수건으로 닦아 냈다.

아주 짧게라도 정신을 차려서 환을 봐준다면, 지금 미치도록 그를 괴롭히는 불안과 초조에서 조금은 벗어날 것 같았다.

"차라리 화를 내."

"……."

"너 때문이라며 소리라도 치면 차라리 덜 무서울 것 같아."

환의 손에서 벗어난 이원이 신음을 힘겹게 삼켰다. 차라리 아프다며 울음이라도 터트렸으면 좋겠다. 분명 저지른 사람은 자신이었건만 모든 감내는 이원이 하고 있었다.

이대로 이원이 사라져 버린다면.

모든 것을 내려놓은 이원의 마지막 모습이 떠오른 환이 이원의 손을 힘주어 안았다.

"나한테는 어머니가 너에게는 이호였겠지."

환은 정 상궁의 죽음을 복수로 극복했다. 그녀의 죽음에 조금이라도 연관이 되어 있는 자는 고통스럽게 목숨을 거두겠다는 맹세로 여기까지 왔다.

복수에 미친 그에게 과거의 연모 따위 전혀 중요하지 않았다.

"잘못했어."

뒤늦은 사과였지만 들어야 할 이원은 가쁜 숨을 내쉴 뿐 미동조차 없었다.

무너진 이원을 보며 환이 할 수 있는 것이라고는 곁을 지키며 한 번이라도 깨어나길 바라는 것뿐이었다.

"후우."

다행히 조금 전보다 열이 내린 이원의 숨이 안정적으로 가라앉았다. 잠든 이원을 보던 환이 피곤한 숨을 길게 내쉬었다.

이호가 죽은 이후로 잠시도 눈을 붙이지 못했다. 외면하던 피로를 자각한 몸이 물에 젖은 것처럼 무거워졌다.

이원을 보는 방향으로 벽에 몸을 기댄 환이 짧게나마 눈을 붙였다.

⁂

짧게 잠들었던 순간 문득 허전하다는 생각이 들었다. 무거운 눈꺼풀을 억지로 들어 올리니 당연히 있어야 할 사람이 보이지 않았다.

"음?"

몸에 남아 있던 잠기운이 단숨에 사라졌다. 비어 있는 침상을 보던 환이 벌떡 자리에서 일어났다.

복도를 지나 밖으로 나가니 차가운 바람이 훅 밀려왔다.

멈추지 않는 눈도, 눈과 함께 부는 차가운 밤바람의 매서움도 전혀 느껴지지 않았다. 그저 제 앞에 드리워진 광경에는 심장이 내려앉고 피가 차갑게 식었다.

"……원아."

살이 에도록 차가운 눈이 느껴지지도 않는지 이원은 맨발이었다. 눈에 남아 있는 작은 발자국이 그녀의 것밖에 없었다. 소복에 허공을 보던 이원이 붕대로 감은 손을 허공에 들었다.

허공에 떠 있는 손에 하얀 눈이 내려앉았다.

"이호야."

희미하게 미소를 지은 이원이 아무것도 없는 허공을 향해 손을 휘저었다. 들릴 듯 말 듯 하게 나오는 위태로운 목소리가 찾는 사람은 이곳에 있을 리가 없는 이호였다.

자신이 이원을 저렇게 만들었다. 두려움에 심장이 터질 듯이 뛰고, 절망이 환을 집어삼켰지만 피하는 대신 이원의 신을 들고 가까이 다가갔다.

"신발…… 신어야지."

"동생에게 가야 합니다."

환의 목소리에도 눈길조차 주지 않은 채 이원이 다시 맨발로 눈을 밟았다. 새빨개진 이원의 발을 보던 환이 그녀를 붙잡고는 몸을 숙였다.

살을 파고드는 매서운 추위에도, 맨발로 걸어 다니느라 생긴 상처에도 이원은 시선조차 주지 않았다.

"저기 동생이 있습니다. 가야 합니다."

"조금만 기다려."

조느라 이원이 나갔는지도 몰랐던 궁녀가 사색이 되어 장옷과 버선을 가져왔다.

상처투성이인 발에 버선과 신을 신기고, 얇은 소복 위에 두꺼운 장옷을 걸쳐 주었다. 환이 옷을 여미는 내내 눈길 한 번 주지 않던 이원이 손을 놓자마자 그를 지나쳐 걸었다.

어찌할 줄 몰라 하는 궁녀와 내관을 모두 물린 환이 이원의 뒤를 따라 걸었다.

"이호야. 어디 갔어?"

"……네 동생이 보일 리가 없잖아."

"조금 전까지 있었는데…… 안 보입니다. 분명히 있었는데……."

"죽었잖아."

"……."

"은이호는 죽었어."

그제야 이원의 눈이 환을 향했다.

예전에 서우명과 서우환은 똑같다고 했었던 이원의 독설이 떠올랐다. 그때는 그 사실을 부정했지만 더는 그럴 수 없었다.

서우명이 환의 세상이었던 정 상궁을 빼앗아 간 것처럼 환은 은이호를 빼앗았다.

명을 없앨 계획이었다면, 그가 만든 새장에 이원을 가둘 계획이었다면 환은 이호를 이용하면 안 되었다.

이미 저지른 일, 그 대가가 제 눈앞에 있었다.

"왜…… 왜 내 동생에게…… 그런 명령을 내리셨습니까?"

"……."

"왜 내 동생을 사지로 몰았습니까?"

"내 잘못이야."

환을 향해 걸어가던 이원의 걸음이 얼마 가지 못해 멈추었다. 핏줄이 터져 붉어진 눈에 다시 눈물이 고였다.

"폐하의 잘못이 아닙니다. 동생을 죽인 건 저입니다."

"그런 게 아니라!"

"내가 맞을 화살이었어. 내가 죽었어야 해."

"원아!"

"잘못은 내가 했는데 왜…… 왜 이호가…… 내 동생이……."

이원이 무너지려 하자 환이 가까이 다가왔다.

어떻게든 이원을 붙잡아야 했지만 방법이 떠오르지 않았다. 제 감정을 타인에게 터트렸던 환과는 달리 이원은 제 감정을 억누르며 상처 입히고 있었다.

붙잡고 있는 이원의 몸이 불덩이였다.

"이러지 마…… 이런다고 네 동생이 살아오는 것도 아니잖아! 동생이 목숨을 걸고 살려 줬으면 버텨야지!"

"……이호 보고 싶어."

핏줄이 터진 눈에 고여 있던 눈물이 피와 함께 얼굴을 타고 흘러내렸다. 생을 억지로 버틴다는 것이 너무나도 고통스러웠다.

환이 무언가를 말하는 것 같았지만 전혀 들리지 않았다. 바람이 온몸을 훑고 지나가는 것 같았지만 그마저도 느껴지지 않았다.

"내 동생 보고 싶어."

혼자 남았다는 현실이 이원을 철저히 무너뜨렸다.

十章

인적이 드문 저택에 마차가 멈추고 승상이 내렸다. 잠시 주변을 살피던 그는 호위들의 안내를 받아 문을 넘어 안으로 들어갔다.

“승상.”

“들어가서 말하자.”

주변을 의식하던 해준이 저택으로 들어갔다. 그가 안으로 들어가자마자 몇 겹의 병사들이 주변을 둘러쌌다. 시종의 안내로 방에 들어간 해준의 눈이 가늘어졌다.

의원들에게 둘러싸여 치료를 받는 명은 해준을 보지도 못하는지 연신 고통스러운 신음을 토해 냈다.

“살 수는 있는가?”

“상처가 심하여 상태를 지켜봐야 할 것 같습니다.”

도망치던 명이 무흔에게 잡히기 직전 해준은 그를 구해 왔다. 자칫 환에게 들키는 날에는 역모로 멸문될 수 있었지만 환을 건졌었던 그때처럼 해준은 모험을 선택했다.

최근 제 사람들로 세력을 키운 환은 해준에게 양보했었던 제 권리를 하나씩 가져오고 있었다.

시작이 어려울 뿐, 흐름을 탄다면 환은 해준의 권리를 모두 빼앗고도 남을 위인이었다.

"어떻게든 살려 놔라. 사람 구실을 할 정도면 된다."

"그리고 은유수가 목숨을 구명해 달라며 찾아왔습니다. 살려만 주면 원하는 건 무엇이든지……."

"필요 없다."

해준의 하원에 은가는 찌꺼기만도 도움이 안 되는 존재였다.

환이 은가의 계집에게 신경이 가 있기에 명을 빼돌릴 수 있었지만, 한편으로는 설아가 아니라 그 계집에게 눈이 돌아 버린 환이 무척이나 거슬렸다.

"차라리 서우환에게 은유수의 위치를 던져 주는 것도 재미있겠지. 놈에게도 화풀이를 할 대상은 필요할 테니 말이야."

동생을 잃은 은가의 계집이 정신을 놓았다는 보고가 있었다.

어떻게든 되돌리려 환이 애쓰고 있다고 했지만 사람의 마음이라는 것이 고작 태의의 치료로 되는 것은 아니었다.

은가의 계집에게 환의 시선이 완전히 기울어져 있을 때 움직여야 할 터, 그러기 위한 먹이로 은유수만 한 것이 없었다.

'녀석의 총애만 설아가 다시 가져온다면 걱정할 일은 없지만.'

그게 아니라면 다른 수 하나는 더 만들어야 했다. 물론 위험이 따랐지만 해준이 가진 그 무엇도 환에게 빼앗길 수 없었다.

*
**

이원이 머무는 곳은 황궁에서 말을 타면 한 시진 정도 떨어진 저택이었다.

안은 무척이나 조용하고 평온한 분위기였지만, 저택 밖은 황병과 용호군이 몇 겹을 둘러싸 지키는 곳이었다.

좋은 의미로는 안전하다는 것이었고, 나쁜 의미로는 한 걸음도 밖으로 나가지 못한다는 것이었다.

"열은 떨어졌지만 조심해야 합니다. 손의 상처는 시간이 걸리겠지만 나아질 것이니 조급해하지 마십시오."

"매번 여기까지 와 주셔서 감사합니다."

천천히 몸이 나아지면서 이원의 정신도 조금씩 돌아왔다.

제 잘못이라고 발작하며 터트리는 오열은 많이 가라앉았지만 대신 온종일 창밖을 보고 있거나 방에서 말없이 홀로 머물렀었다.

"겨울이어도 밖이 따뜻하니 조금이라도 바깥바람도 쐬시고, 자주 들어오는 탕약이 힘들어도 꾸준히 드셔야 합니다. 돌아가신 도련님도 호위님이 나아지시는 것을 바랄 것입니다."

이원의 눈치를 보느라 다른 이들은 이호에 대해 말하는 것을 꺼렸지만, 태의는 전혀 개의치 않는다는 듯이 이호를 입에 올리며 이원의 관심을 끌어냈다.

알고 보니 승명사에 있는 이호를 치료해 주었던 사람이 태의였다.

이호의 이야기는 마음이 아팠지만, 그에게서 나오는 이호의 이야기에는 자신도 모르게 귀를 기울였다.

“살펴 가십시오.”

밖으로 나오지 않아도 된다며 태의가 손을 저었지만, 이원에게도 태의는 감사한 사람이었다.

방 밖으로 나와 태의를 마중하니 언제부터인지 환이 저택 밖에서 기다리고 있었다.

태의를 보낸 환이 무표정한 이원을 향해 걸어갔다. 말없이 환을 보던 이원이 조용히 몸을 숙였다.

“같이 걷자.”

그러겠다는 긍정도, 하기 싫다는 부정도 없었다. 그저 마음대로 하라는 시선에 환이 쓴물을 삼키며 손을 붙잡았다.

따라오려는 이들을 모두 물린 환이 저택의 주변을 천천히 걸었다.

예전의 그녀였다면 주변 정경을 신기한 듯 보면서 관심을 가졌을 것이다.

하지만 지금은 그저 환이 가는 대로 따라갈 뿐, 어느 것에도 눈길을 주지 않았다.

말없이 걸어가는 순간 세찬 바람이 불어오고, 이원보다 조금 앞서 걸어가던 환이 몸을 돌려 바람을 막았다.

“그다지 춥지 않습니다. 막지 않으셔도 됩니다.”

뼈가 시리도록 차가운 바람인데도 이원은 정말로 아무렇지도 않은 것처럼 보였다. 아무렇지도 않은 것이 아니라, 느끼지 못하는 것이다.

이원이 입은 장옷을 환이 좀 더 단단히 여미었다.

“열이 내려간 지 얼마 안 되었잖아. 이만 들어가자.”

“그럴게요.”

아무렇지도 않게 꺼내는 말에 환의 인내가 그 자리에서 툭 끊겼다.

허공에 시선을 두는 이원을 보던 환이 뒤에서 그녀를 안았다.

이원의 팔을 붙잡은 환의 손에 힘이 들어갔지만, 이원은 아픔도 느끼지 못하는 사람처럼 미동조차 없었다.

태의는 나아지는 중이라고 했는데 어찌 된 것이 환의 눈에 이원은 점점 더 곪고 있었다.

"내보내 달라면서 화를 내든지, 너 때문이라며 패악을 부려!"

"……."

"너 억울하잖아! 네 동생이 불쌍해 미치겠잖아! 너희 남매를 쥐고 흔들어 댄 날 죽이고 싶어 미치겠잖아!"

"이제 와서 그게 무슨 의미가 있겠습니까?"

힘주어 안고 있던 환의 손이 풀렸다.

감정이라고는 전혀 담기지 않은 눈이 환을 쳐다보았다. 그의 눈에 깃들어지는 절망을 마주하면서도 이원은 어떤 것도 느낄 수 없었다.

차가운 바람이 내내 불어왔지만, 그뿐이었다.

"폐하께서는 원하는 것을 위해 수단을 가리지 않는 분입니다. 그런 분인지 알면서도 이용당한 건 제 잘못이지요."

"그러니까 그렇게 다 놓지 말고 화를 내."

"제가 잘못해서…… 동생이 억울하게 죽었습니다. 제가 잘못했는데 왜 폐하께 화를 내겠습니까?"

"원아!"

"왜 살아야 하는지 모르겠습니다."

그가 만든 업보다. 환이 생각했던 것보다도 저지른 죄의 대가는 독하고 끔찍하게 환의 목을 졸랐다.

이원은 더는 환을 마주하지도 않았고, 피하려고 하지도 않았다.

둘 사이에 부는 바람처럼 이원에게 환은 그저 스쳐 가는 것뿐이었다.

"이만 들어가겠습니다."

환의 손을 놓은 이원이 저택 안으로 들어갔다.

이원의 상처가 나으려면 시간이 필요하다고 생각했었다.

철저히 잘못된 판단이었다. 살아 있는 이원을 붙잡고 있는 건 죽은 동생뿐이었다.

살 의미를 찾지 못한 이원에게 시간은 그저 무의미하게 흘러가는 것일 뿐이었다.

"석운."

"예. 폐하."

"저택에 병력을 더 보내라. 은이원이 잘못되거나 사라지면 여기에 있는 모든 이들이 죽을 것이다."

"그리하겠습니다."

시간에 기대어 이룰 수 없는 일에 매달리지 않는다.

이원을 그렇게 만든 사람이 자신이라면, 다시 돌려놓아야 할 사람도 그였다.

하지만 그 전에 이원이 전부 내려놓지 않도록, 부질없는 선택을 하지 않도록 붙잡는 것이 환의 최선이었다.

*
**

이원의 곁을 떠나는 건 불안했지만, 그렇다고 황궁을 오래 비워 놓을 수는 없었다.

집무실에 오자마자 환을 찾아온 사람은 설아였다.

"황후께서 이 야심한 밤에 오실 줄은 몰랐습니다. 은밀히 의논할 일이 있으신가 봅니다."

환을 보던 설아가 떨리는 마음을 다잡았다. 아직 이 사내는 설아가 자신에게 마음이 가 있는지 알지 못했다.

"제가 말씀을 드리는 것이 폐하께도 편하실 듯하여 오게 되었습니다."

"무슨 무서운 말씀을 하시려고 이리 뜸을 들이시는지 모르겠습니다."

"은이원에게 첩지를 내리겠습니다."

예상하지 못한 말에 환의 미간이 찌푸려졌지만, 설아는 그대로였다.

해준은 절대 안 된다고 했지만, 무조건 반대한다고 막을 수 있는 문제가 아니었다.

차라리 은이원을 가까이 둔다면, 이후에 손을 쓰기도 편할 테고 먼저 그녀를 받아들인다면 환의 호의도 살 수 있었다.

"황후께서 그런 말을 꺼내실 거라고는 생각하지 못했습니다."

"저도 연모가 어떤 건지 아는 여인이니까요. 연모는 주변에서 끊어 놓는다고 끊어지는 게 아니라는 건 알고 있습니다. 다만 은이원을 빈으로 세우는 대신 저에게도 하나를 내어 주셨으면 합니다."

"무엇을 원하십니까?"

"저에게도 가짜 황은이 아니라 진짜 황은을 주셨으면 합니다."

좀처럼 변화가 없는 환의 말문이 막혔다.

의심하는 눈으로 설아를 쳐다보았지만, 그녀는 어느 때보다도 진실했다.

은이원 따위는 언제든지 정리할 수 있었지만 환은 설아가 손을 쓴다고 해결되는 사람이 아니었다.

"황후께서 제 말문을 막기도 하십니다. 황후께서는 황궁을 나가고 싶어 하셨고, 짐은 그 부탁을 들어 드린다고 했습니다."

"제 마음이 바뀌었습니다."

"……."

"전 하원의 진짜 황후가 될 것입니다. 폐하의 진짜 황은을 받아 하원의 뒤를 이을 황자를 낳아 드리고 싶습니다. 하원의 어머니로 폐하를 연모하며 살고 싶어졌습니다."

설아를 보던 환이 피식 실소를 터트렸다. 어차피 해준의 손을 잡았을 때부터 정해져 있던 정략적인 혼인이었다.

하물며 제 연모를 따라가겠다며 당당히 황궁을 나가게 해 달라는 제안을 먼저 한 설아를 환은 이원과는 또 다르게 제법 괜찮게 보았었다.

권력이 사람을 바꾸는 것인지, 아니면 원래 저 모습인지.

관심도 없고 중요하지도 않았지만 선을 넘으려는 설아의 장단에 휘둘리고 싶지 않았다.

"지금도 하원은 충분히 표가의 영향을 받고 있습니다만 그것만으로는 부족하셨나 봅니다. 연모가 끝나니 홍 황후가 되고 싶으신 것입니까?"

"소첩이 지금 누군가가 될 수 있다면 홍 황후가 아니라 은이원이 되고 싶습니다."

"말씀이 과하게 지나치십니다."

"다른 사내의 아이를 가졌었던 몸으로 뻔뻔하게 굴고 있다는 건 알고 있습니다. 하지만 사람의 연모는 얼마든지 바뀔 수 있고, 새로운 바람을 품을 수도 있습니다."

"일방적으로 통보를 할 수도 있고 말이죠."

단호한 거절에 설아의 얼굴이 굳어졌지만 전혀 와 닿지 않았다.

제 감정이 바뀌었으니 환도 따라야 한다는 일방적인 선포도 우스웠고, 이원을 제 수중에 넣고 흔들려는 수작도 같잖았다.

"환."

"황후께서는 짐을 그렇게 부르지 않았으면 좋겠고 말이죠."

"전 폐하의 하나뿐인 황후입니다. 진짜 황은을 요구하는 것이 잘못된 건 아니지 않습니까?"

"황은은 짐의 의무이자 권리입니다. 그걸 지금 황후께서는 침범하시려 했습니다. 그리고 은이원은 황은을 입지 않았습니다. 그러니 첩지는 가당치도 않지요. 오늘 황후와의 대화는 무척 피곤하군요."

"폐하."

"이만 혜완궁으로 돌아가시지요."

굴욕에 몸을 떨며 환을 노려봤지만, 그는 마치 설아가 없는 것처럼 눈길조차 주지 않은 채 장계를 펼쳤다.

권운의 연모를 바랄 때도 거부를 당했었기에 새삼스럽지는 않았지만 높은 자존심에 금이 가는 건 참을 수 없었다. 어차피 서우환이 할 수 있는 선택은 많지 않았다.

결국 이 사내도 설아의 손을 잡을 수밖에 없을 것이다.

"다른 날 다시 이야기하시지요."

치맛자락을 붙잡고 일어난 설아가 문을 열자 그 앞에 창백하게 질린 정 귀인이 서 있었다.

둘의 대화를 전부 들었는지 정 귀인의 눈에 눈물이 가득 고여 있었다.

"폐, 폐하께서 부르셔서……."

"들었겠군."

고개를 돌리니 정 귀인과 설아를 환이 모두 지켜보고 있었다.

갑작스러운 방문이라며 설아를 맞이했지만 실제로 환은 그녀가 올 줄 알고 있었다.

그래서 설아가 오는 시간에 맞춰 정 귀인을 불렀다.

'폐하께서는 진심이시군요.'

이 사내는 정 귀인에게도 가짜 황은에 대해 흘릴 생각이었다.

황은을 내리지 않았으니 이원을 후궁으로 부르지 않겠다고 했지만, 그는 언젠가는 이원을 제 곁으로 세울 생각이었다.

"사실이네. 그리고 여기에 더 있을 필요는 없겠군. 정 귀인을 모셔라."

시선을 주자 김 상궁이 빠르게 움직여 정 귀인을 부축했다.

잠깐이나마 열렸던 집무실의 문이 굳게 닫혔다. 본인이 만든 파란에도 환은 미동조차 없었다.

⁂

지겹도록 긴 겨울이었다.

마루에 앉아 있는 이원이 제 손의 붕대를 보았다. 태의가 와서 상처를 치료했지만, 생각보다도 회복은 더뎠다.

태의는 아니라고 했지만 지나가는 의관들이 검조차 잡기 어려울지도 모른다고 말했었다.

"이제 와서 무슨 의미가 있을까?"

이곳에 온 이후로 비파는 물론이고 검조차 생각하지 못했다. 그저 하루하루 사는 것도 지금은 힘들었다.

생을 누리다가 오라는 이호의 유언이 아니었다면 이마저도 놓았을 것이다.

다만 이렇게 하루하루를 보내는 것이 또 무슨 의미가 있을까 싶었다.

바람이 한차례 불었다.

이곳에 있는 이들과 환은 바람이 춥다고 했지만 이원은 전혀 느껴지지 않았다.

'바람이 되어 누님의 곁에 있겠습니다.'

"어디에 있는 것이냐?"

항상 곁에 있는다고 했던 동생은 어디를 찾아도 보이지 않았다.

결국 이원의 생을 붙잡기 위한 이호의 거짓말일 뿐이었다.

어깨에서 느껴지는 묵직한 장옷의 촉감에 이원이 고개를 들었다.

"원아."

해가 저물 때쯤 환은 이곳으로 왔다.

삶의 목적도, 의미조차 남지 않았지만 매일 곁을 지키는 환은 외면하고 싶어도 자꾸 그녀의 앞에 나타났다.

"황제께서 황궁을 그리 자주 비우시면 많은 이들이 걱정합니다."

"입단속을 시켜야겠네. 누가 너에게 그런 쓸데없는 말을 시킨 거지?"

차가워진 뺨에 환의 따듯한 손이 닿았다. 고개를 들어 환을 쳐다보자 보기 좋은 미소가 얼굴에 생겼다.

마주 보는 사람에게 방심을 불러일으키게 하는 미소였지만, 정작 보고 있는 이원은 무덤덤했다.

"나 하나 빠진다고 멈출 황궁이 아니야."

"……."

"오늘은 어떻게 지냈어?"

이원이 모든 것을 내려놓았다는 것을 알면서도 환은 꼭 무엇을 했는지 물어봤다.

매일 이어지는 물음에 이원은 매일 똑같은 대답으로 고개를 저었다.

어제와 똑같은 반응에 환의 눈이 옅게 떨렸지만 내색 않고 이원의 손을 감쌌다.

따뜻했던 작은 손에는 여전히 두꺼운 붕대가 감겨 있었다. 손의 상처만큼이나 깊게 생겨 버린 마음의 상처를 건드는 건 위험하고 무모한 짓이었다.

하지만 이대로 무너지는 것을 보는 대신 무모한 시도라도 하는 게 맞았다.

"갈 곳이 있어."

"……어디를?"

"멀지 않아."

이원의 손을 놓은 환이 몸을 일으켰다. 잠시 후, 호위도 없이 이원을 말에 태운 환이 어디론가 가기 시작했다.

***

도착한 곳은 도성에 있는 감옥이었다.

이곳에 있을 사람이라고는 하나뿐이었다. 들어가기 싫다며 거절했지만, 저택에서와는 달리 환은 이원을 이끌었다.

"이원아."

옥에 갇혀 있던 건명이 이원을 발견하고는 절뚝거리며 일어났다. 다리에 화살을 맞았던 상처를 빼고는 크게 다친 건 없었다.

앞까지 다가온 건명이 이원의 뺨을 감쌌다.

"괜찮은 것이냐? 손은…… 다른 곳은 다치지 않았느냐?"

뺨을 감싼 건명의 손이 파르르 떨렸지만 아무 느낌도 없었다.

하나뿐인 아버지이고, 살아 계셔서 다행이었지만 머릿속을 채운 건 죽은 이호였다.

건명이 명과 함께 반역을 꾀하지 않았다면 이호가 살았을 것이다. 아니 이원의 설득에 환에게 항복했다면 이호가 죽을 일은 없었다.

'내가 이호를 직접 데리고 갔으면 될 일이었다.'

하지만 결국 이어지는 책임의 끝에 서 있는 사람은 이원이었다.

건명에게 분풀이를 해 봤자 이호가 돌아오는 것도 아니었고, 결정적으로 이호는 이원을 지키다가 죽었다.

"이원아."

"이호가 죽었습니다. 아버지."

건명의 눈이 촉촉하게 젖어 들었다. 아들이었지만 유수와는 달리 이호는 몸이 좋지 않다는 이유로 제대로 된 대우조차 받지 못했다.

아들은 아들이라는 것일까? 그랬다면 환이 도성으로 병사를 끌고 왔었던 그날 이호를 데리고 갔어야 했다.

"너는……."

"……."

"너는 괜찮은 것이냐?"

크게 다치지 않았으니 괜찮다고도 볼 수 있었지만 딱 그 정도였다.

자신의 귀한 동생은 제대로 된 대우조차 받지 못한 채 죽었다.

이호가 살아 있을 때는 그를 외면하고는 이제 와서 아버지로서 괜찮냐는 물음을 던지는 건명을 이원은 받아들이기 힘들었다.

"아버지께서는 그럼 괜찮으십니까?"

담담하지만 그 안에서 느껴지는 적의에 건명의 말문이 막혔다. 건명의 굳은 표정을 보던 이원이 쓴물을 억지로 삼켰다.

이호가 죽은 시간에서 벗어나고 싶어도, 하루에도 몇 번씩 그녀를 괴롭히는 건 죽기 전 이호가 지은 미소였다.

'넌 웃으며 생을 내려놓았지만 난 그럴 수 없단다.'

이호를 생각하는 것만으로도 숨이 막히고 온몸이 아팠다.

괜찮지 않다. 이원에게 삶은 고통이자 빠져나올 수 없는 수렁이었다.

"이만 가 보겠습니다."

건명이 다급하게 손을 뻗었지만 그보다도 먼저 이원이 몸을 돌렸다.

둘의 상황을 보던 환이 미간을 좁히며 이원을 따라 나갔다.

환이 따라오는 것도 상관없이 감옥을 나온 이원은 단둘이 남을 때까지 한참을 걸었다.

줄기차게 느껴지던 기척이 사라지자 이원이 몸을 돌렸다.

"이제는 이호 대신 아버지입니까?"

부정하지 않는 환을 보며 이원이 힘껏 주먹을 쥐었다.

지금 그녀는 혼자 버텨 내는 것만으로도 한계였다. 그런데 이 사내는 제 손아귀에 이원을 두기 위해 다시 건명을 인질로 수를 쓰고 있었다.

"은건명이 은이호만큼의 가치가 있다면 이럴 수 있어."

"……."

전부 놓고 싶은데도 놓지 못했던 이유가 그제야 보였다.

이 사내가 아직 그녀의 인생에 있었다. 이원이 포기한 삶을 이 사내는 아직 아니라며 억지로 붙잡고 흔들어 대고 있었다.

"네가 마음을 다잡으면 은건명은 책임지고 살려 줄게."

명의 최측근이었던 건명을 귀족들이 가만히 놓아둘 리가 없었다.

그들과 대립하면서까지 건명을 살려 줄 테니 돌아오라는 제안을 하고 있었다.

환이 힘을 가지고 있어도 무모한 짓이다.

무엇보다도 이 영악한 사내는 지금의 제안이 스스로에게 위험하다는 것을 알면서도 이원에게 그리해 주겠다며 말을 꺼냈다.

화를 내도 이원이 바뀌지 않으니 제 목숨과 건명의 목숨을 걸어서라도 이원을 흔들겠다는 계산이었다.

'당신이 날 놓지 않는 한 난 벗어날 수 없구나.'

이대로 불안한 상황이 계속된다면 결국 이호의 죽음처럼 파국이 되풀이될 뿐이었다.

"폐하께서는 아직도 절 원하십니까?"

"원해."

간결하고도 명확한 대답이 환에게서 흘러나왔다. 약간의 주저도 없는 그를 마주하는 순간 이원은 제 마음속에 답을 찾았다.

"이만 돌아가고 싶습니다."

답을 듣지 못한 환의 눈이 짧게 흔들렸지만, 곧 평정을 되찾은 그가 이원을 말에 태웠다.

저택으로 돌아가는 내내 이원은 물론이고 환 또한 말이 없었다.

이원은 내려놓은 연모를 환은 다시 붙잡으려 했다. 결국 이원이 전부 놓으려면 이 사내가 억지로 붙잡은 손까지도 놓게 해야 한다.

그러려면 방법은 하나, 이 사내가 이원에게 가지지 못했던 것을 주면 될 뿐이었다.

⁂

손을 감싸고 있던 붕대가 풀리고, 손의 상처가 드러났다.

태의가 준비해 놓은 약을 바르고 다시 붕대를 감았다. 오른손은 조금씩 낫고 있었지만, 명에게 찔린 왼손은 아직 상처가 심했다.

"오른손이 거의 나았으니 왼손도 좋아질 거야."

"……."

"이제 눕자."

환이 이끄는 대로 이원이 눕자 따뜻한 이불이 덮어졌다. 지금의 그에게서는 예전의 환이 느껴졌다. 황궁에 있었을 때는 그렇게 보고 싶었던 모습이었지만, 이제는 잘라 내야 할 사내였다.

잠자리에 누워 있던 원이 손을 들어 환의 뺨을 감쌌다.

"곁에 있어 달라면…… 환은 곁에 있어 줄 것입니까?"

힘이 들어가지 않는 손이 턱을 타고 미끄러지자 환이 이원의 손을 감쌌다.

붕대가 감겨 있는 손바닥과 손가락에 입술을 맞추었다. 약초의 독한 향 사이로 희미하게 이원의 체향이 맡아졌다.

"지금도 곁에 있어."

이 사람이 가장 바라는 것을 주고 모든 미련을 내려놓을 것이다.

누워 있던 이원이 몸을 일으켰다. 잠시 떨어졌던 손이 다시 환에게 닿았다.

자신은 사내를 어떻게 유혹하는지는 알지 못한다. 하지만 이 사내에게는 어떻게 다가가야 할지 알고 있었다.

한때는 이 사내와 함께하며 같은 길을 걷고 싶었다.

"원아?"

"잠들면 무서운 꿈을 꿉니다. 꿈에서 깼을 때 혼자인 게 싫습니다."

그가 원하는 것을 준다면, 그리고 더 이상 이원의 세상에 그는 아무 가치도 없다는 것을 보여 준다면 자존심에 상처를 입은 환은 이원을 놓아줄 것이다.

"제가 황궁에 가지 말라고 한다면……."

"안 가."

"……내가 안아 달라고 하면 안아 주실 겁니까?"

"뭐?"

마주 보던 이원이 환에게 좀 더 가까이 다가왔다.

내쉬는 숨이 얼굴에 닿을 정도로 가깝게 다가간 이원이 다시 손을 들어 그의 얼굴을 어루만졌다.

손가락에 닿은 눈썹을 어루만지고, 그녀의 눈을 덮고, 코끝을 지나 입술에 닿았다.

입술을 어루만지던 손이 환의 목을 움켜잡았다.

"제가 힘을 줘도 가만히 계실 겁니까?"

"날 죽일 생각이라면 다친 손으로 하지 말고."

목을 붙잡지 않은 다른 손을 붙잡은 환이 제가 가져온 검에 올려놓았다.

흔들리는 이원과는 달리 목을 붙잡힌 환은 차분하다 못해 날카로웠다.

"검으로 죽여. 대신."

"……."

"네 동생의 유언대로 자유롭게 살아. 하고 싶었던 일도 전부 하고, 더러운 하원 따위 쳐다보지도 말고 네 생을 전부 누리다가 죽어. 그런다고 약속하면 지금 얌전히 죽을게."

말을 끝낸 환이 마음대로 하라는 듯이 환하게 미소 지었다.

목을 움켜잡았던 손이 그의 옷을 붙잡았다. 눈앞이 흐려졌지만 환의 옷을 붙잡고 숨을 참고 버텨 냈다.

오늘 밤만 잘 넘기면 된다. 이 길고 긴 밤을 지나고 나면 이원은 어떤 제약도 없이 모든 것을 내려놓을 것이다.

"전 이제 아무도 없습니다."

"내가 있잖아."

"……."

"네가 원하는 게 있으면, 복수라는 걸 하고 싶으면 날 이용해. 원아. 네가 하라는 대로 얌전히 따를게."

"그럼 보여 주십시오."

환의 손을 붙잡은 이원이 그가 했었던 그대로 손바닥에 입술을 맞추었다.

이원이 하는 대로 참아 내던 환이 참지 못하고 다가왔다. 이원의 어깨를 붙잡은 것과 동시에 붉은 입술에 입을 맞추었다.

입맞춤에 잠시 몸을 움찔거렸던 것도 찰나 그가 다가올 수 있도록 입술을 좀 더 열었다.

찰나의 순간 숨결이 엉키고, 엉키는 타액을 경쟁적으로 삼켰다.

수없이 삼켜도 이원의 입에서 나오는 건 전부 달금했다. 자극하듯이 입안의 여린 내벽을 혀로 훑자 엉키는 숨결에 다시 타액이 흘러나왔다.

힘겹게 숨을 내쉬어도 곧바로 환에게 삼켜졌다. 힘든 숨을 내쉬며 이원이 몸을 비틀거리자 환이 허리에 팔을 감았다.

"조금만 더."

입술이 떨어지자마자 가쁜 숨을 내쉬던 이원이 낮게 가라앉은 목소리에 다시 다가왔다.

몇 번을 삼켜도 처음 맛닿았던 것처럼 달았다. 달콤한 당과를 삼키는 것처럼 입맞춤이 이어지다가 떨어지기를 반복하였다.

거듭된 입맞춤으로 부어오른 입술을 이를 세워 깨물자 자극을 받은 이원의 입 밖으로 엉킨 타액이 흘러내렸다. 턱으로 흘러내리는 타액의 위에 환의 입술이 닿았다.

"하아."

"같이 있자."

"……."

"같이 있어. 원아."

낮게 흘러나오는 말에서 느껴지는 열기가 이원의 감각을 일깨웠다.

그녀의 생애 처음이자 마지막인 사내.

인연을 끊기 위한 관계였지만 지금만큼은 이 사내만을 생각할 것이다.

환의 팔이 이원을 제 품으로 끌어당기고, 그의 무릎에 올라탄 이원이 환의 입술에 제 입술을 포개었다.

열린 입술로 흘러나오는 더운 숨결을 이원이 삼키는 순간, 절제 따위 사라진 환이 이원을 침상에 눕혔다.

고름이 풀리며 드러나는 하얀 피부에 환이 얼굴을 묻었다.

가슴을 가리는 천 외에 상체를 가리던 옷이 전부 벗겨지자 이원이 짧게 몸을 떨었다.

작은 어깨를 손으로 감싼 그가 이원의 쇄골에 더운 숨을 내쉬었다.

쇄골을 따라 움직이던 입술을 목에 묻자 달금한 향이 코끝을 간질였다. 가슴을 가리던 작은 천마저 벗겨 낸 환이 가슴골에 얼굴을 묻었다. 어깨를 어루만지던 손이 소담한 가슴을 감싸고 단단해진 유실을 비틀었다. 보드라운 가슴을 이를 세워 깨물자 잇자국이 붉게 새겨졌다.

몸의 어느 곳 하나 이성을 흔들지 않는 곳이 없었다.

"원아."

귓가에 속삭이는 목소리에 이원의 솜털이 일었다.

품에 갇혀 있다시피 안겨 있는 이원을 보던 환이 빙긋 웃으며 작은 귓불을 삼켰다. 귓가에 들리는 억누른 신음에 갈증은 더욱 심해졌다.

그의 손길이, 입술이 닿을 때마다 달금한 향이 코끝에 훅 밀려왔다. 귓바퀴를 따라 혀가 움직이고, 가슴을 애무하는 손에 힘이 들어가자 품에 갇혀 있던 작은 여체가 열기에 바르작거렸다.

"소리 내도 돼."

안 된다는 듯이 이원이 고개를 젓자 환이 달래듯이 이마에 입술을 맞추었다.

열기 탓에 눈 끝에 맺혀 있는 눈물에 입술을 맞추자 따뜻하면서도 짭짤한 눈물이 혀끝에 닿았다.

숨결을 전부 삼키고, 붉게 달아오른 입술을 삼켜 빨아들였다.

더운 숨결만큼이나 달금한 입술이었다.

한계에 다다른 이원이 환을 진정시키듯 어깨를 감싸자 끝없이 이어지던 입맞춤이 떨어졌다.

"하아."

긴 숨을 내쉬는 이원을 환이 내려다보았다.

달빛이 비추는 이원의 몸에는 예전에는 없었던 흉터와 상처가 남아 있었다.

전부 그가 내린 명령을 지키기 위해 생긴 것들이었기에 환의 눈이 하나씩 그녀의 변화를 눈에 담았다.

"믿지 못하겠지만, 너 이후에 어떤 여인도 품지 않았어."

"……."

"진짜야."

믿어 달라는 표정에 이원의 입꼬리가 보일 듯 말 듯 하게 올라갔다.

희미한 미소였지만, 그마저도 기꺼웠다. 달금한 체향을 따라 더운 숨을 내쉬는 입술에 다시 입을 맞추었다.

언제나 일방적으로 다가와 제멋대로 취하고 삼켰었던 전과는 비교조차 할 수 없었다.

마치 제 전부를 가져가라는 것처럼, 이원이 환에게 다가왔다.

"아앗!"

온몸에 들끓는 열기에 제 몸에 있는 옷을 전부 벗은 환이 이원의 몸에도 남아 있는 옷을 전부 벗겨 냈다.

나신인 이원은 부끄럽다며 몸을 가렸지만 바라보는 것만으로도 눈이 멀 것 같았다.

"그만 봐요. 부끄러우니까…… 그게……."

"곱다."

"……거짓말하지 말아요."

"난 거짓말을 할 정도로 착한 사람은 아니라서."

"……."

"진짜 고와. 원아."

환을 마주 보던 이원은 얼굴이 새빨갛게 달아오르자 외면하듯 눈을 감았다.

그녀를 내려다보던 환의 손이 물기가 남아 있는 눈에 닿았다.

솜털이 오른 뺨을 애무하던 손길은 고운 곡선을 가진 턱을 지나 한 손에 쥐어지는 목에 닿았다.

숨을 마시고 내쉴 때마다 목을 감싼 손에서 생생한 맥이 느껴졌다.

맥이 느껴지는 곳에 환이 입술을 묻고 이를 세워 깨물자 이원의 입이 조금 열리며 낮은 신음이 터져 나왔다.

"연모해."

"……."

"연모해. 원아."

제 약조를 보여 주려는 것처럼 귓가에 속삭이는 원아라는 단어가 이원의 마음을 툭 건드렸다.

환의 목에 팔을 감은 이원이 그의 입술에 먼저 다가왔다. 대답하지는 않았지만, 지금의 입맞춤으로도 충분했다.

부드럽게 어루만지던 손에 힘이 들어가고, 등을 감싼 손이 제 품으로 이원을 끌어당겼다.

매끄러운 선을 가진 등에서 가는 허리로 손이 움직이고 보드라운 엉덩이를 감싸며 움켜쥐었다.

그의 손에 이원을 새기려는 것처럼 힘주어 애무하는 자리마다 이원의 몸에 붉은 물이 들었다.

새하얀 한지에 그림을 그리는 것처럼 환의 손이 지나갈 때마다 바뀌어 가는 이원을 보는 건 환에게는 새로운 즐거움이었다.

"……조금만 천천히……."

"……."

"환 제발."

"안 들을래."

애원하는 말에도 들어주지 않자 물기에 젖은 눈이 환을 쳐다보았다.

흘기듯이 쳐다보는 시선조차 사람을 돌아 버리게 했다.

물기에 젖은 눈에 입술을 맞춘 그가 이원의 다리 사이를 파고들었다.

허벅지의 보드라운 피부를 애무할 때마다 종종 은밀한 곳에 손이 닿자 이원이 부끄러운 듯 다리를 모으려 했다.
어림도 없다는 듯이 이원의 허벅지를 붙잡은 환이 좀 더 안쪽으로 손을 움직였다. 젖은 음부의 주변을 애무하던 손길이 젖은 멍울을 손가락으로 비틀었다. 멍울을 희롱하던 손가락이 질구의 주변을 맴돌다가 그 안을 파고들었다.
"흐읏."
안을 파고든 손이 여린 살을 긁어내자 질척거리는 소리가 밖으로 들렸다. 음란하기까지 한 소리에 붉어진 이원이 손으로 얼굴을 가렸지만 그마저도 환의 손에 붙잡혔다.
"괜찮아."
"그, 그래도……."
힘겹게 꺼냈던 목소리는 안을 헤집는 손가락의 감촉에 삼켜졌다. 물기가 차오르는 건 눈만은 아닌 듯 스치듯이 닿는 손길에도 이원은 젖어 들었다.
여린 살이 손가락을 힘껏 밀어냈지만, 그만큼 더 깊게 질 안을 굵은 손가락이 헤집고 휘저었다. 질척거리는 소리가 점점 커지고, 안을 가득 채웠던 애액을 손가락으로 긁어내자 이원이 몰아친 절정에 신음을 토해 냈다.
"하아."
참고 참았던 숨을 길게 내쉬자 환의 머리카락이 짧게 흔들렸다.
이원을 내려다보던 환이 가쁜 숨을 내쉬는 가슴을 내려다보았다.
환의 시선에 새빨갛게 달아오른 이원이 가슴을 가리려 했지만, 그보다도 먼저 환이 얼굴을 숙였다.

가슴에 불덩이가 내려앉은 기분이었다. 분명 처음이 아니었어도 몸과 몸이 맞닿으면서 들려오는 질척거리는 소리에 숨이 막혔다.

부끄러움에 빠져나오고 싶어도 환에게 단단히 붙잡힌 터라 그녀의 의지와는 상관없이 열기가 차올랐다.

"그, 그만!"

"이제 시작인데?"

"그, 그래도!"

울 것 같은 이원을 보며 미소를 지은 그가 다시 고개를 숙였다.

자신에게 다른 여인은 없었던 것처럼, 이원에게도 사내는 자신뿐이었으면 했다.

더는 참기 싫다며 아우성치는 몸의 열기를 억누른 환이 이원의 다리를 붙잡고는 젖은 질구를 파고들었다.

"흐읏."

애무에 쌓인 열기를 토해 내는 신음과는 완전히 달랐다. 고통을 억누르듯 이원이 입술을 깨물었다.

"몸에 힘을…… 빼야 해."

그의 말뜻을 알면서도 몸에 힘을 빼는 게 마음처럼 되지 않았다.

환에게 얼굴을 묻은 채 이원이 작게 울먹거리자 그러지 말라는 것처럼 환이 이원의 얼굴에 자잘하게 입술을 맞추었다.

통증이 사라지지는 않았지만, 환이 기다려 주니 이원도 조금은 자신을 추스를 수 있었다.

"이제 괜…… 흐읏."

이원의 몸에서 힘이 빠지자마자 환의 절제가 끊어졌다. 마저 들어가지 못한 성기가 끝까지 치밀고 들어가자 밀려드는 고통에 이원이 입술을 깨물었다. 다시 밀려드는 고통에 이원이 숨을 삼켰지만, 이제는 그도 한계였다.

환의 어깨를 붙잡는 것으로 버티려 했지만, 그의 힘에 밀려 갇혀 있다시피 한 여체가 그가 움직이는 대로 휩쓸렸다.

가라앉지 않을 것처럼 밀려들던 통증이 사라지는 자리에 밀려드는 쾌락으로 이원의 신음이 다르게 변해 가자 환의 움직임 또한 거칠어졌다.

조금 전까지 배려하며 참아 내던 그는 없었다. 토해 내듯 터트리는 숨결이 섞이고, 누구의 것인지 모를 땀이 서로의 몸에 묻어났다.

"흐으읏."

이제는 통증인지 쾌락인지 알 수 없었다. 느껴지는 것이라고는 맞닿아 있는 상대의 뜨거운 열기였고, 삼켜지는 것이라고는 서로가 토해 내는 거친 숨결뿐이었다.

몇 번인지도 알 수 없을 정도로 서로에게 자신을 새기기를 수없이 반복하며 절정을 이루는 순간 환이 낮은 신음을 토해 냈다.

온몸에 가득 채워지는 그를 느끼며 이원이 절정에 참았던 숨을 길게 토해 냈다.

"……원아. 쓸데없는 생각 하지 마."

절정에 지쳐 있던 이원의 몸에 짧게나마 힘이 들어갔지만 곧 평정을 되찾았다.

모르는 척 시선을 보내니 빙긋 미소를 지은 환이 이원의 얼굴을 가리는 머리카락을 손가락으로 쓸어내렸다.

"난 널 못 놔."

연이은 정사로 지친 이원의 얼굴 곳곳에 땀이 송골송골 맺혀 있었다.

조심스러운 손이 땀을 닦아 내며 얼굴을 애무하였다. 다정한 손길에 환을 보던 이원이 외면하듯 눈을 감았다.

"해 달라는 건 전부 해 줄 수 있어. 그러니까 한 번만 더 굽혀 줘. 원아."

"……환."

"하고 싶은 건 전부 해도 되지만 날 놓을 생각은 하지 마. 놓고 싶어도 안 되겠지만."

"……."

열기가 남아 있는 눈으로 이원을 내려다보던 환이 작은 뺨을 감싸고 부어오른 입술을 다시 덮었다.

유혹하듯 다가온 입맞춤에도 이원은 어떤 말도 꺼낼 수 없었다. 말을 하는 순간 제 속을 전부 들켜 그의 앞에 발가벗겨질 것 같았다.

"나 안아 줘. 원아."

환의 요구에 그제야 이원이 그를 바라보았다.

그저 하룻밤. 해가 떠오르면 끝날 인연이었다. 이후의 일은 생각하지 않는다.

지금 그저 이 사내의 품에서 자신이 원하는 만큼 그를 가질 뿐이었다.

기다리는 환을 향해 이원이 먼저 다가갔다.

이원의 화답에 기다렸다는 듯이 환이 그녀의 손에 깍지를 끼고 거침없이 제 흔적을 남겼다.

목이 쉬도록 신음을 터트리고, 몇 번이고 상대의 몸에 제 흔적을 남겼다.

마치 처음 함께했었던 그때처럼, 새벽 해가 떠오르기 전까지 서로를 탐하였다.

그리고 새벽 해가 떠오르자 이원은 잠든 환을 버리고 주저 없이 저택을 떠났다.

⁂

반쯤 늘어진 침의 사이로 보이는 근육에 새겨져 있는 흉터가 그가 움직일 때마다 꿈틀거렸다.

새벽바람이 무척이나 차가웠지만 허공을 노려보는 환은 자각조차 하지 못했다.

"이런 식으로 잘라 내려고 하네."

분명 이원에게 쓸데없는 짓 따위 하지 말라고 했었다. 환이 말한 의미를 알면서도 이원은 전부를 놓으려 했다.

나름 숨겼다고 생각했겠지만, 이원이 무슨 생각을 하는지 전부 알고 있었다.

다만 먼저 다가오는 이원을 밀어내기 싫었기에, 세상의 어느 여인보다도 가장 강하게 열망했기에 모르는 척 장단에 맞춘 것뿐이었다.

"고작 하룻밤을 같이 보낸다고 사내는 만족하고 놓아주지 않는단다."

은이원이 전부 놓은 건 중요하지 않았다. 이곳을 떠난 것도 문제가 되지 않는다.

하원의 모든 것이 전부 환의 것이었다. 서우환이 놓지 않았다면 은이원의 결심은 중요하지 않았다.

"폐하. 은 호위는…… 이원 아가씨는 승명사로 들어가셨다고 합니다."

"내 정인은 무척이나 똑똑하고 독하기도 하지."

자기 뜻을 존중해서 이만 포기해 달라.

이원은 자신이 떠나 봤자 환에게 곧 잡힐 거라는 걸 알고 있었다.

이곳을 떠나 이호가 머물렀던 승명사로 들어가겠다는 건 환에게 말하지 않았을 뿐, 이제 모든 것을 내려놓겠다는 의지였다.

내 삶에 당신은 더는 필요가 없다.

이원이 남긴 의미에 환이 불쾌한 듯 입꼬리를 올렸다. 결국 이런 식으로 이원은 환을 버리려 했다.

"발이 빠른 자를 시켜 승명사 주지에게 전하라. 은이원은 승명사에 찾아온 손님일 뿐이다. 어떻게 처신해야 하는지 말하지 않아도 잘 알고 있으리라 믿는다고 말이다."

"그러겠습니다."

"그리고 승명사로 가겠다. 황병을 준비시켜라."

은이원이 숨으려 한다면 서우환이 끌어내면 될 뿐이었다. 이원을 생각하며 버텼던 배려는 그녀가 떠나면서 내려놓았다.

은이원이 은이원대로 하겠다면, 서우환도 똑같이 할 뿐이었다.

*
**

소복하게 눈이 내린 승명사의 공터에서 환은 이원이 나올 때까지 기다렸다.

모든 것을 내려놓고 절에 들어가려 했지만, 이미 환이 손을 쓴 뒤였다.

하지만 이제 이원을 붙잡을 수 있는 건 아무것도 없었다.

"그렇게 계셔도 돌아가지 않습니다. 이만 황궁으로 돌아가십시오."

이번만큼은 절대 환이 하자는 대로 굴복하지 않을 것이다.

진심으로 이원이 바라는 것은 하나였다.

조용히 이곳에서 남은 목숨을 이어 가는 것, 그리하여 끝이 왔을 때 편안하게 눈을 감은 것뿐이었다.

어떻게든 살아남으라는 이호의 유언을 이원은 이렇게 끝맺으려 했다.

"이제 그만 소인을 놓아주십시오."

"돌아가자."

그녀의 말 따위 듣지 않은 것처럼 환의 말투는 간결하고 단호했다.

복수만 보고 있었던 환의 눈은 이제 이원에게로 향해 있었다.

예전에는 힘이 없었기에 이원을 놓을 수밖에 없었지만 이제는 얼마든지 이원을 제 곁에 둘 힘이 있었다.

"돌아가자. 원아."

"이제 끝났습니다."

"……."

"이곳에서 조용히 여생을 살다가 가겠습니다."

이원은 제 생을 살겠다고 말했지만 결국은 말장난일 뿐이다.

그녀가 환을 거부하는 이유는 하나였다.

모든 것을 내려놓으려는 데 방해가 되는 걸림돌.

그녀의 삶에 유일하게 영향을 주는 존재.

떼어 내려 해도 절대 떨어지지 않는 거머리.

먼저 다가와 관계까지 해 놓고는 너는 아니라며 내치는 것으로 환의 자존심에 상처를 주려 했다.

그렇게 이원은 환이 억지로 붙잡고 있는 손을 떼어 내려 했다.

"네가 생각하는 것보다도 난 훨씬 더 제멋대로야. 원아."

"……."

"나에게 자존심이 있었다면 살수로 더럽게 살지 않았겠지."

이원이 고심해서 쓴 수작 따위 자신에게는 아무것도 아니었다.

지금 환을 가장 괴롭히는 걱정은 이원이 완전히 사라질지도 모른다는 것뿐이었다.

"넌 내가 널 한번 안은 것으로 다 끝내 줬으면 했겠지만."

"……."

"난 이제 시작이야."

"제 결심은 바뀌지 않으니 이만 황궁으로 돌아가십시오."

"네가 가지 않으면 이곳을 불태우겠어."

환을 외면하고 방으로 들어가려던 이원이 멈추었다. 그녀의 눈에 생기는 적의에 환의 입가에 미소가 생겼다.

결핍되고 미쳐 버린 그를 채워 줄 수 있는 유일한 존재였다.

정도를 벗어난 그가 이원과 함께 있으면 제대로 된 길을 걸을 수 있었다.

그의 삶이 달라질 방법을 찾았는데 포기할 리가 없었다.

"그럼 그 불에 저도 죽겠습니다."

이원은 너무나도 쉽게 제 삶을 내려놓으려 했다.

이호가 살려 준 삶이었다. 동생을 아낀다면 이원은 악착같이 살아남아 제 삶의 목적을 찾아야 했다.

이원이 찾지 못한다면 환이 찾게 하면 될 뿐이었다.

"은건명으로 널 흔들 수 없다면 더 큰 제물을 찾으면 돼."

무슨 의미냐며 이원이 물어보려는 순간 환이 손을 위로 올렸다.

멀지 않은 곳에서 타는 냄새가 나고, 스님들의 비명이 들려왔다.

환이 아는 이원은 한때는 의원을 꿈꿀 정도로 타인에게 자비롭고 착했다.

그리고 이원과는 다르게 서우환은 은이원 외의 목숨에는 그다지 가치를 느끼지 못했다.

"나와 함께 황궁으로 같이 가든지."

매캐한 연기가 이원과 환이 있는 곳으로 밀려들어 오고 있었다. 불을 꺼야 한다는 사람들의 비명이 점점 더 처절해졌다.

"아니라면 이 불에 같이 죽자."

설령 이 불에 이원이 진짜 죽으려 해도 상관없었다. 어차피 이원이 죽는다면 환도 제 생을 내려놓을 생각이었다.

여기서 죽게 된다면 그의 삶은 그 정도일 뿐이다.

정 상궁의 복수가 삶의 유일한 의미이자 그를 유지하는 힘이라고 생각했던 순간도 있었다. 하지만 그건 철저히 착각이었다.

"그게 아니라면 나와 함께 돌아가자. 원아."

이제 서우환의 하늘은 이원이었다.

그리고 그는 자신의 하늘을 하원에서 가장 귀한 존재로 만들 것이다.

⁂

결국 이원이 접을 수밖에 없었다.

돌아온 저택은 전보다 지키는 사람은 줄어들었지만, 하나하나 무흔에 버금가는 실력을 가진 이들로 채워졌다.

"날 봐."

반쯤 열려 있는 창으로 밖을 보던 이원이 고개를 돌렸다. 그녀의 뒤로 다가온 환이 작은 어깨에 머리를 기댔다.

환을 보던 이원이 다시 창을 향해 눈을 돌리려 하자 환의 손이 열려 있는 창을 닫았다.

"그만 봐."

저택에 얌전히 들어온 이원은 정신을 놓지는 않았지만 대신 제 안으로 누구도 들이지 않았다.

그건 그날 이후로 함께하는 환에게도 마찬가지였다. 창으로 향해 있던 이원을 안은 환이 침상에 앉혔다.

"싫으면 싫다고 말해."

말은 그렇게 했지만 이원이 거부하지 않는다는 건 며칠 내내 이어진 관계에서 이미 알고 있었다.

길게 내려온 머리카락에 얼굴을 묻자 좋은 향기가 훅 밀려왔다.

소복의 고름을 풀자 그의 흔적이 곳곳에 남아 있는 피부가 드러났다.

"아앗."

제 잇자국이 남았던 자리를 다시 깨물자 그제야 굳게 닫혀 있던 입술 사이로 옅은 신음이 흘러나왔다.

조급한 손이 제 옷을 벗고 이원에게로 다가갔다. 다가오는 환을 보며 본능적으로 움츠러드는 이원을 그가 턱을 붙잡고 작은 입술을 열었다.

달금한 숨결이 나오기도 전에 입맞춤에 막혔다.

이원의 팔에 반쯤 걸려 있던 옷이 단숨에 바닥으로 떨어졌다.

고개를 옆으로 들자 보이는 목덜미에 환이 이를 세워 깊게 빨아들였다.

"하아."

이원의 신음이 들려오자 기다렸다는 듯이 환의 신경이 곤두섰다.

침상에 이원을 눕힌 그가 가는 손목을 붙잡아 침상에 눌렀다. 벗어나지 못하게 붙잡은 환이 소담하게 오른 가슴으로 얼굴을 숙였다.

처음 관계했을 때의 여리고 앳된 몸은 시간이 흐른 만큼 선이 부드러워지고 성숙해졌다. 손을 대면 완전히 가려지던 소담한 가슴은 이제 손에 담뿍 담기게 탐스러워졌다.

"좀 더 소리 내 봐."

환의 속삭임에 이원이 도리어 입술을 굳게 다물었다. 며칠 내내 똑같은 반응이었다.

그녀가 할 수 있는 유일한 거부에 환의 미간이 다시 떨렸다.

딱딱하게 굳은 미간을 엄지로 풀어내며 환이 제 품에 갇혀 있는 여인의 나신을 하나씩 살폈다.

하루 종일 봐도 질리지 않을 것 같았다. 얼마 전 진짜 황은을 달라며 나신으로 달려들었던 정 귀인을 보고도 감흥이 없었던 것과는 달리 그녀는 가만히 누워 있어도 피가 끓어올랐다.

"어차피 소리 낼 거잖아."

그의 속삭임에 흔들리는 이원의 눈에 입술을 맞추었다.

가슴을 만지던 손이 보드라운 배를 지나 허리를 감쌌다. 팔에 힘을 주어 제 몸으로 당기니 맞닿은 몸에서 느껴지는 감촉에 이원의 얼굴이 붉어졌다.

입술을 살짝 깨문 그가 아직 잇자국이 남은 목에 다시 얼굴을 묻었다. 동시에 가슴을 덮은 손이 힘주어 보드라운 피부를 움켜쥐었다.

"목소리 듣고 싶어. 원아."

그에게 휘둘리고 싶지 않다.

고개를 돌리며 입을 다문 것과 동시에 그가 자신을 묻었다. 가득 채워지는 감각에 이원이 짧게 신음을 토해 냈다. 그를 받아들일 때의 이원은 초반에는 통증으로 힘들어했다.

그 통증이 사라질 때까지 기다렸었지만, 오늘은 그 짧은 순간도 아깝다고 느껴졌다.

이원의 목에 입술을 묻은 채 환이 몸을 움직였다. 밀려드는 통증에 이원의 신음에서 고통이 느껴졌지만 지금은 그에게도 여유가 없었다. 환의 힘에 밀리는 이원이 침상에서 힘없이 흔들렸다.

작은 어깨를 붙잡은 채로 찍어 누르듯이 몇 번이고 그를 새겼다. 약간도 틈도 없이 맞닿은 몸에서 느껴지는 모든 것이 환을 미치게 했다.

굳게 다물었던 입술에서 연거푸 신음이 터져 나왔지만, 그걸로는 부족했다.

무게를 실어 자신을 가득 채우자 가쁜 숨을 토해 내던 이원이 힘겨운 듯 그의 어깨를 붙잡았다.

"조금만…… 천천히……."

그토록 듣고 싶었던 말을 들었지만, 요청을 들어주는 대신 이원의 입을 제 입술로 막아 버렸다. 애액으로 흠뻑 젖은 질구를 굵은 성기가 억지로 밀고 들어왔다. 거침없이 들어오는 침입에 여린 살이 밀어내려 했지만 그마저도 환의 욕망을 부추길 뿐이었다.

이원을 찍어 누르듯이 붙잡은 채 이어지던 거친 정사는 환의 숨이 가빠지고 움직임이 거칠어지면서 한계에 치달았다.

통증과 쾌락에 반쯤 울먹이는 이원을 달래며 제 품으로 끌어당긴 그가 낮은 신음을 토해 내며 파정했다.

"아……."

절정에 침상에 늘어지는 이원을 환이 다시 제 품으로 끌어당겼다.

아직 열망이 남아 있었지만, 그녀에게 다가가는 대신 오른손에 남아 있는 상처를 바라보았다.

"이제 점점 나아질 거야."

가쁜 숨을 내쉬며 몸을 추스르려 했지만, 환을 받아들이고 나면 힘이 빠지고 피로가 몰려왔다.

어떻게든 정신을 차리려는 이원을 재우려는 것처럼 환의 손이 간신히 들어 올린 눈꺼풀을 다시 덮어 주었다.

환의 손이 몸 곳곳에 닿는 게 느껴졌지만 한계였다. 밀려드는 수마에 이원이 힘없이 정신을 놓았다.

***

잠결에 이원이 있던 옆자리를 만지니 따뜻한 온기 대신 한기가 느껴졌다.

"원아?"

몸을 일으킨 환이 본 것은 구석에 몸을 웅크리고 앉아 있는 이원이었다.

나신으로 떨고 있는 모습이 당장에라도 무슨 일이 날 것처럼 위태로웠다.

그녀의 옷을 가져와 이원을 덮어 주었지만, 그마저도 느끼지 못하는 듯 이원이 작은 목소리로 계속 같은 말을 속삭였다.

"잘못했어요…… 잘못했어요."

"원아!"

"죽여서 미안해요……. 죽이고 싶지 않았어요. 잘못했어요."

"……."

"제발 용서해 주세요."

바로 앞에 환이 있었지만 이원은 그가 아닌 그 너머의 무언가를 보고 있었다. 입 밖으로 치미는 쓴물을 억지로 삼키며 이원을 품으로 이끌었다.

환에게 안겨 있으면서도 이원은 거듭 잘못했다는 말만 해 댔다.

그녀가 무엇을 보는지 묻지 않아도 알 수 있었다. 명의 검으로 살았던 환도 겪었던 일이었다.

환이 죽였던 사람들이 다시 나타나 그에게 책임을 물었다. 분명 환영이라는 것을 알면서도 제 손에 피가 묻을수록 더 강렬하게 제 앞에 나타나 목을 졸랐다.

그녀에게 검을 쥐여 주고 제 검으로 만든 대가였다. 마치 자신이 만든 죄를 마주 보라는 것처럼 약해진 이원은 자꾸 스스로를 갉아먹었다.

“원아. 가짜야.”

“잘못했어요.”

“그것들은 너에게 아무 영향도 못 줘.”

“죄송해요. 잘못했어요.”

“은이원! 차라리 그것들까지 죽여 버려! 잘못했다고 숙여 봤자 그 빌어먹을 환영은 더 날뛴다고!”

환의 날카로운 일갈에 이원의 초점이 다시 돌아왔다. 정신을 차리고 앞을 보니 화가 난 환이 그녀를 노려보고 있었다.

숨조차 내쉬지 못한 채 하얗게 질린 이원을 힘주어 붙잡았다.

“그렇게 무너질 바에야 차라리 다시 검을 들어! 아직 네 동생을 죽인 사람들이 하나도 벌을 받지 않았잖아! 뻔뻔하게 살아서 제 생을 누리고 있잖아. 나까지도 멀쩡히 살아서 싫다는 널 억지로 가지고 있잖아!"

"……."

"난 어머니를 잃고 너까지 증오하면서 살았어! 내가 그렇게 살았으니까 너도 그렇게 살 수 있어! 그러니까……."

"……."

"스스로 널 다치게 하지 마. 그렇게 빨리 죽으려고 노력하지 말라고."

토해 내듯이 쏟아 낸 환이 이원의 어깨에 얼굴을 묻었다.

가쁜 숨을 내쉬며 떨고 있는 환을 보던 이원이 조심스럽게 뺨을 감쌌다. 제 뺨에서 느껴지는 이원의 감촉에 환이 감정을 가라앉히듯 길게 숨을 내쉬었다.

"제가 마음대로 할 수 있는 문제가 아니에요. 그냥 전부터 나타났었던 거예요."

"너에게 손도 못 대는 것들에게 휘둘리지 마."

"어떻게 해야 할지…… 모르겠어요."

"……."

"진짜 모르겠어."

이원의 손을 붙잡은 환이 상처가 남은 손바닥에 입술을 맞추었다.

눈에 고여 있는 눈물을 환이 닦아 냈다. 자기가 울고 있다는 것조차도 느끼지 못하는지 낯선 눈으로 환의 손가락에 고여 있는 눈물을 보았다.

"그럴 때는 잘못했다고 하지 말고 소리를 질러. 내가 다 죽여 줄 테니까."

"……."

"네 잘못이 아닌 일에 그러지 마. 차라리 꺼지라고 욕을 해. 나머지는 내가 알아서 할게."

모두가 이원을 외면할 때 이 사내는 어떻게든 마주하려고 했다. 자신에게는 아무 신경도 쓰지 않으면서 이원에게는 맹목적으로 자신을 내던졌다.

'그런다고 달라질 일은 없는데.'

결국 모두에게 상처였다.

그걸 알기에 그만하라고 했지만, 이 사내는 요지부동이었다.

지독하게도 고집스러운 사내.

떼어 내려 해도 떨어지지 않는 원수 같은 인간.

그럼에도 불구하고 지금만큼은 약간이나마 의지가 되었다.

혼자서 버티기는 고통스러운 밤이었지만 오늘만큼은…… 지금만큼은 이 사내와 있으면 그녀를 괴롭히던 모든 것에서 잠깐이나마 벗어날 수 있을 것 같았다.

환을 보던 이원의 눈이 풀리며 힘이 빠졌다. 힘없이 안겨 든 이원을 환이 끌어안았다.

⁂

해준을 보던 명이 입꼬리를 올렸다.

무흔을 마주하는 순간 명은 제 마지막을 직감했다. 환에게 입은 상처로 도망 다니는 것도 한계였다.

한계에 다다른 명이 쓰러진 순간 절대 나설 리 없던 사람이 그를 살렸다.

"승상이 날 살릴 줄은 몰랐소."

"소인도 명 전하를 살릴 줄은 몰랐습니다."

해준의 인생에 명은 그저 흔적도 없이 버려야 할 존재였다. 같은 하늘 아래 얼굴조차 마주칠 일도 없어야 했던 존재.

하지만 사람 일은 또 이렇게 되는 건지 결국 명의 목숨을 구했다.

마치 도구로서 쓸모가 있었던 환을 구해 냈었던 것처럼.

"이번에는 내가 승상의 도구인가?"

"아직 정해진 것은 없습니다."

"하지만 죽여도 될 날 살린 것을 보니 도구가 승상의 말을 듣지 않는 것 같소."

제 상황도 그다지 안심할 수 없으면서도 명은 승상을 보며 입꼬리를 올렸다.

저 비웃는 행동이 눈엣가시였지만 그의 말대로 새 도구가 필요할지도 모르는 상황이었다.

설아가 환을 설득하려 했지만, 역시 승상이 알던 대로 서우환은 쉽게 넘어오지 않았다.

하물며 최근 환의 행보에 대한 보고는 승상의 신경을 건드는 것뿐이었다.

"우선은 상처를 회복하시지요."

"내가 도구로서 가치가 있다는 것을 증명하면 승상은 다시 한번 하늘을 바꿀 자신이 있는가?"

명을 도구로서 세상을 바꾼다. 위험한 생각이었지만 못 할 일도 아니었다.

하지만 아직 해준에게 확신이 없었다. 이 사내는 황태자에 있을 때 이미 자격이 없다는 것을 온몸으로 보였었다.

자칫 잘못된 선택은 해준이 만들어 놓은 기반을 전부 부서뜨릴 수 있었다.

"우선 이곳에서 얌전히 치료를 받으시지요. 이후의 일은 제가 정한 후에 알려 드리겠습니다."

"뭐, 나에게는 선택권이 없으니 얌전히 있어야지."

빙긋 웃는 명을 보던 해준이 밖으로 나갔다. 치료를 마무리한 명이 허공을 보며 입꼬리를 올렸다.

"판단이 설 때까지 나도 증명을 해 보여야겠지."

마지막으로 봤었던 환의 모습을 떠올린 명의 눈에 살기가 떠올랐다.

당장에라도 찢어 죽이고 싶은 원수였지만 명에게는 아무것도 없었다.

병력과 기반을 잃은 이상 명에게도 해준의 힘은 필요했다. 그러려면 해준이 흔들릴 만한 결과를 명도 만들어 내야 했다.

"놈이 한 짓을 나라고 하지 못하리라는 법은 없지."

제가 찾아낸 답을 떠올리며 명이 웃음을 터트렸다.

***

"널 보는 게 이렇게 어려운 줄 몰랐구나."

환이 황궁에 간 사이 이원을 찾아온 사람은 설아였다.

생각하지 못한 그녀의 등장에 반응이 늦었던 이원이 몸을 숙였다.

"황후 마마."

"크게 다쳤다고 들었다. 아직 상처가 낫지 않았구나."

이원이 아직 붕대를 감고 있는 양손을 몸 뒤로 숨겼다.

갑작스러운 설아의 방문이 당황스럽기는 했지만, 예상 못 할 것은 아니었다.

새벽 해가 떠오르기 전에 환은 황궁으로 돌아갔지만, 해가 저물면 여지없이 이원이 머무는 저택으로 왔다.

짧은 밤을 빌려 그녀와 정사를 나누고 가기도 했지만, 때로는 산더미 같은 장계를 가져와 잠든 이원의 옆에서 처리하기도 했다.

참으로 질긴 사람이었다. 화를 내도, 외면하며 무시해도 그는 이원의 옆에 남아 있었다.

"안으로 들어가시지요."

"그럴 필요 없다. 길게 할 이야기도 아니고 말이지."

"말씀하십시오."

"왜 네가 떠나지 않는지 이해가 되지 않았었다. 너라면 폐하의 상황이 얼마나 위태로운지 알 것이고, 어떻게 행동해야 최선인지 알 테니 말이다. 그런데 왜 그러지 못했는지 알게 되었구나."

"……."

"이렇게 갇혀 있었으니 나갈 수 있을 리가 없지."

고개를 숙이는 이원을 보며 설아가 눈을 좁혔다. 그녀의 눈이 이원을 천천히 살폈다.

은가가 번성할 때도 이원은 그다지 꾸미지 않았었다.

가문이라는 큰 방패가 있었으니 꾸미지 않아도 곱다고 했었겠지만 이제 와서 다시 보니 그저 꾸며도 어울리지 않는 것이었다.

환에게 마음이 없었을 때는 관심조차 없었지만, 이제 와 이원을 다시 보니 심사가 뒤틀렸다.

도대체 은이원의 무엇이 자신보다 낫기에 환은 그녀를 봐 주지 않는 것일까?

“솔직하게 말하마. 나는 황궁이 싫었다. 나에게는 평생을 같이할 정인이 있었고, 폐하께는 때가 된다면 그 정인과 떠날 테니 도와 달라고 했었다. 폐하는 내 약조를 들어주시기로 했고, 난 그가 건네는 것을 마셨다.”

가짜 황은은 알고 있었지만, 황후가 알면서도 그렇게 한 줄은 전혀 모르고 있었다.

놀란 눈으로 보는 이원을 보며 설아가 씁쓸한 미소를 지었다.

평생을 연모하며 함께 살 거라 믿어 의심치 않았던 정인은 알고 보니 썩은 동아줄이었다.

환을 생각하면 생각할수록 심장이 뛰고 입안이 썼다. 권운만 아니었다면 환이 진짜 정인으로 받아들여 총애를 받을 사람은 자신이었다.

“그 정인은…… 아니 쳐 죽여도 부족할 놈은 날 기만했다. 그 놈은 정리되었고, 폐하와 나 사이에 있던 약조는 없던 것이 되었다.”

“무슨 말씀을 하고자 하십니까?”

“폐하와 아버지는 함께 나아가는 하원을 만들고자 손을 잡으셨고 그 덕분에 하원은 예전과 비교조차 할 수 없을 정도로 큰 발전을 이루었다. 하지만 아직 더 해야 할 많은 일들이 있지. 그런데 최근 아버지와 폐하의 관계가 너 때문에 흔들리고 있단다. 그리고…… 내 마음이 바뀌었다."

"……."

"내가 폐하를 연모한다."

그러니 방해꾼인 넌 빠지거라.

설아가 하는 말의 의미는 명확했다. 표가와 환 사이에 긴밀하게 맺어진 관계에서 이원은 걸림돌이었다.

하물며 황후가 황제를 연모하니 떠나라며 요구하는 것도 당연했다.

내세울 가문도 없고, 상처 입고 너덜너덜해져서 자신을 추스르지도 못하는 이원은 하원에 어떤 도움이 되지 않았다.

그 사실을 알면서도 또다시 마주하는 현실이 쓰고 잔인했다.

"네가 떠난다면 완전히 사라질 수 있게 도와주마."

"그건 불가능할 것입니다. 무흔은 마마께서 손을 쓰실 수 있는 이들이 아닙니다."

저택을 포위한 이들을 전부 보지는 않았지만, 분명 그녀의 가장 곁에서 지키는 이들은 무흔으로 있을 때부터 느꼈던 사람들이었다.

아무리 설아의 표가가 대단하다 한들 무흔은 환이 직접 고르고 키운 이들이었다.

도망간다 해도 얼마 가지 못해 잡힐 것이다.

"폐하에게서 벗어날 수 있었다면 진즉 사라졌을 것입니다."

"그래서 버티겠다는 것이냐?"

"폐하의 마음이 바뀌신다면 마마께서 나서지 않아도 전 나갈 수 있습니다."

담담하지만 확실한 사실이 설아의 신경을 건드렸다.

일방적인 연모로는 상황을 바꿀 수 없다.

환은 널 연모하지 않으니 이원의 도망은 아무 의미도 없다.

겨우 멸문한 가문의 계집이 자신을 가르치려 하다니 설아의 자존심에 금이 갔다.

"내 연모가 움직였으니 곧 폐하의 연모도 움직일 것이다. 하지만 네가 폐하의 마음에 버티고 있으면 시간이 더 오래 걸리겠지. 난 인내가 길지 않단다."

"……."

"서우환의 부인은 나다. 은가의 계집 주제에 나에게서 그걸 빼앗아 갈 수 있다고 믿지 말거라."

황후의 자리는 예전에도 관심조차 없었다.

예전에는 그저 환과 함께만 있으면 그걸로 행복하다고 생각했었다.

그때의 꿈은 산산조각이 났지만 바람과는 달리 악연은 악착같이 서로를 붙잡고 있었다.

"제 마음은 폐하를 놓았습니다."

환을 연모한 것을 후회하지 않는다.

그에게 상처받았으면서도 결국 모든 것을 놓은 이원의 곁에 머물며 위로를 해 주는 사람도 결국은 환뿐이었다.

그저 그와 함께하기에 이원은 너무 많은 것을 잃었고, 그는 지켜야 할 것이 너무 많았다.

평행선 같은 관계가 무너질 방법은 모순되게도 하나였다. 누군가가 끼어들어서 상황을 바꾸는 것이 아니라 환이 현실을 깨닫고 이원을 놓아주는 것뿐이었다.

"이만 돌아가십시오."

"너는 폐하를 죽일 것이다."

"……."

"본디 은가의 것들은 하원에 악이었던 존재였다. 충분히 나라를 위해 결단을 내릴 수 있으면서도 고작 네 욕심에 폐하를 사지로 몰고 있구나."

그렇게 알려 주지 않아도 이원은 제 주제를 알았다.

처음 만났었던 황후는 황궁에 갇혀 있는 현실에 힘들어하는 여인이었다.

후궁들과는 조금은 다른 분위기의 여인이라고 생각했건만, 독설을 토해 내는 모습에서 유수의 어머니, 송 부인이 떠올랐다.

"제가 폐하를 포기하지 않으면 표가와 황후 마마께서는 폐하의 적이 되는 것입니까?"

"뭐?"

"황후 마마께서 하시는 연모는 그런 것이 아니었으면 합니다. 진정으로 폐하를 연모하신다면 시간을 주십시오."

"……네 이년."

"이만 가 보겠습니다."

"난 네가 포기할 수 있게 모든 수단을 쓸 것이다."

방으로 들어가려는 이원의 걸음이 멈추었다. 차분한 이원을 보며 설아가 턱을 세웠다.

고작 멸문한 가문의 계집을 상대로 오랜 시간을 끌 생각도, 환의 마음이 바뀌기를 기다리지도 않을 것이다.

굳어 있는 이원을 무시하며 설아가 저택 밖으로 빠져나갔다.

그리고 얼마 후, 이원이 머무는 저택을 문무 대신들이 둘러쌌다.

⁂

“폐하! 은가의 이원은 죄인입니다. 본보기로 벌하시어 하원의 근본을 세워 주시옵소서!”

“벌하여 주시옵소서!”

“죽음으로 벌하여 주시옵소서!”

밖에서 들리는 목소리에 환의 눈에 살기가 맺혔다.

당장에라도 끌어내라며 황명을 내리려는 순간, 뒤늦게 나타난 해준이 몸을 숙이며 독대를 청했다.

해준만을 저택에 들여 독대를 하려 했지만, 밖에서 들리는 말 같지도 않은 청에 분노가 치밀었다.

“폐하. 저들의 말을 가볍게 넘기지 말아 주십시오.”

“그런 말을 하는 것을 보니 저들의 뒤에 누가 있는지 보이는군.”

“폐하께서 계셔야 할 곳은 황궁이시고, 폐하께서 황은을 주셔야 할 분은 황후 마마이십니다.”

“해준!”

“은가의 찌꺼기는 안 됩니다. 폐하.”

환의 고함에 해준이 몸을 숙였다. 상석에 있는 건 환이고, 몸을 숙이는 사람은 해준이었지만 둘의 위치는 동등하게 보였다.

예전이었다면 해준이 이렇게 나서는 것만으로도 환은 제 의지를 꺾었을 것이다.

하지만 지금은 노려보기만 할 뿐, 해준의 의지에 환은 맞서고 있었다.

'괘씸한 놈.'

해준이 권좌에 올려 줬으면 주어진 혜택을 누리면서 일생을 살면 될 뿐이었다.

왜 쓸데없이 힘을 가지려 하고 대립을 해서 이런 사달을 자초하는지 이해할 수 없었다.

예전처럼 권력으로 그를 누르는 것이 최선이었지만 환이 만들어 놓은 세력이 해준이 예상한 것보다도 커져 있었다.

특히 중서령 여주원을 필두로 모인 젊은 문무관들은 무모하리만큼 젊은 혈기로 해준의 사람들이 가진 약점을 집요하게 파고들고 있었다.

"경이 짐을 위해 많은 것을 해 주었다는 것은 알고 있다. 하지만 은이원은 가문도 없고 의지할 사람도 없는 홑몸이다. 그녀의 존재가 표가에 위협이 되지 못한다는 건 승상이 더 잘 알고 계시지 않은가?"

"연모는 독입니다. 폐하."

"독이라?"

"은이원의 힘은 미약하지만 폐하의 연모가 그쪽을 향해 있다는 것을 알게 된 이들은 그녀가 만드는 독을 먹고 세력을 키울 것입니다. 그리고 그들은 하원의 적이 될 것입니다!"

"독이 될지 도움이 될지는 모르는 법이 아닌가? 그리고 승상의 시작도 신흥 무관이었다. 그대는 맞고, 다른 이들은 다르다는 건가?"

환의 도발에 해준의 미간이 꿈틀거렸다. 그가 아는 세력 외에 또 무언가가 있다는 것일까? 환의 태도가 너무나도 태연했다.

역시 도구로는 신뢰할 수 없는 존재였다. 제 감정이 그대로 보이는 명에 비하면 이놈은 도구로서가 아니라 맹수로 해준의 목을 조를 상대였다.

"서우명을 소인이 데리고 있습니다."

환의 분위기가 그 순간 완전히 바뀌었다. 매섭게 노려보는 시선에 해준이 허리를 세웠다.

이놈을 도구로 제 손아귀에 움켜잡을 수 있을 것이라며 생각한 자신의 실수였다. 하지만 그간의 정을 생각해서 선택의 여지를 줄 생각이었다.

하원의 황제로 계속 살 것인지, 아니면 예전의 살수로 이용당하다가 죽을 건지.

"은가의 계집을 죽이라고는 하지 않겠습니다. 다만 내려놓으십시오. 그럼 폐하께서 꿈꾸시는 하원을 소인이 최선을 다하여 같이 만들어 나가겠습니다."

말을 끝낸 해준이 환의 이야기는 듣지도 않은 채 몸을 돌려 문을 열었다.

문이 열리자 밖에 서 있던 이원과 눈이 마주쳤다.

"음."

몸을 돌려 환을 쳐다보는 대신 이원의 눈을 마주 보던 해준이 그녀를 지나쳤다.

지나가는 해준을 보던 이원이 다시 환에게로 눈을 돌렸다.

해준을 상대로 눈 하나 바뀌지 않았던 환이 지금은 창백하게 질린 얼굴로 이원을 보고 있었다.

잠시 눈이 마주쳤지만 그뿐이었다. 환에게서 고개를 돌린 이원이 다시 밖으로 걸어 나갔다.

"석운."

"예. 폐하."

"저택 밖의 있는 것들을 모두 끌어내라. 백 보 안으로 들어오는 이는 지위에 상관없이 목을 베라."

석운의 대답을 듣지도 않은 채, 환이 자리에서 일어나 이원을 따라 나갔다.

⁂

설아가 떠나라고 했었던 말은 신경조차 쓰지 않는다.

하지만 환의 기반이라 할 수 있는 승상이 명을 데리고 있다는 말은 그냥 넘길 수 없었다.

명의 자리를 환이 빼앗았던 것처럼, 환의 자리를 명이 빼앗을 수도 있다는 의미였다.

"왜 그런 무모한 짓을 하십니까?"

사람의 마음은 쉽게 접히지도, 꺾이지도 않았다.

이원이 아무리 발버둥을 쳐도 환이 놓지 않았기에 그가 포기하기를 기다렸었다.

하지만 그건 자신의 실수, 이러다가 이 사람은 힘겹게 이루어 놓은 모든 것을 잃게 될 것이다.

"들을 가치도 없는 말이었어. 무시해."

"저들은 지극히 현실적입니다. 무모한 건 폐하이시죠."

"원아."

"이미 전 죄인으로 충분히 고통받고 있습니다. 이런 저에게 폐하께서는 아직 더 받아 낼 것이 있으십니까?"

차라리 환이 승명사에 오기 전에 도망쳤어야 했다. 부질없는 발악이었어도 그렇게 이 사람을 떼어 냈어야 했다.

환을 잘라 내는 일이 쉽지는 않겠지만 결국 이원은 같은 일을 반복해야 했다.

"아직 소인이 은건명을 죽이지 않아서 이러는 것입니까?"

"그런 게 아니라는 거 알잖아! 이제 너에게 그런 적의조차 없다는 걸 너도 알잖아!"

알고 있기에 이러는 것이다.

평생을 지켜 줄 거라 맹세했던 동생은 제 생을 제대로 살기 전에 그녀를 지키다가 죽었다. 이제 그녀에게 남은 사람이라고는 환뿐이었다.

이 사람마저 부서지는 모습은 절대 볼 수 없다.

"제가 검을 들고 버텼던 이유는 동생을 지키기 위해서였습니다. 그 이유가 사라졌는데 적의는 어떻고, 연모는 또 무슨 의미가 있겠습니까?"

"또 찾으면 되잖아! 지금은 힘들어서 그렇지만 곧 찾을 수 있을 거야…… 네가 찾지 못하면 내가 찾게라도 해 줄 테니까……."

"그 전에 전 폐하를 몰락시킨 계집이라는 손가락질부터 받게 되겠죠."

"원아!"

제 인생의 의미를 찾지 못했다고, 이 사람까지 몰락시키지는 않을 것이다.

이호의 죽음에 이 사람의 죄도 있었지만, 그럼에도 그녀가 꿈꾸는 하원을 이루려면 이 사람이 필요했다.

그리고 죄라면 서우환보다도 서우명이 더 컸다. 절대 서우명이 권좌에 앉는 모습 따위 볼 수 없다.

"제 삶이 편해지려면 폐하가 없어야 합니다. 폐하는 제 평화에 걸림돌입니다."

"……."

"황궁으로 돌아가시고, 절 이만 보내 주십시오. 동생의 유언대로 여생을 조용히 살다가 가겠습니다."

"그게 되었다면 얼마든지 그렇게 했어."

가까이 다가온 환이 피하려는 이원을 붙잡았다. 환의 손가락이 손등에 남아 있는 흉터를 짧게 쓸었다.

이 여인이 없으면 제 삶이 망가진다. 이원은 자신을 버려야 한다고 했지만 애초에 그건 환의 선택지에 없었다.

"지금처럼 날 보지도 않고, 신경조차 쓰지 않아도 돼. 그냥 이 정도의 거리에서 있어 주기만 하면 돼."

"이제 그마저도 지칩니다. 저에게는 이 상황이 그저 짜증이 날 뿐입니다."

"원아!"

"내보내 주시면 하원을 떠나겠습니다. 폐하께서 계시는 방향으로도 눈조차 돌리지 않겠습니다."

간신히 모든 것을 내려놓겠다는 마음을 먹었다. 이 결심이 흔들리기 전에 이 사내를 놓아줄 것이다.

"네 마음이 바뀌지 않는 한 이곳에서 나갈 수 없어."

"……."

"네가 살겠다는 마음을 먹고, 다시 내 곁을 지켜 주겠다는 결심을 하면 열어 줄게."

“저택의 문이 열릴 때까지 전 치료를 받지도 않을 것이고, 먹거나 마시지도 않겠습니다.”

이원의 선언에 환이 숨을 삼켰다.

이 선택이 이원이 할 수 있는 최선이었다. 이원을 위해서라도 환은 결국 그녀를 놓게 될 것이다.

그가 놓지 않는다면, 이원이 억지로라도 떼어 낼 것이다.

“네가 그러면 나도 똑같이 하겠어.”

환의 선언에 이원의 눈이 커졌다. 하지만 곧 결심한 이원이 몸을 돌렸다.

“마음대로 하십시오.”

은이원은 은이원, 서우환은 서우환일 뿐이다.

주저 없이 몸을 돌린 이원이 다시 방으로 들어갔다.

하루가 이틀로, 이틀이 사흘이 되자 저택과 황궁의 이들의 걱정이 늘었지만, 이원은 물론이고 환조차 꿈쩍도 하지 않았다.

⁂

“이렇게 치료도 받지 않으시고 드시지도 않으면 몸이 망가집니다. 폐하께서도 똑같이 그리하시니 큰일이라도 날까 걱정됩니다.”

태의의 설득에도 앉아 있는 이원은 미동조차 없었다.

작정이라도 한 것처럼 이원과 환은 음식은커녕 물조차 입에 대지 않았다.

여전히 몸이 아픈 이원에게 이 상황은 충분히 위험했다. 그나마 태의의 말은 조금이나마 들었기에 직접 오시라 했건만, 이번만큼은 이원은 꿈적도 하지 않았다.

"아가씨!"

"죄송합니다. 하지만 폐하께서 병사를 물리시고 저택의 문을 열기 전까지는 치료를 받지도, 먹지도 않을 것입니다."

어제 들었던 답이 다시 나오자 태의가 소리 없이 한숨을 내쉬었다.

쉽지 않을 것은 알았지만 이번만큼은 이원도 흔들리지 않았다.

하물며 방 안에 있는 이원과는 달리 환은 차가운 바람이 부는 밖에서 한 걸음도 움직이지 않고 그녀가 있는 방을 보고 있었다.

"지금 제 말이 들리지 않을 거라는 건 알지만 사람의 마음이라는 건 마음대로 되지 않을 때가 더 많습니다. 아가씨께서 어떤 마음을 먹었는지 제가 알 수는 없지만, 밀어내는 것이 답이 아닐 때가 있습니다."

"……."

"아가씨께서는 부정하시지만 늙은 저에게는 약간이나마 보이는 게 있어서 말입니다."

외면하던 이원이 그제야 눈을 돌려 태의를 보았다.

과거에 둘에게 무슨 일이 있었는지 알지 못했지만 어렴풋이 보이는 건 있었다.

본인의 감정을 철저히 숨기던 환에게서 느껴지던 불안함이 이원과 있으면 보이지 않았었다.

종종 무모하리만큼 제멋대로 달려들던 환이 이원을 만나면서 안정을 찾았다.

하지만 지금은 이원보다도 환이 더 불안했다. 몸의 건강도 그랬지만, 정신 상태는 진심으로 위태로웠다.

"이 상황을 결정할 사람은 아가씨뿐입니다. 무조건 마음을 바꾸라는 것은 아닙니다. 그저 후회하지 않을 선택을 하십시오."

말문을 닫은 이원을 보던 태의가 밖으로 나왔다.

밖을 나오자마자 보이는 환을 보며 태의가 몸을 숙였지만, 그의 인사는 보이지 않는 것처럼 환이 이원이 있는 방향을 노려보았다.

서로에게 팽팽하게 대립하는 상황에서 태의가 할 수 있는 건 없었다. 인사를 끝낸 태의가 자리를 빠져나갔다.

*
**

옥에 갇힌 건명이 허공을 노려보았다.

'오라버니는 병사 몇을 보내기는 했습니다. 전부 은가에 들어온 지 1년도 안 된 이들이었죠. 채 열도 되지 않는 병사들과 그곳을 빠져나오는 건 무리였습니다. 그럼 그곳에서 죽었어야 하는 것입니까?'

'이원과 이호를 데려오려 했습니다만 병사가 너무 많았습니다! 이원이와 이호는 그 자리에서 죽었을 겁니다. 아버지.'

이원과 유수가 했던 말을 모두 곱씹던 건명의 손이 파르르 떨렸다.

오해가 있을 거라며 다독이고 싶어도 이후에 유수와 송 부인이 했었던 행동이 뒤늦게 거슬렸다.

이원과 이호가 살아 있다는 보고에 몇 번이고 데리고 오려 했지만, 그때마다 송 부인은 건명을 말렸었다.

역도인 둘이 살아 있는 건 황제가 자비를 내렸기 때문이다. 황제에게 몸을 숙인 둘을 잘못 데려왔다가는 모두가 위험해진다.

'아버지께서는 송 부인과 유수 오라버니를 항상 믿으셨죠. 저는 그렇다 치더라도 이호는 유수 오라버니에게는 눈엣가시 같은 존재였습니다.'

이원의 상황은 전혀 듣지 못한 채, 송 부인과 유수가 하는 말을 믿었었다.

이원이 그럴 리가 없다고 생각하면서도 환의 곁에서 호위로 있다는 말에 배신감을 느끼기도 했었다.

만약 건명의 생각이 잘못된 거라면.

그렇다면 자신은 이원과 이호에게 무슨 짓을 저지른 것이란 말인가!

"그럼 폐하와 은가의 계집 둘 다 아무것도 먹지 않고 있단 말인가?"

"은가의 계집이 밖으로 내보내 달라며 아무것도 먹지 않고 있다더군. 폐하께서도 아무것도 드시지 않은 채 계집이 있는 저택 앞을 지키고 계시니 아주 황궁 의관들이 안절부절못하고 있다니까."

"나라가 어찌 되려는 건지. 쯧쯧. 은가의 계집은 역도가 아닌가? 그런 계집의 치마폭에서 정신을 못 차리시다니."

"그래도 조심하게. 저택 안에서는 혀를 잘못 놀리면 폐하의 노여움을 사 목이 떨어질 수 있다고 하네. 아주 살얼음판이라고 하더군."

옥을 지키는 간수의 이야기를 듣던 건명이 주먹을 쥐었다.

언제나 가문을 위해 최선을 다했다. 자신만의 영광이 아니라 그의 자식들까지도 대우받으며 모든 것을 누리며 살 수 있을 거라는 믿음에서였다.

굳게 믿었던 확신이 흔들리자 더는 자리에 앉아 있을 수 없었다.

"이보시오."

건명의 목소리에 옥을 지키던 간수가 가까이 다가왔다.

이제 와서 무슨 의미가 있겠느냐마는 건명에게는 진실이 필요했다.

그리고 건명이 아는 한 진실을 말해 줄 사람은 하나였다.

"폐하께 역도들에 대한 정보를 드리고 싶습니다. 죄인의 몸으로 감히 부탁드립니다. 폐하를 뵙게 해 주십시오."

지금은 자존심을 세울 때가 아니었다. 간수를 향해 건명이 몸을 숙였다.

*
**

금식을 하고 있다는 말이 틀리지는 않았는지 마주한 환은 평소보다 날카로웠고, 훨씬 지쳐 있었다.

하지만 건명을 보는 환은 차갑다 못해 살의가 깃들어 있었다.

“무모하고 어리석은 청을 들어주셔서 감사합니다.”

“모두 자리를 비워라.”

그의 명령에 주변에 있던 이들이 모두 사라졌다.

단둘이 남자 무릎을 꿇고 있던 건명이 자리에서 일어났다. 이곳에서 그에게 진실을 말할 사람은 건명에게 적의를 가진 환뿐이었다.

“넌…… 아니 폐하라면 소인에게 진실을 말해 주시리라 믿었습니다. 찢어 죽일 원수인 소인이지만 지금만큼은 이원이를…… 제 귀한 딸을 어여삐 여겨 주시어 진실을 말씀해 주십시오.”

“…….”

“폐하께서 권좌에 앉으셨던 그날, 이원과 이호를 붙잡으셨던 날에 은가의 병력은 얼마나 되었습니까?”

“없었다. 은이호를 지키고 있었던 건 이원뿐이었다.”

환의 말을 듣던 건명이 자리에 주저앉았다. 진정하려 했지만 건명의 손이 파르르 떨렸다.

사이가 그다지 좋지 않은 건 알고 있었지만, 설마 병사들 사이에 이원과 이호를 버릴 줄은 생각하지 못했다.

‘아버지의 곁에는 저밖에 남지 않았으니 이원과 이호를 위해서라도 최선을 다해 보필하겠습니다.’

아무리 가문이 탐이 났어도 피를 나눈 형제였다.

시간이 지나면 나아질 거라고 생각했던 방치가 이런 일을 만들어 냈다.

"그리고 이미 알고 있지 않았는가?"

"무, 무엇을……."

"은이호를 죽인 화살. 그건 날 향한 게 아니었다."

"……."

"은건명과 은이원이었지."

어설프게 붙잡았던 모든 것이 무너진 건명은 장군으로서의 기개도, 굽히지 않던 자존심도 사라진 그저 일개 노인이었다.

지금까지 철저히 농락당하고 있었다.

"나는 널 이원의 손으로 죽이려 했다."

"……그, 그건!"

"그 결과로 은이호가 죽고 이원이 무너졌다. 그건 내 잘못이고, 그에 대한 죄는 이미 받고 있다."

정 상궁이 죽은 이후로 몇 번이고 이놈을 어떻게 죽일지 생각하고 또 고민했었다.

막상 은건명을 이렇게 마주하니 환의 머리에는 건명이 아니라 이원밖에 떠오르지 않았다.

건명으로라도 이원을 잡을 수 있었으면 했지만, 그는 이원에게 어떤 영향도 주지 않았다.

"네 목숨은 이원이 원래대로 돌아온 후에 정하겠다."

"폐하."

떠나려는 환을 향해 건명이 바닥에 머리를 대고 몸을 숙였다.

자신은 이미 죽은 목숨이었다. 삶에 대한 미련도 없었다.

하지만 어쩌면 지금이 부모로서 모든 것을 되돌릴 수 있는 마지막 기회일지도 모른다.

“이원이를 한 번만 밖에서 만날 수 있게 도와주십시오. 그 이후에는 폐하께서 원하시는 대로 소인을 죽이시면 됩니다.”

자신의 어리석은 행동과 고집으로 이호를 죽게 했다.

마지막으로 이원만큼은 반드시 지키고 싶었다.

⁂

방으로 들어오는 건명을 보며 이원이 당황하여 제자리에 굳었다.

“이원아.”

굳어 있는 이원에게 다가온 건명이 입술을 깨물었다. 떨리는 손이 이원의 손을 조심스럽게 감쌌다.

귀한 딸에게 좋은 것만 해 주고 싶었다.

호위로 험하게 검을 잡는 게 아니라 황후가 되어서 만인의 존경을 받으며 귀한 것만 누리고 살게 하고 싶었다.

자신의 욕심이 이원을 여기까지 오게 만들었다.

귀한 딸은 이제 건명에게 아버지라 부르며 다가오지도 않았고, 미소를 짓지도 않았다.

“내가 너와 이호를 그렇게 만들었구나.”

“아버지께서 그러신 것이 아닙니다. 이호는 절 지키다가 죽었습니다.”

“이원아. 그 자리에는 이 아비도 있었다.”

"……."

"내 자랑스러운 아들은 못난 아비도 같이 지켜 주었단다."

담담하던 이원의 분위기가 그 순간 파르르 흔들렸다.

좋은 아버지가 되고 싶었다. 누구의 손가락질도 두렵지도 않았고, 제 손에 묻은 더러운 피도 개의치 않았다.

건명에게는 가족이 우선이었고, 가문의 번성이 최선이었다.

그러나 그의 바람과는 다르게 하나도 지키지 못했다.

"너와 나를 공격했던 화살을 쏜 사람은 유수일 거란다."

"……네?"

"유수는 검의 재능이 전혀 없었다. 그래서 활을 가르쳤다. 다행히 활은 제법 잘 다루더구나. 그래서 서우명의 궁병을 유수에게 맡겼었다."

이원의 손이 떨리는 것을 느끼며 건명이 주변을 살폈다.

밖에서 느껴지는 기척만 열이 넘었다. 방 안에 건명과 이원만이 있었지만 언제든지 허튼 수를 쓰면 움직일 고수들로만 있었다.

아무리 눈과 귀를 막았던 그였어도 이제 환이 이원에게 가진 연모를 부정하지 않는다.

아직 이원의 상태는 불안정하지만 환이 있으면 곧 나아질 것이다.

"폐하께는 화살이 가지 않았다고 하니 유수가 너와 날 죽일 생각으로 쐈을 것이다. 그래야…… 껍데기밖에 없는 가문이라도 차지할 수 있으니 말이다."

"……."

"모든 것이 아비의 잘못이란다."

마치 이원의 얼굴을 손에 기억하려는 것처럼 건명이 연거푸 딸의 얼굴을 어루만졌다.

죄 많은 삶에 그가 해야 할 일이 하나라도 남아 있어서 다행이었다.

“마지막으로 아버지를 한 번만 도와 다오.”

건명이 짓는 편안한 미소에서 이호가 겹쳐 보였다.

건명이 다가올망정 절대 먼저 가지 않던 이원이 본능적으로 그에게 다가갔다.

“가지 마세요.”

“이원아.”

“아버지. 가지 마세요.”

무언가를 느낀 이원이 건명을 붙잡았다.

그 순간 이원을 저에게로 이끈 건명이 화병을 깨서 나온 가장 날카로운 조각을 들어 이원의 목에 가져갔다.

문을 열고 나가자 이들의 모습에 모두가 검을 들었다.

저를 향하는 검을 보며 건명이 입술을 깨문 순간 검을 치우라는 것처럼 환이 손을 저었다.

건명의 계획을 환은 이미 알고 있을 것이다.

아니 어쩌면 이원에게 남은 장애물을 건명이 직접 치우라는 의미일 수 있다.

어떤 의미든 상관없었다. 마지막 기회를 준 그를 향해 건명이 짧게 고개를 숙였다.

“곧 돌아오마. 그런 후에 아버지가 저지른 죄의 대가를 치르마.”

“공격하라!”

"죽이면 안 된다."

이원을 보던 건명이 걱정하지 말라는 것처럼 환하게 미소를 지었다.

환을 향해 이원을 힘껏 민 건명이 포위하던 병사의 검을 빼앗았다.

한때는 나라의 최고 무가의 가주였던 그를 막을 수 있는 사람은 얼마 없었다.

하물며 죽이지 말라는 명령이 내려온 터라 그를 제압하는 건 쉽지 않았다.

"쫓아라!"

"막아야…… 쫓아가야……."

환에게 안겨 있던 이원이 몸을 일으켰다. 건명을 따라가려던 이원이 비틀거렸다.

"어서 가야……."

"그 몸으로는 혼자 못 가. 같이 가자."

자신이 먹지 않은 만큼 환도 먹지 않았다는 것을 알면서도 그는 아무렇지도 않은 것처럼 보였다.

지금은 그의 손이라도 빌려야 했기에 환이 내민 손을 이원이 붙잡았다.

***

가득 쌓여 있던 빈 술병을 유수가 거칠게 집어 던졌다.

병이 깨지는 날카로운 소리가 들렸지만, 누구 하나 나서지 못했다.

간신히 도망쳐 은신처로 쓰는 저택에 몸을 숨겼지만, 그뿐이었다.

건명은 환에게 붙잡혔고, 명은 누군가의 도움으로 몸을 피했다.

명이 살아 있으니 몸을 숙이고 기다리다 보면 누구든 연락이 올 거라고 생각했다.

"설마 버림받은 건 아니겠지."

머릿속을 스치는 생각에 유수가 거칠게 저었다.

아직 서우명에게는 은가의 힘이 필요했고, 건명도 잡힌 이상 은가의 가주는 유수였다.

이호를 생각하던 유수의 입가에 만족스러운 미소가 생겨났다.

환을 겨누었던 화살은 방향을 바꾸어 이원을 향했다.

'버러지처럼 살아남아서 내 앞을 막으려 하는가!'

이번에야말로 확실하게 명을 끊어 버리리라. 시위를 당겨 이원을 향해 쐈지만 그 순간 난입한 이호가 화살을 전부 막았다.

이호의 난입은 생각하지 못했지만, 그렇게 쏟아지는 화살을 맞고도 살아 있을 사람은 없었다.

드디어 눈엣가시 같은 존재가 사라졌다는 쾌감에 며칠 동안 유수는 자신의 승리를 기념하며 웃음을 터트렸었다.

"이제 다 왔어. 이호 놈도 죽였으니까…… 이번만 잘 넘기면 내가 은가의 주인이…… 아, 아버지!"

언제부터 듣고 있었는지 눈에 핏발이 터진 건명이 유수를 노려보고 있었다.

환에게 붙잡힌 이상 건명은 죽은 목숨이었다. 그가 어떻게 살아 여기까지 왔는지 알지 못했으니 우선 어떻게 된 일인지 들어야 했다.

"아버지. 살아 계셔서 다행입니다. 저는 아버지께서 가짜 황제에게 목숨을 잃으셨을까 봐 너무나도 걱정했습니다. 이렇게 살아오시다니…… 컥!"

유수의 목을 움켜쥔 건명의 손에 힘이 들어갔다. 건명이 움켜쥔 손을 풀 생각도 못 하는 유수가 벗어나려 발버둥을 쳤다.

"네놈이 사람이냐! 아니면 사람의 탈을 쓴 괴물이냐! 동생을 죽이는 형님이 세상 어디에 있단 말이냐!"

"아, 아버지. 이, 이 손 좀…… 그, 그것이 오해…… 컥."

"네놈이 그리 말해 놓고 거짓을 고하는 것이냐!"

"살려…… 진짜 죽겠…… 콜록콜록."

절망스러운 눈으로 유수를 보던 건명이 그를 집어 던졌다.

탁자가 부서지며 떨어진 유수가 고통스러운 신음을 터트렸다.

문제가 많았지만 그래도 제 곁에서 하나씩 배워 가문을 물려받을 아들이었다.

부족하지만 제 몫을 이룰 아들이었기에 의지하기도 했었다.

그 아들이 또 다른 아들을 죽이고 건명을 배신했다.

"너와 내가 살아 있으면 안 되는 것이었다."

"아, 아버지?"

건명이 품에서 단검을 꺼내자 유수의 얼굴에 핏기가 가셨다.

이원을 위해서라도 유수는 자신이 안고 가야 했다.

"곧 이 아버지도 따라갈 것이니 날 너무 원망하지 말거라."

"아, 아버지! 자, 잠시만요! 제 이야기도 제대로 들어 보세요."

말은 저리 해도 주저하는 건명을 보며 유수가 다급히 몸을 낮게 숙였다. 유수의 비굴한 행동에 건명의 눈가가 흔들렸다.

한 걸음, 또 한 걸음.

"아버지께서 잘못 들으신 거예요. 제가 하고 싶었던 말뜻은 말이에요."

건명의 손을 조심스럽게 붙잡은 유수가 핏발이 선 눈으로 미소를 지었다.

그 미소가 무척이나 기괴하다고 생각하는 순간 건명이 든 단검의 방향을 바꾼 유수가 그의 심장에 정확히 찔렀다.

"컥!"

"아버지만 죽어 버리면."

건명이 살아 있는 한 유수가 가주가 되는 건 불가능하다.

은가의 전부를 가지기 위해 살려 달라는 송 부인까지도 버리고 도망쳤다.

은가는 자신의 것이다.

건명의 몸을 붙잡은 유수가 검을 깊게 박았다.

검에 찔린 가슴에서 나오는 피가 옷을 적시고, 힘이 빠진 건명이 비틀거리며 자리에 주저앉았다.

"늙은이가 같이 죽어 달라고 하면 따를 거라고 생각했습니까?"

"컥, 컥!"

"이제 은가는 제 것입니다. 은가의 모든 것이 전부 내 발밑에 있단 말입니다."

웃음을 터트리는 유수를 향해 건명이 손을 뻗으려 했지만 힘이 들어가지 않았다.

이원에게 한 번이라도 좋은 아버지가 되려 했지만, 하늘은 그마저도 허락하지 않았다.

'딸아.'

생각해 보면 제 어머니가 죽은 후, 이원은 웃지 않게 되었다. 그나마 이원이 웃었던 건 짧게나마 환을 만날 때뿐이었다.

진짜 연모였을지도 모르는 그 귀한 순간을 건명은 짓밟았다.

누구보다도 좋은 아버지가 되고 싶었지만, 돌이켜 보면 그는 이원에게 한 번도 좋은 아버지였던 적이 없었다.

"……원아."

이기적인 바람이었지만 어릴 때처럼 환하게 웃는 딸이 보고 싶었다.

유수를 죽이고, 이제는 너에게 걸림돌은 없으니 원하는 대로 자유롭게 살라는 말을 남기고 싶었지만 그마저도 이룰 수 없는 바람이었다.

"돌……아간다고…… 했는데."

무거워지는 눈꺼풀을 억지로 들어 올리자 웃지 않는 이원이 흐릿하게 보였다.

자신에게 허락된 건 이 정도인가? 그마저도 지금은 기꺼웠다.

"딸아……."

귀한 딸을 향해 손을 뻗던 건명이 눈을 감지도 못한 채 숨을 거두었다.

숨이 끊어진 건명을 보며 비웃던 유수가 제 손에 묻은 피를 보았다.

유수의 눈이 제 손과 건명의 몸에서 흐르는 피를 교차하여 보았다.

아무렇지도 않아 하던 유수의 손이 그때부터 바들바들 떨렸다.

"이, 이건 어쩔 수 없었어."

적당한 시일에 가주의 자리를 물려줬으면 될 일이었다. 욕심을 부리더니만 결국 이런 사달까지 나 버렸다.

다급히 옷에 손에 묻은 피를 닦아 냈지만, 상황은 점점 나쁘게 흘러가고 있었다.

부모를 죽인 자식은 무슨 이유에도 상관없이 극형이었다.

"빌어먹을!"

옷을 제대로 입지도 못한 채 유수가 방을 빠져나갔다. 온몸에 가득 차 있던 취기는 느껴지지도 않았다.

피에 젖은 버선에 미끄러졌지만, 다시 일어나 저택 밖으로 달렸다.

굳게 닫혀 있던 문을 여는 순간 제 앞에 드리워진 장면에 유수의 걸음이 멈추었다.

"아…… 이, 이원아."

이원이 어떻게 알고 왔는지 넓은 공터에 그녀 하나뿐이었다.

허리춤에 달려 있는 검이 걸리기는 했지만, 손에 감겨 있는 붕대를 보아하니 아직 그때의 부상에서 완전히 벗어나지는 못한 것 같았다.

계집인 이원밖에 없다면 그래도 해 볼 만한 상황이었다.

"어떻게 여기를 온 것이냐? 네가 살아 있어서 참으로 다행이구나."

"그냥 은가를 달라 하지 그랬습니까?"

이원의 분위기는 차분했지만, 온전하다고 보기는 힘들었다.

해 볼 만하다.

"그게 말이야. 이원아. 사람이라는 게 각자의 사정이 있는 거란다. 아버지도, 네 동생도 그냥 사고란다. 지금 네가 내 앞에 있는 것도 사고겠지!"

단검을 꺼내며 유수가 달려들자 이원 또한 검에 손을 가져갔다.

이원의 바로 앞까지 다가간 유수의 눈이 광기로 번들거렸다.

이 계집만 죽이면!

"컥!"

무슨 일이 일어났는지 전혀 자각하지 못했다. 이원의 검이 뽑힌 것까지는 보았지만, 그녀의 검이 닿을 거리가 아니었다.

제 목에서 터져 나오는 피를 타인의 것처럼 보던 유수의 눈에 환이 보였다.

자신을 벤 사람은 이원이 아니라 환이었다.

저 거리에서 어떻게 자신을 검으로 벤 것일까?

"아…… 안……."

입 밖으로 피를 토해 낸 유수가 제자리에 주저앉았다.

바로 앞까지 와 있던 미래가 멀어지고 있었다.

"빌어먹……을 집안."

죽은 유수의 앞으로 이원이 걸어왔다. 감정 없이 보다가 저택 안으로 들어갔다. 그리고 그 뒤를 환이 뒤따랐다.

유수가 밟으면서 남긴 핏자국을 따라 걸어가던 이원이 소리 없이 숨을 삼켰다.

그녀의 시선 끝에 피웅덩이 가운데서 숨을 거둔 건명이 있었다.

"은유수의 일은 감사합니다. 폐하."

"죄인을 즉결 처분 했을 뿐이야."

감정이 담기지 않은 이원의 말이 또다시 불안하게 다가왔다.

이원은 유수를 직접 처리하려 했지만, 피로 이어진 형제를 죽이면, 승상은 기다렸다는 듯이 이원의 자격을 논하면서 그녀를 공격할 것이 뻔했다.

어차피 아버지를 죽인 자식이니 환이 직접 움직이는 것이 맞았다.

"이제…… 혼자 남았네요."

"……."

"진짜 혼자 남았습니다."

건명의 시신 앞에 이원이 주저앉았다. 무덤덤한 눈에 물기가 차오르고 가득 고인 눈물이 얼굴을 타고 흘러내렸다.

떨리는 손이 건명의 얼굴을 감쌌다. 손바닥에서 느껴지는 한기에 이원이 질끈 눈을 감았다.

"너 혼자 아니야."

"……."

"난 쉽게 안 죽어. 네가 죽으라고 할 때까지는 절대 안 죽을게. 보기 끔찍하다며 밀어내고 버틸 테니까…… 너 혼자 아니야."

전혀 닿지도 않았던 환의 말이 지금은 조금이나마 이원의 공허한 마음에 닿았다. 이제 가족이라고 할 만한 사람은 누구도 남지 않았다.

누구도 남지 않은 이원의 곁에 환은 죽지도 않고 버티겠다고 하고 있었다.

자신의 사정도 좋지 않으면서.

"나 혼자야."

"혼자 아니야."

"……."

"혼자 아니야."

거듭 들려오는 속삭임에 버티고 있던 것이 와르르 쏟아져 내렸다.

등 뒤에서 느껴지는 환의 체온에 몸을 맡기며 이원이 서럽게 울음을 터트렸다.

***

서럽게 울음을 터트린 이원은 환의 품에 안겨 저택으로 돌아왔다.

물이라도 마시는 걸 보고 싶었지만, 모든 기운을 소진한 이원은 침상에 눕힐 때까지 깨어나지 않았다.

결국 일어나면 어떻게든 음식을 먹게 하라는 황명을 남긴 채 황궁으로 돌아왔다.

"폐하. 황후 마마께서 오셨습니다."

이원이 먹기 전까지는 자신 또한 입에 대지 않겠다고 선언했었던 것처럼 황궁에 돌아와서도 환은 물 한 모금 마시지 않았다.

거의 닷새가 다 되어 가도록 입에 어떤 것도 대지 않았지만 환은 아무렇지도 않은 것처럼 무척이나 태연했다.

"짐이 말하기 전까지는 어떤 음식도 들이지 말라고 했을 텐데 말입니다."

설아와 함께 죽이 들어오자 환의 분위기가 서슬 퍼렇게 바뀌었다.

주변의 내관은 물론이고 설아 또한 몸을 떨었지만 피하는 대신 턱을 들었다.

"문무 대신은 물론이고 황궁의 모든 이들이 폐하의 용체를 염려하고 있습니다. 조금이라도 드셔야 합니다."

무척 걱정하는 말이었지만, 묘하게 거슬리는 말이기도 했다.

환의 눈이 제 앞에 앉아 있는 설아를 차근차근 살폈다. 눈을 피하지 않는 설아를 보던 환이 재미있다는 것처럼 실소했다.

"식사를 가져오신 황후께서 침의를 입고 계시다니. 이걸 짐이 어찌 받아들여야 할지 고민이 되는군요."

"신첩. 폐하와 많은 삶을 함께하며 살지는 않았지만 연모는 상대를 다치게 하는 것이 아니라고 배웠습니다. 은이원이 폐하께 하는 짓은 연모가 아닙니다."

"……."

"그녀는 폐하께 어떤 도움도 되지 않습니다. 그녀 하나만 내려놓으면 오랫동안 이어진 황궁의 분란도 사라질 것입니다. 폐하의 황은이 가짜였다는 것을 알게 된 정 귀인이 자리에 누워 일어나지도 못하고 있습니다. 폐하께서 보듬으시면 모두 해결될 일입니다."

"정 귀인을 보듬기 전에 황후에게 먼저 황은을 내리고 말입니까?"

핵심을 찌르는 물음에 설아는 부정하지 않았다.

하지만 이대로는 아무것도 되지 않을 뿐이었다. 오늘 황은을 받지 못하더라도 설아는 승부를 볼 생각이었다.

현실을 외면하는 그에게 제대로 알려 줄 것이다.

지켜 줄 가문이 없는 계집은 도움은커녕 방해가 될 뿐이라는 것을.

"예의를 지켜 줬으면 적당히 선을 지켰어야지."

"폐, 폐하?"

"황후의 연모가 바뀌었는데 그 방향을 왜 짐에게 돌리는 건가? 대안이라도 필요했던 건가?"

"제 마음이 바뀌었습니다."

"아 그래서 침의에 가져오면 안 되는 것까지 가져왔는가?"

"……."

"짐이 지겹게 먹었었던 것과 비슷한 향이 나는군. 아직 써 본 게 아니라면 버리는 게 좋겠군. 그건 사내와 여인 모두에게 좋지 않은 종류의 것이다. 결정적으로……."

설아에게 다가온 환이 그녀만 들릴 수 있게 고개를 숙였다.

가까이에서 느껴지는 체향과 온기에 설아의 심장이 미친 듯이 달음박질했다.

설아의 눈이 환의 단단한 가슴과 조각 같은 얼굴을 보았다.

권운이 여인처럼 고운 외모였다면, 환은 좀 더 날카롭고 또렷한 이목구비를 가진 사내였다.

"폐하."

"안타깝게도 그건 짐에게 어떤 영향도 주지 못한다. 워낙 서우명이 재미 삼아 먹여 놓은 것이 많아서 말이지."

설아에게서 떨어진 환이 불쾌한 기색을 감추지 않았다.

그녀의 마음이 누구에게 향하든, 연모가 사라지든 관심조차 없었다. 약조대로였다면 그녀는 황궁을 나갔어야 했다.

다가오지 말라며 선을 그어 놓고는 제 연모가 바뀌었으니 그 보고 따르라는 억지라니.

제법 괜찮게 봤었던 여인에게서 과거의 홍 황후가 겹쳐 보였다.

"황후께서는 혜완궁으로 돌아가라. 내시감은 황후가 가져온 것을 다시 내가라."

"폐하!"

일어나서 나가려는 환의 앞을 설아가 막았다. 등 뒤에 문이 느껴지고 바로 앞에 환이 노려보고 있었지만 오늘은 절대 환을 보내 줄 생각이 없었다.

황제의 길을 막았으니 본래대로라면 대역죄였지만 설아는 그런 것 따위 신경 쓰지 않았다.

"하원의 황후로서 폐하를 마음에 담고자 합니다. 그게 문제가 될 일은 없지 않습니까?"

"내 마음이 이러하니 너는 알아서 따르라고 하는 그 태도가 문제다. 왜 그대의 연모가 바뀌었으니 짐 또한 바꾸라는 건가?"

"폐하는 신첩의 사내입니다. 예전에는 아니었어도 이제는 신첩의 것이 되어야!"

말이 끝나기가 무섭게 설아가 막고 있던 문을 보이지 않는 검이 베었다.

환이 기검을 쓸 수 있다는 건 보고로 들은 설아도 알고 있었지만 그걸 직접 경험하기는 처음이었다.

설아가 조금만 잘못 움직였어도 목이 베었을 것이다.

"비켜."

"그, 그럴 수 없습니다. 저는!"

"과거에 내 검은 여인을 가리지 않았다."

"신첩이 아니어도 그 계집은 적이 많습니다! 폐하의 연모가 지켜질 거라 생각하십니까?"

소리를 지르던 설아가 제 실수를 깨닫고는 입술을 깨물었다. 하지만 곧 아무것도 모른다는 듯이 환이 나가려는 문을 막았다.

"황후가 가진 연모의 적이 은이원이라는 말로 들리는군."

"하원을 위한 결단입니다. 그리고 증좌는 없습니다."

"증좌가 있어도 건들지 못하겠지. 자랑스러운 승상의 딸이시니 짐이 어찌 건들겠나? 하지만."

바람이 부는 것과 동시에 환의 앞을 가리고 있던 문이 박살났다.

문 너머에 있던 내관과 궁녀들이 놀라 다급히 몸을 숙였다. 평정을 지키려 했지만, 두려움으로 몸이 바들바들 떨렸다.

"한 번만 더 내 앞을 이딴 식으로 막으면 살수가 사람을 어떻게 죽이는지 직접 경험하게 될 것이다."

설아를 보지도 않은 채, 환이 밖으로 나갔다.

환이 사라진 빈자리에서 겁에 질린 설아가 주저앉았다. 자존심에 상처를 입은 설아의 눈에 고여 있던 눈물이 바닥에 뚝뚝 떨어졌다.

⁂

자고 일어나니 환은 없었다.

조금이라도 마셔야 한다며 시종이 물을 가져왔지만, 마시고 싶지 않았다.

하물며 거듭 마시라며 내민 물에서는 평소와는 조금 다른 향이 났다.

먹지 않겠다며 고개를 저으니 시종이 난감한 듯 미간을 모았다.

달라진 분위기를 눈치챈 이원이 고개를 갸웃하는 찰나 어느새 표정을 바꾼 시종이 이원을 붙잡았다.

"폐하께서 찾으세요. 가 보시겠어요?"

분명 평소와는 달랐지만 내색하지 않았다. 시종을 따라 밖으로 나오자마자 느껴지는 건 강렬한 혈향이었다.

"음?"

"자객이 들어서요. 정리 중입니다. 이쪽으로 오세요."

약간의 소란이 들렸었지만, 자객이 들었는지도 몰랐다. 완전히 정리된 건 아닌지 주변이 수십 명의 기운으로 혼란스러웠다.

"폐하께서는 다치지 않으셨습니까?"

"폐하께선 무사하십니다. 다만 아가씨께 좋지 못한 모습을 보여 드린다며 잠시 모시고 오라고 하셨어요."

이원이 움직이자 몇몇 기척이 그녀를 따라왔다.

"평소에 계시던 분들은 어디 가셨습니까?"

"네?"

"지금 따라오시는 분들은 제가 모르는 분이라서요."

"저 그게…… 아! 들어온 자객들을 처리 중이에요!"

무언가 이상했지만, 환이 부른다 하니 안 간다고 할 수도 없었다.

시종을 따라 걸어가던 이원이 저택 바깥으로 나가는 문을 보며 미간을 좁혔다.

종종 환은 이원을 데리고 산책을 하기는 했지만 절대 저택 밖으로 나간 적이 없었다.

"폐하께서 저택 밖에 계십니까?"

"황궁에서 직접 내려온 명령입니다. 여기에 계시면 곧 오신다고 하셨습니다."

한참을 따라 걷던 그녀가 멈춘 곳은 저택에서 조금 떨어진 언덕이었다.

워낙 나무가 빼곡히 심겨 있는 곳이라 주변이 잘 보이지 않는 곳이었다.

"여기까지 왔으면 용건을 말하셔도 되지 않겠습니까?"

"……."

"절 지키던 분들은 어찌 되셨습니까?"

앞서 걸어가던 시종이 자리에서 멈추었다. 극진했던 표정은 이원을 보자마자 비웃는 걸로 바뀌었다.

"아가씨께 전해 드리라는 말이 있었습니다."

"……."

"떠나라고 했을 때 떠났다면 이렇게 죽지는 않았을 거다."

시종의 말이 끝나기가 무섭게 그녀의 주변에 있던 기들이 동시에 달려들었다.

제 자리에 들어오는 공격을 피해 이원이 몸을 날렸다.

제대로 먹지 못한 몸이 그녀의 마음과는 달리 느렸지만, 공격을 피하는 데는 어려움이 없었다.

다만 검은 든 자객 다섯을 한 번에 해결하는 건 쉽지 않았다.

가장 가까이에 오는 검을 피한 이원이 자객의 손목을 손날로 후려쳤다.

검을 놓치면서 자객이 비틀거리는 것과 동시에 떨어지는 검을 붙잡은 이원이 그를 향해 휘둘렀다.

피가 얼굴에 튀었지만 주저할 틈도 없이 그녀의 검이 방향을 바꾸었다.

"컥!"

"동시에 달려들어!"

둘이 순식간에 쓰러지자 나머지 셋이 그녀를 향해 동시에 달려들었다.

예전에도 그랬고, 지금도 이원은 아무것도 하지 않았다. 하지만 현실은 언제나 그녀가 있어서 잘못되었다고 말하고 있었다.

억누르고 참았던 감정이 한 번에 쏟아지듯이 이원을 집어삼켰다.

전부 놓아야 나아지리라 생각했기에 환의 노력을 알면서도 외면했었다. 그런데도 이 사람들은 그저 이원이 살아 있다는 것만으로도 방해라고 생각했다.

'내가 무슨 잘못을 그리 했다고!'

이호와 건명이 죽었고 그녀는 혼자였다.

짓밟기 쉬운 존재기에 없애려고 한다면 더는 싫었다.

세 명을 동시에 상대하는 건 쉽지 않았지만 의미 없이 개죽음을 당하느니 부질없는 발악이라도 하는 게 나았다.

셋을 전부 막을 수는 없다. 정면으로 들어오는 검을 밀어낸 이원이 목을 노리고 들어오는 검을 막았다.

두 번째 검을 밀어낸 이원이 자객의 목을 베는 것과 동시에 마지막 검이 이원의 복부를 노리고 들어왔다.

푹!

"아……."

몸을 돌려 반격하려는 이원의 앞에 커다란 그림자가 드리워졌다.

무슨 일이 있는지 자각하기도 전에 뒤늦게 공격해 오는 첫 번째 자객의 목이 베어졌다.

이원의 눈이 저에게 올 검을 막은 사내를 놀란 눈으로 쳐다보았다.

"은건명이 어머니를 죽인 날, 난 막지 못했어."

"폐, 폐하."

"천동윤에게 네가 찔렸던 그날도…… 막지 못했고…… 말이지."

환을 찌른 자객의 손이 벌벌 떨렸다. 자객에게는 시선조차 주지 않은 채 환이 굳어 있는 이원을 보았다.

이원의 몸에 상처가 없는 것을 보던 환의 눈이 부드럽게 휘었다.

자객의 검을 맞았음에도 그는 왜 이렇게 태연한 것일까?

검에 찔린 상처에서 흘러나오는 피가 바닥에 똑똑 떨어졌지만, 당사자인 그는 무척이나 태연했다.

"이번에는 제대로 막았어."

"컥!"

환을 찌른 자객은 물론이고 쓰러져 있는 자객의 몸에서도 검에 깊게 베인 상처가 생겼다.

마지막까지 이원을 보던 환이 몸을 찌르고 있는 검을 빼냈다.

피를 흘리며 쓰러지는 그에게서 이호의 모습이, 건명이 겹쳐 보였다.

어서 그에게 달려가야 하는데 다리가 굳은 것처럼 움직이지 않았다. 이번에도 그녀가 맞았어야 할 검이었다.

그런데 왜 저 사람이 다친 것일까? 딱딱하게 굳어 있는 이원을 움직인 것은 비틀거리며 쓰러지는 환이었다.

"환!"

안겨 있는 환에게서 나오는 피가 뜨거웠다.

어서 일어나 보라며 이원이 그를 흔들어 댔지만, 정신을 잃은 환은 깨어나지 않았다.

十一章

의관들이 부지런히 저택을 오고 갔다. 그 저택의 밖에서 이원이 치미는 초조함을 억누른 채 지켜보고 있었다.

태의는 들어와도 된다고 했지만 차마 저 안으로 들어갈 엄두가 나지 않았다.

손에 묻은 환의 피를 닦을 엄두조차 나지 않았다.

이대로 그의 흔적을 지우면 이호나 건명처럼 그도 곁을 떠날 것 같았다.

'너는 폐하를 죽일 것이다.'

그녀가 말한 의미가 이런 것이라면, 더는 용서할 수 없었다.

설아의 욕심에 그녀가 죽을 뻔했고, 환이 다쳤다. 큰 상처가 아닐 거라며 자신을 다독였지만, 환의 몸에서 흐르는 피가 아직도 생생했다.

'제발…….'

제 몸과 마음의 상처는 보이지 않았다. 이렇게라도 지키지 않으면 환도 그냥 보내 버릴 것처럼 무서웠다.

환만큼은 다치지 않았으면 했기에 밀어내고 잘라 내려 했었다.

그런데 결국 또 환마저 위태로워지고 말았다.

'당신은 그렇게 가지 마.'

다시 치미는 두려움에 이원이 몸을 떠는 순간 따뜻한 바람이 한차례 지나갔다.

차가운 겨울 날씨에 바람이 따듯하다니 이상했지만, 분명 그녀의 주변으로 부는 바람은 그다지 춥지 않았다.

전혀 느껴지지 않았던 바람이 언제부터인가 느껴졌다.

불안에 떨고 있는 손을 허공에 가져가니 또다시 바람이 불었다.

불어오는 바람을 따라 걸어가던 이원의 발밑에 눈 속에 작게 핀 들꽃이 보였다.

아직 꽃이 필 시기가 아니었지만, 이원의 손가락보다도 작은 들꽃은 활짝 피어 있었다.

'누님이 가시는 길가의 풀이 되고, 꽃이 되고, 바람이 되어 누님의 곁에 있겠습니다.'

"이제야 네가 했던 말이 떠오르는구나."

이호의 죽음이 자신의 탓이라 자책하면서 정작 남겼던 유언을 전혀 생각조차 하지 못했었다.

제 마음의 상처만 아파서 그녀를 위해 남겼던 말은 전혀 기억하지 못했었다.

이원이 제 상처만 보고 있을 때 다른 이들은 곁을 지켜 주었다.

'이제야 네가 느껴지는구나.'

이원의 눈에 고여 있던 눈물이 새하얀 눈 위에 뚝 떨어졌다. 그러자 이원의 눈물을 닦아 내려는 것처럼 한차례 다시 바람이 불었다.

"하아."

방향을 바꾸어 바람이 불자 따라가려 했던 이원이 몸을 휘청거렸다.

그러고 보니 며칠을 아무것도 먹지 않았다. 잠시 눈앞이 깜깜해졌지만 이를 악문 이원이 바람을 따라 걸어갔다.

그녀를 안내하는 것처럼 잔잔하게 불어오는 바람을 따라 걸어가던 이원이 그 자리에 멈추었다.

바람이 향한 곳은 환이 누워 있는 저택의 앞이었다.

'이호야. 저 사람은 안 된다.'

때를 잘못 만나 일찍 태어난 들꽃일지도 모른다. 아니 어쩌면 그저 스쳐 지나간 바람일 수도 있었다.

이 모든 상황이 우연이어도 이원은 어느 때보다도 절박했다.

"저 사람까지 누님에게서 데려가지는 말거라."

동생의 목숨으로 살아난 주제에 또다시 이호에게 환만큼은 데려가지 말라고 매달리고 있었다.

이기적이지만 이번만큼은 이원도 절박했다.

"모든 벌은 이 누님이 전부 받으마. 그러니 저 사람은 누님과 함께 생을 누릴 수 있게 도와 다오."

못난 누이는 저 사람을 놓지 못하겠다.

생을 누릴 만큼 누리다가 가야 한다면 환과 함께 걷고 싶었다.

그가 만든 길을 따라서, 때로는 이원이 직접 새로운 길을 만들면서 같은 곳을 보고 싶었다.

조금 전까지 보기만 할 뿐, 다가가지 못했던 저택을 향해 이원이 한 걸음씩 걸어갔다.

무거운 걸음을 옮길 때마다 그녀를 도와주는 것처럼 잔잔한 바람이 주변을 맴돌았다.

'미안하구나. 동생아.'

맴돌던 바람이 사라지고, 닫혀 있던 문이 열리며 태의가 밖으로 나왔다.

다가오는 그를 보며 이원이 숨을 삼켰다.

*
**

"다행히 급소를 피해 검에 찔리셨습니다. 상처는 깊지 않으십니다만 닷새가 넘게 아무것도 드시지 않았기에 몸이 많이 쇠약해지셨습니다."

태의의 말에 이원이 눈을 감았다. 소리 없이 한숨을 내쉬는 그녀를 보며 태의가 눈을 내렸다.

환과 이원을 가장 가까이에서 보고 있는 사람이 태의였다. 선을 긋고 밀어내던 이원의 행동에 분명 변화가 있었다.

"곧 깨어나실 것입니다."

"……감사합니다."

"소인이 해야 할 일을 했을 뿐입니다. 하지만 더는 아무것도 드시지 않으면 아가씨나 폐하 모두 위험해지십니다. 실은 그것을 더 걱정했는데 아가씨를 보니 한시름 놓아도 될 것 같습니다."

"……."

"깨어나면…… 폐하께서 깨어나시면 그때……."

안에서 들리는 소란에 태의는 물론이고 이원의 눈조차 저택으로 향했다.

비틀거리는 발걸음과 다급한 발걸음이 같이 들렸다. 희미하게 들리는 소리가 대충 들어도 환을 만류하는 목소리였다.

곧이어 문이 열리고, 상처에 붕대를 맨 환이 비틀거리며 밖으로 나왔다.

다른 눈은 신경조차 쓰지 않겠다는 듯이 다가온 환이 이원을 붙잡았다.

"먹었어?"

갑작스러운 물음에 이원의 눈이 커졌다. 말문이 막힌 이원을 보던 환이 잠시 비틀거렸다.

"폐하!"

"은이원이 먹지 않으면 어떤 음식도 입에 대지 않겠다고 했다. 탕약이든 어떤 것이든 들이는 자는 목을 벨 것이다."

"폐하! 아니 되십니다!"

안 된다는 내관의 말은 들리지도 않는지 이원을 붙잡은 환이 저택 안으로 들어갔다.

따뜻한 방으로 그녀를 데리고 간 환이 두꺼운 옷을 꺼내 차가워진 이원의 몸에 올렸다.

제 몸은 전혀 생각지 않고 그녀의 몸에 있는 한기만 신경 쓰는 환을 지켜보던 이원의 인내가 뚝 끊어졌다.

"그러다가 진짜 잘못되십니다. 많은 것을 짊어지신 분이 왜 이리 무모한 짓을 하십니까?"

"황제로서 들으라는 말이면 안 들어."

"……."

"다시 말해."

무엇이 저리도 즐거운지 이원을 보는 환의 입가에는 힘없지만 진한 미소가 생겨 있었다.

"당신 지겨워."

환의 입가에 생겨 있던 미소가 그 상태 그대로 굳었다. 처음 보는 반응이었지만, 지금 이원도 환이 보이지 않았다.

"복수를 해야 한다는 사람이 왜 자신을 돌보지 않아? 그래서 내가 죽으면 당신도 죽으려고 했어? 당신이 죽으면 더 낫게 만들려 했던 하원은 어떻게 할 생각이었는데? 서우명에게 그냥 주려고 했어?"

"그렇게 화내면 쓰러져."

"그냥 놓았으면 되잖아! 그냥 알아서 살라고 했으면 되었잖아! 그렇게까지 다쳤으면 좀 꺾여야지! 다들 조심해야 한다고 말리면 넘어가야지! 왜 죽으려고 해! 왜!"

"죽으려고 한 적 없어. 내가 왜 널 놔?"

"환!"

"예전에도 아무도 필요 없다며 밀어내는 나에게 멋대로 다가왔었던 건 너야. 이제 너에게는 나밖에 없는데 놓을 리가 없지.”

무엇이 그리도 좋은지 이원을 보며 환이 빙긋 웃었다.

화가 미친 듯이 몰아치는 이 상황에서 무엇이 좋다고 저리 웃는단 말인가!

그가 살아서 다행이라고 생각하면서도 억지 고집을 부리는 그가 너무나도 미웠다.

“뭐가 그렇게 좋아서!”

“네가 화를 내잖아.”

“…….”

“널 마주 보는 게 제일 어려웠거든.”

상처투성이로 힘겹게 말을 꺼내고 있으면서도 환의 눈은 여전히 이원을 향해 있었다.

마음에 찌꺼기처럼 남아 있던 약간의 주저조차 그를 마주하는 순간 완전히 사라졌다.

처음 이원에게 길을 보여 줬었던 것처럼 환은 이번에도 이원의 앞에서 그녀를 붙잡고 있었다.

“당신 죽을 뻔했어.”

“안 죽었잖아.”

“당신이 죽었으면 난 진짜 혼자 남았어.”

“…….”

“당신이 죽는 거까지 봤으면 난…… 진짜 아무도 없어.”

그렁그렁 맺혀 있던 눈물이 얼굴을 타고 뚝뚝 흘렀다.

이원이 제 감정을 드러냈다며 좋아한 것도 찰나 울음을 터트리는 이원을 보며 환이 입술을 깨물었다.

감정을 드러내기를 바라기는 했지만 이 정도는 아니었다.

"원아…… 그게…… 잘못했어…… 그러니까 그렇게 울지 마. 응?"

어쩔 줄 모르는 환과는 달리 이원이 바닥에 눈을 둔 채 굵은 눈물을 뚝뚝 떨어뜨렸다.

설아나 다른 이들을 오만하게 대하던 환은 어디에도 없었다.

서럽게 울음을 터트리는 이원이 쓰러질까 봐 불안해하던 환이 얼굴에 흐르는 눈물을 닦아 냈다.

"네가 하자는 대로 할게. 다시는 이런 일 없도록 할게."

"……."

"그렇게 울면 쓰러져. 내가 잘못했어."

"치료도 받고, 밥도 먹어."

"네가 그렇게 하면 그대로 할게."

이 상황이 되어서까지도 하나도 양보하지 않았다. 그 모습이 무척 얄미웠지만 더는 환에게 고집을 부릴 수 없었다.

진정하라는 환의 달램을 듣던 이원이 소리를 내 서럽게 울음을 터트렸다.

쓰러질 것처럼 서럽게 울음을 터트리는 이원을 달래느라 환은 오랫동안 진땀을 흘렸다.

⁂

이원과 환의 앞에 상이 놓이자마자 냉큼 환이 이원의 손에 수저를 들려 주었다.

상이 들어오기 전까지 따뜻한 물을 마시고 있던 이원이 손에 쥐고 있는 수저를 보며 미간을 좁혔다.

"폐하께서도 드십시오."

"환이라고 불러."

"……."

"지금 아무도 없다니까."

기세를 잡았다는 건지, 아니면 이원이 마음을 돌렸다는 건지, 가늘어지는 눈에도 환은 연신 미소였다.

너무 쉽게 받아 준 것은 아닌가 생각하는데, 그 순간 조금 풀어진 옷 사이로 상처를 치료한 붕대가 보였다.

"천천히 먹어 보자."

미소를 지으며 쳐다보는 시선에 이원이 제 앞의 죽을 조금 떠 입에 넣었다.

음식 생각이 들지 않았건만, 막상 입에 넣으니 허기가 밀려왔다.

죽을 좀 더 크게 떠서 입에 넣자 환이 하나도 놓치지 않고 그 모습을 살폈다.

"이것도 먹어 봐."

"같이 드십시오."

"난 천천히 먹으면 돼."

이원이 쥐고 있던 수저를 내려놓으려 하자 환이 다급히 제 수저를 들어 죽을 가득 입에 넣었다.

제대로 씹지도 않은 채 삼키는 그를 보며 이원이 미간을 좁혔다.

"꼭꼭 씹어 드십시오."

"네가 잘 못 봐서 그렇지. 열심히 씹었어."

"다시 드세요."

“우선 네가 먹는 걸 보고…… 아악! 수저 내리지 마! 자! 제대로 봐!”

이원이 수저를 내리려고 하자 다급히 환이 그릇의 죽을 퍼 입에 가득 넣었다.

그녀에게 보여 주려는 것처럼 환이 몇 번 씹어 없어질 죽을 씹고 또 씹고 계속 씹은 후에 삼켰다.

어떻게든 씹은 걸 보여 주려는 행동에 이원이 피식 작게 웃음을 터트렸다. 그러곤 그에게 보여 주듯이 제 죽을 퍼서 입에 넣었다.

자신에게 했었던 그대로 확인하듯 환의 눈이 이원을 살폈다.

수저의 죽이 사라지자 다른 것도 먹으라는 듯이 환의 젓가락이 부드러운 반찬을 집어 올려놓았다.

“저보다는 폐하께서 몸을 챙겨야 합니다.”

“아픈지 모르겠네.”

“…….”

“이제 하나씩 해 보자.”

혼자 하라는 말 대신 같이하자는 말이 이원의 마음을 흔들었다.

이 상태에서 그를 보면 제 감정이 고스란히 드러날 것 같았다.

식사가 끝난 후, 곧바로 탕약이 들어왔다.

이원이 물끄러미 보자 약조는 잘 지킨다는 것을 보여 주는 것처럼 그녀의 앞에서 환이 탕약을 비웠다.

자식이 부모에게 허락을 받듯이 비어 있는 탕약 그릇을 보여 주자 방심하던 이원이 입술을 깨물었다.

둘의 사이에 낀 태의가 헛기침을 하며 자리에서 일어났다.

"저녁에 다시 탕약을 들이겠습니다. 그때까지 쉬십시오."

단둘이 남자 이원이 환에게 가까이 다가갔다. 조심스러운 손이 검을 맞았던 상처 위에 닿았다.

굳은 이원을 보던 환이 그녀의 손 위에 자신의 손을 올렸다.

"절 죽이시려 했던 분이 그러셨죠. 제가 폐하를 죽이게 될 거라고요."

설아가 그랬다는 말에 환의 눈이 딱딱하게 굳었다.

그런 그를 달래듯 상처를 덮었던 손이 환의 뺨을 감쌌다. 거칠고 날카로워진 이목구비를 따라 움직이던 손이 턱 선을 감싸고 뺨을 어루만졌다.

"그렇게 쉽게 죽을 팔자였으면 예전에 죽었겠지. 그리고 그 말대로였다면 이번에 죽었을 테고 말이지."

"……."

"질긴 목숨이라 쉽게 안 죽어. 타인의 기대를 채워 주는 예쁜 성격은 아니라서 말이야. 놈들이 틀렸다는 거 꼭 보여 줄게."

"그럼 전 이제 도구는 아닌 것입니까?"

도구라는 말에 환의 눈이 짧게 떨렸지만 이원은 그대로였다.

그와 같은 길을 걷겠다며 마음먹었을 때부터 들었던 생각이었다.

이 사람과 시작하려면 악연으로 엉키면서 쌓였던 오해부터 풀어야 했다.

"예전에는 도구였어."

"은건명이 죽었기에 도구로서의 은이원에서 벗어난 것입니까?"

"그랬다면 쓸모를 다했다며 널 죽였겠지."

이원의 물음이 무척 거슬렸지만, 무시하는 대신 나름의 답을 해 주었다.

환이 싫어할 걸 알면서도 저런 물음을 던지고 있었다. 그리고 환은 그녀가 왜 그런 물음을 던지는지 알고 있었다.

무흔으로 살게 되면서 몇 번이고 그에게 배신을 당했었다. 이원의 조심스러운 성격은 환이 만든 것이었다.

"멍청한 내가 연모를 뒤늦게 알게 된 거야. 널 도구로만 쓸 수 있을 거라고 생각했는데 어리석게도 네가 전부 부서진 다음에나 깨달은 거지. 도구가 아니라 정인이었다는 걸 말이야."

"너무 늦게 아셨습니다."

"알아. 그래서 지금 하는 고생이 더럽게 힘들어도 기꺼이 받아들이고 있어. 물론 더 길게 끄는 건 사양이지만."

"……."

"잘못했어. 원아."

환이 가진 특유의 화법에 이원이 입술을 깨물었다.

이제 와서 이 연모를 물릴 생각은 없다. 갈 길은 멀고, 여전히 가시밭길이었지만 그녀의 생에 유일하게 남은 사람이었다.

"폐하께서 절 연모하시는 거라면 이제 속이지 마십시오. 한 번만 더 폐하께서 절 속이는 일이 있다면 전 그 자리에서 모든 것을 내려놓겠습니다. 아니 환도 억지로 내려놓게 하겠습니다."

그러지 말라며 말을 자르고 싶었지만, 이원의 표정이 워낙 진지했기에 말조차 꺼낼 수 없었다.

처음이자 마지막인 기회.

이번에 그녀의 손을 잡지 못한다면 환에게 기회는 없었다.
"그럴게."
"정말이십니까?"
"너에게는 하나도 숨기지 않고 전부 말할게. 만약 내가 또 약조를 어긴다면 그때는 그냥 나만 죽여. 너에게는 죽어 줄게. 대신."
제 얼굴을 감싸고 있는 이원의 손을 끈 환이 거친 손바닥에 입술을 맞추었다.
돌고 돌아 간신히 붙잡은 손이었다. 대신이라는 조건을 붙였지만 이제 놓을 일은 절대 없었다.
"내가 약조를 지키는 한 너도 내 옆에 있어야 해."
그게 아니더라도 이원은 제 곁에 있어야 했다. 이제 간신히 붙잡은 연모를 놓을 생각 따위 없었다.
"환."
"원아."
"다치지 마십시오."
모르는 척 팔을 잡아끌자 이원이 가까이 다가왔다. 욕심을 내어 품에 파고들자 가는 손가락이 환의 머리를 어루만져 주었다.
드디어 제 품에 들어온 정인을 힘주어 안자 쉬어야 한다는 낮은 목소리가 흘러나왔다.
그녀의 걱정이 무척이나 듣기 좋았다.
안정을 주는 체향을 듬뿍 들이마시며 환이 편안한 숨을 내쉬었다.

⁂

“위장군과 대사농은 어려울 것 같습니다. 승상.”

밤늦게 찾아온 사공의 보고에 해준이 미간을 손가락으로 눌렀다.

은이원을 제거하게 병사를 내 달라는 부탁에 모르는 척 도와준 것이 패인이었다.

일이 어떻게 틀어진 것인지 은이원을 죽이지 못한 것도 모자라 환이 다치고 말았다.

연관된 이들이 입만 다물었으면 했지만, 은이원을 끌어낸 이가 고신을 견디지 못해 설아의 이름을 꺼낸 것이 문제라면 문제였다.

“표가를 살리는 대신 몸을 납작 엎드리라는 것이겠지.”

황제를 시해하려던 범인으로 표가를 지목하는 대신 환의 검이 향한 건 해준의 최측근인 이들이었다.

황궁에서 백성에게 내렸던 물품을 빼돌렸고, 내렸던 조세를 사사로이 올려 이득을 취하였다.

마치 준비된 일을 진행시킨 것처럼 대응할 틈도 없이 위장군과 대사농의 비리가 터졌다.

“다른 이들은?”

“목숨은 구하였으나 관직을 박탈하고 가문의 이득을 모두 나라로 환수시키신다고 하셨습니다. 그리고 공석인 대사농 자리에 여주원을 세우신다고 선포하셨습니다.”

“사도께서 홀로 폐하를 지키시느라 힘드셨을 테니 대사농에 여주원을 올려서 기반을 확고히 하시겠다는 것이군.”

"어찌해야 합니까? 승상."

"가만히 있어야겠지. 지금 폐하께 잘못 반기를 들면 황후 마마의 일을 들추실 것이다. 황후께서는 어찌하고 계신가?"

"혜완궁에 연금되어 계시다고 합니다."

무거운 숨을 내쉬며 머리를 썼지만 답은 좀처럼 나오지 않았다.

이렇게 될 줄 알았다면 차라리 권운과의 사이에 생겼던 아이라도 살렸어야 했다.

그 아이가 아들이었다면 얼마든지 황자로 세울 수 있었을 텐데.

"이만 나가 보게. 내 방책을 생각해 볼 테니."

뒷걸음질로 나가는 사공을 보던 해준이 턱을 쓸며 생각에 잡혔다.

"결국은 이리되는가?"

인정받지 못한 황자 따위 얼마든지 제 손아귀에 넣고 도구처럼 부릴 수 있었다. 해준의 미래에 이런 상황은 전혀 없었다.

홍 황후에게서 권력을 빼앗으려면 황제의 다른 자식이 필요했다. 그러던 중 수없이 제 목숨을 노리며 살수로 나타났던 환은 제법 괜찮은 도구였다.

검 실력은 있었지만 배경도, 능력도 없는 사내. 그렇기에 거두었었다.

'설마 이놈이 일부러 내 눈에 들기 위해 그런 것일까?'

그건 승상이 너무 환을 과대평가한 것이다. 그저 힘이 없었기에 밟혔을 뿐이고, 해준이 주웠을 뿐이었다.

'어쨌든 이놈을 처리해야 하는데 말이지.'

"승상. 명…… 도련님께서 오셨습니다."

환의 압박이 심해지는 와중에 명을 밖의 저택에 둘 수 없었기에 본가로 데리고 왔다.

다른 이들에게 내세울 수도 없었기에 본가 가장 구석에 있는 저택에 넣어 놓고 절대 밖으로 나오지 말라고 했었다.

그런데 뻔뻔스럽게 나오다니, 이러다가 다른 이들의 눈에 띄기라도 하면 어쩌려고 이러는지 화가 치밀었다.

"어서 들어오시라 해라! 그리고……."

신경질적으로 일어나던 해준의 눈이 믿을 수 없다는 듯이 커졌다.

믿을 수 없다는 듯이 미간을 좁혔지만, 제 눈앞에 있는 사람은 분명 환이었다.

"폐, 폐하?"

"승상이 그런 반응인 걸 보니 내 노력이 성과를 보는 것 같소."

모습이 똑같아서 그런지 목소리조차 환으로 보였다.

명이 가진 말투만 아니었으면 누가 봐도 환이었다. 굳어 있는 승상을 향해 명이 천천히 걸어왔다.

"폐하로 보일 만하군요."

"내 쓸모를 증명해야 승상이 날 도와주지 않겠소? 제법 그럴듯하지 않소?"

환처럼 미소를 짓는 명을 보는 순간 보이지 않던 방법이 보였다.

명이 말하고자 하는 도움도 승상과 같은 의미였는지 명의 눈에 광기가 스며들었다.

"준비를 해야겠군요."

"그 전에 다른 사람의 눈에 내가 얼마나 가짜와 똑같은지 시험을 해 봐야겠지. 황궁에 들어갈 수 있게 도움을 주겠소?"

환에게 빼앗겼던 흐름이 다시 그에게 돌아올 것 같았다.

정도를 지키는 환과는 달리 제멋대로인 명은 위험했지만, 대신 도구로 쓰기에는 제법 잘 맞는 존재였다.

한 번 했었던 일을 두 번 하지 말라는 법은 없었다.

해준의 얼굴에 번지는 미소를 보며 명이 입꼬리를 올렸다.

*
**

깨끗하게 돌아온 검을 보던 이원이 조심스럽게 손을 가져갔다.

마음이 편해져서인지 알 수 없었지만 좀처럼 낫지 않던 왼손도 천천히 나아졌다.

이제는 흉터만 남은 오른손으로 검을 붙잡았지만 확실히 전처럼 손에 힘이 들어가지는 않았다.

"후우."

나아지지 않는 현실에 초조했지만 그럴수록 마음을 다잡았다. 지금 환에게 필요한 사람은 함께 싸워 줄 사람이었다.

"호위님!"

밖에서 들리는 목소리에 믿을 수 없다는 듯이 이원의 눈이 커졌다.

그녀가 잘못 들었다 싶었지만 분명 밖에서 들리는 목소리는 예전에 영화와 함께 죽었던 송화였다.

머리로는 송화의 목소리라는 것을 알았지만, 차마 가까이 다가갈 수 없었다.

"호위님! 나와 보세요!"

조심스러운 걸음으로 문을 향했다. 이제 더는 놀랄 일 따위 없다고 생각했지만 들릴 리 없는 목소리가 자꾸 발을 끌었다.

문을 열자마자 치마를 펄럭거리며 다가온 인영이 이원에게 달려들듯이 안겼다.

"호위님! 호위님!"

"어, 어떻게? 너는 죽었는데……."

"죽기는요! 그때 정신을 잃고 나니 황궁 밖으로 나와 있었어요. 시기가 좋지 않으니 기다리고 있으면 다시 불러 주신다고 하셨는걸요. 가족들도 먹고살 수 있게 도와주셨고 말이에요. 조금 불안하기는 했지만 곧 불러 주신다고 해서 기다리고 있었어요!"

활짝 웃는 송화를 보던 이원의 손이 조심스럽게 얼굴을 감쌌다.

마지막에 끌려가면서 질렀던 비명 따위 기억에도 없는 것처럼 환한 미소로 송화가 이원의 품에 매달렸다.

"퇴궁한 후에 못 돌아올 줄 알았거든요. 그런데 황명이 내려와서 다시 들어올 수 있었어요!"

송화가 죽은 일로 이원은 오랫동안 환을 미워했었다. 송화를 살려 주었다면 약간이라도 언질을 주었으면 좋았을 것을.

이유가 있었을 거라는 걸 알면서도 예전이나 지금이나 의뭉스러운 그가 조금은 얄미웠다.

"다행이다."

"이제 호위님 곁에 있을 거예요!"

"네 행실을 조심하라고 하지 않았느냐? 그러겠다고 답을 하자마자 그 무슨 경망한 행동이냐!"

곧이어 들리는 낯선 목소리에 놀란 송화가 이원의 몸에서 빠르게 내려왔다.

소리를 따라 눈을 돌리니 상궁의 복장을 단정하게 한 중년 여인이 이원을 향해 몸을 숙였다.

"오늘부터 아가씨를 모시게 된 강 상궁이라고 합니다. 아직 정식으로 자리에 오르신 것이 아니기에 황궁에서는 송화를 통해 소인에게 하명하시면 됩니다."

환의 배려였겠지만 막상 마주하니 조금은 어색하게 느껴졌다.

황제인 그의 손을 붙잡은 이상 감당해야 할 일이었고, 죽은 줄 알았던 송화를 다시 만난 건 다행이었다.

"잘 부탁드립니다."

"황은을 입으신 분이니 말씀을 편히 하십시오."

강 상궁의 눈치를 보며 서 있는 송화를 향해 손을 뻗으니 환한 미소를 지으며 가까이 다가왔다.

송화의 생존을 숨긴 환에게 서운하기는 했지만, 그래도 고맙다고 말해야겠다.

송화의 머리카락을 어루만지니 예전과 똑같은 모습으로 송화가 그녀를 바라보았다.

*
**

환은 저택에 도착하면 언제나 이원에게 먼저 왔었다. 분명 환이 도착했다는 말을 들었지만 그가 오지 않자 이원이 자리에서 일어났다.

"폐하께 갔다 올게요."

"저…… 아가씨. 오늘은 가지 않으시는 게 어떠하신지요?"

강 상궁의 말에 이원이 의아한 듯 고개를 갸웃거렸다.

거의 매일 황궁을 비우고 이곳에서 머무는 환에게 미안하기도 했지만 한편으로는 그가 가까이에 있었기에 안심이 되는 것도 있었다.

그런데 오늘은 이곳에 와 놓고도 오지 말라고 막다니. 또 자신에게 숨기는 것이 생겼다는 사실에 이원의 감정이 요동쳤다.

"황명입니까?"

"그것은 아니었지만 오늘은 폐하 홀로 계시겠다고…… 아가씨!"

더는 그가 숨기는 걸 알면서도 모르는 척하고 싶지 않았다.

강 상궁을 지나 환이 있을 침소로 걸어가던 이원의 앞을 석운이 막았다.

들어가지 말라는 그를 보던 이원이 방에서 흘러나오는 향에 미간을 좁혔다.

그녀가 아는 한 이 향은 상대를 유혹하여 수작을 부릴 때 쓰는 것이었다.

하물며 섞여 있는 향 중에는 사지의 기력을 빼앗고, 움직임을 둔하게 하는 약초도 있었다.

"다른 이들의 눈을 피하기 위함입니다. 오늘은 들어가지 않으시는 것이 좋겠습니다. 아가씨."

예전과는 상황이 달라졌기에 석운의 행동과 말은 완전히 달라져 있었다. 간곡한 말에 이원의 걸음이 멈추었다.

왜 환이 홀로 좋지 않은 향을 맡고 있는지는 알지 못했다.

"지금의 자리를 지키기 위함입니까?"

"아가씨."

"저도 들어가겠습니다."

"폐하께서 화를 내실 겁니다."

"저에게 말입니까?"

이원의 물음에 석운의 말문이 막혔다.

다른 사람의 눈을 피해 저러는 것이라면 분명 이유가 있을 것이다. 이제 다른 사람이 어설프게 던지는 진실은 듣고 싶지 않았다.

문에 가까이 다가갈수록 진해지는 향이 겁이 났지만, 피하는 대신 마음을 다잡았다.

"폐하. 은이원입니다. 들어가겠습니다."

열자마자 훅 밀려드는 달금한 향에 이원이 서둘러 문을 닫았다.

숨을 참으며 안으로 들어가니 짙은 미향 속에서 침의를 입은 환이 늘어져 있었다. 좋지 않은 기운을 억지로 밀어내듯이 환이 길게 숨을 내쉬었다.

"들어오지 말라니까."

"직접 보고 싶었어요."

"숨 쉬지 마. 너한테 그다지 좋지 않아."

"환에게도 좋은 건 아닙니다. 내성을 만들기 위해서라지만 이건……."

"난 서우명 덕분에 이미 내성이 있지만 넌 아니야."

숨을 참고 있었지만 희미하게 들어오는 향에 열이 차오르고 머리가 어지러웠다.

독의 내성을 쌓기 위해서라면서 이렇게 독한 것이라니. 환에게 좋은 영향을 줄 리 없었다.

같이 나가자는 말을 하려던 이원이 다시 숨을 참았다. 그런 이원을 보던 환이 이원을 향해 다가왔다.

"전…… 괜찮습니다."

이원의 오금과 팔을 감싸 안은 환이 그녀를 안아 들었다.

환이 문으로 다가가자 이원이 싫다며 고개를 저었다.

평소에는 그녀가 하자는 대로 해 주던 환이 지금만큼은 아무것도 보이지 않는다는 것처럼 문으로 다가갔다.

이 사람만 전부 감당하게 하고 싶지 않았다. 이 사내가 할 수 있으면 자신도 할 수 있다. 환의 목에 팔을 감은 채로 이원이 숨을 깊게 들이마셨다.

"너!"

"환이 버틸 수 있으면 저도 버틸 수 있습니다."

말과는 달리 눈앞이 깜깜해지고 머리가 빙글거렸다.

밀려드는 기운에 이원이 늘어지자 머리카락 사이로 드러나는 이마에 입술을 맞추었다.

"버틸 필요 없다니까."

"……그래도……."

"이원과 단둘이 있겠다. 모두 나가라."

환의 말이 끝나는 것과 동시에 주변이 완전히 비워졌다.

이원을 침상에 눕힌 환이 팔을 젓자 창문이 열리며 차가운 공기가 안으로 들어왔다.

갑갑했던 방 안에 새로운 공기가 들어오자 이원의 눈이 작게 떨렸다.

"환."

"난 버티는 중은 아니었는데 말이야."

"하아."

전에 천동윤이 이원에게 썼었던 것보다도 더 독한 것이었다. 환도 명에게 1년을 당한 다음에나 조금씩 견뎌 냈었던 것을 이원이 한 번에 버틸 리가 없었다.

열에 들뜬 얼굴을 어루만지자 따뜻한 손바닥에 이원이 기대었다.

손바닥에 이원의 입술이 닿자 환의 눈이 파르르 떨렸다. 미향은 아무런 효과도 없었지만, 몸이 달아오른 이원에게서 나는 체향은 더 그를 흔들었다.

"향 따위 효과가 없다고 생각했는데 말이야."

이원이 길게 숨을 내쉬자 하얀 목덜미가 그대로 드러났다. 참지 못하고 입술을 묻자 목에서 느껴지는 불덩이에 이원의 눈가에 물기가 맺혔다.

힘겹게 손을 올려 환의 입술을 어루만지자, 참지 못한 그가 손가락 끝을 깨물었다.

"아앗!"

"……나한테는 네가 더 위험한 거 같아."

속삭이는 말에 온몸의 감각이 곤두섰다.

미약의 효과든 무엇이든 상관없었다. 몸 안에서 타오를 듯이 채워지는 열기를 가라앉혀 줄 사람이 바로 앞에 있었다.

"……환…… 얼른……."

이원의 속삭임에도 그가 내려 보기만 하자 다급해진 이원이 먼저 다가왔다.

뜨거운 입술이 환의 목울대에 닿는 순간 낮은 신음이 굳게 다문 입술에서 터져 나왔다.

어설프게 이원을 약 올리려던 행동은 작고 가는 손이 옷 사이를 파고들고 벗겨 내자 단숨에 돌변했다.

차가운 바람조차 더는 피부로 느껴지지 않았다. 입었던 옷이 침상 아래로 떨어지고 열기에 달아오른 환이 이원에게 다가왔다.

그저 향의 효과로 느껴지는 욕정이라기에는 환은 언제나 이원에게 전부 내주었다.

그가 주는 대로 전부 받아들이며 이원이 제 품으로 환을 끌어당겼다.

"연모……해요."

열락에 젖은 목소리로 속삭이는 고백이 환을 미치게 했다.

이제는 제 전부를 아낌없이 주는 이원을 보며 환이 낮게 속삭였다.

"연모해."

그의 생에 정인이라 부를 수 있는 존재는 이원뿐이었다.

그를 전부 받아들이느라 가쁜 신음을 토해 내는 이원에게 환이 마음을 담아 입술을 맞추었다.

*
**

소복을 입은 정 귀인이 눈물을 뚝뚝 흘렸다.

'폐하께서는 자네나 죽은 유빈, 그리고 나에게 단 한 번도 황은을 주신 적이 없네.'

아니라며 부정하고 싶었지만, 분명 사실이었다. 다른 사람들은 몰라도 자신은 환을 진심으로 연모했었다.

그런데 지금까지 환이 속삭였던 모든 말이 전부 거짓이었다니, 부정하고 싶은 마음뿐이었다.

"전부 거짓이었다니."

참았던 눈물이 다시 뚝뚝 흘러내렸다. 이제라도 환에게 진심 어린 황은을 달라며 매달리려 했지만 그 순간 손을 쓴 사람은 설아였다.

'난 이제 폐하를 다른 여인과 나눌 생각이 없네. 자네가 원한다면 사가에서 머물 수 있게 해 줄 수는 있지만, 황궁에 머물고 싶다면 황은은 생각조차 하지 말게.'

다시 떠오르는 엄포에 정 귀인이 입술을 깨물었다.

정가의 충정을 생각한다면 황후는 정 귀인에게 절대 그럴 수 없었다.

하지만 억울하면서도 아무것도 못 한다는 사실이 너무 화가 나고 속상했다.

"귀인 마마. 황제 폐하께서 납시셨습니다."

"폐하께서?"

생각하지 못한 환의 등장에 정 귀인이 눈물을 닦으며 자리에서 일어났다.

상궁이 열어 준 문으로 들어온 환은 용포가 아닌 짙은 청색의 무복을 입고 있었다.

"폐하를 뵙습니다."

"흐음. 울고 있었느냐?"

아무것도 모른다는 것처럼 나오는 가벼운 말투에 서운함이 더해졌다.

다른 이들은 몰라도 자신은 환에게 최선을 다해 왔다고 생각했다.

환이 정 귀인을 조금만 더 생각했다면 미안하다는 말부터 해야 했었다.

"소첩. 너무 서운하옵니다. 폐하께서는 소첩에게 어찌하여 거짓 황은을 주시고 이리 아무것도 모르는 척하시는 것입니까?"

"음?"

"소첩. 폐하를 진심으로 연모했습니다! 어찌 소첩에게 이러실 수 있으십니까?"

한번 말을 꺼내니 속사포처럼 속마음이 쏟아져 나왔다. 진정하려 숨을 크게 내쉬었지만, 한번 터진 눈물은 쉽게 가라앉지 않았다.

서럽게 울음을 터트리는 정 귀인의 곁으로 환이 가까이에 다가갔다.

정 귀인의 팔을 붙잡고 모르는 척 끌어당기자 품에 안긴 작은 여체가 작게 들썩였다.

작은 소리로 오열하는 정 귀인의 등을 환이 작게 두들겼다.

"미안하구나."

"폐하!"

"짐이 그렇게 멍청할 짓을 할 줄이야."

"네?"

스치듯이 꺼낸 말이었지만 분명 이상했다.

잘못 들은 건가 싶어 정 귀인이 물어보려는 순간, 환의 팔이 정 귀인의 허리를 감았다.

몸에 맞닿는 단단한 몸에 정 귀인의 얼굴이 붉어졌다.

"대신 오늘은 진짜 황은을 주마."

"하지만 황후 마마께서 꿈도 꾸지 말라고……."

"감히 황후 따위가 짐의 황은에 간섭을 한단 말이냐? 아니면 가짜 황은이 서운해서 네가 거부를 하거나……."

"그런 것이 절대 아닙니다!"

다급히 외치는 정 귀인을 보며 환이 크게 웃음을 터트렸다. 좀처럼 듣기 어려운 환의 웃음소리에 정 귀인의 심장이 뛰었다.

황제가 황후가 아닌 자신을 보며 웃음을 터트렸다. 맞닿은 몸에서 느껴지는 열기에 몸이 달아올랐다.

황후보다도 먼저 황은을 입는다. 만약 오늘 밤 황제를 만족시킨다면, 그리하여 용종만 가질 수 있다면 황후의 코를 납작하게 해 줄 수 있다.

"폐하."

얇은 소복으로 느껴지는 보드라운 여체에 환은 만족스러운 미소를 지었다.

정 귀인을 안은 환이 침상에 그녀를 눕혔다. 어설프게 묶여 있던 옷고름은 다급한 손길에 찢어지듯이 풀렸다.

눈처럼 새하얀 피부를 보던 환이 정 귀인을 내려다보며 눈꼬리를 휘었다.

"내가 누구더냐?"

"하원의 황제 폐하이십니다."

"짐이 듣고 싶은 말만 해 주니 상을 내려야겠구나."

우악스러운 손길이 몸을 붙잡고 애무하자 열기는 더 빠르게 차올랐다.

거침없이 다가오는 그를 받아들이던 정 귀인이 서러운 감정을 모두 잊은 채 열락에 젖은 신음을 터트렸다.

***

잠든 정 귀인을 놔둔 채, 밖으로 나온 환을 맞이한 것은 정갈한 자세로 서 있는 설아였다.

정 귀인과의 정사를 들었는지 그녀의 뒤에 있는 상궁들과 궁녀의 얼굴은 붉어졌지만, 정작 당사자는 차분히 환을 쳐다볼 뿐이었다.

"잠시 단둘이서 걸었으면 합니다. 폐하."

마음대로 하라는 듯이 고개를 들자 설아가 뒤에 시선을 주었다.

길이 열리고, 앞서가는 환을 따라 설아가 걸어갔다.

사람의 인기척이 느껴지지 않은 곳까지 걸어간 설아가 제자리에 멈추었다.

"폐하께서는 그렇게 천박하게 말씀하지 않으십니다."

훅 들어오는 말에 환의 눈이 크게 떠졌다. 하지만 곧 미소를 지은 환이, 실제로는 환을 따라 하던 명이 의외라는 듯이 설아를 보았다.

"가짜 황은이어도 황후는 황후인가? 구별할 줄 아네."

"정 귀인과의 황은을 듣지 못했다면 몰랐겠죠. 무척이나 비슷한…… 아니 같군요."

"아…… 오랜만이라서 즐겼더니만 황후에게 꼬리를 밟혔네."

황제의 후궁을 건드렸으면서도 서우명은 뻔뻔하고 태연했다. 정 귀인이 사실을 알면 뒤집어지겠지만, 어차피 설아와는 상관없었다.

아니 도리어 이번 일을 잘 이용하면 얼마든지 정 귀인을 정리할 수 있으니 설아에게는 손해가 아니었다.

"예전에는 놈을 이용하느라 나와 비슷하게 만들었었지. 그때가 생각나서 놈을 좀 따라 해 봤는데 감쪽같이 속는군. 생각보다 재미있었어."

"폐하가 황궁 밖에 나가 계신 것을 다행이라고 생각하세요."

"호오. 이원에게 가 있나 보지? 황후 마마의 형편이 생각보다 좋지 않았었네."

명의 조롱에 설아가 보일 듯 말 듯 하게 몸을 떨었다.

이 사내에게 받은 조롱이 끔찍하게 싫었지만, 지금은 화를 내기보다는 이용할 때였다.

환과 똑같은 모습을 한 이 사내를 마주하는 순간 설아에게도 그럴듯한 계획이 스쳐 지나갔다.

정 귀인을 없애듯이 은이원도 제거할 수 있다면.

그것도 아주 고통스럽게 무너뜨릴 수 있다면.
이 사내의 지금 모습은 제법 쓸모가 있었다.
"아무리 모습이 똑같아도 행동이나 말투가 다르면 금방 들킬 것입니다. 폐하처럼 보일 수 있게 조언해 드리겠습니다."
"호오. 황제의 노릇을 한 죄인을 붙잡는 대신 도와주겠다?"
"대신 조건이 있습니다. 은이원을 정 귀인처럼 안으시지요."
생각하지 못한 조건에 명의 말문이 짧게 막혔다.
미간을 좁힌 것도 찰나 명이 크게 웃음을 터트렸다. 알아서 환이 될 수 있도록 도와주겠다는데 거부할 리가 없었다.
"좋아. 어차피 은이원은 내 것이었으니까."
"반드시 성공하셔야 합니다."
"사실을 알게 된 이원이 무너지는 것도 재미있겠네. 대신 황후께서는 책임지고 날 서우환처럼 보이게 만들어 놔. 누구도 알지 못하게 말이지."
알겠다는 듯이 설아가 고개를 끄덕였다.

***

공터로 검을 가지고 온 이원이 길게 숨을 내쉬었다.
자세를 잡은 이원이 정면으로 검을 뻗었다.
바람을 가르는 소리를 내며 검이 움직였지만, 역시 그녀가 원하는 만큼의 속도는 나오지 않았다.
자신은 환처럼 기로 검을 만들어 내지도 못했고, 그렇다고 황후나 다른 후궁들처럼 가문이 탄탄한 것도 아니었다.
할 수 있는 최선은 검을 들고 함께 싸우는 것뿐이었다.

"후우."

조만간 황궁에 들어간다고 했으니 그때까지 완전히는 아니더라도 제 몫을 할 정도의 실력까지는 끌어 올려야 했다.

"좀 더 쉬어도 되거늘 나온 것이냐?"

"……환?"

이 시간이면 황궁에 있어야 할 사람이었다.

잘못 봤나 싶어서 눈을 다시 떴지만 웃으면서 다가오는 사람은 분명 환이었다.

평소처럼 다가온 환이 이원의 손에 들려 있는 검을 보며 미간을 좁혔다.

"검이라니, 네 몸을 생각해서 그런 험한 건 가지고 나오지 않아도 돼."

"어떻게 여기까지 오셨습니까?"

"네가 보고 싶어서."

훅 들어오는 말에 이원의 말문이 막혔다. 어쩔 줄 몰라 하는 이원을 보며 환의 눈이 부드럽게 휘었다.

환의 눈이 그녀가 들고 있는 검과 손등의 흉터를 마음에 들지 않는다는 듯이 쳐다보았다.

"네가 검을 들지 않아도 다들 널 지켜 줄 거야. 그러니까 무리하지 않아도 돼."

"황궁에 돌아가려면 노력해야지요."

"이원아."

"할 수 있는 게 이 정도지만 환을 위해서라면 해야죠. 그러니 다시 묻겠습니다. 어째서 당신이 여기에 있습니까? 명."

이원의 물음에 환인 척했던 명의 말문이 완전히 막혔다.

환에 대해 가르치던 설아까지도 완벽하게 속였다. 이 정도면 이원도 구별하지 못할 거라고 생각하며 온 걸음이었다.

저를 버린 년이라 미워했었지만, 막상 공터에 고고하게 서 있는 모습을 보는 순간 철없던 시절 심장을 뛰게 했었던 연모가 살아난 것처럼 명의 심장이 뛰었다.

"무슨 소리야? 왜 이 자리에서 그놈이 나와?"

"제 눈에 환과 명은 다릅니다. 그리고 지금 이 자리에 있는 당신은 서우명입니다."

이원의 검이 어느새 제 목을 향해 있었다.

한때는 혼인을 약조했던 여인이라 그런 것일까?

아니면 찢어 죽여도 모자랄 서우환이 제 목숨만큼이나 아끼고 총애하는 계집이라 그저 탐이 나는 것일까?

"역시 넌 구별할 줄 알았다."

"……."

"은유수가 저지른 일은 이후에 들어서 알게 되었다. 그때 그놈이 너와 이호를 제대로 데리고 왔다면 이렇게 적으로 마주할 일은 없었겠지."

"무슨 말을 하고자 하십니까?"

"사과하고 싶었다."

"……."

"억지라는 건 알지만 미안하다. 은유수에게 속아 내가 널 상처 입히고 말았다. 만약 네가 환에게서 빠져나가지 못했다는 것을 알았다면 어떻게든 내가 널 찾으러 갔을 것이다."

아무렇지도 않은 얼굴로 거짓을 말하고 이원을 현혹시키려 했다.

이 사내는 자기가 살기 위해 이원을 버리고 도망쳤었다.

그것도 모자라 환을 죽여서 오지 않으면 이호를 만날 수 없을 것이라며 겁박까지 했었다.

그래 놓고는 이제 와서 유수에게 속아서 그런 거라는 핑계라니. 들을 가치도 없었다.

"모든 것이 내 실수였다. 미안하구나."

진심이라는 듯이 명이 다가가자 이원이 검을 잡은 손에 힘을 주었다.

목에 닿는 검의 감촉을 느낀 명이 제자리에 멈추었다.

가까운 거리에 있는 명에게서 나는 여인의 분내에 이원이 미간을 좁혔다. 분명 어디선가 맡아 본 분내였다.

"정말로 미안하시다면 직접 보여 주십시오."

"무슨 말이냐?"

"명이 은유수에게 속아서 그런 것이라면, 잘못을 뉘우칠 마음이 있다면 저에게 그러지 마시고 환에게 무릎을 꿇고 용서를 비십시오. 그러면 믿겠습니다."

명이 환에게 당해 숨어 있는 동안 이원은 너무 많이 변해 버렸다.

여인의 정숙함은 전혀 보이지 않았지만 대신 차분하고 단정한 모습은 화려하게 꾸민 설아보다 명의 눈길을 끌었다.

하지만 환에게 몸을 숙이고 용서를 구하라는 말은 선을 넘어도 단단히 넘은 말이었다.

"서우환이나 서우명이나 그다지 차이는 없다. 그런데 넌 어찌 단 한 번도 내 편이 되어 주지 않는 것이냐? 껍데기가 속살거린 거짓된 약조가 그리도 네 마음을 흔드는 것이냐? 그놈의 손을 들어 준 대가가 지금 모습이다!"

"……."

"여인 주제에 검을 쓰고 사내보다도 몸에 더 상처가 많다. 단정한 행실은커녕 죽이겠다며 검이나 휘두르는 경박함이라니! 죽은 은건명이 네 행실을 보며 무덤에서 탄식할 것이다!"

"서우환은 최소한의 선을 지키는 자라면, 서우명은 그 선 따위 없는 사내이니까요. 서우환은 목숨을 구걸하는 저와 이호를 살려 주었지만, 서우명은 도망치는 데 번거롭게 할 저와 이호를 버리고 갔었지요."

"은이원!"

명의 고함 따위 이제는 들리지도 않았고 무섭지도 않았다.

너무 많은 것이 바뀌어 있었고, 돌아가기에는 둘은 너무 먼 곳에 서 있었다.

"서우명이 스스로 길을 찾아 절 버렸던 시간 동안 저도 많이 바뀌었습니다."

"네가 정녕 내 목숨을 거두겠다는 것이냐?"

"가까이 다가오시면 검으로 응수하겠습니다. 제 상처는 낫지 않았지만 명을 상대하기에는 부족함이 없을 것입니다."

조금도 물러나지 않는 이원을 보며 명이 이를 가는 순간 담에 돌이 부딪치는 소리가 들렸다.

환이 오고 있다는 신호에 명이 이를 갈았다.

"환 녀석이 눈이 뒤집혀서 여기로 오는 것 같구나. 오늘은 이만 가 보겠다."

"……."

"단정한 줄 알았더니만 결국 넌 나와 그놈 사이에서 저울질을 한 것이었다. 환에게 가 있는 저울을 반드시 내게로 기울게 할 테니 그때도 지금처럼 행동할지 내 두고 볼 것이다."

말을 끝낸 명이 몸을 뒤로 빼 도망갔다. 사라지는 그를 보던 이원이 쫓는 대신 검을 원래대로 꽂아 놓았다.

아무것도 하지 않은 채 방치한다고 세상은 변하지 않는다. 설아와 명이 알려 준 씁쓸한 현실에 이원이 제 마음을 다잡았다.

"원아!"

조금 떨어진 곳에서 환이 달려왔다.

연모하는 정인의 모습에 이원이 가까이 다가갔다.

⁂

담 뒤에 몰래 숨어서 보는 건 환이 하던 고약한 짓이었다.

그의 생에는 이런 일 따위는 없을 거라고 생각했건만 지금은 담에 앉아 환과 이원을 내려다보는 건 자신이었다.

"끔찍한 가짜 놈."

쓸모가 있다는 홍 황후의 말에 살려 두는 것이 아니었다.

제 인생의 걸림돌, 하물며 제가 누려야 할 것까지 전부 저놈이 가져갔다.

자신의 삶을 고통스럽게 만든 원인. 환이 입은 용포를 보던 명의 눈에 적의가 감돌았다.

환이 걸치고 있는 용포도 원래 자신이 입었어야 할 것이었다.

"원아……라고 부르네."

명에게 딱딱하게 굴었던 것과는 달리 이원이 먼저 그에게 다가갔다.
명이 해코지라도 했을 거라고 생각했는지 그녀를 앞에 세운 환이 이리저리 살폈다.
그런 환을 보며 환한 미소를 지은 이원이 품을 파고들었다.
"찢어 죽여도 시원치 않을 년인데."
분명 그를 배신하고 다른 사내를 마음에 품은 년이었다. 본래대로라면 다시는 볼 가치조차 없다며 버렸을 계집이었다.
그런데 환에게 보여 주는 이원의 모습을 보면 볼수록 명이 알지 못하는 감정을 툭툭 건드렸다.
"저놈이 첫정이라는 거네."
얼마 전까지는 그를 배신했으니 죽여 버리려 했었다.
그런데 가짜 놈보다도 이원만 보였다.
그가 알지 못하는 제 안의 감정 중에 아직 이원을 향한 연모가 남아 있었던 듯했다.
그저 즐기고 버릴 여인에게 가졌었던 육욕과는 달리 이원은 완전히 제 여인으로 빼앗고 싶었다.
"명 도련님. 이만 돌아가셔야…… 컥!"
"누가 도련님이야?"
쓰러져서 숨이 끊어진 호위 따위 관심조차 없었다. 휘몰아치는 분노에 전부 뒤집고 싶었지만 그 대신 명이 조용히 환을 응시했다.
서우환의 자리에 서우명이 있어야 했다. 그리고 지금 그가 있는 담 위가 환이 있어야 할 곳이었다.
이제 인정할 건 인정해야 했다.

서우환은 명의 것을 철저히 빼앗았다.

"이제야 네놈을 어떻게 무너뜨려야 할지 보이네."

빼앗겼다면 다시 뺏으면 된다. 환을 보는 이원이 짓는 표정을 명이 홀린 듯이 바라보았다.

이원을 제 품에 안는다. 이원이 어떤 신음을 터트릴지, 어떤 표정을 지을지 생각하는 것만으로도 몸에 열기가 몰렸다.

"당장은 가지지 못하겠지만."

조만간 제 여인으로 있게 될 것이다. 이원이 제 여인이 되면 환이 지어 보일 표정을 떠올리는 것만으로도 웃음이 흘러나왔다.

"우선 내가 가진 것과 즐겨야겠다."

바닥을 치던 불쾌한 기분은 나긋한 여체를 떠올리는 것만으로도 조금은 나아졌다.

호위들이 열어 주는 길로 들어가는 명의 입가에 비틀린 미소가 감돌았다.

⁂

상처가 회복되고, 이원은 다시 호위로 돌아왔다.

황은을 입었다는 말도 있었지만, 이원은 물론이고 환조차 별말이 없으니 이야기가 사라졌다.

'나에게 지금 필요한 사람은 내명부에 갇혀 있을 후궁 은이원이 아니라 나와 함께 싸워 줄 은이원이야.'

이호가 죽고 다시 검을 잡을 거라고는 생각하지 못했다.

하지만 그녀와 환에게는 넘어야 할 걸림돌이 많았고, 더는 아무것도 하지 않은 채 당하고 싶지 않았다.

"서우명이 황궁에 직접 와서 항복했다고 합니다!"

무흔으로 돌아온 지 채 한 달이 지나지 않아서 상황은 빠르게 변해 갔다.

은건명이 죽고, 이제 역도는 서우명밖에 남지 않은 상황에서 그가 직접 황궁에 찾아와 환의 앞에 머리를 숙였다.

환과 명이 서로를 마주한 순간 주변에 있는 이들 사이에서 파란이 일었다.

어수선한 상황의 정체를 이미 알고 있던 이원이 무릎을 꿇은 명을 보며 속으로 신음을 삼켰다.

입고 있는 옷만 다를 뿐, 둘은 똑같았다.

***

명의 항복은 파란을 일으켰다.

대사농이 된 여주원을 우두머리로 하는 환의 사람들은 당장 서우명의 목을 베어야 한다며 들고 일어섰지만, 같이 나서야 할 승상의 세력은 꿀 먹은 벙어리처럼 아무 의견도 꺼내지 않았다.

대전에 앉아 있던 환이 승상을 향해 슬쩍 눈을 돌렸다.

환을 보지도, 명을 보지도 않는 승상은 무언가 마음에 들지 않는 것처럼 미간을 찌푸리고 있었다.

"대역죄인 서우명의 목을 거두셔야 합니다! 폐하."

"은건명에 현혹되어 하원과 폐하께 큰 죄를 저질렀습니다. 부디 아량을 베푸셔서 소인에게 죄를 갚을 기회를 내려 주시옵소서."

환만 보면 찢어 죽이겠다며 으르렁거리던 그는 어디에도 없었다.

극진한 태도로 자비를 구하는 행동은 지금까지 봤었던 명과는 분명 달랐다.

그렇기에 환의 눈에만 보이는 것이 있었다.

"그대가 저지른 모든 일이 은건명의 주도하에 이루어졌다는 말인가?"

"소인의 잘못이라면 스승이었던 은건명의 말을 무조건 따랐다는 것입니다. 뒤늦게 죄인 은건명이 죽고, 홀로 남게 되자 잘못을 깨닫게 되었습니다. 자진을 하여 제가 저지른 죄를 갚으려고도 했지만 그건 그저 개죽음일 뿐이지 않습니까?"

"그래서 기회를 달라?"

"하원에 모든 것을 바치겠습니다."

안색 하나 바뀌지 않은 채, 꺼내는 말에 환이 고개를 돌렸다.

대전의 끝에 호위로 서 있던 이원이 굳은 얼굴로 명을 보고 있었다. 제 감정을 드러내지는 않았지만 검을 잡은 손등에 핏줄이 도드라져 있었다.

누가 봐도 건명에게 모든 죄를 뒤집어씌우고는 자신은 이용당했다며 몸을 빼는 수작질이었다.

제 눈에 보이는 짓거리를 이원이 모를 리가 없었다.

"폐하. 한 말씀 올려도 되겠습니까?"

"말하라."

상황을 보던 해준이 명의 옆으로 다가갔다. 말하지는 않았지만 태도만으로도 대전은 술렁였다.

“죄인 서우명은 도저히 용서가 되지 않는 대역죄를 저지른 죄인입니다. 본래는 목을 베고 사지를 도려내어 도성의 문에 효시하여 모두에게 경각심을 주는 것이 맞습니다만 지금의 하원은 강건하고 폐하의 치세는 굳건하옵니다. 그러하니 약간의 자비를 내려 폐하의 너그러움을 모든 이들이 알게 하심이 어떠하신지요?”

노골적으로 드러낸 건 아니었지만 지금의 상황이 모든 것을 말하고 있었다.

해준의 새로운 판에 서우명이라는 말이 놓였다.

저 상황에서 무모하게 명을 죽이면 환이 가진 초조함을 겉으로 드러내는 것이 될 것이고, 살려 놓게 된다면 저 새로운 판에서 명이 무슨 수작질을 할지 알 수 없게 되었다.

어느 것을 선택해도 환에게는 좋지 않다.

“좋소. 자존심 강한 죄인이 머리를 숙여 가며 잘못했다고 고하니 너그러운 짐이 받아들이도록 하지. 하지만.”

“크악!”

환의 입꼬리가 올라가는 순간 명이 비명을 지르며 뺨을 손으로 감쌌다.

뺨을 가린 명의 손가락 사이로 붉은 피가 흘러내렸다. 보이지 않는 검에 모두가 감탄한 사이, 명의 뺨에 긴 검상이 새겨졌다.

“짐과 똑같은 얼굴이니 구분은 해야겠지. 죄인의 목과 얼굴에 ‘가(假)’를 새겨라. 죄인이 새긴 글자를 숨기다가 걸리면 그 자리에서 목을 베겠다."

눈에 적의를 담은 채 노려보는 명을 보던 환이 자리에서 일어났다.

이 상황에서 우위는 환이었다. 환은 명을 그림자처럼 숨겨 검으로 쓸 생각 따위 없었고, 오랫동안 제 손에 두고 공을 세우게 할 생각도 없었다.

"모든 조치를 끝낸 후, 죄인을 짐에게 데리고 오라."

모든 명령을 내린 환이 대신을 지나 대전을 빠져나갔다.

***

"죄인에게 내릴 술은 없으니 그 자리에 무릎을 꿇어라."

환의 명령에 명이 치미는 분노를 간신히 억눌렀다.

'가'라는 글자가 찍힌 뺨과 목이 화끈거렸지만 죄인이었기에 치료조차 받을 수 없었다.

예전에 홍 황후가 서우환의 팔에 똑같은 글자를 찍었던 것을 잊지 않았던 것처럼 그는 명에게 똑같은 짓을 저질렀다.

'쳐 죽일 놈.'

제 세상처럼 굴어 대는 환의 존재가 그의 인내를 한계까지 몰아갔다. 하지만 독대하는 이 자리조차 명에게는 시험이었다.

"폐하께서 소인을 받아 주실 줄은 몰랐습니다."

"짐은 누구와는 달리 쉽게 틈을 보이지 않으니까."

서우환 주제에 자신에게 하대라니. 무릎에 올린 주먹이 파르르 떨렸지만 내색하는 대신 그 표정 그대로 고개를 숙였다.

"폐하께서 쉽지 않은 분이라는 것은 예전부터 알고 있었습니다. 그때는 철없이 부린 치기였지만 이제는 폐하께 감사드리고 있습니다."

"감사라?"

"소인. 황태자에서 폐위되고, 죄인이 되고 나니 많은 것을 배우게 되었습니다. 그 모든 가르침을 폐하께서 주셨으니 어찌 감사하지 않을 수 있겠습니까?"

명을 보며 그대로 환이 잔의 술을 비웠다.

무척이나 고요한 자리였지만 마주하는 시선만큼은 몇 번이나 검이 오가고 서로의 목숨을 노리는 듯했다.

비슷한 얼굴에 목소리였지만 둘은 같은 하늘 아래 같이 있을 수 없는 원수였다.

"무엇을 배웠는가?"

"사람의 일은 한 치 앞을 알 수 없다는 것이지요."

지금은 내가 이리 몸을 숙이고 있지만 곧 네 자리를 빼앗을 것이다.

말을 하지 않았을 뿐, 시선은 이미 모든 것을 말하고 있었다.

극진한 말로 포장했을 뿐, 명은 교묘히 환의 신경을 건들고 있었다.

어차피 서우명과 오래 대화할 생각은 없었다. 그저 저 뺨과 목에 새겨져 있는 '가'라는 흔적을 보고 싶었을 뿐이었다.

"한 치 앞을 알 수 없기에 지키려고 노력해야겠지."

"높은 곳에 계시는 폐하께서는 잘 들리지 않으시겠지만, 낮은 곳에 있는 소인은 많은 이야기를 들었습니다. 대신들의 목소리에 귀를 기울여 주시지요. 그들은 폐하를 그 자리에 올린 공신들이 아닙니까?"

"흐음. 마치 그게 서우명에게는 기회로 보이나 보군. 그랬다면 짐은 그대에게 꽤 많이 실망스러운데 말이지."

"……."

"가진 자가 토해 내는 불만 따위에 흔들리다니 말이지."

예전에는 명이 주던 것만 받아먹으며 목숨을 부지하던 놈이 이제는 그를 도발하고 가르치려 들었다.

"그렇게 놓치시는 작은 말들이 결국은 잔악한 독이 되어 폐하의 숨통을 끊어 놓을 것입니다. 충심에서 우러나오는 소인의 충언을 그냥 넘기시지 마시길. 지금은 모르시겠지만 크게 후회하실 것입니다."

"황태자 자리에 있다가 폐위된 그대는 후회를 했나 보군."

이번만큼은 태연한 모습을 유지할 수 없었다. 적의를 숨기지 않은 채 노려보는 명의 눈을 마주하며 환이 술잔을 비웠다.

명이 같잖은 말을 떠들어 봤자 이 자리의 주인은 환이었다.

해준의 배경을 얻었으니 조금은 기세가 등등하겠지만 어차피 권좌에 다시 앉기 전까지 서우명은 그저 죄인이었다.

"형체 없는 말에 마음이 기울고, 확신 없는 유혹에 빠져들면 그거야말로 허점이겠지. 짐은 절대 그 허점을 놓치지 않을 것이다. 지금 널 살려 준 이유는 네놈이 허점에 빠져서 무모한 짓을 하기를 기다리기 위해서지. 서우명은 짐의 기대를 저버리지 마라."

"……."

"짐이 피곤하여 오수에 들려 한다. 죄인은 이만 나가라."

서우명이 자리에서 일어나자 굳게 닫혀 있던 문이 열렸다. 몸을 숙인 채 뒷걸음질을 하는 명을 환의 눈이 끝까지 좇았다.

"내시감."
"부르셨사옵니까? 폐하."
명이 나가지도 않은 상황에서 환의 부름에 내시감이 안으로 들어왔다. 느릿하게 가는 명을 보던 환이 비어 있는 술잔에 술을 채웠다.
"은 호위를 데려와라."
방 밖으로 나가던 명의 걸음이 순간 멈추었다. 그도 모르게 고개를 들어 환을 마주 보았다.
환의 눈을 마주하는 순간 제가 저지른 실수를 깨달은 명이 짧게 탄식했다.
'아차!'
서둘러 고개를 숙였지만 이미 환에게 전부 들키고 말았다.
명에게 이원을 향한 연모가 남아 있는지 알아보려고 일부러 그런 것이다.
이 감정만큼은 어떻게든 숨겨야 했지만, 실수로 제일 먼저 드러나 버렸다.
'영악한 놈.'
이 자리에 있다가는 더 많은 것이 환에게 밝혀질지도 모른다.
몸을 숙인 명이 도망치듯이 빠져나왔다.

***

황후의 처소에 오자마자 보이는 건 이원을 포함한 몇 명의 용호군이었다.

용호군은 황제는 물론이고 황후에게도 권한이 있으니 상관없으나 설아의 부름을 받고 온 이원의 존재가 내심 거슬렸다.

"폐하께는 마지막 기회를 드리기 위해 오시라 하였습니다."

"황후께서 황제에게 마지막 기회를 준다라…… 참 재미있는 말을 황후께서는 하십니다."

건방지다며 목소리를 높일 상황에서조차 환은 태연했다.

저 사내의 여유로움과 다정함에 마음이 떨리면서도 그의 연모가 저에게 향하지 않는다는 사실이 설아의 마음을 절망하게 했다.

승상은 이미 글렀다고 하지만 설아는 마지막으로 설득해 보겠다며 자리를 마련했다.

"표가는 폐하께 충성을 다했습니다. 그런 표가를 폐하께서는 왜 놓으시려고 합니까? 폐하께는 앞으로도 표가의 힘이 필요합니다."

"최근 남쪽 지방의 민심이 흉흉하오. 본래 척박한 북쪽과는 달리 남쪽은 자원도 풍족하고 교류도 발달하여 하원에서 가장 살기 좋은 곳이었는데 말이오. 이상하여 알아보니 최근 그곳에 있던 관리들이 나라에서 정한 것보다도 더 많은 세를 받은 것도 모자라 있지도 않은 세금까지 붙여서 수탈을 했더군."

"갑자기 이 자리에서 무슨 말씀을 하시는 것입니까?"

"수탈하며 거둔 것들이 향한 곳은 표가의 곳간이었지. 표가의 기세는 하원에서 가장 크니 줄을 서기 위해 그렇게 할 수 있다며 백번 양보해 생각하더라도, 그렇게 들어온 재물로 인국에서 철과 화약을 사 오는 건 나를 위한 충정인가? 내 다음을 위한 역모인가?"

은밀하게 진행된 일을 본 것처럼 말하는 환을 보며 설아가 입술을 깨물었다.
해준의 말대로 더는 돌이킬 수 없는 것일지도 모른다. 하지만 이대로 놓을 수 없었다.
아직 설아는 환을 가지지 못했다. 이 사내를 가져야 그녀를 괴롭히는 욕심에서 벗어날 것 같았다.
"사사로운 일에 휘둘려 대의를 놓친다면 폐하께서는 많은 것을 잃게 되실 겁니다."
"그 말은 마치 전부 잃게 해 준다는 말로 들리는군."
"……."
"너무 친절해서 짜증이 나."
"폐하!"
더 이상의 대화는 의미조차 없었다.
짜증스럽게 자리를 박차고 일어난 환이 분노를 노골적으로 드러내는 설아를 쳐다보았다.
표가의 도움을 받았다는 사실을 부정하지는 않는다. 그리고 환은 충분한 기회와 혜택을 주었다.
하지만 이제는 그러고 싶지 않았다.
"표가는 어떻게 홍 황후의 감시 속에서 힘을 키웠을까?"
"무슨 말씀을 하시려는 것입니까?"
"표가는 서우환을 주워서 권좌에 세우는 것으로 권세를 잡았지. 그런데 그 기반은 어떻게 마련했을까? 그리고 눈엣가시 같은 표해준을 왜 홍 황후는 죽이지 못했을까?"
환의 속삭임이 불길하리만큼 정확하게 설아의 호기심을 자극했다.

아무것도 없는 환을 해준이 거둬 권좌에 앉힌 것이었다.

해준도, 설아도 그렇게 알고 있는 사실을 환은 다르게 말하고 있었다.

"누군가가 그녀의 귀에 표해준은 홍가에 그다지 위협적인 존재가 아니라는 말을 속살거렸든가, 아니면 표해준을 죽이지 못하는 대신 적당히 힘을 억제할 정보만 가져다주면서 목숨을 살려 줬든가."

"폐, 폐하?"

"이도 저도 안 되면 반드시 죽여야 한다는 명령을 내렸던 날 홍 황후나 선제께서 갑자기 쓰러지셨다든가 그랬다면…… 기회를 잡고 힘을 얻는 건 어렵지 않았겠지. 그리고 적당한 시기가 왔을 때 도구가 될 만한 숨겨진 황자가 자꾸 앞에서 알짱거렸다면 기회라고 생각했겠지."

표해준의 가능성을 보고 그에게 유용한 정보를 건네주고 시험한 사람은 환이었다.

약삭빠른 이답게 환의 정보를 받은 그는 홍가를 견제하면서 제 세력을 만들어 냈다.

환이 만들어 놓은 판에 해준이 움직이고, 여기까지 오게 되었다.

환의 판에 변수는 단 하나, 이원뿐이었다.

"표가의 일방적인 도움으로 권좌에 올랐다면 짐은 착실한 도구로서 살았겠지만 작금의 하원에는 짐도 노력한 게 있으니 더는 양보하기는 어려울 것 같군. 그리고 내 목숨을 구해 준 값은 이미 충분히 치렀다고 생각하고 말이지."

"……."

“짐은 황후와의 약조를 지킬 생각이지만 그 이상의 것을 줄 생각은 없다.”

황궁을 나가게 해 달라.

설아가 처음 황후가 되었을 때 환에게 부탁했었던 약조였다.

그 약조는 지키겠지만 그 이상은 없다는 말이 설아의 마지막 남아 있던 기대를 사정없이 도려냈다.

환이 말하는 그 이상의 것은 후계였다.

“정녕 그 계집에게 전부를 주시겠다는 것입니까?”

설아의 말에 답을 하는 대신 환이 문 앞에 섰다. 문이 열리자마자 보이는 이원을 향해 환이 눈웃음을 지었다.

설아에게서는 홍 황후가 보였다.

그게 아니더라도 환은 마음에도 없는 여인에게서 후계를 볼 생각 따위 전혀 없었다.

“용호군과 무흔은 짐의 검이니 황후께서는 필요 없는 일에는 부르지 마시길. 모두 짐을 따라라.”

말을 끝낸 환이 앞서 나가자 그 뒤를 무흔과 용호군이 뒤따랐다.

자신에게는 눈길 한 번도 주지 않는 환을 보던 설아가 서럽게 울음을 터트렸다.

⁂

환과 이원과의 관계는 공공연히 말이 나왔지만, 겉으로 내색하는 이는 절대 없었다.

대놓고 환의 곁을 지킬 수는 없었지만 호수 앞의 정자에서만큼은 다른 이들의 눈을 피해 같이 있을 수 있었다.

황후와 후궁에게서 황제를 빼앗은 건방진 계집.

대역죄인이 황제까지 현혹한다며 손가락질해도 이원에게는 익숙한 일이었다.

이원의 무릎에 누운 채 잠들어 있는 환을 이원이 내려다보았다.

눈을 찌르는 머리카락을 조심스럽게 걷어 내자 환이 눈을 떴다.

"깨우려고 한 건 아니었어요."

"안 자고 있었어."

누워 있는 채로 이원을 보던 환이 손가락으로 입술을 살짝 쓸었다.

입술을 그리는 손가락을 이원이 이를 세워 깨무니 환의 눈이 옅게 떨렸다.

"그렇게 다가오면 나라도 절제하기 힘든 거 알아?"

"폐하께서 절제라니 믿을 수 없는 말이네요."

적의와 시샘으로 가득 찬 황궁에서 버틸 수 있었던 것은 예전과는 다르게 이원에게 극진한 환의 연모가 있기 때문이었다.

그녀가 하는 말에 귀를 기울여 주고 제 감정을 숨김없이 보여 주니 이 사람과 함께 있는 삶이 쉽지는 않아도 버틸 수 있었다.

"내 여인에게서 나는 체향이 나에게는 그렇게 유혹적이거든."

자리에서 일어난 환이 이원을 자신에게로 끌어당겼다.

순식간에 환의 몸에 올라탄 이원이 그에게서 느껴지는 열기에 얼굴이 붉어졌다.

눈을 마주하자 붉게 달아오르는 이원을 보던 환이 촉촉하게 젖은 입술을 삼켰다.

단단히 묶은 무복의 고름 따위 약간의 힘을 주자마자 힘없이 풀렸다.

어깨를 따라 무복이 흘러내리자 가장 먼저 보이는 쇄골에 환이 입술을 묻었다.

"하아."

쥐어짜듯 나오는 신음도 듣기 좋았지만, 환을 미치게 하는 건 그를 완전히 받아들인 이원이 가쁘게 터트리는 신음이었다.

이원의 등을 감싼 환이 척추를 따라 느릿하게 움직였다. 쇄골을 따라 이어지던 입맞춤은 소담하게 오른 가슴의 위에 닿았다.

가슴에서 느껴지는 더운 숨에 이원이 뜨거운 숨을 토해 내자 기다렸다는 듯이 환이 입술을 맞추었다.

더운 숨결을 삼키자 달금한 향이 그의 신경을 곤두세웠다. 어느 당과보다도 달금했고, 정자 주변에 피어 있는 수많은 꽃보다도 향기로웠다.

"……환."

낮게 토해 내듯 나오는 이름에 환이 미소를 지었다.

앉아 있는 채로 벗은 옷가지가 몸에 남아 있었지만 지금은 그런 것에 신경 쓸 여유가 없었다.

커다란 손이 하얀 피부의 곳곳에 제 흔적을 남겼다. 가는 목을 붙잡은 손에서 느껴지던 맥이 쇄골을 따라 내려가 가슴을 덮자 더 큰 박동이 느껴졌다.

손에 가득 담긴 풍만한 것을 어루만지던 손길이 편편한 복부를 지나 매끄러운 엉덩이를 감쌌다.

"흐읏."

수없이 많은 관계를 가지고, 거침없이 그는 제 흔적을 남겼지만, 이원에게 시작은 언제나 알싸한 통증이었다.

이원이 힘들어하자 환이 움직임을 멈추었다.

"괜찮아요."

속삭이며 다가온 이원이 환의 입술에 입을 맞추었다. 짧게 주저하며 멈췄던 인내는 완전히 무너졌다.

손자국이 남도록 허리를 움켜쥔 그가 움직이자 통증조차 느끼지 못할 정도로 깊은 쾌락이 밀려왔다.

환이 토해 내는 숨이 목을 간질이고 힘주어 움켜쥐는 자리마다 붉은 손자국이 남았다. 그 자국이 마치 활짝 핀 붉은 꽃 같았다.

하얀 종이에 흐드러지게 핀 꽃 같은 자국에 환이 충동적으로 이를 세워 깨물었다.

"흐읏."

신음인지 울음인지 알 수 없는 작은 흐느낌에 모든 신경이 곤두섰다.

흐트러지는 이원을 단단히 붙잡은 그의 움직임이 더욱 격해지고, 점점 뜨거워지던 열기가 절정에 다다르자 머리끝까지 치미는 쾌락에 눈앞이 새하얘졌다.

환의 어깨에 얼굴을 묻으며 가쁜 숨을 내쉬었지만. 몸에 깊게 남아 버린 여운은 좀처럼 사라지지 않았다.

이원의 몸에 닿는 차가운 바람을 막아 주듯이 품으로 끌어당긴 환이 땀에 젖은 이마에 입술을 맞추었다.
"난 너한테만 돌아 버리거든."
"그게…… 무, 무슨……."
"그러니까 네가 전부 받아 줘."
낮게 깔린 목소리에서 짙은 허기가 느껴졌다. 답을 하는 대신 이원이 환의 품을 파고들었다.
정인의 허락에 만족스러운 웃음을 터트린 맹수가 다시 다가왔다.

⁂

가쁘게 내쉬던 숨이 절정에 이르자 정 귀인이 환의 품에서 열락에 젖은 신음을 터트렸다.
제 안에 가득 차는 사내의 흔적을 느끼며 품을 파고들었다. 정 귀인의 애교에 환이 웃음을 터트리며 땀에 젖은 등을 어루만졌다.
"폐하. 소첩은 은가의 계집…… 아니 은이원과 함께여도 상관없습니다."
"그러한가?"
"황후 마마께서는 절대 안 된다고 하지만 본디 황제의 여인이라면 다른 이를 받아들이는 관대함도 필요하다고 생각합니다. 대신 너무 은이원에게만 황은을 내리지 마시고 지금처럼 소첩도 생각해 주시어요. 소첩은 그것만이면 충분합니다."
"내 귀인은 마음도 곱구나."
붉은 입술을 지나 쇄골까지 내려오는 입맞춤에 열기는 단숨에 차올랐다. 한계까지 느꼈던 절정이 사라진 자리에 다시 육욕이 채워졌다.

거침없이 남겨지는 흔적을 느끼며 정 귀인이 신음을 토해 내는 순간 문이 열리며 설아가 안으로 들어왔다.

"아악!"

갑작스러운 그녀의 등장에 당황한 정 귀인이 서둘러 이불자락으로 몸을 가렸다.

정 귀인과는 달리 나신의 그는 여유롭게 몸을 일으켰다.

"화, 황후 마마! 어찌 이런 무례를 저지르십니까! 어찌 폐하와 제가 있는 곳에 멋대로……."

"폐하? 그럴 리가 있나."

"네?"

무슨 소리냐는 듯이 정 귀인이 환을 쳐다봤지만, 모두의 시선을 받는 그는 무척이나 태연했다.

환의 미소를 보는 순간 정 귀인의 얼굴에 맺혀 있던 땀이 바닥에 뚝 떨어졌다.

겁에 질린 정 귀인을 보며 환이…… 아니 환이라고 생각했던 이의 눈이 휘었다. 그 모습이 평소에 환이 짓는 미소와 완전히 달랐다.

"좀 전까지 연모한다며 매달리더니 볼 거 다 봤다고 이리 매정해지는 것이냐?"

"폐, 폐, 폐……."

"저 사내는 폐하가 아니라 서우명이다. 폐하의 후궁이 다른 사내와 통정을 하다니 네가 하원을 얼마나 같잖게 본 것이냐?"

"그, 그것이 아닙니다! 그것이!"

부정하듯 환을 쳐다본 순간 뺨과 목의 피부가 다른 곳과는 다른 게 눈에 들어왔다.

겁에 질린 손이 바들바들 떨며 피부를 만지자 얇은 종이가 떨어지며 '가(假)'라는 글자가 드러났다.

몸을 가리지도 못한 채, 글자를 보던 정 귀인이 뒷걸음질을 쳤다.

"아아악!"

"미리 말하지만 정 귀인이 날 유혹한 거라서 말이야."

"거, 거짓말! 폐, 폐하셨습니다! 분명 처음 황은을 입었을 때 오신 분은……."

"여인이 안아 달라고 매달리는데 거부할 사내가 있나? 대신 충분히 열락을 느끼게 해 드렸지."

"……."

"첫 사내를 이렇게 거부하면 안 되지 않겠어?"

명이 실실거리는 소리 따위 들리지 않았다.

다급히 설아를 보았지만, 정 귀인과 명을 보는 그녀는 차가웠다.

덫이다.

울음을 터트리던 정 귀인이 뒤늦게 설아에게 무릎걸음으로 다가왔다.

"사, 살려 주세요. 황후 마마. 모르고 있었습니다! 폐하이신 줄 알았습니다!"

"저리 확실한 증거가 있는데 말인가?"

"몰랐습니다! 전혀 몰랐습니다! 서우명인 줄 알았으면 절대 품에 안기지 않았을 것입니다. 오해이십니다. 아닙니다. 제가 다 잘못했습니다."

그녀의 억울한 상황은 이 자리의 누구에게도 관심을 끌 만한 것이 아니었다.

그저 중요한 것은 대역죄인인 서우명과 통정을 했다는 것뿐이었다.

이 사실이 이곳을 나가게 되면 자신의 가문은 물론이고 그녀 또한 죽은 목숨이었다.

"황후 마마께서 하라는 대로 전부 하겠습니다. 그러니 목숨만 살려 주십시오. 제발 살려 주세요. 마마!"

대성통곡을 하는 정 귀인과는 달리 명은 여유롭게 일어나서 바닥에 흩어져 있던 옷을 주워 입었다.

여인의 인생을 망가뜨려 놓고는 허허실실 웃는 구역질 나는 사내 같으니.

평소라면 절대 상종조차 안 할 사내였지만, 어쨌든 명 덕분에 정 귀인을 정리할 수 있게 되었으니 이용 가치는 충분했다.

해준은 명을 조심하라고 했지만, 이 사내는 자신이 꿈꾸는 하원을 만들기 위해 부려 먹기 좋은 도구였다.

"정 귀인을 침소에 가두겠다. 내 명이 떨어질 때까지 정 귀인의 사가는 물론이고 다른 누구도 이곳에 들어올 수 없을 것이다."

명령을 내린 설아가 밖으로 나가고, 그 뒤를 태연한 명이 걸어 나갔다.

문이 닫히자 정 귀인이 서럽게 울음을 터트렸지만, 설아에게는 아무런 감흥이 없었다.

정 귀인이 제 손아귀에 들어왔으니 언제든지 목숨을 거두면 되었다.

남은 건 하나, 그것만 제거하면 환의 곁에 남는 여인은 자신뿐이었다.

⁂

"아주 황궁에 소문이 자자하던데? 황제에게 황은을 요구하던 황후가 버림받았다고 말이야."

명의 놀림에도 설아가 상관없는 것처럼 미동조차 없었다.

하지만 태연해 보이는 것은 겉모습일 뿐, 주먹을 쥐고 있는 손이나 끝이 흔들리는 눈매가 상처받은 자존심을 보여 주었다.

표가의 딸로서 모든 것을 가졌던 여인. 제가 부족한 게 없으니 이번같이 철저히 거부당하는 상황을 절대 받아들이지 못했다.

"놈은 이원이를 데리고 재미란 재미는 다 보고 있던데 말이야."

"연모는 현실을 외면하게 만드니까요."

지금은 이원과 함께하는 연모에 행복하겠지만 곧 현실을 마주하게 될 것이다.

결국 환에게 도움이 되고 필요한 사람은 은이원이 아니라 표설아였다.

권운을 가졌을 때처럼 은이원을 제거하고 환을 차지해야 하지만 문제는 그렇게 되려면 앞의 사내가 필요했다.

도구로 쓰기에는 더할 나위 없는 사내. 문제는 이 사내를 믿을 수 없다는 것이었다.

"아버지와 무엇을 준비하는 것이오?"

"무엇을 준비하기는. 그냥 딸을 위해 최선의 선택을 하는 아버지와 하원을 걱정하는 죄인 황족이 미래 이야기를 할 뿐이지."

지나가는 어린 궁녀조차 믿지 않을 뻔뻔한 답이었다.

항상 해준의 주변 사람을 포섭해 놓았지만 이번만큼은 그에게서 정보를 빼 오는 것도 쉽지 않았다.

분명 무언가를 준비하고 있는데도 설아는 아는 것이 없었다.

"말이 나온 김에 말이야. 어차피 이 상태로 넌 저놈을 가지지 못해. 그러면 억지로 꺾어서라도 가져야 하지 않겠어?"

"무슨 말을 하는 것이오?"

"놈을 끌어낼 테니 네가 가지라는 거야. 저놈은 다 가진 상태에서는 타협은 절대 안 할걸. 하지만 사지를 꺾고 움직이지 못하게 하면 놈은 살기 위해서라도 널 잡으려 할 것이다."

명의 말뜻을 알아차린 설아의 안색이 창백해졌다. 정확히 무엇인지 말을 하지 않았을 뿐, 명은 역모를 이야기하고 있었다.

명의 말대로 이대로라면 환은 전혀 마음을 바꾸지 않을 것이다.

하지만 명에게 전부 빼앗긴다면, 그리하여 예전으로 돌아간다면 결국 환이 도와 달라고 할 사람은 설아뿐이었다.

"대신 조건이 있소. 황후의 자리는 누구에게도 내줄 수 없소."

"그럼 내 황은을 받을 자신은 있는 건가?"

황은이라는 말에 설아의 눈이 커졌다. 이 사내가 황제가 된다면 황은은 피할 수 없었다.

하물며 계집의 분내를 좋아하는 이 사내가 그녀를 가만히 놔둘 리도 없었다.

하지만 여인으로 오를 수 있는 최고의 자리를 다른 것에게 내어 줄 수 없다.

"모든 것을 전부 가진다면, 못 할 것도 없소."

"준비가 되어 있다면 나야 고맙지."

나라를 뒤집을 작당을 모의하고 있으면서도 명은 물론이고 설아조차 미동이 없었다.

황제로서 서우환을 가질 수 없다면 차라리 모든 것을 빼앗긴 그라도 가질 것이다.

"그럼 이제 모두가 같은 배에 탔으니 잘 부탁해. 대신 친절한 황후께서 방에서 울고 있을 후궁님을 좀 위로해 줘. 좀 아쉽네. 나름 품을 만했는데 말이야."

"어떻게 할 것이오?"

"어떻게 하기보다는 이미 준비 중이지. 가장 위험한 검이 뭔지 알아? 반드시 내 것인 줄 아는 검이야. 그 검이 방향을 바꾸어 목을 겨누는 순간 속절없이 당하거든. 나처럼."

"……황제의 검?"

"온전한 충정은 없어. 흐름이 바뀌면 개는 주인을 바꾸거든. 준비는 거의 끝났어. 대신 황후께서는 시끄러운 내명부부터 정리해. 다 가지려면 사람을 남기지 말아야지."

"굳이 내가 나서지 않아도 무너질 것이오. 대신 약조는 제대로 지켜야 하오. 황후는 나 이외의 누구도 안 되오."

설아의 당부에 명이 알겠다는 것처럼 고개를 끄덕였다.

*
**

순식간에 석 달이 지나갔다. 환의 노력에도 불구하고 남쪽의 민란은 관을 나온 병사들과 합류하면서 점점 더 격해졌다.

결국 환이 직접 민란을 가라앉히려 출전하기로 정해졌고, 그 뒤를 명이 따르는 것으로 정해졌다.

"같이 갔으면 했습니다."

석운이 같이 가기는 했지만, 이번 환을 따라가는 용호군은 평소와는 다른 인원이었다.

무엇이 잘못될지 알 수 없는 상황에 이원도 따라가려 했지만, 환이 허락하지 않았다.

"핍박받다가 죄를 저지른 사람을 처벌해야 하는데 그게 또 너에게는 그다지 좋은 모습은 아니라서 말이지."

"그래도."

"죽이지 않는 선에서 해결하고 싶지만 선을 넘어야 할 것 같거든. 예쁨받으려면 나쁜 짓은 몰래 해야지."

"환!"

이원이 당황하자 환이 웃음을 터트렸다.

여전히 얼굴에 걱정이 사라지지 않은 이원을 보던 환이 뺨을 손으로 감쌌다. 얼굴이 붉어지면서도 얌전히 그의 손길을 받아들였다.

"다시 돌아오면……."

"네?"

"아니다. 돌아오면 잘했다고 칭찬해 줘."

무언가 숨기는 기분이 들었지만, 환은 일부러 말을 돌리는 것처럼 아무 말도 하지 않았다.

환의 뒤에 서 있는 명이 거슬렸지만 같이 가지 못하는 이원이 할 수 있는 건 없었다.

그렇게 환이 출정한 후, 다시 한 달이 지나갔다. 상황이 어찌 되어 가는지 알고 싶었지만, 올라오는 연락은 없었다.

황궁에서 할 수 있는 건 그녀의 자리를 지키는 것뿐이었다.

⁂

황후에게 무례를 저지른 정 귀인이 침소에 연금되었다는 건 이원도 들어 알고 있었다.

"귀인 마마."

헝클어진 머리에 온몸에 나 있는 상처가 이원이 알던 그녀가 맞는지 의심이 되었다. 피와 오물로 찢긴 소복으로 그녀의 가슴이 드러나자 이원이 입고 있던 장옷을 벗어 몸을 가렸다.

"으, 은 호위인가?"

"귀인 마마?"

"내, 내 앞이 보이지 않아. 은 호위가 맞는가? 맞는 거겠지?"

그녀의 말에 놀라 얼굴을 쳐다보니 정 귀인의 눈에 초점이 전혀 보이지 않았다.

그저 단순한 연금이 아니었던가? 도대체 황후에게 무슨 짓을 저질렀기에 저리 되었단 말인가?

"의관을 불러오겠습니다."

"가지 말게! 제발 가지 말아! 내 자네에게 물어볼 것이 있네! 난 꼭 들어야 해!"

발작하듯이 말을 토해 낸 정 귀인이 무엇이 무서운지 몸을 떨고 있었다.

주변에 기척이 전혀 없는 것을 확인한 이원이 겁에 질려 있는 정 귀인의 손을 붙잡았다.

“아무도 없습니다. 소인만 있으니 무서워하지 않으셔도 됩니다.”

“자네는 폐하의 몸을 직접 보았을 것이네. 정인이니 꼭 보았을 것이야. 폐하의 몸에 있는 특징을 말해 주게!”

“무, 무슨?”

“제발 말해 주게! 딱 하나만이라도!”

초점 없는 눈에 가득 고여 있는 물기가 얼굴을 타고 흘러내렸다.

그녀에게서 처음 보는 것 같은 처절함에 이원이 입술을 깨물었다.

붙잡고 있는 손에서 보이는 떨림이 거짓은 아니다.

무슨 일이 일어났는지 모르지만 이 여인은 지금 이원의 한마디에 모든 것을 걸고 있었다.

“폐하의 용체에서 특별한 표식이라고 할 수 있는 건 오른쪽 팔에 있는 불에 지진 흉터입니다. 선제 때 험한 일을 하셨기에 많은 흉터가 있지만 팔의 흉터에는 불에 지진 상처 위로 십자 모양의 검상이 겹쳐 있기에 조금은 특별합니다.”

환의 말로는 명과 헷갈렸던 홍 황후가 분노하여 ‘가(假)’라는 글자를 새겼다고 했다.

거짓이라는 글자가 보기 싫어 검상을 냈었고, 이후 권좌에 오른 후에는 완전히 지워 버리려 불로 지졌다고 했었다.

"없어. 없었어!"
"귀인 마마."
"황은이라면서 날 안은 사내는 폐하가 아니라 서우명이었어. 진짜 서우명이야."
이원을 붙잡은 채, 절규하던 정 귀인이 안주머니에 넣어 놓았던 것을 꺼내 순식간에 입에 넣어 삼켰다.
쿨럭.
이원의 품에 있던 정 귀인이 검붉은 핏덩어리를 쏟아 냈다.
"마마!"
그녀가 토해 낸 피에 무복이 검붉게 물들었지만 알아차릴 여유조차 없었다.
당황하여 쓰러지는 정 귀인을 이원이 다급히 안았다.
"나는…… 이용당했어."
"마마! 어서 의관을!"
"황후! 황후를…… 조심하게! 그녀는…… 알고 있었어…… 알고도…… 서우명에게…… 날 던졌어."
"……."
"난…… 더럽혀졌어. 난…… 이대로 살 수 없네. 난……."
이원에게 안겨 있던 정 귀인의 몸이 축 늘어졌다. 제 품에서 죽은 정 귀인을 믿을 수 없단 눈으로 쳐다보았다.
환이 남쪽의 반란을 토벌하러 간 후, 큰일은 일어나지 않았던 황궁이었다.
그녀가 보지 못하는 곳에서 끔찍한 일이 일어나고 있었다.
"결국 자진했는가?"
놀란 눈으로 죽은 정 귀인을 보느라 황후가 가까이에 온 줄도 모르고 있었다.

당황하고 놀란 나머지 굳어 있는 이원과는 다르게 설아의 미소는 무척이나 평화로웠다.

이런 상황을 전부 알고 있다는 듯이.

아니 어쩌면 이 상황을 자신이 만들었다는 것을 알려 주듯이.

"서우명과 통정을 하고 있었다."

"……."

"그 죄가 너무나도 컸지만 옛정이 있었기에 연금 정도로 해 놓았더니만 그것도 못 버티고 자진을 했구나. 못난 것."

정 귀인에게서 눈을 돌린 설아가 이원에게 가까이 다가갔다. 정 귀인이 토해 낸 피로 엉망인 이원을 보며 미간을 찌푸린 설아가 한쪽 입꼬리를 올렸다.

이제 내명부에 남은 사람은 설아뿐이었다.

그리고 유일한 오점인 이 계집만 죽이면 환에게 남는 여인은 자신뿐이었다.

"폐하께서 돌아오신단다. 그 더러운 모습으로 폐하를 맞이할 수는 없는 일이니 단장을 하고 나오거라."

⁂

하원의 깃발을 단 황병이 황궁 안으로 위풍당당하게 들어왔다.

병장기로 무장한 반란군과의 전투는 격했다고 했다.

치열한 전투 중간에 서우명이 전사하고, 많은 황병이 죽거나 다쳤지만 대신 지지부진하게 이어지던 민란을 정리할 수 있었다.

"힘든 전투였지만 이제 모든 것이 해결되었다."

수많은 대신들 앞에 선 황제는 당당하고 여유로웠다.

자랑스러운 주군을 보는 이들의 눈에도 승리했다는 만족과 앞으로 있을 포상에 대한 기대로 빛나고 있었다.

자신에게 향하는 모든 시선을 받으며 황제가 턱을 세웠다.

"짐은 그대들이 보여 준 신뢰와 도움을 절대 잊지 않겠소. 경들이 세운 공에 따라 공평하게 포상할 것이니 기대하고 있으시오."

황제의 선언에 땅이 울릴 정도로 큰 포효가 울려 퍼졌다. 그들의 포효를 듣던 황제가 이원을 발견하고는 활짝 미소를 지었다.

모두가 환호하고 있는 와중에도 이원의 눈은 황제만을 향해 있었다.

'아니야…….'

권좌에서 대신들과 황병을 자랑스럽게 보는 사람은 환이 아니라 명이었다.

十二章

황제의 침소에서 들려오는 여인의 신음 소리가 방을 가득 채웠다.

다만 전과 다른 점이라면 여인의 소리만 들렸었던 것과는 달리 사내의 허덕이는 소리가 함께 엉켜 들린다는 것이었다.

"폐하!"

매달려 안기는 궁녀를 어깨로 짓누르며 황제가 하얀 피부를 이로 힘껏 깨물었다.

그를 받아들이며 신음을 토해 내던 궁녀가 열락에 젖은 눈으로 침소에 서 있는 이원을 쳐다보았다.

정사를 보는 이원을 보며 궁녀가 입꼬리를 올렸다.

한때는 황제가 은가의 계집에게 홀려 정사를 그르친다는 소문도 있었다.

하물며 후궁에게는 황은을 아낌없이 주면서도 다른 궁녀들에게는 눈조차 돌리지 않았던 황제는 돌아온 후, 여인을 가리지 않았다.

"폐하."

어차피 황은을 입어 용종만 가지면 된다.

황은도 받지 못하면서 자리를 지키는 계집 따위 우스울 뿐이었다. 마치 이원을 도발하듯이 황제의 목에 팔을 감았다.

"폐하. 절…… 폐, 폐하?"

조금 전까지 그녀의 몸에 제 흔적을 거침없이 남기던 황제가 멈추었다. 내려다보는 그의 눈이 소름 끼치도록 살벌했다.

조금 전까지는 그녀밖에 없는 것처럼 다가오던 그가 무섭게 노려보자 궁녀가 몸을 움츠렸다.

"폐하. 제가 무슨 잘못이라도…… 아앗!"

짝!

몸을 일으킨 그가 궁녀의 뺨을 때렸다. 조금 전에 함께했었던 열락이 꿈이었던 것처럼 그의 손은 거침없이 나신의 궁녀에게 휘둘러졌다.

"너 따위가 감히!"

"폐하! 잘못했습니다! 꺄악! 잘못했습니다!"

황제의 손길을 피하려 궁녀는 몸부림을 쳤지만, 그마저도 따라붙어 주저 없이 손을 휘둘렀다.

민란을 해결한 후, 황제는 변했다. 민란 전에 황제가 만들어 놓았던 개혁을 모두 없었던 일로 되돌렸고, 주색에 빠져들고 풍류에 시간을 보냈다.

보다 못한 여주원이 나서 간언을 올렸지만 얼마 후, 의문의 피습을 당해 부상을 입고 저택에 연금되어 있었다.

하물며 승상이 암묵적으로 입을 다물자 불같이 일어났던 부정적인 여론은 억지로 입막음이 되었다.

"네년이 감히!"

"안 됩니다!"

피투성이로 울음을 터트리는 궁녀를 향해 손을 들었던 황제의 팔을 이원이 붙잡았다.

"그러다가 진짜 죽습니다."

"감히!"

"폐하. 자비를 내려 주십시오."

"……."

"폐하."

폐하라는 말에 명의 손에 힘이 빠졌다. 다른 이들에게 듣는 폐하라는 말은 귀에 들어오지도 않았지만, 이원이 폐하라고 하는 말은 제법 마음에 들었다.

이원 또한 그 사실을 아는지 명이 선을 넘었다 싶으면 폐하라는 말로 그를 붙잡았다.

"이년을 끌고 나가라."

명의 명령에 들어온 내관이 궁녀를 데리고 밖으로 나갔다.

궁녀가 끌려가면서 만든 피의 길을 보던 이원이 끌어당기는 힘에 의해 침상에 억지로 눕혀졌다.

침상에 남아 있는 열기와 정사의 냄새가 그대로 느껴졌지만 내색하지 않았다.

이원은 자신을 흔들려 가까이 다가오는 명을 보며 버텼다.

"넌 처음부터 알고 있었지?"

"다른 분이니까요."

"그놈은 그걸 처음부터 알았던 거야. 아닌 척해도 그놈도 주변에서 나와 헷갈리는 걸 싫어했거든."

명의 손이 얼굴에 닿자 이원의 몸이 굳었다. 태연하려 했지만, 사람의 마음이라는 것이 그리 쉽게 숨겨지는 것이 아니었다.

"그러니까 나에게서 널 가져갔겠지."

첫정이라는 것이 사람을 알 수 없게 만들었다.

환의 손을 탄 계집. 심지어 그를 배신했기에 죽이려 했던 계집이었지만 이렇게 마주하니 다른 생각이 들었다.

'이것을 내 여인으로 만든다면.'

다른 여인처럼 자신에게 매달리도록 만들 수 있다면 지금까지 당한 피해와 상실을 조금이나마 보상받을 것 같았다.

"역시 놈을 죽이는 게 아니라 끌고 올 것을 그랬다."

죽였다는 말에 조금 전보다도 더 큰 파문이 이원에게 일었다.

그가 원하던 이원의 반응이었다. 아직 이원의 안에는 놈이 남아 있었다.

얼굴을 어루만지던 손길이 이원의 턱선을 지나 목을 움켜잡았다.

"민란은 예상한 것보다도 저항이 심했다. 그럴 수밖에 없었지. 그저 불만으로 생긴 민란이 아니라 자금과 병장기를 지원하고 지시한 일이었으니 말이다."

"……폐하에게 그런 병력이 있을 리가…… 승상입니까?"

은가의 계집으로 얌전히 있었을 때와 호위로 있었을 때의 이원은 다르게 느껴졌다.

예전에는 이원이 검을 잡고 딱딱하게 구는 모습을 떠올리는 것만으로도 짜증 났었지만, 막상 마주하니 생각보다도 마음의 안정이 되었다.

"그래도 그 독한 놈은 그걸 제압하더군. 그런데 그놈은 제 주변을 너무 믿었어."

"……."

"예를 들면 무흔, 그것도 그것들의 수장인 적석운 말이야."

그날이 떠올랐는지 명의 입가에 미소가 감돌았다. 움켜잡고 있는 손에서 이원의 떨림이 그대로 느껴졌다.

침상에 누워 있는 이원에게 명이 더 가까이 다가갔다. 목에 코를 묻고 숨을 들이마시자 그 향이 지금까지 안았던 여인들과는 달랐다.

좀 더 이원이 무너지는 것을 보고 싶었다.

"인간에게 소중한 건 가문, 가족 그리고 자기 자신이다. 그 모든 것이 위협받는 순간에는 결국 택하는 건 자신이란다."

"……."

"적석운을 끌어들이니 무흔도 내 사람이 되더구나."

자신만을 보는 이원을 보며 명이 입꼬리를 올렸다.

죽은 놈의 이야기를 꺼내는 건 우스웠지만 이원의 저 반응을 보는 것만으로도 쾌감이 한 번에 밀려들었다.

***

지지부진한 민란이 끝이 거의 보이고 있었다.

예전의 환이었다면 상황을 듣기 전에 모두 없애 버렸을 것이었지만, 이번만큼은 그렇게 처리하는 대신 그들의 말을 들으려 했다.
하지만 그러한 노력에도 민란은 가라앉지 않았고, 결국 역도로 그들의 목숨을 거둘 수밖에 없었다.
"콜록콜록."
도망간 민란의 수괴가 있다는 보고에 석운과 몇몇의 무흔과 함께 흔적을 따라갔었다.
흔적을 따라 쫓아온 환을 마주한 건 이미 목이 잘려 죽은 수괴의 시체였다.
뒤늦게 함정이라는 것을 자각한 환이 움직이려는 순간 곁을 지키던 석운이 그의 옆구리를 찔렀다.
"키우던 개가 주인을 물었군."
도망치려고 해 봤자 곳곳이 절벽이었다. 일어나려 했지만, 무흔의 검이 다리를 베자 다시 제자리에 주저앉았다.
검조차 빼앗긴 채, 주저앉은 환의 앞에 석운이 섰다. 적의에 찬 환과는 달리 참담한 표정의 석운이 그의 앞에 몸을 숙였다.
"죄송합니다."
"그딴 사과를 할 생각이었으면 시도조차 하지 말았어야지."
"식솔들이 인질로 잡혀 있습니다. 그들을 도저히 포기할 수 없었습니다. 폐하."
"결국은 그럴듯한 핑계지."
쿨럭.
굵은 핏덩어리를 토해 낸 환이 거친 숨을 뱉었다. 몸을 추스르려 했지만, 그가 조금이라도 움직일 때마다 다른 이들의 검이 그를 베었다.
그들의 공격을 막으며 기를 모으려 했지만, 그때마다 여지없이 공격이 들어오자 몸을 가누는 것도 한계였다.
"네놈은 결국 그 정도밖에 안 되는 거야."
실실 쪼개는 소리가 들려오자 환을 둘러싸고 있던 석운과 무흔이 한 걸음 뒤로 물러났다.
그들이 만들어 준 길을 따라 들어온 명과 해준이 주저앉은 환의 앞에 섰다.
숨을 깊게 몰아쉬자 통증이 한 번에 밀려왔지만 아무렇지도 않다는 듯이 입꼬리를 올렸다.
"그 조악한 수를 쓰는 건 여전하군."
"목이 베일 순간에도 그 괘씸한 혓바닥을 놀리는 건 여전하군. 연모에 미쳐서 날뛴 대가를 이렇게 받지 않는가? 붙잡아라."
명의 명령이 나오자마자 주변을 둘러싼 이들이 환을 붙잡았다.
발버둥을 치는 환의 앞에 선 명이 품에서 작은 병을 꺼냈다. 환의 앞에 선 명이 피로 흥건히 젖은 턱을 억지로 붙잡아 입을 벌렸다.
"크읍."
"오랜만이니 즐거운 경험도 해야지."
밀어넣는 것을 억지로 삼킨 환이 몸을 비틀거렸다. 효과에 고통스러워하는 환을 명의 눈이 하나도 놓치지 않고 지켜보았다.
어차피 죽일 놈이지만 좀 더 고통스러워하는 모습을 보고 싶었다.
"네놈의 검을 내가 빼앗을 동안 하나도 모르다니, 자리에 도

취하여 아무것도 보지 못했군. 힘들게 키워 놓고는 나에게 전부 바쳤군. 네 검이라면 간수를 잘했어야지."

"배신하는…… 검은…… 필요 없어. 가져."

무거운 신음을 토해 낸 환이 힘겹게 자리에서 일어났다. 머리에서 흐르는 피 때문인지 시야가 모두 붉어졌다.

억지로 몸에 들어온 것은 환의 기를 엉망으로 틀어 놓았다.

여기서 도망갈 방법은 없었다. 어지러운 눈을 억지로 뜬 환이 명의 얼굴과 체격을 차근차근 살폈다.

자신도 봐도 무척 비슷한 몰골이니 다른 이들도 속을 것이다. 모두를 속인 명이 황궁으로 들어가는 순간, 그는 황제가 될 것이다.

"가짜를 따라 하는 진짜라니. 서우명도 갈 데까지 갔군."

"네, 네 이놈."

"그래도 여기까지 몰아붙였으니 나도 하나 정도는 알려 줘야지. 간택령을 하기 직전 홍 황후는 쓰러졌다. 원인을 모르는 병을 앓다가 죽었다고 했지. 죽기 전…… 무엇을 봤는지 얼굴이 일그러져 있었고 말이야."

이 상황에서 왜 갑자기 홍 황후에 대한 이야기가 나오는 것일까? 당장에라도 죽여 버리려 했던 명이 멈칫했다.

이후 태의는 홍 황후의 상태를 독살 같다고 했지만 증좌도 없었고, 의심스러운 정황도 없었기에 그냥 넘겼었다.

그렇게 넘겼던 일을 환은 꺼내고 있었다.

"무슨 수작질을 하려고 이러는 것이냐?"

"수작질은 무슨…… 죽기 전에 그냥 넘기기 억울해서 말이야. 어머니와 함께 황궁을 나가려면 홍 황후가 제법 거슬렸지.

그래서 진짜 아들 몰래 약간의 손을 써 놓긴 했었다.”

다시는 꺼낼 거라고 생각하지 않았다.

하지만 숨길 일도 아니지 않았는가? 저 의기양양한 얼굴에 한 방 먹일 수 있다면 선심을 써서 알려 주는 것도 맞았다.

“아끼는 아들이 어머니를 위해서 천금을 들여 구해 왔다며 가져온 환이니 부디 누구에게도 말씀하시지 말고 한 달에 한 번씩 드시라고 속삭였다면.”

“…….”

“제가 키운 검인지 아들인지도 구별하지 못하던 멍청한 여인은 제 몸을 갉아먹을 독인 것도 모른 채 즐겁게 먹었겠지. 종종 홍 황후가 기력이 떨어지고, 헛것을 보지 않았던가? 그게 과연…… 정무에 지쳐서일까? 다만 내 어머니가 죽기 전에 죽었으면 했는데 악착같이 버티더군.”

“네……놈이…… 어마마마를…….”

“그런 수작질을 가르쳐 준 사람은 네놈이었지 않은가? 서우명.”

환의 비웃음 따위 제대로 들리지도 않았다.

홍 황후가 죽고, 간택령이 연기가 되면서 이원을 놓쳤다. 그때부터 조금씩 일이 어긋난다고 했더니만 알고 보니 저놈이 살아남아 제 인생을 망가트리고 있었다.

거짓이라며 부정하고 싶었지만, 저 망할 놈이 이런 상황에 자신에게 거짓을 말할 리가 없었다.

“네놈이…… 감히!”

이번에야말로 확실히 죽여 버릴 것이다.

저 목을 베어 이원에게 반드시 보여 줄 것이다. 검을 뽑은 명이 환을 향해 휘두르려는 순간 그의 앞을 막은 석운이 환의 심장에 검을 꽂았다.

쿨럭.

“비켜라!”

“저버리기는 했지만, 주군이니 제 손으로 보내 드리고 싶습니다.”

석운의 손에 힘이 들어가자 환의 심장에 검이 더욱 깊게 박혔다. 상처에서 쏟아진 피가 검으로 흘러내렸다.

“사람을 뒤지게 하고는 생각해 주기는…… 꺼져라.”

석운 뒤의 명을 보며 불쾌한 듯 입꼬리를 올린 것과는 달리 몸에서는 힘이 빠졌다.

비탈에 발이 미끄러지면서 환이 있는 힘껏 석운을 밀었다. 핏줄이 터진 눈으로 명을 노려보던 환이 그대로 절벽 아래로 떨어졌다.

“저 빌어먹을 놈의 시신을 찾아와라.”

환이 떨어진 절벽을 내려다보며 명이 차갑게 명령했다.

속는 건 한 번이면 충분했다.

“이곳은 산세가 험해 떨어져도 살아날 수 없는 곳입니다. 반드시 죽었을 것입니다.”

“전에 은건명도 똑같은 말을 했었다. 그랬던 놈이 살아서 내 자리를 차지했다.”

“속히 황궁으로 돌아가셔야 합니다. 쓸데없는 움직임이 일어나기 전에 황궁을 정리해야 합니다.”

보다 못한 해준이 나섰지만 명은 꿈쩍도 하지 않았다.

환이 떨어진 절벽 아래를 보니, 석운의 말대로 산세가 험했다.

시신을 찾으려면 시일이 걸릴 터, 하지만 이대로 찜찜하게 원흉을 남기고 갈 수 없다.

“얼마나 걸리든 상관없다. 놈의 시체를 가지고 와라.”

돌아가야 한다는 말에도 명은 시신 없이는 움직이지 않겠다는 의지를 굽히지 않고 기다렸다.

일주일 후, 환으로 추정되는 부패한 시신을 석운이 가지고 왔다.

형체를 알기 어려울 정도로 썩은 시체를 보며 모두 구역질을 토해 냈지만, 어느 때보다도 꼼꼼하게 명이 시신의 상태를 확인했다.

그의 기억 속의 환의 몸에 남아 있는 흉터를 확인했다.

집요하리만큼 이어진 검사 끝에 명이 크게 웃음을 터트렸다.

“이놈의 시신을 불태워라.”

드디어 원수 같은 환이 사라졌다.

하원의 황제는 환이 아니라 명이었다.

***

움켜잡은 목에서 느껴지는 떨림이 조금 전보다도 더 심해졌다.

핏발이 선 눈에 물기가 서렸지만 악착같이 울음을 참고 있었다.

완전히 무너질 줄 알았던 이원이 버티자 명이 의외라는 듯이 눈을 좁혔다.

"전부 내려놔도 돼. 원아."

"그렇게 부르지 마십시오."

"왜? 잘 보면 서우환의 대신으로 보이잖아?"

"두 분은 다릅니다. 다른 사람을 같은 사람이라 말하는 자는 없습니다."

예전에 이원은 조용하고 나긋했었지만, 지금 무인으로서 이원은 딱딱하고 건방졌다. 그럼에도 솔직히 지금이 더 편하게 느껴지기는 했다.

명의 본모습도, 명이 숨기고자 했던 모든 모습을 알고도 이원은 곁에 있었다.

"원아."

원아라고 부를 때마다 딱딱하게 굳으면서도 자신만을 보는 이원의 눈이 좋았다. 새삼 환이 왜 이원을 저렇게 불렀는지 조금은 알 것 같았다.

하지만 이원이 선을 넘어서 그에게 반항하는 건 또 거슬렸다.

목을 붙잡은 손에 힘을 주자 이원이 미간을 찌푸리며 발버둥을 쳤다.

"하원도, 권좌도, 너도 모두 짐의 것이다."

"컥!"

"널 죽이지 않고 살린 것만으로도 난 많은 것을 배려하였다. 그러니 너도 살고자 한다면 나에게 숙이는 법부터 배워야 할 것이다."

"지금의…… 하원은…… 서우환……의 하원…… 컥."

"뭐?"

"지금 폐하의 이름은…… 명이…… 아닙니…… 명이…… 콜록콜록."

명의 손힘이 빠지자 도망 나온 이원이 가쁜 숨을 몰아쉬었다.

이원의 목에 명이 만든 손자국이 선명하게 남았다. 그녀의 목에 나 있는 흔적이 생각한 것보다도 나쁘지 않았다.

하지만 그건 철저히 명의 생각인지 힘든 숨을 내쉬며 이원이 도망가려 했다. 같잖게 피하려는 짓거리가 또 거슬렸다.

"이거…… 놓아…… 아앗!"

도망치려 발버둥 치는 이원을 붙잡은 명이 벽으로 그녀를 밀었다. 있는 힘껏 벽에 부딪친 이원이 신음을 삼켰다.

예전에 어설프게 썼었던 가면은 전혀 없었다. 본모습을 드러낸 명은 두렵고 거침없었다.

"짐이 널 가질 수 있는데도 그대로 놔두는 이유가 뭔지 아느냐?"

"……."

"아니지. 이렇게 물어야겠구나. 너는 왜 서우환이 죽었는데 짐의 곁을 떠나지 않는 거냐?"

"떠나도 되는 것입니까?"

"그럴 리가. 넌 죽어도 짐의 손에 죽어야 한다. 물론 그전에 네 안에서 그 가짜 놈이 죽었다는 것부터 인정해야겠지."

어떻게든 침착하려 애쓰던 이원이 처음으로 파르르 흔들렸다. 제 예상이 맞았다는 사실에 명의 눈이 사납게 휘어졌다.

이원이 도망갈 수 없게 손을 써 놓기도 했지만, 이 상황에서도 이원은 버티고 있었다.

명의 정사를 보고 있으면서도, 때로는 명의 화를 홀로 받아내고 있으면서도 이원은 도망가는 대신 지키려고 했다.

'날 지키기 위함이 아니겠지.'

이원이 지키고 싶은 것은 서우환이 남긴 자리. 분명 시신을 불태워 없앴다고 했음에도 이원은 믿지 않았다.

이호와 건명이 죽고 사라진 자리에, 이원은 또 다른 이들을 곁에 두고 있었다. 환이 붙여 줬다고 하는 상궁이 있었고, 그녀의 시중을 드는 어린 계집이 있었다.

"그건 제 마음입니다."

"그래. 하지만 허튼 수작을 하면 네 곁에 있는 것들이 하나씩 죽겠지."

답하지 못하는 이원을 보며 명이 재미있다는 듯이 웃음을 터트렸다.

명에게서 귀한 것을 지킬 권력도 없었고, 도망갈 힘도 없었으면서도 어떻게든 버티는 이원이 진심으로 재미있었다.

그리고 지금만큼은 여인으로서 이원을 강제로 취하는 것보다도 저 같잖은 의지부터 무너뜨리고 싶었다.

무너져서 무력해진 이원은 또 어떤 선택을 할까? 그 선택에 따라 여인으로 취할지 목숨을 거둘지 명이 결정하면 될 문제였다.

"값싸고 부질없는 계집의 고집이야 가치도 없지만 한번 믿어보마. 하지만 넌 결국 내 앞에서 살려 달라며 옷고름을 풀 것이다."

"폐하. 적석운 군장님께서 오셨습니다."

"들어와라. 그리고 넌 이만 나가 봐라."

명이 놓아주자 이원이 비틀거리면서도 최대한 멀리 떨어졌다.

문을 열자마자 보이는 석운을 노려보던 이원이 그를 지나쳐 도망치듯이 사라졌다.

이원을 굳은 얼굴로 보던 석운이 명을 향해 몸을 숙였다.

극진한 태도의 석운을 보던 명이 재미있다는 듯이 입꼬리를 올렸다.

"가솔들은 잘 만나고 왔나?"

명의 말에 석운이 고개를 끄덕였다. 환의 영원한 검일 줄 알았던 이 사내의 약점은 부인과 어린 아들이었다.

멍청한 서우환.

제대로 된 검을 만들 생각이었다면 이런 놈들에게는 자유를 주면 안 되는 것이었다.

어설픈 배려로 만든 자유는 저들에게 약점이 되었고, 명에게는 기회가 되었다.

아직 이것들의 온전한 충심을 얻지 못했지만, 하늘은 명의 편이었다.

"짐의 검으로 충심을 보여라. 그럼 조만간 네 가족을 풀어 주겠다."

명의 약조 같지 않은 약조에도 석운은 몸을 숙일 뿐이었다.

***

침소로 돌아오는 길에 느껴지는 기운에 이원이 잠시 걸음을 멈추었다.

조금은 딱딱한 눈이 제 주변에서 느껴지는 기척을 향해 미간을 굳히자 드러났던 기척은 조금이나마 사라졌다.

"도망가지 않을 테니 그렇게 지키지 않으셔도 됩니다."

그녀가 말한다 한들 들을 사람들도 아니었지만, 마치 생각조차 하지 말라는 것처럼 노골적으로 따라다니는 기척은 불편했다.

전혀 달라지지 않는 기척에 한숨을 내쉬며 가던 이원이 제 앞에 드리워진 광경에 잠시 숨을 삼켰다.

"아……."

궁녀와 내관들이 황궁으로 들어가는 첫 번째 문에 좀 전까지 명의 품에 안겨 있었던 궁녀가 목이 베인 채 매달려 있었다.

인자하고 다정한 황태자라는 말은 어쩌면 만들어진 것일지도 모른다.

어쩌면 건명이 했었던 일은 명의 추문을 막는 것이 대부분이었을지도 모른다는 생각도 들었다.

"아가씨!"

이원이 오자마자 불안하게 방 앞에서 기다리던 송화가 한달음에 다가왔다.

명이 권좌에 오른 후, 이원은 송화를 다시 사가로 보내려 했지만 이번에는 송화가 가지 않겠다며 고집을 부렸다.

'그렇게 잃은 건 영화로 충분해요. 아가씨 곁에 있을 거예요!'

송화는 물론이고 강 상궁까지 곁을 지키니 떠날 수 없었다.

하물며 이원이 이들 때문에 떠나지 못한다는 것을 깨달은 명은 둘만큼은 건들지 않았다.

'놈의 시신은 내가 불태웠다.'

머리에서 떠다니는 안 좋은 생각을 이원은 애써 밀어냈다. 황궁에서 일어나는 상황이 기대와는 완전히 다르게 진행되고 있었지만 이원은 버텨 냈다.

'쉽지는 않으시겠지만 부탁을 드리고자 합니다. 현재 폐하인 척하는 가짜에게 가장 가까이 계시는 분은 은 호위입니다.'

자신에게 반기를 드러낸 여주원을 죽여 버리라는 명의 명령에 손을 쓰기는 했지만 완전히 목숨을 끊지는 않았다.

명의 눈을 완전히 속이는 건 무리였지만, 그래도 환에게 가장 도움이 될 이의 목숨을 거둘 수는 없었다.

'가짜의 목숨을 거둬 달라 부탁드리는 것이 아닙니다. 다만 가짜의 옆에서 사소한 정보라도 알려 주신다면 제가 어떻게든 손을 써 보겠습니다. 그리고…….'

이원의 검에 부상을 입었어도 상관없다는 듯이 여주원은 명의 곁에서 그의 동향을 봐 달라는 부탁을 했다.

쉽지 않은 일이었지만 여주원의 말대로 현재 환의 세력 중 명에게 가장 가까이에 있는 사람은 이원이었다.

'그럴 일은 없다고 생각합니다만 혹 폐하께서 옥새를 어디에 두셨는지 말씀하신 적이 있으십니까?'

환의 이름으로 명은 황궁에 돌아왔지만 어디에도 옥새는 없었다. 분노한 명이 찾아내라 명령했지만 어디에도 보이지 않았다.

"아가씨. 목이……."

"이번에 하던 일이 조금 거칠었단다. 별일 없었다."

누가 봐도 거짓이었지만, 이원은 그 이상의 말은 하지 않았다.

송화의 눈이 검붉게 멍이 든 가는 목을 향했다.

이원은 아니라고 했지만 명의 침소를 지키고 온 날이면 이원의 몸에는 여지없이 새로운 멍이 생겼다.

"안으로 들어가십시오. 봐 드리겠습니다."

"진짜 괜찮습니다."

"알고 있습니다만 이미 준비를 해 놓았습니다. 들어가세요."

괜찮다고 했지만, 강 상궁이 붙잡은 이원의 손이 옅게나마 떨리고 있었다.

모든 것을 내려놓고 도망갈 상황에서도 이원은 자신에게로 온 이들을 지켜 주고자 버텨 내고 있었다.

목숨을 걸고 지켜 주는 이원에게 해 줄 수 있는 것이라고는 이런 것뿐이었다.

***

해준과 마주한 명이 귀찮다는 듯이 피곤한 숨을 내쉬었다.

그 모습에 미치도록 화가 치밀었지만, 내색하는 대신 해준이 고개를 숙였다. 어차피 이런 놈이라는 것을 알고도 거둔 사람은 그였다.

“아직 폐하께서는 서우환이십니다. 위험하게도 폐하께서 바뀌셨다는 말도 은연중에 나오고 있습니다. 조금 더 조심하심이 어떠하신지요?”

“그래서 승상이 계신 것이 아니오? 승상께서 부족한 날 지켜주셔야지요.”

태연한 대답에 욕지거리가 떠올랐지만 인내로 참아 냈다.

어차피 서우명이 제 모습을 오래 숨길 거라고는 생각하지 않았다.

그리고 조절만 할 수 있다면 환보다도 훨씬 더 제 수중에 넣고 흔들기에는 적당한 놈이었다.

“그리고 이제 다들 대충은 아는 것이 아니오? 아무튼 예전이나 지금이나 쓸데없이 우물쭈물하는 건 여전하다니까.”

“너무 큰 변화는 쓸데없는 움직임을 만들 수 있습니다. 서우환의 흔적은 천천히 지워야 합니다.”

해준의 잔소리에 명이 피곤하다는 듯이 노골적으로 불쾌한 빛을 드러냈다.

이제야 간신히 자신의 자리로 돌아왔다. 황제의 일을 하기 전에 조금은 자신이 누리던 것을 누려 봤지만 그 찰나도 못 참는 건지 해준이 잔소리를 쏟아 냈다.

“그나저나 옥새는 찾았소?”

“아직 그러지 못했습니다.”

"그놈은 영악한 놈이라 쉽지 않은 곳에 두었을 것이오. 뭐 안 되면 새로 만들어 볼까?"

"네?"

"이대로 옥새 없는 황제가 될 수는 없지 않소? 서우환의 흔적을 없애려면 옥새가 필요하오."

"자칫 가짜라는 것이 발견되면 의문을 가진 이들이 반발할 것입니다."

"그 전에 없애 버리면 되는 것이 아니오?"

웃으면서 꺼내는 말에 해준이 숨을 삼켰다. 해준의 반응이 우습다는 듯이 의자에 몸을 맡긴 명이 입꼬리를 올렸다.

"바꾸려면 피가 필요하지."

은건명은 이 황자에게서 무엇을 봤기에 나라의 주인으로 세우려고 했을까?

하지만 속으로 비웃음을 삼키며 해준이 시선을 내리깔았다.

그 자신도 명에게서 무언가를 기대하고 도구로 세운 것이 아니었다.

제 가문의 영광을 위한 도구일 뿐이었다.

"찾는 것보다도 새로 만드는 것이 더 빠를 것 같다는 생각이 드는데 말이오. 승상."

"……."

"대신 나도 하나는 줘야겠지. 예를 들면 하원의 후계라든가? 그런 것 말이오."

"그럼 소인에게 하나는 더 약조해 주시지요."

해준의 요구에 해 보라는 듯이 명이 그를 쳐다봤다. 환을 죽이고, 명을 그 자리에 앉힌 순간부터 각오한 일이었다.

하물며 옥새까지 가짜로 만들어야 한다면 하원의 가장 중요한 것 하나는 표가에서 가져야 했다.

"하원의 약초 독점권을 소인에게 주십시오."

"호오. 전부 가져가시겠다?"

"가문과 제 목숨을 전부 걸어야 하는 일이니 그 정도는 받아야 하지 않겠습니까? 그리고 황자에 대한 약조 또한 지켜 주십시오."

"첫 황자와 약초 독점권이라."

"표가는 멍청한 은가와는 다릅니다."

해준을 보던 명이 신나게 웃음을 터트렸다. 표가든 은가든 상관없었다.

명의 하원에 방패가 되어 줄 가문은 필요했다.

어설프게 정도를 지키려 나서지 못한 은가보다는 제 요구 조건을 말하면서 충성을 맹세하는 표가가 훨씬 편했다.

"짐은 제법 약조를 잘 지킨다오. 승상이 원하는 것을 짐이 해주겠소."

원하는 것을 넘기겠다는 선언에 해준은 마음에 남은 주저를 모두 지웠다.

약초 독점권은 표가에 막대한 재물을 줄 것이고, 황자는 표가의 미래를 책임져 줄 것이다.

그때까지만 이 대책 없고 제멋대로인 황제를 잡고 있으면 될 뿐이다.

"폐하께서 그 자리에 계시는 한, 표가는 단단한 방패가 되어 줄 것입니다."

"그럼 짐은 표가를 믿고 황제의 역할을 제대로 하면 되겠군.

말이 나온 김에 내 귀한 황후를 뵈러 가야겠습니다. 승상께서는 좋은 소식을 기다리시지요."

웃음을 터트린 명이 몸을 숙인 해준을 지나 침소를 나갔다.

누가 뭐라 해도 차근차근 명의 하원이 만들어지고 있었다.

⁂

"화, 황후 마마. 폐하께서 오셨습니……."

말이 끝나기가 무섭게 명이 닫혀 있던 문을 열었다.

문을 열고 들어오자마자 침의를 입은 설아가 성큼성큼 명에게 다가왔다. 허허실실 웃던 명을 향해 설아가 손을 들었다.

짝!

"왜 약조를 어겼어! 왜!"

절규를 토하던 설아의 눈에 그렁그렁 눈물이 맺혔다. 내내 울고 있었는지 눈가에 눈물이 가득했다.

당장에라도 쓰러질 것처럼 가녀린 모습이었지만 명에게는 코웃음만 나오는 가증스러운 모습이었다.

제 손을 더럽히지는 않으면서도 원하는 결과가 나오지 않았다며 남의 탓을 하는 여인.

그러면서도 제 것은 하나도 놓지 않는 여인.

"가군의 뺨을 때리는 부인이 어디에 있습니까?"

"당신!"

"아! 다른 계집을 품어서 황후께서 많이 서운하셨나 봅니다. 황은이 필요하셨습니까?"

"닥쳐!"

다른 빰을 향해 손을 휘둘렀지만, 명에게 닿기 전에 손목이 붙잡혔다.

명에게 손목을 붙잡힌 것만으로도 겁에 질린 설아의 얼굴이 창백해졌다.

뻔히 만든 표정이었지만 제법 그럴듯했다. 저런 표정으로 주변을 홀렸을 거라 생각하니 실소부터 나왔다.

"고우신 황후께서는 부질없는 존재를 붙잡으며 울다가 전부를 놓게 되면 어쩌려고 이러시는 건지?"

"무슨 짓거리를 하려고!"

"왜? 네 바람대로 생포만 해서 네가 품에 억지로 안으면 놈이 얌전히 안겨 줄 거라 생각했어?"

권좌에서 끌어내린 환을 권운처럼 만들려고 했었다.

여지를 모두 잘라 내고 무력해진 환에게 설아의 영향력을 보여 준다면 권운처럼 그도 결국은 설아에게 굴복하여 원하는 것을 전부 내어 줄 거라 믿었었다.

그러기 위한 준비도 전부 끝내 놓았지만, 명은 그녀와의 약조를 어기고 환을 죽였다.

"그래도 기회를 줬어야지!"

"그전에 내가 죽었을걸. 그리고 결국 네 자리도 은이원에게 빼앗겼겠지. 놈은 애초에 널 그 자리에 계속 세울 생각이 없었어. 그랬다면 은이원을 진작 후궁으로 들였겠지."

"……."

"참 영악하고 대단한 놈이야. 제 여인에게 후궁이라는 굴레조차 씌우기 싫어서 호위로만 두다니. 그에 비해 넌 멍청하고 말이야."

"서우명!"

"솔직히 지금도 안심할 때는 아니지 않아?"

무슨 소리냐는 듯이 설아가 명을 보며 미간을 좁혔다. 분명 권좌에 오르게 해 주면 황후의 자리를 지켜 준다고 약조했었다.

그런데 그 약조를 지키지 않겠다는 건가? 다른 말을 꺼내는 그를 보며 설아가 불길한 듯 옅게 몸을 떨었다.

"무슨 소리를 하는 거야?"

"난 널 황후에 세워 놓기는 하겠지만, 놈과는 다르게 황은을 아낄 생각이 전혀 없거든. 그러다가 내 씨를 받은 여인이 용종이라도 가진다면 말이야."

"……."

"그 이후는 어떻게 될지 모르겠네."

명의 눈이 설아의 얼굴과 몸을 느긋하게 살폈다. 특별한 의미를 주는 계집은 아니었지만 하룻밤 정도 즐기기에는 나쁘지는 않았다.

어차피 품에 안아도 그만, 버려도 그만이었지만 그래도 아직은 이 계집이 주는 표가의 영향력이 아쉬웠다.

설아의 손목을 놓아주는 척 내려놓았던 명이 작은 손을 낚아챘다.

"이미 잿더미로 가 버린 놈은 돌아온다 해도 널 안지는 않아. 맹세하건대 그놈이 황자를 가질 생각이었다면 그건 이원에게서나 가능했을걸. 그놈은 하나밖에 안 보거든."

"……당신처럼 난잡하게 몸을 굴리는 사내가 더 낫다는 것인가?"

“그건 아니지만 적어도 황자를 가질 기회는 놈보다는 내 쪽이 더 크다는 거지.”

명의 말이 독처럼 설아를 흔들었다.

고작 ‘서우’라는 성을 받은 황족이라는 것 외에 명은 길에서조차 마주치고 싶지 않은 더러운 사내였다.

그녀가 원한 사람은 환이었지만, 이미 죽어 불태워졌다.

시신이라도 가져오라며 패악을 부렸지만, 훼손이 심하여 보는 것만으로도 구역질이 오를 정도였기에 어쩔 수 없었다고 했다.

‘그 사내를 가지고 싶었다.’

“네 아버지는 방향을 잡았어. 하지만 난 여인을 강제로 취하지 않아. 그럴 필요는 못 느끼거든.”

주저하며 멈춰 있는 설아를 보던 명이 짜증스럽게 얼굴을 구겼다.

아무튼 사람이 모처럼 참을성 있게 기다려 주었건만, 이 계집은 너무나도 굼떴다.

“아직 시간이 필요한가 보네. 나중에 순서를 놓쳤다고 짐에게 뭐라고 하시지나 말기를.”

굳어 있는 설아를 지나간 명이 비웃음을 터트렸다.

처소에서 나가기 위해 문을 붙잡는 순간 명의 팔을 설아가 붙잡았다.

이 끔찍한 사내가 아직은 필요하다.

“황자.”

“음?”

“하원의 황태자는 내 아들이어야 해.”

환은 잃었지만 황후의 자리는 지켜야 했다.

하루가 멀다 하고 서우명은 계집을 품었으니 조만간 용종을 가졌다는 계집이 나올 수 있었다.

심지어 궁녀들과의 정사에 은이원을 세워 놓고 지켜보게 한다는 보고도 있었다.

본인은 아니라고 하겠지만, 이 사내의 마음 안에도 은이원이 있었다.

"황자……는 나에게서만 나와야 해."

절대 놓아주지 않겠다는 것처럼 붙잡는 설아를 보며 명이 입꼬리를 올렸다. 이렇게 보니 홍 황후와 설아가 제법 비슷해 보였다.

"아무튼 계집들은 비슷하다니까. 아…… 하나는 다르긴 했네."

환이 죽었다는 말에도 이원은 그대로였다. 생각해 보면 환이 죽었다고 생각한 2년 동안 이원은 버텨 냈었다.

그런 것이 연모라는 것일까? 알 수 없는 호기심과 연모의 방향이 제 것이 아니라는 분노가 명을 집어삼켰지만 어차피 시간은 많았다.

"우선은 가까운 약조부터 지켜야겠네."

"……."

"네 의지를 보여 봐."

명의 눈을 마주하던 설아가 제 옷의 고름을 풀었다. 옷이 반쯤 벗겨지면서 드러나는 나신을 보던 명이 웃으며 작은 여체를 품으로 끌어당겼다.

오랜만에 느끼는 사내의 낯선 감각에 굳었던 것도 찰나, 온

몸을 휘감는 열락에 더운 신음이 섞여 들었다.

며칠 내내 울음소리만 가득 차 있던 혜완궁에 그 이후 하루가 멀다 하고 쾌락에 젖은 신음이 터져 나왔다.

***

하루하루가 즐겁고 충만했다.

폐하라고 부르며 몸을 숙이는 대신들의 모습을 보는 것도 즐거웠고, 환을 따르던 이들이 살려만 달라며 명에게 구걸하는 것을 지켜보는 것도 재미있었다.

그러면서도 묘하게 채워지지 않는 기분이었다.

'기분 탓이겠지.'

환이 만들어 놓은 대부분을 없는 것으로 되돌렸다. 그리고 암묵적으로 명을 황제로 인정한 귀족들에게 환이 빼앗았던 것을 돌려주었다.

포기했던 것을 전부 품에 다시 안겨 주니 기다렸다는 듯이 명에게 충성을 맹세했다.

"밤이 깊었습니다. 폐하. 침소로 돌아가시지요."

새로 뽑은 내시감의 말에 고개를 끄덕인 명이 천천히 걸음을 옮겼다. 오늘따라 차가운 바람이 날카롭게 불었다.

묘하게 을씨년스러운 날씨가 마음에 들지 않는다. 명이 바람을 거스르며 침소로 빠르게 걸어갔다.

부지런히 걷던 걸음은 얼마 가지 않아 뚝 멈추었다.

"폐하. 갑자기 무슨 일이시옵니까?"

"저기 보이지 않느냐?"

명의 손가락을 따라 내시감은 물론이고 내관들조차 눈을 좁혔다. 하지만 아무리 봐도 보이는 건 없었다.

"폐하. 무엇을 보신 것입니까? 소인, 아무것도 보이지 않습니다."

"……."

"폐하?"

"아, 아니다. 이만 가 보자."

주변의 반응을 보던 명이 걸음을 재촉하자 다른 이들이 그를 따랐다.

분명 서우환은 죽어서 그 시신까지 불태웠다.

믿기 어렵지만 그 죽은 놈이 나무에 앉아 명을 노려보고 있었다.

있을 수 없는 모습에 명이 고개를 저었다.

요즘 일이 많으니 피곤했던 것뿐이다.

"음?"

"폐하. 이번에는 왜 또…… 폐하?"

내시감이 다시 물었지만 이번에도 그의 목소리는 들리지 않았다. 명의 눈앞에 이원이 서 있었다.

아직 명을 보지 못했는지 담 아래 서 있던 이원이 그 위의 나무를 보고 있었다.

이원을 따라 명의 눈이 나무를 향했다. 어딘가를 보던 이원의 얼굴에 옅은 미소가 지어지는 순간 생각은 멈추었다.

"무엇을 보고 있느냐!"

용포를 흩날리며 이원에게 다가간 명이 힘주어 끌어당겼다.

갑자기 일어난 일에 이원이 고통스럽게 얼굴을 찌푸렸다.

"무슨 일이십니까?"

"석운! 찾아라!"

명의 명령이 끝나기도 전에 명의 주변에 있던 석운과 무흔이 부산하게 움직였다.

갑자기 일어난 상황에 이원이 명을 보았다.

"이게 무슨……."

"무엇을 보았느냐!"

"그저 나무 사이에 달을 보았을 뿐입니다. 무엇을 보았다고 하십니까?"

"서우환 그놈을 보았느냐?"

명의 호통에 이원의 말문이 막혔다. 뭐든 하나라도 찾겠다는 것처럼 명의 눈이 이원의 얼굴을 샅샅이 살폈다.

입술을 악물고 힘겹게 버티던 이원의 눈이 붉어졌다.

"죽지 않으셨다면 볼 수 있겠지만…… 그러기를 간절히 바라지만…… 지금은 나무 사이의 달이 고와서 봤을 뿐입니다."

"……달을 본 것이다?"

"혹 살아 계시는 것입니까?"

"그럴 리가!"

명이 거칠게 손을 놓자 이원이 비틀거렸다. 그사이 앞서 나갔던 석운과 무흔이 되돌아왔다.

"아무것도 없었습니다. 폐하."

"놈은 죽었다! 설령 살아오더라도 내가 다시 죽여 버릴 것이다."

이원을 노려보던 명이 그녀가 봤었던 담을 다시 보았다.

좀 전에 봤던 것이 꿈인 것처럼 아무것도 보이지 않았다. 자신이 잘못 본 것이다.

검에 찔려 떨어져 죽었고, 기어이 시체를 찾아 잿더미로 만들었다. 그런 놈이 눈에 보일 리가 없다. 용포 자락을 거칠게 휘날리며 명이 침소로 걸어갔다.

⁂

침상에 누운 명이 고른 숨을 내쉬며 깊게 잠들어 있었다.

조용하던 침소의 창문이 열리고, 온몸을 흑의로 가린 인영이 안으로 들어왔다.

기척 없이 안으로 들어온 인영이 품에 넣어 놓았던 날카로운 단검을 꺼냈다.

거침없이 거리를 줄인 인영이 명을 향해 달려왔다.

잠들어 있는 명이 눈을 뜨는 순간 머리맡에 있던 인영이 가지고 온 단검을 힘껏 내리쳤다.

"헉!"

눈을 뜬 명이 가쁜 숨을 토해 냈다. 잠들기 전 심신의 안정을 위해 피워 놓은 미향이 반도 줄지 않았지만 잠은 완전히 깨 버렸다.

자리에서 벌떡 일어난 명이 제 목을 다급히 훑었다. 찔리기는커녕 상처조차 남지 않았다.

"꿈인가?"

죽은 놈을 황궁에서 본 이후부터였다. 이제는 제발 인생에서 사라져야 할 놈이 악착같이 명을 건드렸다.

그저 꿈으로 넘기고 싶었지만, 아직 방에는 밖의 내음이 남아 있었다.

불안하여 침상에서 일어난 명이 창문을 만졌다.

차가울 리가 없는 창문에 한기가 남아 있었다.

"누구 없느냐! 석운!"

말이 끝나기가 무섭게 문이 열리며 석운이 안으로 들어왔다.

몸을 숙이는 석운을 향해 달려온 명이 그의 멱살을 붙잡았다.

명의 힘에 밀려 석운의 몸이 휘청거렸다.

"폐하! 갑자기 무슨 일이십니까?"

"네놈이 놈을 숨긴 것이 아니냐! 그놈이 살아 있는 것이 아니냐!"

"무슨 말씀이십니까? 시신을 확인하신 분은 폐하십니다. 잊으셨습니까!"

석운의 선언에 명이 거친 숨을 내쉬었다.

분명 제 눈으로 직접 확인했다. 부패하여 엉망이었지만 썩은 얼굴을 보았고, 몸에 나 있는 상처를 확인했고, 환의 체격을 몇 번이고 봤었다.

서우환은 확실히 죽었다.

"내가 누구냐? 네 입으로 직접 말해 봐라."

"하원의 황제 폐하이십니다."

부들거리며 석운을 붙잡고 있던 명의 손에서 힘이 빠졌다.

서우환이 만든 검도, 서우환이 만들었던 하원도 모두 서우명의 것이다.

그런데도 정체를 알 수 없는 불안감이 그를 미치게 했다. 이 불안감의 원인을 알아야 마음의 평온을 찾을 수 있을 것 같았다.
채 사라지지 않는 불안감 끝에 떠오르는 사람은 하나였다.
"은이원을 데리고 와라."

⁂

무섭다며 겁에 질린 송화를 재운 후, 잠시 잠들었건만 급하게 오라는 명령에 무복만 껴입고 침소로 왔다.
오자마자 본 것은 불이 환하게 켜져 있는 침소와 긴장한 내관과 궁녀들. 그리고 굳어 있는 석운이었다.
환을 배신하고 명의 편에 선 사내. 그와 대화를 나누고 싶지는 않았다.
"고해 주시겠습니까?"
"폐하. 은 호위가 도착……."
말이 끝나기가 무섭게 문이 열리자마자 명이 모습을 드러냈다.
갑자기 나타난 그에게 놀랄 틈도 없이 그의 손에 끌려갔다.
"폐, 폐하!"
"넌 날 말릴 때 말고는 폐하라는 말을 쓰질 않아."
핵심을 찌르는 말에 이원의 말문이 막혔다. 이원의 변화를 놓치지 않고 확인하던 명의 눈이 사납게 변했다.
놓아 달라는 이원의 오금과 어깨를 붙잡은 명이 그녀를 안아 들었다.
싫다며 이원이 빠져나오려 하자 오금을 붙잡은 손에 힘을 주었다.

"여기서 더 반항하면 그냥 안아 버릴 거다."

그건 또 싫은지 이원이 움직임을 멈추었다. 그녀의 사소한 행동에도 화가 치밀었다.

침상에 이원을 앉힌 명이 그녀의 앞을 막았다. 명의 시선을 피하지 못한 이원이 고개를 숙이는 것으로 눈을 외면하려 했다.

"눈 피하지 마."

"폐하."

"명. 명이라고 불러 봐."

"……."

"놈은 이름으로 불렀잖아."

이원이 이름으로 불러만 준다면 지금의 불안은 사라질 것이다.

아무리 황궁을 가지고 전부를 손아귀에 넣었어도 불안한 이유는 하나였다.

아직 명은 서우환의 전부를 가지지 못했다.

황궁에 남아 있는 환의 세력이 있었고, 무흔 중에서도 명에게 불복하여 버티는 이들이 있었다. 결정적으로 제 곁에 있었지만, 전혀 여지를 주지 않는 이원이 있었다.

알아서 안아 달라며 옷고름을 푸는 계집들을 안아도 결국 명에게 남은 여인은 이원뿐이었다.

"딱 한 번만이어도 괜찮아. 불러 봐."

"……."

"어차피 이곳에는 너와 나뿐이잖아."

간절한 바람을 담아 부탁했지만 이원은 답하지 않았다.

이원에게는 환이 첫정이었을지 몰라도 명에게는 이원이 첫정이었다.

그녀를 향한 감정은 그도 진실하였거늘 잔인한 이원은 제 감정만 귀하다며 버텼다.

"이리 네가 버틸 줄 알았다면 놈을 네 앞에서 태웠어야 했다."

"지금 폐하께서는 환입니까? 명입니까?"

이원의 물음에 명이 숨을 삼켰다. 내내 그를 외면하던 이원이 처음으로 명과 눈을 마주쳤다.

"환의 이름으로, 그 사람이 앉은 자리에서, 대신 폐하라 불리는 당신은 명입니까? 환입니까?"

"뭐?"

"폐하께서 환의 전부를 빼앗으셔도 저에게서 환을 대신할 수는 없습니다. 환의 대신을 폐하가 하실 수는 없습니다."

알 수 없는 불안감의 형체가 무엇인지 이원은 알려 주었다.

환을 완전히 지워 버리는 대신 그의 자리에서 꼭두각시 노릇을 하는 탓이었다.

아무리 명이 발버둥을 치며 제 것을 만들려 해도 결국은 전부 서우환의 대신일 뿐이었다.

"내가 찾지 못한 답을 네가 알려 주는구나."

"……."

"놈의 자리를 대신하는 게 아니라 놈의 전부를 빼앗았어야 했다."

간헐적으로 웃음을 터트리던 명이 이원에게 다가왔다. 도망가려 했지만, 어깨를 붙잡고 누르는 힘에 이원이 침상에 누웠다.

절박하게 벗어나려는 이원을 보던 명이 손목을 붙잡고 힘껏 눌렀다.

"이거…… 놔!"

"여기서 더 반항하면 네 침소에서 자는 어린 계집을 끌고 오겠다."

온몸으로 발버둥을 치던 이원이 그 순간 멈추었다.

분명 예전과 무척이나 다른 모습이었지만 그 와중에도 종종 예전의 모습이 보였다.

진심을 담아 얼굴을 어루만졌지만, 환처럼 손에 기대기는커녕 이원은 고개를 돌렸다.

그러면서 드러난 하얀 목덜미에 명이 입술을 묻었다.

"넌 약점이 너무 많아. 그래서 이용하기가 편하지."

"……."

"그런데 지금은 안지 않을 거다. 지금 안으면 서우환이 은이원을 안았다는 것밖에 되지 않을 테니."

하원에 남아 있는 서우환의 모든 흔적을 없앤 그날 이원을 가질 것이다.

그리하여 그 지긋지긋한 악연을 직접 잘라 낼 것이다.

손목을 붙잡고 있던 손에 힘을 풀자 이원이 명을 밀어내고는 침상에서 내려왔다.

"이리 와."

"……."

"황명이야. 이리 오라고 했어."

모든 여인이 서우명에게 안아 달라며 매달릴 때, 은이원은 달랐다.

처음부터 제 것이었던 여인. 그것을 서우환이 전부 망가트렸다.

당장 안을 생각은 없었지만, 오늘 느꼈던 이 끔찍한 불안을 가라앉히기 위해서는 이원이 필요했다.

"어서 와. 원아."

명의 말이 끝나기가 무섭게 이원이 방 밖으로 뛰어나갔다.

문이 열리자마자 서 있던 석운이 이원의 목에 검을 대었다.

도망갈 길이 막힌 이원의 뒤로 달려온 명이 손을 휘둘렀다.

"내가 가지 말라고 했잖아!"

명에게 있는 힘껏 맞은 이원이 바닥에 주저앉았다. 다시 일어나서 도망가려는 순간 다른 손이 이원의 뺨을 다시 쳤다.

터진 입에서 흐르는 피가 바닥에 몇 방울 떨어졌다.

콜록콜록.

"문을 닫아라."

"폐하. 이만 돌려보내심이……."

"당장 닫으라 하였다!"

석운의 만류에도 소리를 지른 명이 비틀거리는 이원을 품에 안은 채 소리를 질렀다.

닫힌 사이에서 마지막으로 본 것은 이원에게 미안하다며 그녀를 달래는 명의 모습이었다.

명의 품에 안긴 채, 이원이 석운을 차분히 바라보았다. 많은 말이 담긴 시선에 석운이 고개를 숙일 수밖에 없었다.

***

명의 침소로 가는 해준의 걸음이 멈추었다.

마치 당장에라도 무슨 일이 일어날 것처럼 침소의 양옆에 무흔과 용호군이 서 있었다.

제 것을 전부 되찾았으면서도 명은 광기를 숨기지 않았다.

하루가 멀다 하고 들려오는 그의 괴이한 행동에 피가 마르면서도 달리 손쓸 수 없는 상황에 해준도 초조해지고 있었다.

"고해 주게."

"폐하. 승상께서 드셨습니다."

문이 열자마자 보이는 피에 승상이 숨을 삼켰다.

며칠이 지나 굳어 있는 피 속에서 오늘 생긴 것인지 색이 선명한 붉은 핏자국이 침상 주변에 어지럽게 나 있었다.

그냥 보기에도 끔찍한 모습에 해준이 옆에 서 있는 내시감을 향해 낮게 말했다.

"침소를 치우게."

"그럴 필요 없다."

창밖을 보던 명이 몸을 돌렸다. 몸을 돌리자 목에 선명한 잇자국이 보였다.

자세히 보니 침의에도 군데군데 피가 묻어 있었다.

도대체 무슨 일이 있었는가? 당황한 해준이 버럭 소리를 질렀다.

"내시감은 도대체 일을 어떻게 하는 것인가! 어서 태의를 불러라!"

"심한 상처도 아니니 그냥 넘어가자."

"어찌, 심한 상처가 아닙니까? 온 바닥에 피가……."

"짐의 피가 아니라 이원의 피다. 서우환은 죽었는데도 어떻게든 버티는 게 짜증이 나서 말이다. 반항하는 게 같잖아서 가르친 거다."

아무렇지도 않게 말을 꺼내는 명이 소름 끼쳤다. 해준의 눈이 불안한 듯 바닥에 흐른 피를 향했다.

최근 명이 다른 여인은 품에 안지도 않은 채, 이원을 곁에 두고 있다는 소문은 들어 알고 있었다.

곁에 두기만 할 뿐, 여인으로 안았다는 보고는 없었기에 넘기고 있었지만 막상 침소의 꼴을 보니 다행이라는 생각은 들지 않았다.

환과는 다른 의미로 명은 절제가 없는 놈이었다. 많은 것을 짐작할 수는 없었지만, 요 며칠 동안의 광기를 누가 전부 받아냈는지는 조금이나마 알 수 있었다.

"내가 은가의 계집을 곁에 둬서 불안한가?"

"소인이 어찌 그러겠습니까?"

"여인으로도 안지 않았고, 가둬 놓았으니 신경 쓸 필요는 없다. 그냥 좀 심심해서 데리고 있었던 것뿐이다. 그나저나 오늘 오라고 한 건 내 승상과 긴히 할 이야기가 있어서 말이지. 황후도 곧 올 것이다."

명의 의기양양한 말이 이상하리만큼 불길했다.

오늘은 날이 아니라는 말을 하고 싶었지만, 명의 기괴한 분위기가 해준을 주저하게 했다.

들어 보는 것만으로 잘못될 것은 없을 것이다. 말씀해 보라는 듯이 몸을 숙이자 명이 의자에 몸을 기댔다.

"즉위식을 할 것이다."

"무슨 말씀이십니까? 이미 한 즉위식을 어찌 또 하신단 말입니까?"

"즉위식을 한 것은 서우환이지 서우명이 아니거든. 짐은 서우명이라는 것을 밝히고 권좌에 오르겠다."

"서우명은 죄인의 신분으로 죽었습니다! 지금 폐하는 서우환입니다!"

"놈을 다시 죄인으로 만들고 짐을 황제로 세우면 될 일이 아닌가!"

태연한 명과는 달리 해준은 숨이 막혔다.

명은 이미 폐위가 되었고, 그 이후에도 하원에 적대적인 행동을 한 용서할 수 없는 역도였다.

죽음과 함께 사라져야 할 죄인. 절대 다시 꺼낼 수 없는 죄인을 지금 되살리는 것도 모자라 황제로 다시 서겠다고 선언하고 있었다.

"그럴 수 없습니다! 중앙은 저희가 탄탄히 잡았어도 지방으로까지 내려가면 큰 혼선이 오게 될 것입니다. 그런 반발이 생기기 시작하면 역도의 무리가 모여들 것이고 그러면……."

"아. 시끄러워. 짐의 뜻이라 하지 않았는가?"

"폐하!"

"감히 표가와 황제인 나에게 누가 적의를 드러낸단 말인가! 설령 드러나도 죽여 버리면 그만 아닌가?"

거침없이 드러내는 명의 광을 보던 해준이 속에서부터 치미는 쓴물을 삼켰다.

서우명은 도구가 아니었다. 남아 있는 전부를 태울 불이었다.

이것은 표가의 번영이 아니라 모든 것의 파멸이었다.

설아가 이 사내의 씨를 받아 황자를 얻기도 전에 모든 것을 없애고 부술 이였다.

"아무래도 폐하와 표가의 길은 다른 것 같습니다. 표가의 손을 계속 잡고 싶으시다면 오늘 말씀하신 뜻을 거두시든지 아니면 표가는 이번 일은 반대하겠습니다. 이만 물러나겠습니다."

"표해준을 베어라."

"이게 무슨…… 컥!"

갑자기 나오는 명령에 놀란 해준이 멈췄지만, 그보다도 먼저 가까이에 있는 무흔이 움직였다.

해준의 눈에 제 앞에 오는 검보다 복도로 들어오는 설아가 먼저 보였다.

"……피하거라! 황제는 미쳤……."

심장에 검이 꿰뚫린 해준이 그 자리에 주저앉았다. 그가 토해 낸 피가 이원이 흘렸던 피 위에 뚝뚝 떨어졌다.

겨우 이렇게 개죽음을 당하고자 그토록 험한 세월을 버텨 온 것이 아니었다.

바닥에 쓰러진 해준이 앞으로 가기 위해 기었지만, 이상하게도 앞이 제대로 보이지 않았다.

분명 홍가와는 다른 시작이었다. 홍가는 멍청하게 욕심을 부리다가 무너졌지만, 표가는 절대 이렇게 끝날 리 없었다.

"겨우…… 겨우……."

선택에는 결과가 뒤따랐지만, 해준은 자신이 있었다.

'서우'는 그저 '표'의 하원이 되기 위한 도구였을 뿐이다. 그저 해준이 하라는 대로 따르기만 했으면 되었을 존재. 그의 계획에 이런 건 전혀 없었다.

"자신의 하원…… 나의 하원이…… 컥!"

길게 만들어진 피의 길에서 해준이 손을 뻗었다. 이제 조금만 더 뻗으면 전부를 얻을 수 있었다.

힘겹게 내밀던 손이 파르르 떨리는 순간 또 다른 검이 해준의 몸을 꿰뚫었다.

몇 번의 발버둥이 멈추고 죽은 해준의 몸에서 피가 흘러나왔다.

"이런? 황후 몰래 처리하려고 했는데 말입니다."

해준의 피를 밟으며 명이 설아에게 다가갔다.

창백하게 굳은 설아의 손을 명이 억지로 붙잡았다. 사시나무처럼 파르르 떠는 손을 보던 명이 입꼬리를 올렸다.

이원은 정신을 놓을 때까지 환을 붙잡고 놓지 않았다. 명은 절대 환을 대신할 수 없다는 단호한 말에 결국 손을 들고 말았다.

이원이 그런 반응이라면 이 여인은 또 어떤 반응을 보일까?

"짐과 승상과의 의견이 좀 많이 어긋났습니다. 표가는 더는 짐을 지지하지 않겠다면서 일어나시는데 그건 좀 곤란해서 말입니다."

"……."

"표가가 짐을 지지한다면 하원은 번성할 것입니다. 그러려면 황후께서도 선택을 하셔야겠지요."

명에게서 손을 떼고 싶었지만, 단단히 붙잡힌 터라 그마저도 쉽지 않았다. 설아의 눈이 죽은 해준에게서 떨어지지 않았다.

환을 배신한 대가라는 것일까? 그게 아니다. 도구라고 생각한 사내가 알고 보니 광기에 정신을 놓은 맹수였던 게 문제였다.

"즉위식을 크게 열 것입니다. 서우환의 시대는 거짓된 것이고, 서우명의 시대가 진실된 것이라는 걸 보여 줄 것입니다."

"……즉위식 말입니까?"

"어찌하시겠습니까? 황후. 내키지 않는다면 여기서 나가시면 됩니다."

거짓말이다.

설아가 몸을 돌리는 순간 해준을 죽인 검이 자신을 죽일 것이다.

해준의 죽음으로 표가의 많은 이들이 명에게 반발하겠지만 이 사내는 그들을 제 발아래 두고 전부를 가질 것이다.

'황후.'

명은 분명 그녀에게 황후라고 불러 주었다.

해준과는 달리 설아에게는 기회가 있다. 황후 자리를 지킬 수만 있다면. 설아는 잃는 것이 아니라 지키는 것을 택했다.

설아는 전부 잃고 아무것도 아닌 여인이 될 수 없다.

"표가의 모든 것은 전부 폐하의 것입니다."

무릎을 꿇는 설아를 보던 명이 재미있다는 듯이 웃음을 터트렸다.

"짐에게 불만을 가진 자, 짐을 따르겠다며 몸을 숙인 자. 모두 황궁으로 불러들여라!"

비로소 가짜 놈의 흔적을 전부 없앨 수 있게 되었다.

서우명의 하원을 세울 시간이 진심으로 얼마 남지 않은 것이 느껴졌다.

그날이 얼마 남지 않았다는 즐거움이 명을 완전히 집어삼켰다.

"즉위식을 준비하라! 하원의 황제가 누구인지 모든 이들에게 똑똑히 보여 줄 것이다."

⁂

어느 때보다도 성대한 즉위식을 준비했다.

새롭게 만든 예복을 입은 명에게서 광기는 전혀 보이지 않았다.

말끔한 모습으로 준비를 끝낸 명이 손짓으로 내시감을 불렀다.

"옥새는?"

"준비되었습니다. 즉위식에서 폐하께 드리게 될 것입니다."

해준이 만든 옥새는 자세히 보지 않으면 진짜라고 보일 정도로 정교했다.

만인의 눈이 모인 곳에서 옥새를 받고 즉위식을 끝내면 진정으로 서우명의 하원이 될 것이었다.

가짜 놈이 만든 흔적 따위 전부 없애 버릴 터, 그러기 위해서는 아직 몇 가지 준비를 더 해야 했다.

"여주원을 선두로 한 반역자들은 따로 모아 두었나?"

"네. 북쪽의 한궁에 따로 모았습니다. 문을 닫은 후, 기름에 젖은 짚단을 놓았습니다. 폐하께서 신호를 보내시면 죽인 후, 바로 불을 붙일 것입니다."

내시감의 보고에 명이 만족스러운 미소를 지었다.

마지막까지 명의 즉위를 반대하는 이들을 모두 잡아들여서 모아 두었다.

아직 그들이 키운 사병이 신경 쓰이기는 했지만, 우두머리가 붙잡혀 있는 한 그들이 개별로 움직일 일은 없었다.

오늘만 지나면 모두 죽은 목숨일 터, 그 이후에 그들의 힘을 명이 삼켜 버리면 될 뿐이었다.

서우명의 하원이 될 시간이 얼마 남지 않았다고 생각하니 자꾸 실소가 터져 나왔다.

"폐하. 이제 가셔야 하옵니다."

"단 한 명도 밖으로 나오면 안 될 것이다."

"그리하겠습니다."

상궁의 말에 명이 자리에서 일어났다. 문을 열자 밖을 지키고 있던 석운이 몸을 숙였다.

"오늘이 지나면 너도 진정으로 내 검이 되겠구나."

"……성심을 다하겠습니다."

"네 목숨을 다해서 짐을 지켜라."

고개를 숙이는 석운을 지나 명이 준비된 가마에 올랐다.

이제 더는 죽은 놈의 환영에 시달릴 일도 없을 것이다.

즉위식으로 가는 담 위에 보이는 환의 환영을 보며 명이 살기 어린 입꼬리를 올렸다.

⁂

어두운 옥에서 나오자마자 보이는 밝은 빛에 이원이 눈을 좁혔다.

팔을 묶인 채 황병이 끌고 가는 대로 가던 이원이 도착한 곳은 혜완궁 앞 공터였다.

명만큼이나 화려한 대례복으로 치장한 설아가 이원을 보며 턱을 세웠다.

"결국 넌 그 정도의 계집일 뿐이었다."

빛에 어느 정도 적응되자 이원이 물끄러미 설아를 쳐다보았다.

무척이나 화려하고 고운 모습이었지만 표정은 예전보다도 더 어두웠다.

감옥에 갇혀 있는 동안 해준이 어떻게 되었는지는 들어서 알고 있었다.

"결국 전부를 가진 건 은가의 계집인 네가 아니라 나였단다."

"아버지를 죽인 사내의 손을 잡을 정도로 그 자리가 그렇게 좋으십니까?"

이원의 물음에 설아의 말문이 막혔다. 찰나였지만 긴 소맷자락에 숨겨진 손이 파르르 떨렸다.

아무것도 모르면서 혓바닥만 살아남은 계집. 그 계집이 자신을 농락했다.

분노하여 김 상궁에게 눈짓하자 이원의 앞에 선 김 상궁이 뺨을 내리쳤다.

짝!

"고작 폐하의 비틀린 애정을 하나 믿고 까부는 것이냐!"

"서우명은 황제가 아닙니다."

"황제이시다! 원래 하원의 황제가 되실 분이었다. 그리고 난 예전에도, 지금에도 하원의 황후가 될 것이다."

서우환의 죽음도, 하물며 아버지의 죽음도 설아를 막을 수 없다.

홍 황후가 했던 일을 자신이 하지 못하리라는 법은 없었다. 명을 황제로 세우고 용종을 가질 것이다.

제 아들이 자라서 하원의 권좌에 앉는 모습을 직접 볼 것이다.

"폐하께서는 즉위식이 끝난 후, 널 가지려는 것 같았지만 난 그 모습을 볼 생각은 없다. 오늘 반역자들이 모여 있는 곳에서 너도 죽게 될 것이다."

"가짜 황제가 즉위식을 하는 끔찍한 모습을 보지 않아도 되겠군요."

죽을 상황에서조차 이원은 태연했다.

저 근거 없는 차분함을 마주하면 할수록 분노가 치밀었다.

죽기 직전까지 저 태연함을 유지할까? 제 눈으로 직접 보고 싶었지만 즉위식에 가야 할 시간이었다.

"저년을 가두어라. 혼자 죽지는 않을 테니 내 즉위식장에서 저것을 태우는 불을 직접 볼 것이다."

상궁들에게 끌려가는 이원을 설아의 눈이 끝까지 좇았다.

이제 황궁에는 설아밖에 남지 않았다. 황궁을 더럽히는 오점을 모두 없애고 살아남은 건 그녀뿐이었다.

***

양쪽에 서 있는 문무 대관들이 만든 길로 명이 들어섰다.

몇 년 전에 그가 들어섰어야 할 길이었다. 그걸 이제야 하다니 그간 들였던 시간이 너무나도 아까웠다.

붉게 깔린 중앙의 길을 따라 계단을 올라간 명이 몸을 숙이는 대신들을 보았다.

전부가 서우명을 황제로 지지하는 이들이었다.

"죄인 서우환은 하원의 기강을 문란하게 만들고 개인의 사리사욕을 채우느라 백성의 고통을 무시하고 하원에 수많은 공을 세웠던 경들의 노력을 무시했다. 하지만 짐은 아니다!"

당당한 명의 외침이 넓은 공터에 자신 있게 울려 퍼졌다.

명의 눈이 그의 뒤에 서 있는 설아를 향했다. 명과 눈을 마주친 설아가 극진하게 고개를 숙였다.

더할 나위 없이 완벽한 황후의 행동이었다. 저 안에 무슨 속셈을 가졌는지 뻔히 보였지만 우선 당분간은 안고 가야 할 계집이었다.

"짐을 믿고 따라와 준 그대들을 잊지 않겠다. 짐에게 충성을 맹세하는 한 그대들은 많은 것을 얻게 될 것이다. 하지만! 짐을 배신하고 반대하는 것들에게는 그에 따른 대가를 치르게 하겠다. 바로 오늘 그 역도들이 어떻게 되는지 경들에게 직접 보여주겠다."

명이 손을 들자 한궁에서 매캐한 냄새가 흘러나오고 거대한 불길이 일었다.

궁을 휘감는 불길에 자리를 지키던 이들은 놀라 비명을 질렀지만 명은 태연했다.

서우환이 남긴 찌꺼기들을 모두 가져갈 불이었다. 환을 선택했다가 후회하며 목숨을 잃을 이들을 생각하니 웃음이 번졌다.

"짐을 믿고 따라와라! 그럼 저런 일은 없을 것이다!"

"황제 폐하! 만세! 만세! 만만세!"

마치 명에게 충성을 경쟁하듯 경쟁적으로 대신들이 그의 앞에 몸을 숙였다.

불타는 궁에서 나오는 열기는 즉위식에서 느껴지는 광적인 충성에 비하면 아무것도 아니었다.

마지막으로 옥새만 받으면 이제 즉위식은 끝이었다.

내시감에게 시선을 주자 주변이 분주히 움직였다. 흑의의 무복을 입은 사내가 고개를 숙인 채 옥새를 들고 다가왔다.

"폐하. 이제 옥새를 받으시옵소서."

내시감의 안내를 받으며 자리에 서자 옥쇄가 바로 앞까지 다가왔다.

그런데 기대에 찬 눈으로 옥새를 내려다보던 명의 얼굴이 딱딱하게 굳다 못해 창백해졌다.

옥새를 가져온 사내가 명에게만 들릴 목소리로 작게 입을 열었다.

"무슨 문제가 있으십니까?"

"이…… 이게……."

"혹 가짜 옥새가 아니라 진짜라서 문제가 되십니까?"

"……."

"진짜를 못 찾았을 텐데 말이지. 서우명."

불안한 눈이 옥새에서 그것을 들고 있는 사내로 옮겨 갔다. 믿을 수 없다는 듯 커진 눈이 앞에 서 있는 사내에게 멈추었다.

놈은 죽었다.

그런데 왜 이 눈앞에 있는 것인가?

"네, 네놈이 어떻게 살아 있는 거야? 네놈은…… 네놈은 내가!"

"태워 죽였다고? 뭐 그렇다고 치자."

경악에 차 바들바들 떠는 명을 향해 환이 입꼬리를 올렸다. 명을 따라 환을 발견한 설아가 비명을 지르며 바닥에 주저앉았다.

"화, 황제가!"

"아주 놀라고 놔뒀더니 개판을 만들어 놨네."

명의 뒤에서 놀라 굳어 있는 내관과 궁녀들도, 만세를 부르던 채로 놀라 주저앉은 귀족들의 눈도 모두 죽은 줄 알았던 환에게 고정되어 있었다.

그들의 시선을 한 몸에 받으며 환이 입꼬리를 올렸다.

"이제 내려와. 이 망할 자식아!"

"석운!"

명이 고함을 질렀지만, 언제나 곧바로 나타났었던 그는 어디에도 없었다.

분명 좀 전까지 명의 곁을 지키던 석운이었다.

빠르게 주변을 훑으니 석운은 없고, 주변에 있던 무흔은 환에게 가 있었다.

그의 부재와 환의 표정을 보는 순간 떠오른 답에 명이 이를 갈았다.

"석운은 내 명령을 수행하러 가서 바빠. 작작 좀 불러."

"망할 놈."

"서우명이 가솔을 인질로 잡고 수작질을 할 거라는 생각은 했었지."

"그놈은 널 찔렀다!"

"진짜 죽일 각오로 찌르라고 했지. 그래야 쓸데없이 눈치만 좋은 네놈을 속일 테니 말이야."

"그런데 어떻게 죽지 않은 것이냐! 그때도 분명!"

명의 절규에도 환은 입꼬리를 올릴 뿐 답하지 않았다.

지난번에는 이원의 노리개가 그를 살렸었다. 완전히 검을 피할 수는 없었지만, 그런 식으로 심장을 보호한다면 충분히 눈을 속일 수 있었다.

물론 상처가 없는 것은 아니었기에 회복하는 데 시간이 제법 걸렸다.

"그래도 나름 네놈을 속이느라 제법 힘을 들이긴 했다. 그래도 서우명에게 배운 게 있으니 배운 대로 잘 해 놔야지."

"네놈이 짜 놓은 판이었다면 어찌하여 이원을 그대로!"

"그래야 네놈이 속을 테니까."

서우명 하나 죽이는 것으로는 상황이 나아지지 않는다.

죽음을 가장해서 황궁을 완전히 비워 줘야 명은 절제를 모르고 날뛸 것이고 환의 치세에서 기회를 엿보던 이들은 제 본모습을 드러내고 명에게 줄을 설 것이었다.

"가짜였던 내가 진짜가 되고, 진짜였던 네가 가짜가 되었네."

"네 이놈!"

"서우환의 이름으로 가짜가 되어 본 기분이 어떠한가?"

준비는 완전히 끝났지만 문제는 눈치가 빠른 명이었다. 석운이 환을 죽인다 해도 명의 신뢰를 온전히 얻을 수는 없었다.

약간의 틈만 보이면 명이 알아차릴 수 있는 상황에서 나선 사람은 이원이었다.

'환의 여인이면서도 환의 죽음을 믿지 않는 저라면 명은 오기로라도 절 꺾으려 하겠죠. 제가 버틴다면 명의 시선은 물론이고 주변의 이목도 끌면서 시간을 벌 수 있어요. 물론 석운이 의심받을 때도 제가 나선다면 눈가림을 할 수도 있고 말이죠.'

절대 안 된다며 반대했지만 이원이 말한 것만큼 확실한 방법도 없었다.

하지만 이원의 생각을 들은 여주원과 석운은 이참에 전부를 쓸어버릴 계획이라며 찬성을 했었다.

아무리 그래도 이원을 명에게 던져 주다니. 맹세하건대 명은 기다렸다는 듯이 이원을 제 곁에 둘 것이었다.

'아무것도 하지 못한 채 환을 놓친 건 한 번으로 충분해요. 이번에는 무력하게 기다리고 있지 않아요.'

'너……!'

'대신 명에게 억지로 안기게 되거나 목숨이 위험한 상황이 온다면 그때만 좀 나서 줘요. 하지만 다른 때는 절대 안 돼요.'

의견이 받아들여지지 않는다면 환을 따라가겠다는 고집에 결국 그녀의 손을 들어 줄 수밖에 없었다.

이원 덕분에 석운도 인정을 받고 계획도 진행이 되었지만. 문제는 역시나 이원이었다.

어쩔 수 없이 지켜봐야 했지만, 하루에도 몇 번씩 명이 휘두르는 폭력에 늘어지는 이원을 볼 때마다 환은 수없이 명을 죽이고 싶은 살의에 휩싸였었다.

석운조차 쉽지 않다며 고개를 젓는 상황에서 이원은 명의 관심을 최대한 자신에게 붙잡아 두었다.

"이원은 네가 생각하는 것보다도 강하고 현명해."

"네 이놈!"

"그리고 이제는 이원이 당한 대가를 치르게 해야지."

"무엇하는 것이냐! 어서 저 가짜를…… 컥!"

명령을 내리려는 명에게 환이 거리를 좁혔다.

바로 앞에 온 환을 보며 피하려는 것과 동시에 환의 주먹이 명의 뺨에 꽂혔다. 정확히 뺨을 강타한 주먹에 명이 바닥을 굴렀다.

그리고 바로 입가에 피를 흘리며 고통스러워하는 명의 배를 발로 찼다.

"크윽! 놈을 죽이란 말이다!"

비명 같은 고함에 환의 주변에 병사들이 몰려들었다. 환의 뒤로 가 있던 무흔이 그의 주변을 에워쌌다.

동시에 명의 주변을 몇 겹의 병사들이 포위했다.

용호군이나 무흔 따위는 필요 없다. 표가의 세력을 집어삼킨 명은 환보다 우위에 있었다.

고작 무흔 몇 명이 환에게 붙었다고 상황은 달라지지 않는다.

호위들 사이로 숨은 명이 입가에 피를 닦아 내며 불쾌한 듯 입꼬리를 올렸다.

이제 어설프게 여지 따위를 주지 않겠다. 끊임없이 살아남는 놈이라면 제 손으로 죽여 버리리라.

"네놈이 날 죽일 생각이었다면 좀 미리 나섰어야지. 겨우 몇 명 가지고 무엇을 하겠다고."

"……."

"놈을 죽여라!"

명의 주변과 즉위식장 주변을 지키고 있던 병사들이 환을 향해 동시에 달려들었다.

달려들던 병사의 검이 무흔을 지나쳐 환을 향하는 순간 굳게 닫혀 있던 즉위식장의 문이 열리며 병사들이 쏟아져 들어왔다.

"뭐, 뭐야?"

문이 열리며 들어오는 병력을 보던 명의 눈이 커졌다.

처음 보는 병력이었지만, 그들의 앞에 서 있는 이들은 분명 명이 죽이라며 가둔 이들이었다.

그들의 사병이, 제 사람이 아니라며 죽이라고 했던 병력이 온전히 살아남아 즉위식에 있는 이들을 도륙하기 시작했다.

분명 불까지 붙여 태웠건만, 어찌 살아날 수 있다는 말인가?

"어떻게 살아 있는 것이냐!!"

있을 수 없는 상황에 명이 절규했다.

***

명의 옆에서 버티는 일은 생각한 것보다도 훨씬 더 힘들었다.

하지만 여기서 버텨 내지 않으면, 그것도 명의 의심 없이 버텨 내야 환이 움직일 수 있었고, 다른 이들의 목숨도 구할 수 있었다.

"후우."

명에게 여인으로 안겨지는 것만 피할 수 있다면 고통은 참을 수 있었다. 다행히 명은 즉위식 이후에 안겠다는 말은 칼같이 지켰다.

그렇지만 종종 광증을 드러내는 명에게서 다른 이들을 구하느라 하루하루가 고통이었다.

한계까지 몰아치는 상황에서 이원이 버틸 수 있었던 건 위험을 무릅쓰고 종종 제 모습을 드러내는 환이었다.

이원이 한궁으로 들어가자마자 문이 굳게 닫혔다.

"아가씨!"

이원에게 다가가려던 송화가 손에 나 있는 상처에 울음을 터트렸다. 무복에 가려져 있었지만 이원의 몸 곳곳이 멍이었다.

"괜찮아."

이원을 보던 송화가 품을 파고들었다. 등을 두드려 주고 싶었지만, 이원은 물론이고 송화조차 묶여 있었다.

명은 환의 모습을 보며 귀신이라며, 환영이라며 발작을 일으켰지만 살아 있는 환이라는 것을 아는 이원은 그를 보면서 버텼다.

종종 명이 선을 넘으면 석운과 환이 막으려 했지만, 그때마다 돌발행동으로 명에게서 도망치려고 하거나 시선으로 그들이 오는 것을 막았다.

"이곳까지 오실 줄은 몰랐습니다. 폐태자가 마지막까지 지킬 것처럼 굴었는데 말입니다."

다가오는 여주원을 보며 이원이 몸을 일으켰다.

명은 자신에게 반발하는 이들은 물론이고 애매하게 의견을 드러내지 않는 중립적인 이들까지도 모두 가두었다.

이들이 인질로 있는 한, 준비한 병력은 움직일 수 없다. 그들을 움직이기 위해서는 최대한 안전하게 이들을 빼내야 했다.

"지금 움직이면 밖의 병사들이 움직일 것입니다."

"시기가 문제가 아니라 은 호위님 몸이 문제군요. 가능하시겠습니까?"

"앓는 소리는 하지 말아야죠."

몸의 비명을 억누르며 이원이 일어났다.

굳이 억지로 맡으려 하지 않아도 코가 찡하도록 독한 기름 냄새가 풍겼다.

"즉위식이 시작되면 병사들이 들이닥칠 것입니다."

살아 있으면 곤란한 이들이니 궁을 태우기 전에 모두 죽일 것이다. 이원의 눈이 굳게 닫힌 문에서 하늘로 향했다.

곧 즉위식이 시작될 것이다.

"싸울 수 있는 인원은 거의 없다고 보면 되겠군요."

"은 호위님도 싸울 만한 몸은 아닌데 말입니다."

"곧 움직여야 합니다. 싸울 수 없는 사람들은 최대한 뒤로 물러나십시오."

문이 열리려 하자 어설픈 생각은 멈추었다.

아직 시간이 필요했지만 상황은 여의찮았다.

열리자마자 들어온 병사들이 거침없이 안의 사람들을 향해 검을 휘둘렀다.

"물러나!"

"죽여라!"

제 앞으로 오는 검을 피한 이원이 몸을 낮춰 병사의 발을 후려쳤다.

휘청거리는 병사의 손목을 후려친 이원이 묶여 있는 손으로 떨어진 검을 붙잡았다. 급한 대로 잡았지만 이원이 쓰기에는 너무 무거운 검이었다.

"저년부터 죽여!"

휘청거리면서도 검을 붙잡자 병사들이 그녀에게 한꺼번에 달려들었다. 가장 먼저 들어오는 검을 막았지만, 곧이어 다른 방향으로 검이 밀려들자 몸을 틀어 피했다.

"아!"

손에 힘이 빠지자 검이 미끄러졌다.

제 목으로 바로 들어오는 검을 피하기 위해 이원이 몸을 날렸다. 그녀를 노린 검 중 두 개는 비어 있는 자리에 박혔지만, 나머지 하나는 정확히 이원을 향했다.

도움이 안 되는 검을 집어 던지고 피하려 했지만, 몸의 통증이 한 번에 밀려오면서 중심을 잃었다.

"죽어!"

피하지 못하는 이원을 향해 사내가 검을 힘껏 꽂았다.

길게 뻗은 검이 이원을 정확히 향하는 순간 검이 꽂히고 피가 뿜어져 나왔다.

"컥!"

사내의 몸에서 튀어나온 검에서 피가 뚝 떨어졌다.

경악하여 제 몸을 꿰뚫은 검을 본 것도 찰나 숨이 끊어진 사내가 힘없이 바닥에 떨어졌다.

"무, 무슨…… 쿨럭."

갑자기 일어난 일에 다른 사내들이 이원을 공격하려 했지만, 뒤이어 나타난 인영이 사내의 목을 베었다.

제대로 힘을 쓰지도 못한 채, 뒤이어 들어온 병력에게 병사는 속수무책으로 당했다.

공격하는 인영을 단숨에 벤 석운이 이원에게로 다가왔다.

"좀 늦었습니다."

"두 번 늦으셨다가는 저세상에 먼저 가겠습니다."

휘청거리는 이원을 보며 석운이 미간을 좁혔다. 최근 자주 둘이 함께 있어서 그런가 이원의 말투가 점점 환을 닮아 가고 있었다.

말을 더하는 대신 석운의 검이 이원의 포박을 잘라 냈다. 팔이 자유로워진 이원을 향해 석운이 가지고 있던 것을 내밀었다.

"폐하께서 선물로 주셨습니다."

석운이 가져온 단검을 이원이 물끄러미 쳐다보았다.

팔뚝의 절반 정도의 크기는 똑같았지만, 투박한 가죽이었던 손잡이는 훨씬 더 연하고 부드러운 가죽으로 연이어 덧대어져 있었다.

환이 가르쳐 줬던 대로 손잡이를 비틀자 순식간에 장검으로 바뀌었다.

예전에 선물을 받았다가 잊어버렸던 그 검과 똑같은 것을 환은 선물로 주었다.

"폐하께서는 하나도 잊지 않으시는군요."

"그런 분이셨다면 이런 일을 꾸미지 않으셨겠지요. 이만 나가시지요."

석운의 말을 들으며 이원이 검을 붙잡고 휘둘렀다. 마치 그녀에게 맞춘 것처럼 검은 무게도, 손에 감기는 느낌도 딱 맞았다.

"역도들이 밖으로 나오려 한다! 잡아라!"

문이 열리고, 나오자 그들을 발견한 병사들이 달려왔다.

지금은 과거에 젖어 멈춰 있을 때가 아니었다.

한 걸음도 내디디지 못했던 전과는 달리 이제 이원은 자신의 삶에 선택을 할 수 있었고, 앞을 막는 걸림돌을 없앨 힘을 가지고 있었다.

이원이 길을 뚫자 석운이 대기하던 인영들에게 시선을 주었다.

기름을 듬뿍 머금고 있던 짚단에 불이 붙고, 곧이어 한궁이 불길에 완전히 휩싸였다.

⁂

쏟아지듯이 밀려 들어온 병사들이 명을 둘러싸고 있는 병력을 공격했다.

"어째서…… 왜……?"

아무리 생각해도 이해할 수 없었다.

여주원도 그렇고, 다른 이들도 전부 한궁의 불에 타 죽었어야 할 것들이었다. 벌레처럼 질기게 살아남아 나타날 것들이 아니었다.

그런데 왜?

"아……."

나오지 않던 대답은 공격하는 병사를 제거하며 나타난 이원을 보는 순간 해결이 되었다.

또 은이원이다.

그에게 남아 있던 연모를 이원은 또다시 이용했다.

저 계집이 모든 것을 망쳤다. 몇 번이고 죽었어야 할 가짜가 여기까지 오게 된 원인이 바로 저 계집이었다.

"역도를 모두 잡아들여라! 그리고!"

공격해 오던 병사의 심장에 박혀 있던 검을 빼낸 환이 정확히 명의 심장을 겨누었다.

피가 뚝뚝 떨어지는 검을 보는 순간 명의 심장이 터질 듯이 뜀박질을 했다.

"대역죄인 서우명을 죽여라!"

환의 명령에 모든 병력이 명을 향해 달려들었다.

제 앞까지 와 있던 미래가 또다시 멀어지려고 했다. 이대로 전부 놓칠 수 없었다.

모든 것을 가져야 한다면 당연히 서우명이 가져야 했다.

"비켜라!"

죽지 않는다면 자신이 직접 죽이리라.

제 앞을 막는 병사를 모두 밀어낸 명이 환을 향해 달려갔다. 자신에게로 바로 오는 명을 보던 환이 검을 뽑았다.

챙!

날카로운 소리가 울리고, 명이 검을 잡은 손에 힘을 주었다.

"네놈만 죽으면!"

"그럼 죽여 보든가."

팽팽하게 맞닿아 있는 검을 붙잡은 환이 힘껏 밀어냈다.

환의 힘에 밀린 명이 비틀거리자 그 틈을 놓치지 않은 환이 명의 어깨를 향해 검을 찔렀다.

온 힘을 다해 들어오는 검을 명이 있는 힘껏 받아쳤다.

검을 다시 자신에게로 회수하려는 찰나 환의 발이 명의 배를 걷어찼다.

"컥!"

바닥을 구르는 명을 향해 환이 다시 검을 움직였다. 몸을 굴려 검을 피했지만, 완전히 피하지 못한 다리에서 피가 터져 나왔다.

"아아악!"

평생을 타인의 고통을 보며 즐거워했던 주제에 다리에 조금 난 상처 정도로 고통스러워하며 비명을 질렀다. 뒷걸음질을 치며 도망가려는 명에게 다가간 환이 상처가 난 다리에 발을 올렸다.

피가 흐르며 상처가 벌어지자 명이 고통스러운 비명을 질렀다.

"죽어라!"

명이 위험해지자 가까이에 있던 호위가 그 사이에 끼어들었다.

그러나 호기롭게 병사가 휘두른 검은 환에게 닿기도 전에 두 동강이 났다.

기검이라는 것을 깨닫기도 전에 병사의 목에 보이지 않는 검이 꽂혔다.

비명조차 지르지 못한 채 쓰러진 병사를 보던 명이 화들짝 일어났다.

다급히 검을 쥐고 휘둘렀지만, 환의 옷소매 하나 건들지 못했다.

호화로운 용포를 입은 명과 그저 흑색의 무복을 입은 환이었지만 이 상황을 지배하는 건 환이었다.

“죽어! 그냥 죽으라고!”

“검이나 제대로 찌르고 말해.”

“죽으란 말이다!”

검을 제대로 잡은 명이 환에게 검을 휘둘렀지만, 그보다도 먼저 거리를 좁힌 환이 어깨로 밀어냈다.

힘에 밀린 명이 비틀거리자 거리를 좁힌 환이 검을 찔렀다.

“아악!”

어깨에 박혔던 검이 빠져나가자 피가 뿜어져 나왔다. 전혀 위협이 되지 않는 부분을 집요하리만큼 베고 찔렀다.

“네놈에게는 기검도 아까워.”

“망할! 가짜 주제에! 감히! 감히 가짜가!”

피가 배어 나오도록 이를 악문 명이 악착같이 환에게 다시 달려들었다.

있는 힘껏 찌르는 회심의 일격은 환의 옷소매 하나 제대로 베지 못했다.

공격이 실패하자 뒤로 빠지면서 다시 기회를 엿봤지만 그보다도 먼저 들어오는 검에 다리가 베이고, 팔이 베였다.

“망할! 망할!”

환을 전혀 상처 입히지 못하자 초조해진 명이 빠르게 주변을 살폈다.

명의 뒤에는 두려움에 굳은 채 멍청하게 서 있는 설아가 있었고, 얼마 떨어지지 않은 곳에는 환에게 올라오려는 명의 병력을 막는 이원이 있었다.

이 모든 일이 이원 때문이다.

그녀만 제 편을 들었다면 이 가짜가 날뛰지 않았을 것이다.

'이렇게 될 바에야.'

환을 다시 공격할 것처럼 자세를 잡았던 명이 뒤에 굳어 있던 설아의 예복을 붙잡아 환에게 집어 던졌다.

"꺄앗!"

속수무책으로 명의 힘에 밀린 설아가 환에게 떠넘겨졌다. 명을 향해 검을 휘두르려던 환이 설아를 보고 검을 거두었다.

그사이 명이 이원을 향해 있는 힘껏 달렸다.

공격해 오는 병사를 막던 이원이 뒤늦게 느껴지는 기운에 고개를 돌렸다.

하지만 그보다도 먼저 명이 검을 들었다.

"늦었어!"

서우환을 죽일 수 없다면 은이원이라도 데리고 갈 것이다.

살아 있더라도 이원을 지키지 못했다는 죄책감과 상실감에 고통받으며 무너지게 할 것이다.

"같이 가자. 원아!"

어느 때보다도 정확하고 빠르게 이원을 향해 검을 내리쳤다.

기대한 그대로 검은 이원의 피부를 뚫고 그녀의 뼈를 부술 것이다.

그리고 그걸 막지 못한 환은 절규하며 무너질 것이다.

곧바로 일어날 미래를 마주한 것처럼 명의 눈이 광기에 물들었다.

"아?"

피부를 가르는 감각도, 환의 비명도 없었다.

도리어 지금 들린 건 검과 검이 만나면서 내는 날카로운 쇳

소리였다.

명의 눈이 검을 내리친 이원을 향해 내려갔다.

그럴 리가 없다. 은이원은 검을 익혔어도 겨우 힘없는 계집이었고, 명에 비하면 많은 것이 부족하고 모자란 계집이었다.

그런 계집이 자신의 검을 막았을 리가 없다.

"두 번은 안 당해."

명의 검신을 그대로 타고 올라간 이원의 검이 주저 없이 명의 어깨를 찔렀다.

어깨를 깊이 파고드는 검에 명이 비명을 질렀다.

어깨가 꿰뚫리는 고통에 모든 신경이 곤두섰지만 검을 찌른 이원을 보며 명이 불쾌한 듯 입꼬리를 올렸다.

어깨를 찌르느라 검을 빼앗긴 이원의 목을 명이 움켜쥐었다.

명에게 붙잡혔어도 이원은 검을 절대 놓지 않았다.

"이 정도로는 안 죽는다! 겨우 이 정도로는!"

"죽일…… 생각이었다면…… 어깨를…… 찌르지 않았……어."

"뭐?"

"널 죽일 사람은…… 내가 아니야."

이원의 말뜻을 깨달은 명이 뒤늦게 몸을 빼려는 순간 날카로운 검이 그를 꿰뚫었다.

검이 나온 심장에서부터 흐르는 피가 예복을 붉게 물들였다.

"지긋지긋하니까 그만 좀 죽어."

검이 빠져나가자 터진 피가 얼굴을 붉게 물들였다. 믿을 수 없는 눈이 제 심장의 피를 타인의 것처럼 바라보았다.

이상하게도 모든 것이 무척이나 느리게 보였다.

이렇게 된 상황에서도 명에게 드는 생각은 하나뿐이었다.

"나의…… 하원이……."

보란 듯이 권좌에 앉아 만인을 지배하여 다스릴 나라였다.

그 자리가 바로 앞에 있었지만, 아무리 발버둥을 쳐도 가까워지지 않았다.

"아직 안 끝났……."

남아 있는 힘을 쥐어짜 권좌를 향해 몸을 돌렸지만 정확히 그 정도였다.

주저앉은 명이 제 앞에 서 있는 환을 보지도 않은 채 권좌를 피에 젖은 눈으로 바라보았다.

왜 이리 권좌가 붉은지 모르겠다.

"다 왔는데……."

피에 젖은 손으로 권좌를 향해 손을 뻗는 순간 환의 검이 명의 목을 베었다.

잠시 하늘이 붉게 보이는 것 같았다.

정확히 그뿐, 단칼에 잘린 명의 머리가 바닥을 굴렀다.

***

명에게 집어 던져진 설아를 받아 준 사람은 환이었다.

하지만 그는 설아에게 괜찮냐는 말 한 마디도 없이 이원을 향해 달려갔다.

이원이 명의 검을 막고, 그런 명을 환이 죽이는 순간 자신이 꿈꿔 왔던 모든 것이 망가졌다는 것을 깨달았다.

무겁기만 한 예복을 벗어 던지고 머리에 쓰고 있던 봉황관조차 벗어 버린 채, 즉위식장을 빠져나가는 설아를 아무도 막지 않았다.

“어디서부터 잘못된 거지?”

고민했지만 도저히 알 수 없었다.

언제나 그녀는 제 감정에 솔직했을 뿐이었다. 원했기에 가졌고, 질렸기에 버렸을 뿐이었다.

다들 기억하지 못할 뿐, 아무리 아끼던 물건도 지겨워지면 어느새 잊어버리고 버려두지 않았던가?

물건도 그렇게 하는데 사람이라고 다를 것이 없었다.

“난 전부를 주려 했어.”

그러니 그들 또한 설아에게 전부를 줬어야 했다. 그렇게 하기 못했기에 더 빨리 질렸을 뿐이다.

“전부를 내려놔야 한다면.”

혜완궁에 들어간 설아가 언제나 자신이 앉았던 그 자리에 다시 앉았다.

물건과 사내는 결국 질리고 똑같아졌지만, 이 자리는 변함없이 설아를 기다려 주었다.

처음에는 권운이 더 소중했기에 황후의 자리가 그다지 욕심나지 않았지만, 이제 그녀에게 남은 가장 귀한 것이 바로 황후의 자리였다.

“난 절대 내려놓을 수 없어.”

품에 넣어 놓았던 작은 병을 꺼낸 설아가 뚜껑을 열었다.

뚜껑을 연 것만으로도 달금한 향이 훅 밀려왔다.

서우명이 황제에 오르고, 용종을 가져 아들을 낳는 그날 사용하려고 준비한 것이었다.

이걸 자신에게 쓸 거라고는 생각하지 못했다.

"나만이 하원의 황후가 될 수 있어."

은이원에게 이 자리를 빼앗기느니 차라리 전부 가져갈 것이다.

병에 담겨 있던 것을 설아가 남김없이 입에 부었다.

허공을 보며 웃은 것도 잠시 설아의 붉은 입술 밖으로 그보다도 더 붉은 피가 흘러내렸다.

쨍그랑.

손에서 떨어진 병이 바닥에 깨지면서 파편 위로 설아가 쓰러졌다.

十三章

죄인들의 처리는 빠르게 진행되었다.

반역의 주체였던 명은 사지를 잘라 수도로 들어오는 문에 묻었다.

이제 수도에 들어오는 사람마다 명의 시신을 밟고 들어오게 될 것이었다.

설아는 폐위되었고, 표가 또한 멸문되어 남은 재산은 나라에 몰수되었다.

"당분간은 몸조심을 하셔야 합니다. 탕약도 꾸준히 드셔야 할 것이고, 상처 치료도 매일 하셔야 하고 말입니다. 그리고 당분간은 검을 쓰시거나 몸을 험하게 쓰시는 일은 하지 마십시오."

"조심하겠습니다."

치료를 끝낸 태의가 밖으로 나가자, 거리를 두고 서 있던 환이 이원에게 다가왔다.

태의에게 치료를 받으며 곁눈질로 보던 이원이 환이 다가오자 미소 지었다.

이원의 미소에도 딱딱하게 굳은 환이 몸에 남아 있는 상처를 하나씩 살폈다.

곧 가라앉을 거라고 했지만 그녀의 몸에 남아 있는 멍과 상처가 눈에 밟혔다.

"차라리 놈을 그냥 패지 그랬어."

"네?"

"충분히 반격할 수 있으면서도 버틴 거잖아. 차라리 놈의 다리 사이라도 확 차 버리지 그랬어."

동그랗게 뜬 채 환의 이야기를 듣던 이원이 크게 웃음을 터트렸다.

이원의 웃음소리는 듣기 좋았지만 저리 온몸에 남은 상처를 보니 또다시 속이 부글부글 끓었다.

역시 어쩔 수 없다는 말에 넘어간 것이 잘못이었다. 차라리 자신을 귀신이라고 착각하고 있을 때 죽도록 패 버렸으면 좋았을 것을.

"지금 환이 생각하는 대로 했었으면 서우명은 금방 알아차렸을 거고, 그럼 힘들게 세운 계획도 실패했을걸요."

"무슨 생각?"

"'난 귀신이니까 모르는 척 먼지 나게 패 버릴걸.' 이러고 있잖아요."

속마음을 들킨 환이 이원을 말없이 쳐다보았다.

사람의 일이 생각할수록 알 수 없었다.

전에는 직접 물어봐도 알 수 없었던 환의 본심이 이렇게 마주하는 것만으로도 전부 보였다.

이제는 그에게 닿아서일까? 아니면 그에게 마음을 열어서일까?

그래도 가장 힘들었던 일이 해결되었다는 안도감에 마음이 편해졌다.

이원이 손을 내밀자 기다렸다는 듯이 환이 붙잡았다.

"그나저나 난 아무 말도 안 해 줄 건가요?"

"음?"

아무것도 모른다는 표정의 환을 보며 이원이 눈을 좁혔다.

때때로 사내들은 여인에 대해 전혀 모르니 일부러 알려 줘야 한다고 했었던가?

전에는 그냥 듣고 넘어갔을 강 상궁의 조언이 지금만큼은 자꾸 머릿속에 떠올랐다.

"서우명에게 그렇게 있으면서도 정신 안 잃으려고 잘 버텼다고요. 그런데 잘했다는 말도 안 해 주잖아요."

"음. 잘했어."

짧은 말에 이원이 환을 노려보았다. 이원이 왜 그러는지는 알지만 죽어도 잘했다는 말은 목 밖으로 나오지 않았다.

어쩔 수 없었다며 수없이 자신을 설득시켜도 이원의 상처가 자꾸 눈에 밟혔다.

이제 그녀를 저렇게 괴롭힐 일 따위 절대 없겠지만 왠지 잘했다고 하는 순간 다른 일이 일어나면 똑같이 저럴 것 같았다.

하지만 그대로 넘어가자니 시시각각으로 이원의 안색이 굳어졌다.

"잘했다는 칭찬은 너 다 낫고 할게."

"심한 상처는 아니에요."

"다음에는 이런 위험한 일은 하지 말자. 아니, 이제 그럴 일은 없어."

"환."

"놈을 쉽게 죽이는 게 아니었어."

좋은 것만 보여 주겠다고 했었던 이원에게 너무 많은 상처만 주었다.

그때는 복수에 눈이 멀어 자신밖에 보이지 않았었다.

후회할 일 따위 없다고 생각했지만, 막상 이렇게 마주하니 남는 건 후회뿐이었다.

"미안해."

"……칭찬을 하라니까 사과를 하네요."

"음."

아무것도 안 들린다는 듯이 환이 이원의 품을 파고들었다.

어린아이 같은 모습에 이원이 고개를 저었다.

무척이나 많은 일이 있었지만, 그래도 전부 해결되어 이렇게 함께 있으니 그 사실 하나만으로도 마음이 편안해졌다.

무릎에 머리를 베고 누운 환을 보며 이원이 머리카락을 천천히 어루만졌다.

이원에게 머리를 맡긴 채 환이 편안한 숨을 내쉬었다.

"상황이 정리되는 대로 책봉식부터 하자."

이제 이원을 죄인이라는 틀에 두고 싶지 않았다. 가장 높은 자리에 앉혀 만인의 존중을 받으며 귀한 것만 누리게 하고 싶었다.

이제 이원에게 적의를 드러내는 이들은 제 손으로 무너뜨릴 충분한 힘이 있었다.

"의원을 하지도 못할 거고, 황궁의 높은 담에 갇히게 되겠지만 그래도 같이 있자. 너 답답하지 않게 노력할게."

이제는 복수가 아닌 좀 더 나은 나라를 만들고 싶은 욕심이 생겼다.

혼자라면 어렵겠지만 이원과 함께라면 그다지 어려운 일은 아닐 것이다.

"저는 책봉식은 좀 지나서 하고 싶어요."

꿈처럼 만들어 가던 미래가 이원의 한마디에 와장창 부서졌다. 무릎에 누워 있던 환의 눈이 이원을 그대로 향했다.

진심으로 표정이 한눈에 드러나는 얼굴이었지만 이원이 모르는 척 눈을 돌렸다.

"배울 것도 많고, 조금은 환과 살아 보고 싶어요. 이제야 같이 있는데 당장 황후의 책임을 맡기는 부담스러워요."

"넌 배워 가면서 해도 잘할 수 있거든?"

"그건 모르는 거죠."

생각보다도 단호하고 명쾌했다.

이원은 무척이나 평온했지만 그에 비해 환은 무척이나 초조해졌다.

살아 보고서 결정한다는 말이 불길했다.

떳떳하면 기다리겠다며 당당히 말하겠지만 지은 죄가 있으니 불안해지는 건 어쩌면 당연했다.

"원아."

"이번에는 절대 양보 못 해요."

"나 이제 진짜 홀아비야. 홀아비가 혼자 살기 힘들다는 거 알잖아."
"그 전에는 부인이 셋이나 있었죠."
이런 게 업보라는 것일까? 하나를 말하면 열이 돌아왔다.
왠지 이원이 도망갈 것 같은 불길한 기분이 엄습했다. 그저 기분 탓은 아닌지 환을 내려다보는 이원의 눈이 가늘게 변했다.
"생각해 보니 좀 많이 손해 보는 혼인 같아요."
"못 도망가."
"도망가게 두시지도 않을 거잖아요."
"도망가게 두지도 않을 것이고, 도망갈 생각도 못 하게 할 거야."
몸을 일으킨 환이 절대 안 된다는 듯이 이원의 손을 붙잡았다.
초조하다 못해 절박한 표정을 보던 이원이 결국 참았던 웃음을 터트렸다.
여기서 더 몰아붙였다가는 환이 무슨 생각을 하게 될지 겁이 날 정도였다.
"책봉식은 조금만 미뤄 주세요. 절대 도망 안 갈게요."
"음."
"우선은 쉬어야 해요. 환도 다쳤잖아요."
"너에 비하면 그다지……."
그의 몸에도 자잘한 검상이 남아 있었지만, 환에게는 이원의 상처만 보이는지 신경조차 쓰지 않았다.
고집을 부리는 환을 자리에 눕히자 침상에 누워 있던 환이 이원을 끌어당겼다.

"아!"

일어나려는 이원을 환이 품에 가두었다. 이원의 정수리에 턱을 기댄 환이 피곤한 숨을 몰아쉬었다.

"같이 자자. 너도 자야 해."

이원을 재우려는 것처럼 환이 등을 천천히 토닥였다. 따뜻한 품에 안겨 있으니 잊고 있었던 피로가 한 번에 몰려들었다.

환의 품에 얼굴을 묻으며 이원의 편안한 숨을 내쉬었다.

모처럼 어떤 걱정도 없이 푹 잠들었다.

⁂

이호의 비석 앞에 이원이 앉아 있었다.

조심스러운 손길이 비석의 위에 앉은 먼지를 털어 냈다.

"잘 있었어?"

이원의 주변에 바람이 불었다. 큰 의미가 있든지 없든지 상관없었다.

황궁의 길을 걷다가 보이는 작은 꽃에도, 의미 없이 불어오는 바람에도 이제는 이호가 느껴졌다.

"네가 살아 있었을 때 신분을 복권해 주고 싶었는데…… 너무 늦었어."

반란이 정리되자마자 환이 해 준 것은 이원과 이호의 신분 복권이었다.

은건명의 자식이라는 이유로 반대 여론이 잠시 들끓었지만 이번 일을 정리하는 데 이원이 올린 공을 부정할 사람은 누구도 없었다.

하물며 환이 제 입으로 직접 황후의 자리는 이원의 것이라며 선포해 버리니 앞에 나서서 반대할 사람은 누구도 없었다.

"네가 곁에 있었으면 좋았을 텐데."

이호를 생각하며 이원이 힘들어할 때마다 환도 같이 힘들어 했기에 내색하지 못했지만 동생이 보고 싶었다.

마음속 깊게 묻어 놓았던 미련을 내려놓아야 할 시간. 물기로 젖은 눈이 이호의 묘지를 계속 바라보았다.

"너와 했던 약조대로 살아 보려고."

황궁에서의 삶이 자유로울지는 알 수 없었다. 하물며 황후라는 자리는 이원에게 족쇄가 될 수 있었다.

그럼에도 불구하고 환의 곁에서 살고 싶어졌다.

"그러니 내 곁에 있어 다오. 바람이 불면 너라고 생각할 것이고 길가의 꽃을 보면 네가 보여 준 것이라고 생각하며 감사히 살아 보마. 그러니 꼭 곁에 있어야 한다."

시간이 흐른 후, 이원이 자리에서 일어나 마차가 있는 곳까지 걸어갔다.

분명 조용히 갔다 오겠다며 최소한의 인원만 데리고 나왔건만, 언제 와 있었는지 환이 서 있었다.

"언제 오셨어요?"

"도망갈까 봐."

"도망 안 친다고 했잖아요!"

"사람의 일은 모르는 거니까."

퉁명스럽게 말은 해도 기분이 상한 건 아닌지 미소를 지은 환이 이원에게 손을 내밀었다.

환의 손에 작은 손을 올리자 이원을 붙잡은 환이 마차까지 함께 걸어갔다.

'이호야. 나 잘 살 수 있게 도와줘.'

정해지지 않은 미래가 걱정되기는 했지만 이 사내와 함께라면, 그리고 제 동생이 곁에 있어 준다면 잘 이겨 낼 수 있을 것 같았다.

제 마음을 보여 주듯이 환을 붙잡은 손에 힘을 주자 반걸음 앞서 걷던 환이 멈추었다.

"왜요? 무슨 일 있으세요?"

"고와서."

당황하여 말문이 막힌 이원을 향해 다가온 환이 하얀 이마에 입술을 맞추었다.

놀란 눈으로 쳐다보자 활짝 미소를 지은 환이 이원을 끌어당겼다.

얼굴에 훅 밀려오는 따뜻한 체온에 몸을 맡긴 이원이 제 마음을 보여 주듯이 활짝 미소를 지었다.

짧게 들었던 불안감은 이 사내의 품에 안기자 눈 녹듯이 사라졌다.

손을 꼭 붙잡은 채, 이원이 환과 함께 같이 걸었다.

***

1년이 지나 있었다.

책봉식 날짜가 잡히자 황궁은 부산해졌다.

황후의 직위만 없을 뿐, 다른 후궁도 없이 이원 홀로 총애를 받으니 '은'이라는 성에도 불구하고 누구도 그녀를 함부로 대하지 못했다.

“이 약초는 말려서 물에 우려 마시면 염증을 가라앉힐 수 있지만 생으로 먹으면 독이 될 수 있습니다. 그냥 맡았을 때는 비릿하지만 차를 만들면 녹차와 비슷한 향이 납니다. 소인이 오후에 차를 내오겠습니다.”

“마셔도 되는 것인가?”

“소량이면 괜찮습니다. 비교를 하실 수 있게 생으로도 가져올 테니 한번 보시지요.”

반짝반짝 눈을 빛내는 이원을 보며 태의가 미소를 지었다.

처음 이원에게 의술을 가르치라는 황명을 받았을 때 태의는 자신의 귀를 의심했다.

황후가 될 여인에게 의술이 무슨 의미가 있겠는가?

풀리지 않았던 궁금증은 수업 첫날에 눈을 빛내며 제 이야기를 하는 이원의 말을 듣고 알게 되었다.

‘여인이 의원이 될 수 없다는 건 알고 있었지만 욕심이 있었습니다. 제 바람을 폐하께서는 아셔서 태의 영감께 그런 말씀을 하셨나 봅니다. 그저 사소한 것이니 넘겨 주십시오.’

여인이 의원을 꿈꿨다는 건 의외였지만 시대가 바뀌어서 그런지, 이원이 어떤 여인인지 알아서인지 꺼려지지는 않았다.

가르치는 대로 익히고 하나라도 더 배우려 하니 태의도 이원을 가르치는 것이 기껍기까지 했다.

한 달이 석 달이 되고, 석 달이 1년이 되면서 이원의 말투는 점점 바뀌었지만 배우는 모습은 그때와 같았다.

"침술만이 의술의 전부가 아닙니다. 그리고 아가씨께서는 후각과 미각이 뛰어나시니 탕약에 어떤 약초가 들어가는지 구분하실 수 있다면 많은 도움이 되실 것입니다."

"그대 덕분에 많은 것을 배운다. 항상 고맙다."

"오늘 수업은 여기까지입니다. 아가씨. 손을 좀 보여 주시겠습니까?"

태의의 말에 가까이 다가온 강 상궁이 이원의 소맷자락을 올렸다. 그러다 이원의 손등에 나 있는 흉터가 모습을 드러냈다.

수업이 끝나고 반시진 정도 태의는 이원의 손등 흉터를 성심껏 치료했다.

"손등에 상처를 입으신 후, 무리하게 검을 쓰셔서 걱정했었는데 다행입니다. 힘드시겠지만 꾸준히 치료받으신다면 점점 더 좋아질 것입니다."

"그대 덕분이다."

"그럼 쉬고 계십시오. 차를 들고 다시 오겠습니다."

인사를 마친 태의가 밖으로 나간 후, 이원이 소리 없이 피곤한 숨을 내쉬었다.

"조금은 쉬시는 게 어떠실지요? 연이어 수업을 들으셨으니 피곤하실 것입니다."

"책봉식에 필요한 예법을 가르쳐 주실 선생이 오실 때가 되지 않았느냐? 준비해야지."

그냥 하라는 대로만 하면 되니 걱정하지 말라는 말을 환은 수없이 했지만, 그게 마음처럼 되지 않았다.

예전에는 황후의 책임이 싫다며 피하려 했지만, 이제는 제 몫의 일이니 잘 해내고 싶었다.

예법 선생이 들었다는 목소리에 이원이 흐트러진 옷매무새를 다듬으며 허리를 세웠다.

⁂

해가 저물고 환이 온 곳은 북서쪽의 정자 쪽에 마련되어 있는 작은 저택이었다.

환이 좋아하는 만큼 이원도 이곳을 좋아했고, 종종 저물녘의 노을이 좋다며 찾아왔었다.

"폐, 폐하."

"모두 물러나라."

노을이 보이는 자리에 앉아 있던 이원이 기둥에 머리를 기댄 채 잠들어 있었다.

당황하여 깨우려는 강 상궁을 말린 환이 모두를 저택 밖으로 내보냈다.

단둘이 남자 이원의 옆에 앉은 환이 치마 위에 얌전히 올려놓은 손을 붙잡았다.

그녀의 손등에 남아 있는 흉터에 미간을 좁혔던 것도 잠시, 작은 손을 감쌌다.

"하아. 언제 오셨어요?"

"지금."

"노을을 본다고 와 놓고는 잠들었네요."

"아직 안 사라졌어. 저기 있잖아."

환의 손가락을 따라 고개를 돌린 이원의 눈이 반짝거렸다. 곱다며 보고 있는 이원을 환이 홀린 듯이 바라보았다.

결과가 어찌 되었든 결국 환은 이원을 황궁의 커다란 담 안에 가둔 것이 되었다.

“네가 할 수 있는 수준만 해도 돼.”

“네?”

“무리해서 전부를 다 할 필요는 없어. 난 널 완벽한 황후로 만들려고 곁에 둔 게 아니야.”

“그래도 잘하고 싶은걸요.”

“지금도 잘하고 있어. 그리고 네가 열심히 하면 나도 열심히 해야 하잖아.”

“네?”

“좋은 나라를 만드는 것도 좋지만, 난 너와 즐겁게 먹고 살아야 하거든. 그러니까 적당히 하자.”

비록 황궁에 이원을 가둔 것이 되었지만, 황후라는 틀에 이원을 둘 생각은 없었다.

그와 함께하는 평생의 삶이 절대 족쇄처럼 느껴지지 않도록 그녀가 가고자 하는 길의 앞에 환이 서 있을 것이다.

“그리고 열심히 배워 봤자 결국 또 배울 게 생기거든. 그러니까 지금 다 안 해도 돼. 하지 마.”

“그래 놓고 나중에 말이 나오면 어쩌려고요?”

호기심에 물어봤지만 환의 표정을 본 이원은 짧게 후회했다.

얼마 전 대역죄인인 은가의 계집이 황후가 되면 안 된다며 고했던 귀족이 10년 전 잊고 있었던 부정이 드러나면서 삭탈관직이 되었다.

기억조차 하지 못하던 일에 잘못했다며 머리를 조아렸지만 들어 줘야 할 환은 귓등으로도 듣지 않았다.

본인을 향한 비판은 웃으면서 들어도, 이원을 건들려 하면 언제 그랬느냐는 듯이 정색을 하니 귀족들 사이에서는 황후가 될 여인에게 적의 한 조각도 보이면 안 된다는 말이 나오고 있었다.

"노을 사라졌으니까 이제 그만 나하고 놀자."

"이제 겨우 어두워졌…… 조금 있다가…… 환!"

이원을 안아 제 무릎에 앉힌 환이 모르는 척 미소 지었다.

단단하게 묶었던 옷고름이 풀리면서 드러나는 하얀 피부에 얼굴을 묻자 이원의 하얀 얼굴이 붉어졌다.

"누가 본다고요!"

"어느 미친놈이 황제가 여인을 품는데 몰래 봐?"

"아니 그래도 다른 사람이 있으니까…… 방에…… 방으로 가요."

다급한 손이 옷을 잡아당기자 이제는 상처 하나 없는 등이 고스란히 드러났다.

등에서 느껴지는 차가운 바람에 이원이 다급히 옷자락을 끌어 올렸지만 그마저도 환의 제지에 다시 아래로 흘러내렸다.

"……환! 들어가요!"

이원의 다급한 말에 쇄골에 입술을 맞추던 환이 고개를 들었다.

땅거미가 내려앉는 배경으로 옷이 반쯤 벗겨진 이원은 미치도록 유혹적이었지만 정작 당사자는 부끄러운지 연신 고개를 젓고 있었다.

함께한 지 하루 이틀도 아니었지만, 이원은 단둘이 있어도 밖에서 하는 정사를 가장 부끄러워했다.

"……제발요."

이원이 저렇게까지 말하면 환은 이길 수 없다.

"그럼 들어가자."

환에게서 승낙이 떨어지자 이원이 안도의 숨을 내쉬었다.

짧게나마 다행이라며 품었던 생각은 오금과 어깨에 팔을 넣고 안아 올리는 그에게 휩쓸리면서 완전히 멈추었다.

⁂

침상에 눕혀지는 것과 동시에 반쯤 몸에 걸쳤던 옷은 전부 바닥에 떨어졌다.

그의 다리 사이에 이원을 가둔 환이 제 몸에 남아 있는 옷 또한 전부 벗었다.

아직 완전히 어두워지지 않은 터라 노골적으로 보이는 그의 나신에 이원의 얼굴이 붉어졌다.

"누가 보면 사내 몸을 처음 보는 줄 알겠다."

"그게 아니라 아직 완전히 어두워지지 않아서 보인단 말이에요!"

"이번 기회에 제대로 봐 봐. 네 사내가 얼마나 괜찮은지 말이야."

그게 무슨 뻰뻰한 소리냐며 말하려는 순간, 붉게 달아오른 입술 사이로 그의 손가락이 파고들었다.

매끄러운 치열에 손가락이 스쳤지만, 곧 말캉한 혀가 젖은 손가락을 감쌌다. 손을 감싸는 혀의 감촉이 야들하면서도 촉촉했다.

혀에 감겨 있던 손가락이 입안의 여린 벽을 긁어내리자 이원의 입안이 점점 젖어 들었다.

입안 가득 차오르는 물기에 기다렸다는 듯이 손가락을 뺀 환이 입술을 맞추었다.

"환."

입안에서 힘겹게 흘러나오는 이름에 모든 신경이 곤두섰다. 세상에 어느 꽃보다도 향기롭고 어느 과실보다도 달금한 입술이었다.

더운 숨을 내쉬는 입술을 막으며 젖은 손가락이 목을 지나 쇄골에 닿았다.

쇄골의 선을 따라 움직이던 손이 점점 아래로 내려갔다.

손안 가득 잡히는 매끄러운 피부를 힘주어 안자 맞닿은 입술에서 더운 숨이 한 번에 터져 나왔다.

"하아."

"내 손길이 닿을 때마다 몸에서 꽃이 펴."

이원의 몸 어디 하나 그를 유혹하지 않는 곳이 없었다.

편편한 복부를 지나 허리의 선을 따라 움직인 손이 매끄러운 엉덩이를 감쌌다.

할 수 있다면 그녀의 온몸에 제 흔적을 전부 남기고 싶었다.

아직 꽃이 피지 않은 어깨를 보던 그가 이를 세워 깨물자 붉은 잇자국이 어깨에 남았다.

손길이 닿았던 자리에 입술이 닿고, 또다시 손이 어루만졌다. 흐릿했던 흔적은 거듭 닿는 손길에 점점 더 진해졌다.

"오늘은 못 참을 거 같아."

속삭이는 말에서 느껴지는 열기에 모든 신경이 곤두서는 순간 그가 그녀의 몸에 자신을 묻었다.

못 참을 거 같다는 선언처럼 환은 시작부터 거칠게 움직였다.

배려라고는 전혀 없는 움직임에 그에게 갇혀 있다시피 한 이원의 몸이 힘없이 흔들렸다.

열기를 가라앉히며 힘겹게 숨을 내쉬었지만, 그마저도 입술을 막아 버리는 입맞춤에 철저히 막혔다.

머릿속을 채웠던 수많은 생각이 사라지고, 느껴지는 건 환밖에 없었다.

쌓이고 쌓였던 열기가 절정에 이르고, 누구의 숨결인지도 알 수 없는 입맞춤이 거듭 이어졌다.

그가 빠져나가는 순간보다도 채워지는 시간이 더 많아지고 따뜻하게 느껴지던 체온이 데일 것처럼 뜨겁게 느껴지는 순간 이원의 몸을 당긴 그가 낮은 신음을 터트렸다.

"하아."

머리끝까지 채워지던 열기가 절정과 함께 가라앉자 눈앞이 흐릿해졌다.

눈에 차오른 물기가 얼굴을 타고 흘러내리자 이원을 내려다보던 환이 흘러내린 눈물에 입술을 가져갔다.

"달아."

힘이 완전히 빠진 이원과는 다르게 그는 아직 여유가 있는지 지친 몸에 연신 제 흔적을 남겼다.

이원의 몸에 흔적을 남기는 환의 손에 힘이 들어가자 반쯤 감았던 눈을 힘겹게 떴다.

"……환."

"아직 허기가 가시지 않았어."
"그래도…… 힘들어서……."
쉬어야 하지 않겠느냐는 말은 그의 입술에 다시 막혔다.
보드라운 가슴에서 느껴지는 뜨거운 감촉에 이원이 떨리는 숨을 내쉬었다.
평소에는 이원을 아껴 주고 배려해 주는 환이었지만, 운우지정을 나눌 때의 그는 배려보다는 한계까지 몰아붙이는 것을 더 좋아했다.
"원아. 미안."
"하아."
"넌 그냥 그대로 있어. 내가 알아서 할게."
그게 마음처럼 되냐는 항변을 하려는 순간 몸 안 가득 그가 느껴졌다.
목이 쉬도록 그를 받아들이고, 온몸에 안 아픈 곳이 없을 정도로 그와 함께했다.
지쳤다며 짧게 쉬는 것도 찰나 다시 몸집을 키운 그가 이원을 품으로 끌어당겼다.
한계에 한계까지 몰아붙였던 정사는 그다음 날 새벽 해가 떠오른 후에나 멈추었다.

*
**

시간은 흘러 황후 책봉식 날이 되었다.
오늘을 위해 준비했던 모든 것을 꺼내 놓는 궁인들의 발걸음이 분주했다.

"아가씨! 곱습니다!"

"송화야! 이제 아가씨라는 호칭은 안 된다고 하지 않았느냐!"

강 상궁의 호통에 송화가 고개를 푹 숙였다. 주눅이 든 송화를 보던 이원이 미소를 지으며 작은 머리를 손으로 감쌌다.

"아직 책봉식을 하지 않았으니 아가씨는 맞지."

"마마. 혼을 낼 때는 단호하게 하셔야 합니다! 이제 책봉식이 끝나면 황후 마마를 모실 아이입니다. 행동에 좀 더 신중해야 합니다."

"내 주변에 아무도 없을 때도 송화는 곁을 지켜 주었단다. 황후가 되어도 변함없이 날 지켜 줄 것이니 걱정하지 않는단다."

이원의 말에 송화의 눈에 눈물이 글썽거렸다. 자리가 바뀌어도 이원은 그대로였다.

자신이 부리는 어린 궁녀에게 저리 주저 없이 믿는다는 말을 해 주는 황후는 없을 것이다.

이런 말을 하면 이원이 상처받을 것을 알기에 하지 못했지만, 그녀를 위해서라면 송화도 목숨을 걸을 수 있었다.

"황후 마마!"

"송화야! 예복이 구겨지지 않느냐!"

와락 안기는 송화를 보며 강 상궁이 놀라며 소리를 쳤다. 아무도 없었던 과거와는 달리 이제는 그녀에게도 믿고 의지할 사람들이 늘어 갔다.

은가가 번성할 때의 이원에게 황궁은 평생을 갇혀 있어야 하는 감옥 같은 곳이었다.

하지만 가군이 될 사내가 명에서 환으로 바뀌고 그때와는 또 상황이 바뀌자 선택은 달라졌다.

"이제 가셔야 할 시간입니다."

밖에서 들리는 목소리에 준비를 끝낸 이원이 일어났다.

긴 예복을 추슬러 가며 나온 이원이 밖에 서 있는 사내를 보며 눈을 좁혔다.

절대 이곳에 있을 리가 없는 사내를 보며 눈을 좁혔지만, 멀쩡히 서 있는 그가 사라질 리가 없었다.

"폐하께서 왜 여기에 계세요?"

"데리러 왔어."

이원만큼이나 화려한 예복을 입은 환이 어서 오라는 듯이 손을 내밀었다.

평소에 그랬다면 한달음에 다가가 손을 잡았겠지만, 지금은 놀란 눈을 깜빡일 뿐이었다.

황후 책봉식에 황제가 직접 데리러 온다는 건 있을 수 없는 일이었다.

"폐하께서요?"

"응."

"폐하께서 절 데리러 오셨다고요?"

"응. 문제가 있던가?"

이미 주변의 반응이 문제라면 문제였다.

이원을 데리러 온 사람들조차 당황한 눈으로 환을 보고 있었지만, 정작 시선을 받는 당사자는 무척이나 태연했다.

책봉식장으로 황후가 될 여인이 가서 황제의 앞에 몸을 숙이면, 그제야 황제가 황후의 머리에 봉황관을 씌워 주는 것이 법도이자 순서였다.

책봉식장에서 기다리고 있어야 할 황제가 직접 황후를 데리러 혜완궁까지 걸음 했다.

"그래도 법도가…… 또 말이 나오겠네요."

"처음으로 법도보다도 황후를 선택한 황제로 남겠네."

이곳의 반응을 보았을 때 이미 책봉식장은 난리가 났을 것이다.

황제의 체신 따위 무시하는 행동이라며 들고 일어날 귀족들이 걱정되었지만, 그런 것치고 환이 너무 태연하니 이원이 걱정하는 것도 뭔가 이상하게 느껴졌다.

"처음으로 폐하와 함께 책봉식장으로 가는 황후가 되겠네요."

"짐과 함께 있으면 처음으로 하는 일이 무척 많아질 거야. 지루할 틈이 없을걸."

그의 행동이 단순한 변덕이 아니라는 것을 알고 있다.

사소하게는 황제의 기행이었지만, 큰 의미로 보면 불합리한 법도는 황제가 앞장서서 고치겠다는 무언의 선언이기도 했다.

"벌써부터 머리가 좀 아파지는데요."

"그럴 리가."

"네?"

"내 황후는 때로는 나보다도 더 거침없거든. 막상 시작하면 재미있다며 나보다 더 앞장서려고 할걸."

"그건 아니에요."

"음?"

"폐하께서 제 손을 놓아줄 리가 없잖아요. 결국 같이 가게 될 거예요."

이원의 당찬 말에 눈이 커졌던 환이 결국 크게 웃음을 터트렸다.

그가 생각하는 길은 평온과는 멀었지만 이원과 함께라면 힘들기보다는 재미있을 것이다.

평생을 함께 걸어갈 유일한 여인. 마음을 담아 환이 이원에게 다시 손을 내밀었다.

"피곤하고 제멋대로인 황제의 가장 든든한 조력자로 함께해 주시길."

가까이 다가간 이원이 환의 손을 붙잡았다.

이제는 그녀가 서 있기만 해도 환이 먼저 다가왔다.

이 사내가 가는 길에 험하다면 이원이 그 걸림돌을 치워 버리면 될 뿐이었다.

"같이 가요, 폐하."

환이 말하는 변화의 시작이 오늘이 될 것이다.

그의 뜻을 가장 많이 알아차리는 귀한 여인의 손을 붙잡으며 환이 책봉식장까지 가는 가마에 함께 올랐다.

***

예전에는 날짜를 받아 황후와 후궁의 침소로 갔었다.

적당히 가짜 황은을 보여 주고 시간이 흐른 후 나가는 무료하고 귀찮았던 일상이었지만 이제는 그럴 필요가 없었다.

책봉식을 하기는 했지만 오늘은 날짜가 아니니 가시면 안 된다며 궁인들이 말렸지만 애초에 이원이 황후에 책봉되지 않았기에 나름의 절제를 하고 있었던 것이었다.

황제의 앞을 막은 대역죄인이 될 것인지, 황제의 뒤를 지키는 충신이 될 것인지 선택하라는 황명에 혜완궁으로 가는 길은 깔끔하게 열렸다.

"내 부인을 보러 가는 길이 무척 험난하네."

"예전에는 그 법도를 무척 잘 지키셨잖아요."

"그거야……."

답을 하는 대신 환이 눈을 돌렸다.

황제로서 기반을 잡기 위해 어쩔 수 없이 받아들인 정략적인 혼인이었지만, 결국 이제 와서 생각해 보면 제 부끄러운 흠밖에 되지 않았다.

지울 수만 있다면 무슨 수를 써서라도 없애 버리고 싶은 과거였지만, 그렇게 될 수 없다는 것은 환은 더 잘 알았다.

환이 이원을 위해 할 수 있는 최선은 앞으로 좋은 기억만 남겨 주는 것뿐이었다.

"답을 피하시네요."

"잘못했어."

"……또 그렇게 곧바로 말씀하시면 할 말이 없어지는데요."

"대신 더는 없어."

선언 같은 말에 농담처럼 던지던 이원의 말문이 막혔다.

놀라 바라보기만 하는 이원의 눈을 마주친 환이 그녀의 손을 붙잡은 채 다시 입을 열었다.

"내 생에 더 이상의 황후는 물론이고 후궁도 없어."

"지금은 말이 없지만 곧 대신들에게서도 말이 나올 거예요. 그걸 전부 억누르는 건 쉽지 않을 거예요."

"그래서, 받아들여?"

"……."

"내가 다른 여인과 나신으로 침상에서 구르고 있어도 참을 수 있겠어?"

말하지 않았지만, 보여 주는 표정만으로도 충분했다.

자유롭게 살고 싶어 했던 이원이 환의 손을 잡고 황후가 되어 준 것만으로도 그녀가 감당할 책임은 전부 했건만 여전히 그녀는 자신보다도 환을 먼저 생각해 주었다.

예전에도 이호를 위해서라면 스스로의 고통은 어떻게든 견디려 했었던 이원이었다.

하지만 더는 그녀에게 그런 시련 따위 줄 생각이 없었다.

"난 명과 네가 같이 있는 것만으로도 그놈의 심장에 검을 꽂고 싶었어."

"저는……."

"말해 봐."

잠시 주저하듯 환을 보는 이원의 눈이 떨렸다. 평소였다면 그녀가 제 속마음을 말하도록 도왔겠지만 지금은 그러고 싶지 않았다.

아직 시작도 하지 않았는데 환을 위해 억누르려는 이원을 보고 싶지 않았다.

"원아."

"저는……."

"괜찮아. 말해도 돼."

"환을 나누고 싶은 생각이 없어요. 누구에게도 못 줘."

듣고 싶었던 대답이 나오자 환이 환하게 미소 지었다. 제 감정을 터트린 이원이 환을 보며 눈을 좁혔다.

"다른 여인은 절대 안 돼요."

"절대 안 그럴게."

그의 생에 여인이라 할 수 있는 사람은 이원뿐이었다. 다른 여인에게서는 아무것도 느껴지지 않는 감정이 이원과 함께 있는 것만으로도 전부 느껴지고, 편안함을 주었다.

이원에게서만 느낄 수 있는 감정. 이런 자신에게 다른 여인은 필요 없었다.

"원아. 이름 불러 줘."

"……환."

"다시."

"환."

"나와 단둘이 있을 때는 이름으로 불러. 평소에도 부르고 싶으면 마음껏 불러."

법도에 어긋난다는 말을 꺼내려던 이원이 물끄러미 환을 바라보았다.

아직도 남아 있는 여인의 한계에서 벗어나려고 하면서도 자신도 모르게 그 안에서 머물려 했다.

자신이 선을 넘으면 그 피해는 전부 환에게 갈 수 있으니까.

힘겹게 손을 잡은 만큼 그를 지켜 주고 싶었다.

하지만 그녀의 속마음을 먼저 읽은 그는 그럴 필요가 없다며 이원을 틀에서 자꾸 나오게 해 주었다.

"환."

"난 널 황궁과 법도에 갇혀 지내게 할 생각 따위 없어. 그러니까 내 뒤에 있지 말고 내 옆에 있어."

"……."

"대답."

"그럴게요."

자신도 모르게 온몸에 두르고 있던 마음의 족쇄가 스르륵 풀려 사라지는 것 같았다.

비로소 편안한 미소를 짓는 이원을 보며 환이 속으로 안도의 숨을 내쉬었다.

그가 보고 싶은 건 곱게 꾸민 장식 같은 황후가 아니었다. 그의 곁에서 함께 싸우고 의견을 나눌 부인이었다.

"부인."

부인이라는 단어에 이원의 얼굴이 붉어졌지만, 조금 전처럼 피하는 대신 환에게 먼저 다가왔다.

조심스럽게 손을 들어 환의 입술을 어루만지자 그가 이를 세워 손가락 끝을 깨물었다.

"가군."

"황후나 폐하라는 호칭보다 듣기 좋네."

얼굴을 감싸는 손을 잡아 입술로 끌어당겼다. 손바닥에 입술을 맞추자 이원이 가진 특유의 달금한 향이 훅 밀려왔다.

이제야 부부의 연을 맺어 이렇게 마주 보게 되었다. 이원을 품으로 끌어당기자 보드라운 여체가 품에 담뿍 안겼다.

"내일부터 삶이 편하지는 않겠지만 대신 재미는 있을 거야."

"재미요?"

"귀한 부인을 얻었으니 이제부터 저질러야지."

무슨 소리냐며 고개를 갸웃거리는 이원의 귓가에 환이 작게 속삭였다. 환의 말을 들은 이원의 눈이 동그랗게 변했다.

"재미있겠지?"

"환이 재미있어지면 주변 분위기는 심각해지는 거 같아요.

악착같이 막으려고 할 거예요."
"괜찮아. 나에게는 전부를 나누는 부인이 있거든."
품으로 파고드는 환을 이원이 팔을 벌려 받아들였다. 연모하는 여인의 체향에 몸을 묻으니 절제는 사라지고 여지없이 열기가 채워졌다.
옷고름을 풀어 드러난 하얀 피부로 더운 숨을 내쉬자 이원이 간지럽다며 작게 웃음을 터트렸다.
제 감정을 마음껏 드러내는 웃음소리가 듣기 좋았다.
"앞으로 저지를 수작질은 나중에 생각하고 지금은 꽃잠 자러 가자."
환의 속삭임에 그의 목에 팔을 감은 이원이 먼저 입술을 맞추었다.
다가오는 이원을 안아 든 환이 침상으로 그녀를 끌어당겼다.

혼례복이 벗겨지고, 얇은 자리옷마저 침상 아래로 떨어졌다. 나신으로 누운 이원을 환이 홀린 듯이 내려다보았다.
"그렇게 내려다보면 부끄러워요."
"아직도? 더 자주 봐야겠네."
흘기는 눈에 입술을 맞춘 환이 가슴을 가리고 있는 팔을 붙잡아 얼굴 옆으로 눌렀다. 어느 여인에게서 느끼지 못한 수많은 감정이 이원과 함께 있으면 전부 생생하게 느껴졌다.
이원의 뺨을 감싸던 손이 턱으로 내려가고 그림을 그리듯이 쇄골을 쓸어내렸다. 쇄골에서 가슴골로 내려온 손이 가쁜 숨을 내쉬는 가슴을 힘껏 움켜쥐었다.
손에 담뿍 담기는 보드라운 살을 힘껏 움켜쥐자 손가락 사이로 빠져나온 유실이 단단해졌다.

"하아."

길게 내쉰 숨이 얼굴에 닿자 환이 입꼬리를 올렸다.

단단해진 유실을 손가락으로 애무하자 살짝 깨문 입술 사이로 옅은 신음이 흘러나왔다.

이원의 하얀 피부에 그의 흔적을 전부 남기고 싶었다. 자극을 받아 단단해진 유실에 환의 입술이 닿았다.

당과를 빨아 먹듯이 유륜을 따라 움직인 혀가 단단한 멍울을 빨아들이고 혀끝으로 꾹 눌렀다. 타액이 흥건하게 묻은 가슴이 그가 남긴 흔적으로 울긋불긋해졌다.

"흐읏."

집요하게 가슴을 애무하는 손길에 이원의 눈에 열기가 차올랐다. 가슴을 애무하던 손이 편편한 배를 지나 오므린 다리 사이를 파고들었다.

집요한 애무로 젖은 질구를 손가락으로 깊게 들쑤셨다. 질을 가득 채운 미끈한 애액이 손가락에 묻어 나왔다. 따뜻하고 미끈거리는 감촉을 느끼며 환이 따듯한 안을 거침없이 헤집었다.

"이제……그만……."

"……먼저 가도 돼."

"그건……싫어."

고개를 저은 이원이 환을 제 품으로 끌어당겼다. 맞닿은 몸에서 느껴지는 보드라운 피부에 환의 신경이 곤두섰다.

"같이…… 응? 같이 가요."

반쯤 울먹이며 나오는 애원에 인내는 끊어졌다.

음부를 헤집던 손가락이 빠져나오자 애액이 실처럼 길게 늘어졌다. 손가락이 빠져나간 자리에 곧바로 자리 잡은 성기가 단숨에 질구를 파고들었다.

빠듯하게 채워지는 감각에 이원이 숨을 삼켰지만, 지금은 아프다며 기다려 달라는 말을 하는 대신 환의 허리에 다리를 휘감았다.

무섭게 치닫고 빠져나가는 행위가 평소보다도 거칠고 사나웠다. 그의 힘에 밀려 이원이 침상에서 흔들리자 환이 가는 허리를 붙잡았다.

"흐응."

고통이 사라진 자리에 남은 것이라고는 한계까지 몰아붙이는 열락이었다. 그에게 밀릴 때마다 출렁거리는 가슴을 커다란 손이 움켜쥐었다.

신음을 터트려도 온몸 가득 채워진 쾌락은 점점 더 몸을 키웠다. 이원이 느끼는 한계를 환도 느꼈는지 그녀에게 몸을 붙인 환의 움직임이 더욱 빨라졌다.

"큭."

몸을 붙인 그가 낮은 신음을 터트리는 것과 동시에 낯선 이질감이 안을 가득 채웠다. 빠듯하게 채우던 성기가 빠져나가자 허리를 세우던 이원이 침상에 널브러졌다.

나른한 숨을 내쉬며 환이 성기를 빼내자 음부 가득 채우고 있던 정액과 애액이 서로 엉켜 질구 밖으로 빠져나왔다.

지친 이원을 환이 제 품으로 끌어당겼다. 얌전히 안기는 이원의 이마에 환이 입술을 맞추었다.

"오늘 밤이 아니더라도 이제는 함께할 테니까."

"아……."

다독여 주는 환의 손길이 좋았고, 따뜻한 그의 품은 더욱 좋았다.

그녀만을 생각해 주는 품에서 이원이 눈을 감고 잠을 청하였다.

⁂

“통촉하여 주시옵소서! 폐하!”

“가문의 근간인 사병을 나라의 병사로 거두시겠다는 뜻을 거두어 주시옵소서.”

대전 안팎으로 무릎을 꿇은 대신들이 하루가 멀다 하고 환에게 뜻을 거두어 달라고 청하였다.

귀족들이 가문을 지키겠다는 명목으로 키운 사병이 나라에 큰 위협이 되니 나라의 병사로 거두어 국력을 키우겠다.

파격적인 선언에 황궁은 물론이고 나라가 발칵 뒤집혔지만 정작 선언을 한 환은 꿈쩍도 하지 않았다.

“폐하! 대신들의 사병을 지켜 주시옵소서! 통촉하여 주시옵소서!”

“그 통촉 좀 그만해도 될 것 같은데 말이다.”

“폐하! 통촉하여 주시옵소서!”

일주일 내내 통촉해 달라 하니 귓가에서 통촉이라는 소리가 울려 퍼지는 듯했다.

권좌에 오른 후 환이 반드시 하고자 했었던 일이었지만 지금까지는 표가가 있었기에 행동으로 옮기지 못했었다.

이제 그를 위협할 가문은 없었고, 반란을 완전히 정리한 지금이 사병을 없애기에는 가장 좋은 시기였다.

"폐하!"

"경들은 가문의 사병이 없어도 충분히 뜻을 이룰 힘이 있고 능력이 있지 않은가? 그리고 대역죄인 서우명이 폐태자가 된 이후에도 힘을 가질 수 있었던 건 그를 지지하던 은건명의 사병이 있기 때문이었다. 그런 일이 또 다시 일어나기를 경들은 바라는 것인가?"

"어찌하여 소신들의 충심과 그들의 역심이 같다 하시는 것입니까! 소인들의 사병은 성심을 다해 폐하를 모실 것입니다."

"경들은 내가 녹을 주지 않아도 날 황제로 모시고 몸을 숙일 것인가?"

무슨 소리냐는 눈을 보며 환이 치밀어 오르는 짜증을 삼켰다.

진짜 모르는 건지 모르는 척하는 건지.

지금 환이 듣고 싶은 소리는 이들의 불평불만이 아니라 환의 말에 귀를 기울여 주고 그의 의견에 더 좋은 의견을 더해 주는 이원의 목소리였다.

"폐하! 통촉……."

"사병은 귀족들이 내리는 돈으로 먹고사는 자들이다! 그런 자들은 나라에 큰일이 있을 때 짐의 뜻을 따르는 게 아니라 직접적인 영향력을 주는 귀족을 따른다. 그럼 만약 그대들과 짐의 의견이 갈라져 충돌하게 된다면 그들은 짐을 따르겠는가? 그대들을 따르겠는가?"

"폐하! 있을 수 없는 일입니다!"

"물론 짐은 경들의 충심을 의심하지 않는다. 그렇기에 오해를 불러일으킬 수 있는 사병을 하원의 병사로 만들자는 것이다. 짐의 뜻이 경들에게는 그렇게 어려운 것이었나?"

"아, 아니옵니다! 폐하! 소인들은 그런 뜻이 아니라!"

당황하는 대신들 사이로 환보다 조금 더 나이를 먹은 관리가 그의 앞에 머리를 숙였다. 표가가 멸문당하고 권력이 다시 분배가 되면서 여주원과 더불어 세력을 모은 대홍려 소준우였다.

"소인들이 사병을 하원의 병사로 모두 내어 드린다면 폐하께서도 소인들을 위한 신뢰를 보여 주십시오."

"신뢰라…… 어떤 것을 원하는가?"

"황후 마마께서 계십니다만 폐하께서는 어떤 후사도 없으십니다. 하원의 안정을 위해서라면 폐하께서 서둘러 황자 마마를 얻으셔서 그 기반을 단단히 하는 것이 중요하다고 생각하옵니다. 소인들의 추천하는 여인을 들이시며 후궁을 맞이하십시오. 그렇다면 하원의 안팎은 더욱 견고해질 것이니 모두가 폐하를 따를 것입니다."

입꼬리를 올리며 대신들의 이야기를 듣던 환의 기세가 그 순간 사나워졌다.

적당히 농담도 더하며 말을 더하던 황제가 입을 꾹 다문 채 노려보자 의견을 낸 준우는 물론이고 다른 귀족들조차 통촉하라는 말조차 꺼내지 못했다.

"경들은 도대체 짐에게 여인을 몇이나 두게 하려고 또 후궁을 들이라 하는 건가?"

"선제 폐하께서는 후궁을 열을 들이시고, 그 외에도 많은 이를 취하여 후사를 보셨습니다."

"그리고 그 많은 여인과 후사를 홍 황후가 짐을 빼고 전부 죽였지.”

“폐하! 그 이야기는!”

“짐은 이미 한번 황후와 두 명의 후궁을 죽였다. 짐이 아무리 뻔뻔해도 취하는 여인을 전부 죽인다는 오명은 듣고 싶지 않으니 이제는 황후 하나만을 아끼면서 살아 보겠다. 그리고 후궁이 열 명에 또 여인을 취하라고? 서우명은 짐을 검으로 죽이려 하더니 그대들은 짐의 기력을 다 뽑아서 말려 죽일 생각이었군.”

“폐하! 그런 말이 아니오라!”

“짐이 그런다 한들 경들은 듣지 않겠지만 오늘은 이만하겠다. 짐은 그대들에게서 반드시 사병을 가져올 것이니 역모를 꿈꾸는 것이 아니라면 조만간 뜻을 접어 줬으면 싶군. 대홍려의 걱정은 이해하지만 후궁에 대한 의견은 신중히 꺼내 줬으면 싶다. 그리고 통촉한다는 말 좀 그만하라. 아주 머리에서 떠나질 않는군.”

더는 대전에 있고 싶은 생각이 조금도 없었다.

그만하라고 해도 통촉하시라는 말이 또 터져 나왔지만 관심조차 없었다.

저러다가 목이 아프면 하다가 멈출 터, 그들에게는 시선 한 번 주지 않으며 환이 대전을 빠져나갔다.

*
**

제 앞에 놓인 비파를 보며 이원이 긴장된 숨을 길게 내쉬었다.

명의 검에 손을 다친 후, 악기 연주는 어려울 것이라 했었다. 하지만 며칠 전, 태의가 조금씩 해 보는 게 어떠냐는 의견을 주었었다.

'처음부터 고운 소리가 나는 건 무리겠지만 이제 흉터도 많이 사라지셨고, 손도 점점 나아지고 계시니 만져 보십시오.'

이미 포기했다고 생각했건만 막상 그렇게 들으니 조금은 욕심이 들었다.

비파를 들어 자세를 잡은 이원이 현 위에 손가락을 가져갔다. 기억을 되새기며 현을 튕기자 힘이 들어가지 않은 현에서 이상한 소리가 났다.

"역시."

각오는 하고 있었지만 역시 소리가 엉망이었다. 처음 들어 보는 소리가 거북했지만 포기하는 대신 좀 더 오기를 가지고 현을 튕겼다.

한참 동안 비파를 연주했지만 소리는 전혀 나아지지 않았다. 손가락에서 느껴지는 통증에 이원이 비파를 내려놓았다.

"후우."

숨을 고르던 이원이 멀지 않은 곳에서 느껴지는 기척에 고개를 돌렸다. 담으로 넘어오는 나무에 앉아 있던 환이 이원을 보며 미소를 짓고 있었다.

"음율이 곱군요. 낭자."

자리에서 일어난 이원이 담으로 걸어갔다.

이렇게 마주 보니 처음 만났을 때가 떠올랐다.

그때의 환은 명의 그림자로 상처투성이였고, 이원은 은가와 여인의 틀에 갇혀 황궁을 피하고 싶다는 생각만 하고 있을 때였다.

"언제 오셨어요?"

"좀 전에."

결국 황궁에서 부부로 함께하게 되었지만, 갇혀 있다는 생각도 도망치고 싶다는 생각도 들지 않았다.

장소는 중요하지 않다. 환과 함께 있기에 그녀의 세상은 안전하고 평안했다.

"또 숨어서 보다가 몰래 도망가시게요?"

"그럴 리가."

담에서 훌쩍 뛰어내린 환이 이원의 손을 붙잡았다. 손등에 입술을 맞추자 이원이 간지럽다며 작게 웃음을 터트렸다.

비파를 연주하느라 굳어 버린 손을 풀어 주듯이 커다랗고 따뜻한 손이 감싸 주었다. 그의 손에서 느껴지는 온기를 느끼며 이원이 환과 함께 걸었다.

"환 몰래 연습해 보려고 했는데 들켰네요. 소리가 엉망이에요."

"시간은 많고, 오늘 처음 연주한 거고, 결정적으로 난 듣기 좋아."

"예전처럼 하려면 오래 걸릴 거예요."

"점점 음색이 나아질 테니 듣는 즐거움이 있겠네."

이원이 새로운 시도를 하거나 낯선 것에 관심을 가지면 환은 안 된다는 말보다도 잘할 거라는 말을 먼저 해 주었다.

오늘도 대전에서 후궁을 들이자는 이야기가 나왔다며 송화가 분통을 터트렸지만, 이원은 그다지 걱정하지 않았다.

그가 이원을 믿어 주는 만큼 그녀도 환을 믿었다.

"대전이 무척 시끄럽다고 하더라고요."

일부러 통촉이라는 단어를 쓰지 않는 이원에게 환은 진심으로 고마웠다.

분명 저들의 소리가 들리지 않는 이곳까지 왔건만 여전히 귓가가 울렸다.

누가 보면 저들의 사정은 생각하지도 않은 채 환이 압도적인 황권으로 패악이라도 저지른 줄 알 것이다.

"역시 좀 급했던 걸까?"

"한 번은 해야 하는 일이잖아요. 그리고 전 사병을 없애야 한다는 환의 생각이 나쁘다고 생각하지 않아요."

"예전에 은가는 하원에서 가장 큰 사병을 가진 가문이었잖아."

"그래서 오만해졌고, 해서는 안 되는 짓까지 저질렀잖아요. 지금 환에게 필요한 것은 흔들리지 않는 황권이에요. 그래야 환과 제가 꿈꾸는 하원을 만들 수 있잖아요."

"그러다가 너와 내가 의견이 엇갈리면 어쩌려고?"

농담처럼 던진 말에 이원이 걸음을 멈추었다.

자신에게 가장 든든한 조력자이자 조언자인 이원은 종종 날카로운 말을 아끼지 않았다.

그녀의 말 한마디가 전부 그에게는 도움이었지만 솔직히 그 말을 듣는 순간만큼은 긴장이 되었다.

"의견이 엇갈리면 환은 날 설득해 주세요. 난 환을 설득해 볼게요. 그러다 보면 하나로 의견이 정해질 거예요. 그럼에도 생각이 좁혀지지 않는다면 제가 양보할게요."

"나보고 양보하라고 하면 되잖아?"

환이 힘들어하는 모습은 보고 싶지 않았다.

그녀의 주변에 있던 사람들이 죽거나 떠났지만 환은 그녀의 곁에 있었다.

예전에는 이 사람이 자신을 붙잡는 게 고통스러웠었지만 이제는 이 사람이 없는 자신의 삶은 생각조차 하고 싶지 않았다.

"환하고 평생을 함께할 거니까요. 환과 관계가 틀어지는 건 원하지 않아요."

새빨개진 채 제 마음을 고백한 이원이 도망치듯 몸을 돌렸다. 앞서가려던 걸음을 돌려 뒤따라온 환이 붙잡자 멈추었다.

마주 보는 이원을 보며 걱정하지 말라는 것처럼 환이 입꼬리를 올렸다.

"우리는 제법 잘 맞고 상대방의 말도 잘 들으니까 일방적으로 양보하지 않아도 답을 잘 찾을 수 있을 거야. 그리고 양보를 해 줄 거면 다른 거 말고 밤에 힘들다고 도망가지 말고 받아 주는 것부터……."

"환!"

새빨개진 이원이 주변을 보며 소리치자 환이 참았던 웃음을 터트렸다.

이원과 있으면 제 허기를 마음껏 채울 수 있으니 다른 여인은 필요 없었다.

다만 환의 허기를 이원이 전부 받아들이다 보니 종종 졸립다며 도망가려 했었다.

누가 듣는다며 부끄러워하는 이원의 이마에 입술을 맞추자 새빨개진 얼굴로 이원이 그를 바라보았다.

이제 이 여인이 바라보는 사람은 자신뿐이었다.

"부인. 제가 걸어갈 길을 같이 걸어 주시겠습니까?"

환이 말하는 길이 단순한 길이 아니라는 것은 묻지 않아도 알고 있었다.

예전에는 환이 가려는 그 길이 두렵다며 도망갔었던 적도 있었다. 그의 길과 자신의 길은 다르니 더는 다가오지 말라며 밀어낸 적도 있었다.

"가군께서 제 길을 걸어가실 수도 있는 거죠."

"그러니 같이 걸으면 되겠네."

누구의 길이든 어떻게 만들어진 길이든 중요하지 않았다.

함께 손을 잡고 같은 방향을 바라보며 같은 걸음걸이로 걷는다는 것이 중요했다.

"같이 가자."

"같이 가요."

환이 내민 손을 이원이 기다렸다는 듯이 붙잡았다.

그림자로 힘겹게 살아남았던 과거는 더는 없었다. 이원을 만나고, 그녀의 손을 붙잡으면서 그늘에 있었던 환은 양지로 나올 수 있었다.

그가 가진 가장 귀하고 따뜻한 빛.

이원이 만들어 준 빛 안에서 환은 행복했다.

마지막까지 곁을 지켜 주겠다는 귀한 부인을 향해 환이 연모를 담아 입술을 맞추었다.

외전 1.
연모

황제의 치세가 굳건해져도 백성의 삶은 여전히 치열했다. 돈이 없는 백성들에게 나라에서 치료비를 대 주는 수도의 여민관은 언제나 사람이 북적거렸다.

환자들이 붐비는 그 사이에서 이원이 주변에 널브러진 피와 오물이 묻은 옷가지를 한가득 주워 들었다.

"마…… 아니 부인! 이리 주세요!"

뒤늦게 이원을 발견한 송화가 기함하며 한달음에 다가왔다. 이원의 손에 들려 있는 더러운 옷을 서둘러 받았지만 이미 손과 귀한 비단옷 곳곳에 묻어 버린 오물의 흔적을 보며 울상을 지었다.

한 달에 한 번, 바쁠 때는 석 달에 한 번이었지만 이원은 이런 식으로 종종 황후의 신분을 숨기고 여민관에 손을 보탰다.

"탕약을 보러 가셨었잖아요. 왜 여기에 계세요?"

"아무래도 내가 있으니 불편한 것 같더구나. 환자들에게 처방도 했고, 탕약도 문제가 없기에 나왔단다."

환자들에게는 자신의 정체를 숨겼지만, 여민관에 일하는 이들에게까지는 완전히 숨길 수 없었다.

이원은 자신을 어려워하는 그들이 자신을 신경 쓰지 않게 하려고 노력했지만, 황후의 배경이라는 것이 그리 쉽게 사라지는 건 아니었다.

"그래도 너무 무리하시면 안 돼요. 이쪽으로 오세요."

"괜찮은데……."

"오전 내내 여민관을 돌아다니셨잖아요. 잠시만이라도 쉬세요!"

송화에게 이끌려 별관의 뒤로 가니 황궁의 일을 끝내고 뒤늦게 온 강 상궁이 이원의 모습에 놀라 다가왔다. 이원이 자리에 앉자마자 따뜻한 물과 깨끗한 옷이 나왔다.

"다 끝내고 갈아입어도 되거늘."

"그러시다가 황후 마마께서 몸져누우시기라도 하시면 폐하께서 노하십니다."

"그럼 손만 닦고 옷은 나중에 갈아입자. 한 시진만 더 하고 싶구나."

이원을 말리려던 강 상궁이 알겠다면서 몸을 숙였다. 침술만 못할 뿐 의원으로서의 지식은 여민관에 있는 이들만큼이나 뛰어났다. 병을 진단하고 약재를 처방하는 것만으로도 큰 도움이었지만 이원은 아랫사람들이 하는 일까지도 도맡아서 하려 하니 때로는 따라온 이들을 안절부절못하게 했다.

"여민관에서 교육을 받는 여인들을 보았다."

"이번 의과 시험에 여인이 응시하여 합격했다고 들었습니다.

그 일로 의관들 사이에서 말이 나왔었습니다만 폐하께서 실력으로 증명하면 된다 말씀하시니, 일단은 말이 가라앉았다고 합니다.”

“틀린 말씀은 아니구나.”

비록 이원은 바람대로 의원이 되지 못했지만, 대신 환은 그녀가 꿈꿔 왔던 길을 보여 주려고 했다.

여인은 물론이고 가난한 평민이나 천민도 능력과 바람이 있으면 기회를 주니, 인재는 등용되는 대신 갈등은 심해졌다.

하지만 없는 이들의 편에 황제인 환이 방패가 되어 주니 노골적으로 불만을 드러내는 이는 없었다.

“무조건 가진 것을 내려놓으라는 것도 아니고 실력으로 경쟁을 하라는 것인데도 불만이 생기니 쉽지 않구나.”

“변화가 쉬운 것은 아니지 않습니까? 대신 백성들 사이에서는 폐하께서 주시는 기회를 감사하다는 말이 하루가 멀다 하고 나오고 있다고 합니다.”

“그래도 한쪽 손만 들어 줄 수는 없겠지. 쉽지 않은 일이다.”

“날이 점점 추워집니다. 오늘은 이만 황궁으로 돌아가시는 것이 어떠하신지요?”

“모처럼 나왔으니 조금만 더…….”

말을 잇던 이원이 느껴지는 기척에 고개를 돌렸다. 이원의 시선이 닿은 곳에 있던 여자아이가 놀라 벽에 몸을 숨겼다.

유난히 눈이 크고 맑은 아이였다. 큰 눈망울만큼이나 붉은 얼굴이 이원의 시선을 끌었다.

“가까이 오거라.”

“……그, 그래도.”

"괜찮으니 오거라."

눈치를 보던 여자아이가 쪼르르 이원에게 다가왔다. 몇 걸음을 두고 주저하자 괜찮다는 듯이 이원이 가까이 오라 손짓했다. 이원의 바로 옆까지 다가온 아이가 눈을 빛냈다.

"진짜 황후 마마이십니까?"

이원이 고개를 끄덕이자 아이가 나오려는 비명을 손으로 가렸다. 제 감정을 전혀 숨기지 못하는 아이를 보며 이원이 빙긋 미소 지었다.

"미안하지만 부탁해야겠구나. 다른 이들이 불편해하니 비밀로 해 주렴."

"네! 그렇게 할게요."

"착하구나."

이원의 손이 아이의 헝클어진 머리카락을 정돈해 주었다. 황궁의 궁인들과는 달리 허름한 옷에 먼지와 땀으로 더러운 몰골이었지만 이원은 개의치 않았다.

다만 아이의 얼굴에 닿아 있는 손바닥이 유난히 뜨거웠다.

"에구머니나! 네가 왜 여기에 있는 것이냐!"

"어머니!"

아이의 어머니로 보이는 여인이 뒤에서 놀라 다가왔다. 아이를 안은 여인이 이원을 향해 몸을 숙였다.

"부인. 죄송합니다. 소인과 아이가 모두 감모인지라 여기에 온 것인데…… 아이가 부인께 가 있었는지 몰랐습니다. 죄송합니다!"

감모라는 말에 강 상궁은 물론이고 송화의 얼굴까지 사색이 되었다. 이원을 환자들 사이에서 오래 있지 못하게 한 것도 최근 도성에 돌고 있는 감모 때문이었다.

혹 이원이 감모라도 걸릴까 여민관에 오기 전 감모에 걸린 이들을 다른 곳으로 옮기기까지 했었다. 그런데 아이가 감모였다니, 상황이 난감해졌다.

"저, 저 부인!"

"요란 떨 거 없다. 아이가 잘못한 것이 무엇이 있느냐?"

"그래도 부인께 감모가 옮기기라도 한다면."

"아이와 잠깐 대화한 게 전부인데 무슨 일이 있겠는가? 그리고 이 정도로 감모에 걸릴 만큼 약하지 않단다."

여인의 다리에 매달려 있는 아이를 이원이 바라보았다. 눈을 빛내며 보는 아이의 머리를 이원이 다시 쓰다듬었다.

"치료는 잘 받고 푹 쉬어야 한다. 그리고 어머니 말씀은 잘 들어야 한다."

"네!"

해맑게 대답하는 아이를 어루만지며 이원의 눈이 부드럽게 휘었다.

***

서우명이 처단되고 반란이 정리된 지 1년이 되었지만 여전히 불온한 움직임은 존재했다.

환이 예전의 황제들과는 다른 정책을 펼치자, 예전부터 많은 것을 가지고 누렸던 이들의 불만이 쌓였다. 그리고 그들의 적의는 황제인 환에게로 향했다.

"태의를 불러 올게요."

"심한 상처 아니잖아. 네가 해 줘."

거듭된 설득이 조금도 통하지 않자 이원이 환을 흘겨보았다. 그녀의 눈총에도 상관없이 무엇이 그렇게도 좋은지 환은 연신 싱글벙글이었다.

저런 표정일 때의 환은 어떤 설득에도 꿈쩍도 하지 않았다. 결국 미리 준비해 놓은 약상자를 열었다.

"일부러 다치지 마세요."

"일부러 다치는 사람이 어디 있어?"

틀린 말은 아니었지만 그래도 환의 상처를 볼 때마다 의심이 들었다.

환의 실력이면 자객들에게 다칠 일은 없을 텐데, 이상하게도 종종 완전히 피하지 못했다며 다쳐서 왔었다. 그때마다 태의가 아니라 이원에게 고쳐 달라고 하니 자꾸 의심스러웠다.

"제가 치료하다가 흉터가 남을 거 같아서 그래요. 다치지도 마시고, 치료도 태의에게 받으세요."

"내 여인은 태의도 인정한 실력자인걸. 설마 치료해 주기 싫은 거야?"

"그런 건 절대 아니에요. 다만…… 다치지 마세요."

상처를 치료하던 이원의 눈이 시무룩해졌다. 우울해하는 이원과는 달리 환은 나오려는 미소를 억눌렀다.

황후가 되었어도 이원은 그대로였다. 이원은 태의에게 상처를 보이라고 했지만, 환이 의심 없이 제 상처를 보일 수 있는 사람은 이원뿐이었다.

하여 한번은 치료를 해 달라 하였더니 이원은 평소보다 더 환을 걱정하며 치료했다. 그 모습이 보고 싶어 모르는 척 몇 번

다쳐 왔더니만 눈치 좋은 이원은 바로 알아차렸다.

당분간은 그녀에게 들키지 않도록 몸을 사려야겠다.

"조심할게."

그사이 상처 치료를 끝낸 이원이 들여놓았던 약상자를 밖으로 내보냈다. 문을 열자마자 들어오는 바람에 이원이 잘게 몸을 떨었다.

평소보다도 붉은 얼굴에 방으로 들어오는 약간의 바람에도 몸을 떠는 걸 본 환이 미간을 좁혔다.

"오늘은 좀 춥네요."

앉으려는 이원을 제 품으로 잡아끌었다. 아닌 게 아니라 품에 안겨 오는 그녀는 평소보다도 뜨거웠다. 이원의 허리에 팔을 감은 채, 환이 작은 이마에 손을 갖다 댔다.

심하지는 않았지만 분명 미열이 있었다.

"감모인가?"

"아닐 거예요. 여민관에서도 아무렇지 않았는걸요. 그냥 좀 추워서 그런 거예요."

조금은 뜨거운 이원의 어깨에 환이 얼굴을 묻었다. 산더미처럼 쌓여 있는 정무와 통촉해 달라며 매달리는 귀족들로 인해 피곤했지만, 이곳에서만큼은 모든 것을 내려놓고 편안하게 쉴 수 있었다.

"그럼 더운 곳에서 땀 흘리면 좀 나아지지 않을까?"

환의 속삭임에 이원의 얼굴이 새빨개졌다. 노골적인 말에 당황한 이원이 환의 팔을 쳤지만, 풀어주는 대신 이원을 제 품으로 더 끌어당겼다.

수없이 후궁을 들이라는 대신들의 간언에도 환은 귓등에도 듣지 않았다. 하물며 예전에는 칼같이 지키던 합궁 일은 이제는 없는 것과 마찬가지였다.

"춥지 않게 해 줄게."

"잠도 못 자게 하실 거면서."

이원의 말을 모르는 척 넘기며 비단옷의 고름을 풀었다.

몸을 따라 흘러내리는 옷을 잡아당기며 환이 이원을 침상에 눕혔다.

평소보다도 더운 숨이 환의 얼굴에 훅 밀려왔다. 오한이 있기는 한지 침상에 눕혀진 나신에서 옅은 떨림이 느껴졌다. 이원에게 체온을 나누어 주듯 환이 입고 있던 옷을 전부 벗고 몸을 밀착했다.

"하아."

"이제 곧 따듯해질 거야."

이원의 대답을 들을 겨를도 없이 뜨거운 숨을 내쉬는 입술에 입을 맞추었다. 힘겹게 내쉬는 숨결을 전부 삼키고, 가지런한 치열을 훑고 젖은 입술을 잘근 깨물었다. 환의 입맞춤을 받으며 이원의 손이 그의 가슴 위에 놓였다.

손바닥에서 느껴지는 박동에 입꼬리를 올리는 순간 입맞춤을 하던 환이 고개를 들어 이원과 눈을 맞추었다.

"너만 보면 뛰어."

"저도…… 뛰어요."

이원의 속삭임에 환의 손이 소담한 가슴 위에 머물렀다. 그녀가 했었던 그대로 똑같이 하자 보드라운 피부에서 생생히 박동이 느껴졌다.

박동을 느끼던 손이 허리를 감싸고, 더운 입술이 하얀 어깨

위에 닿았다. 이를 세워 깨물자 새하얀 피부에 그의 잇자국이 남았다.

"흐읏."

허리를 감쌌던 손이 척추를 타고 등으로 올라오자 이원이 입술을 깨물고 소리를 참았다. 저렇게 참아도 결국은 신음을 터트릴 거라는 것을 알면서도 언제나 이원은 부질없는 인내를 자꾸 드러냈다.

"소리 내."

"그, 그래도……."

억지로 참던 신음은 환의 입술이 목덜미를 파고들어 빨아들이자 결국 터져 나왔다. 시간이 지날수록 이원에게서 밀려드는 달금한 체향이 점점 많아졌다. 수없이 맡아도 질리기는커녕 중독되는것처럼 유혹적이었기에 가슴골에 얼굴을 파고들었다.

"전보다 체향이 더 달아졌어."

"그런 말은 부끄러워서."

"나 말고 누가 그런 말을 하겠어?"

그런 말을 꺼내는 순간 목을 베어 버릴 건데.

이원은 오로지 환의 것이었다. 그가 가지고 있는 수많은 것 중 가장 귀한 것이 이원이었다.

함께하는 지금도 만족보다는 허기가 더 밀려드니 애무하며 남겨지는 손자국마저도 부족하게 느껴졌다.

이원의 온몸에 제 흔적이 그대로 남았으면 좋겠다.

"……환도 좀 달라졌어요."

"어떻게 달라졌는데?"

쇄골을 빨아들이던 입술을 떼며 몸을 일으키자 이원의 손이 조심스럽게 그에게 다가갔다. 환의 목을 어루만지던 손이 단단한 가슴에 다시 닿았다. 손가락에 감각을 익히듯이 근육을 따라 움직이던 손이 점점 아래로 내려갔다.

"근육이 더 단단해졌어요."

이원은 제가 느낀 것을 말했지만, 안타깝게도 환은 그 말에 답할 수 없었다. 이원은 환을 위해 조심스럽게 만졌지만, 작은 손이 몸에 닿을 때마다 감각이 곤두선 것처럼 사람을 미치게 했다.

"더 따듯해지기도 했어요."

"이제 더 뜨거워질걸."

"네? 무슨……아앗!"

이원의 손을 붙잡은 채, 환이 다시 붉은 입술에 입을 맞추었다. 따듯하게 느껴지던 몸이 맞닿아 오자 열기가 훅 밀려왔다.

"땀을 흘리려는 게 아니라 날 죽이려는 거 같아."

"그, 그게 무슨……흐읏."

환의 힘에 이원이 밀리자, 다급한 손이 그녀의 몸을 붙잡았다. 내려다보는 환을 보며 이원이 숨을 삼켰다. 저런 눈으로 바라보는 환은 이원을 언제나 한계까지 몰아갔다.

열기에 뜨거워진 그가 가까이 다가오고, 가득 채워지는 그를 느끼던 이원이 숨을 참았다.

조금씩 나누던 대화조차 밀려드는 그에게 휩쓸려 삼켜졌다.

"조금만 천천히……."

"……안 들려."

목소리가 가라앉은 것과는 다르게 행동은 가파르고 거칠게 이어졌다. 이원의 이마에 맺혀 있던 땀이 얼굴을 타고 흘러내리자 그의 입술이 그 위에 닿았다.

몸의 오한이 사라진 자리에 채워지는 건 한계까지 치닫는 열기였다. 유일하게 그 열기를 해소해 줄 사내를 향해 이원이 품을 파고들었다.

가득 채워 있던 열기가 한번에 터지는 순간 이원을 품으로 끌어당긴 환이 낮은 신음을 터트렸다.

"하아."

절정에 힘이 빠진 이원을 환의 눈이 내려다보았다. 제 품에서 자신만 받아 주는 이원은 봐도 봐도 사람을 돌아 버리게 만들었다. 열기와 땀에 흐트러진 이원의 입술에 짧게 입을 맞춘 그가 제 품으로 그녀를 끌고 왔다.

아무런 의심 없이 제 욕구를 완전히 받아들일 수 있는 유일한 여인이었다.

밤은 길었고, 그 여인의 흐트러진 모습이 그를 또다시 흔들었다.

"미안."

환의 속삭임에 미소를 지은 이원이 환을 향해 손을 뻗었다.

그녀의 허락에 웃음을 터트리며 환이 이원에게 다가갔다.

*
**

땀을 흘리면 오한이 나아질 거라는 예상은 빗나가다가 못해 처절하게 부서졌다.

다음 날부터 시작된 고열에 이원은 결국 자리에 몸져누웠다.

해가 뜨기도 전에 온 태의가 진맥하고, 강 상궁과 송화가 연이어 미지근한 물로 뜨거운 몸을 닦아 냈지만 열은 쉽게 가라앉지 않았다.

"콜록콜록. 건원궁에도 사람을 보내 확인하거라. 폐하께서는……."

"소인이 직접 내시감께 여쭤 보고 왔습니다. 폐하께서는 괜찮으십니다."

이불을 덮고 힘들어하던 이원이 안도의 숨을 내쉬었다. 지난밤 같이 있었기에 환에게까지 감모를 옮겼을지도 모른다며 걱정했었다.

환이 괜찮다면 다행이었다.

"그래도 혹 모르니 태의에게 폐하께 신경을 쓰시라 말을 하는 게 좋을 것 같다. 그러다가 감모라도 오시면…… 콜록콜록."

"말씀을 해 놓겠습니다. 소인들이 이야기해 놓을 테니 황후마마께서는 쉬시지요."

이마 위에 올려놓은 수건이 뜨거워지자 다시 물에 적신 강 상궁이 다시 올려 주었다. 탕약을 먹었으니 곧 열이 내려갈 거라고 했지만, 그걸 기다리는 시간조차 피가 말랐다.

열이 오르는 몸을 닦아 내고, 마른 입술에 물을 묻히니 이원이 힘든 숨을 내쉬었다.

무거운 눈꺼풀을 억지로 들자 간병하던 강 상궁이 눈을 내렸다.

"내 자네들에게는 미안하네. 그때 말을 들었어야 했는데……."

"감모라는 것이 눈에 보이거나 하는 것이 아니지 않습니까? 신경 쓰지 마십시오."

강 상궁은 신경 쓰지 말라고 했지만 도저히 그럴 수 없었다. 감모에 걸릴지도 모른다는 말을 몇 번이나 들었지만, 괜찮으려니 하고 그냥 넘기고 말았다.

이렇게 감모를 얻어 앓게 되니 이들을 또 힘들게 만들었다는 사실에 마음이 무거워졌다.

"번거롭게 자꾸 명을 내려 미안하네. 내 감모가 나을 때까지만이라도 혜완궁은 잠시 닫는 게 좋겠다. 내시감에게도 전해주거라."

"그리하겠습니다. 힘드셔도 잠시라도 눈을 붙이시지요. 감모에는 푹 쉬시는 것이 제일입니다."

할 말이 전부 끝났는지 힘없이 고개를 끄덕인 이원이 눈을 감았다.

숨을 쉬는 것도 힘들어했지만, 얼마 후 고른 숨을 내쉬며 이원이 잠들었다.

⁂

"폐하. 황후 마마께서 당분간 혜완궁은 오지 마시라 전하시어……."

"음?"

말이 끝나기도 전에 달라지는 기색에 내시감이 숨을 삼켰다. 환은 황궁의 법도를 나름의 선에서 잘 따르는 황제였지만, 단 한 가지 황후와 연관된 것에서는 법도의 'ㅂ'도 신경 쓰지 않았다.

예전의 환은 균일하게 황은을 내리면서도 감정을 전혀 알 수 없었다면, 모든 일이 정리되고 이원을 황후 자리에 앉힌 후부터의 환은 철저히 이원 외에는 어느 여인에게도 눈길조차 주지 않았다.

“황후 마마의 감모가 심하신 것 같았습니다. 다른 이들에게 감모가 옮길지도 모르신다 하시어 태의를 제외한 이들의 왕래도 최소한으로 줄이셨다고 합니다.”

말은 없었지만 영 내키지 않는 표정이었다. 환이 왜 그러는지는 알았지만 이원의 신신당부를 받았기에 내시감도 모르는 척 가시라는 말을 할 수 없었다.

탕약을 마시고 푹 쉬시면 나아지실 거라고 했다. 환이 가면 쉬기는커녕 함께 있느라 기력을 잃으실 것이니 이원을 위해서라도 막는 것이 맞았다.

“오늘은 건원궁에 침소 준비를 하겠습니다.”

“폐하. 대홍려의 여식이 인사를 드리고자 들었다고 하옵니다.”

대홍려라면 소준우였다. 표해준의 무리 중에 살아남은 이들을 흡수한 그는 노골적으로 제 존재를 드러내며 제 딸을 후궁으로 올리기 위해 작업을 하고 있었다.

그에게서 해준이 보였기에 꺼림칙했지만 권력의 균형을 맞추려면 잠깐이나마 데리고 있어야 했기에 놔두는 인사였다.

“들라 하라.”

문이 열리고, 곱게 차려 있는 어린 여인이 직접 다기를 들고 안으로 들어왔다. 수수한 비단옷을 입었지만, 외모는 무척 눈에 들어왔다. 잘 빚은 백자 같은 몸매에 피부 또한 하얗고 깨끗하니 눈을 보는 기분이었다.

'하원 제일미라고 했던가?'

지나가듯이 내관이 그랬던 것이 떠올랐다.

천천히 살피니 제일미라는 말을 들을 정도로 고운 외모이기는 했다.

"소녀, 소준우의 여식인 소연주라고 합니다. 아버지를 따라 입궁하여 폐하께 인사를 드리고자 찾아뵈었습니다."

"그러한가?"

"황후 마마께서는 감모가 심하시어 혜완궁에 계시다는 소문을 들었습니다. 미천하지만 소녀, 황후 마마 대신에 폐하께 차를 올리고 싶어 이리 실례를 무릅쓰고 찾아뵈었습니다."

"흐음."

"소녀가 차를 올려도 되겠는지요?"

환이 대답을 하지도 않아도 상관없다는 것처럼 연주의 손이 움직였다. 능수능란한 손이 다기를 움직이고 곧이어 좋은 차향이 흘러나왔다.

차를 우리는 내내 연주가 곁눈질로 환을 바라보았다.

그녀의 눈길을 피하지 않은 채, 환이 오만한 눈으로 그녀가 하는 모습을 하나씩 전부 지켜보았다.

'할 수 있어.'

총애하는 황후가 감모로 누워 있는 지금이 기회였다.

딱 한 번.

황제의 눈에 든다면, 그래서 그의 품에 안기면 될 뿐이었다. 우선 후궁으로 들어갈 수만 있다면 소가에서 아낌없는 지원을 해 줄 것이니 배경 하나 없는 황후 따위 밀어내고 그 자리에 앉을 수 있었다.

쨍그랑.

아!

환을 보던 연주가 일부러 손에 쥐고 있던 숟가락을 떨어뜨렸다. 환의 앞에서 긴장하여 떨어뜨린 양 당황한 연기를 시작한 연주가 일부러 몸을 더 깊게 숙여 숟가락을 붙잡았다.

살짝 흐트러뜨려 놓은 비단옷 사이로 연주의 가슴골이 노골적으로 보였다.

가슴골에 향하는 노골적인 시선을 느끼며 연주가 옷을 추슬렀다.

많은 이들이 연주의 외모와 몸에 관심을 보였지만, 그녀는 그저 그런 귀족의 부인으로 늙어 죽을 생각 따위 없었다.

자신의 가문과 외모라면 있어야 할 곳은 황궁, 그것도 황후의 자리였다.

"폐하, 부족한 실력이지만 최선을 다해 만들었습니다."

환의 앞까지 다가온 연주가 직접 차를 내려놓았다. 연주가 내려놓은 차를 환이 들어 마셨다.

말없이 차를 마시는 그 시간이 너무나도 길게 느껴졌다.

"차 맛이 좋구나."

"입에 맞으시는 것입니까? 다행입니다!"

환한 미소를 지으며 연주가 너무나도 좋아했다. 아무도 모르고 봤다면 무척이나 귀엽다고 생각할 정도로 생기 있는 모습이었다.

"죄, 죄송합니다. 폐하! 소녀가 경박하여……."

"그럴 수도 있지. 차는 잘 마셨다. 대홍려께서 기다리겠구나."

"네?"
"이만 가 보거라."
말을 끝낸 환이 자리에서 일어나려 하자 연주의 마음이 급해졌다.
지나쳐 나가려는 환을 연주가 붙잡았다. 무슨 일이냐는 듯한 태연한 시선에 연주는 초조한 마음을 억눌렀다.
"폐하. 소녀에게는 이런 꿈같은 일이 언제 또 올지 알 수 없습니다. 폐하께서 정무로 바쁘시다는 것은 알고 있습니다만 소녀에게 폐하와 잠시 이야기를 나눌 기회를 주실 수 있으신지요?"
"대화라…… 하긴 짐도 물어보고 싶은 것이 있었다."
환이 나가오자 연주의 얼굴이 붉어졌다.
연주가 만났었던 사내들과는 완전히 다른 기운을 가진 이였다. 침의 사이로 보이는 단단한 근육과 조각처럼 날카로운 외모는 연주의 마음을 완전히 빼앗았다.
이 사내의 여인이 될 수만 있다면 어떤 일이든지 할 수 있다.
황후를 총애하여 다른 여인을 가까이 두지 않는다고 했지만 즉위 초반에는 후궁까지도 들였던 황제였다.
그들이 할 수 있는 것을 자신이 못 하리라는 법은 없다.
"폐하. 소녀는……."
"짐도 지금 들은 황후의 심한 감모를 너는 어찌 안 것이냐?"
"네?"
"황후는 성격이 조심스러워서 본인의 행동을 겉으로 드러내지 않으려 한다. 다른 이들에게 피해를 끼치지 않으려 혜완궁의 문을 닫은 것을 짐도 이제 알았지. 그런데 그걸 어찌 알았느냐는 말이다."

"그, 그게……."

"대홍려가 짐이 생각한 것보다 황궁에 큰 영향력을 가지고 있구나."

차분한 환의 말과는 달리 연주의 눈은 파르르 떨렸다. 당황하는 연주를 향해 환이 가까이 다가갔다. 환의 손이 연주의 턱을 붙잡고 얼굴을 들었다.

환의 눈을 마주하는 연주의 얼굴이 붉어졌다.

"참 고운 얼굴이구나. 많은 이들이 네 고운 태를 보며 흔들릴 것이다."

"소녀에게는 폐하뿐입니다. 소녀, 폐하를 처음 본 그날부터 연모했습니다."

"혜완궁의 황후도 참 곱단다."

"네?"

"짐에게 천하제일미는 황후뿐이지."

대화를 해 달라고 매달리니 잠깐이나마 연주와 이야기를 하고 있었지만, 머릿속을 채우는 건 아프다는 이원뿐이었다.

귀한 부인이 아파서 몸져누운 사이에 제 여식을 밀어 넣다니, 괜히 쓸데없는 소문이 날지도 모른다는 짜증과 분노에 환의 기분이 가라앉았다.

자신을 얼마나 못난 가군으로 만들려고 이런 같잖은 짓을 저지르는가.

"짐은 내명부에 황후 하나만 있으면 충분하다고 생각한단다. 화려하고 귀한 꽃이 이미 있는데 다른 적당한 꽃이 보일 리가 있겠느냐?"

"황후께서는…… 후계도 없으십니다! 하원의 안정을 위해서는 후계를 낳을 여인을 들이시어……."

"그건 짐이 알아서 잘 할 문제고."

"……폐하!"

"짐은 더는 황후 외 여인의 분내가 내명부에서 나는 걸 원치 않는다. 체향이 섞이는 것도 불쾌하고 말이지. 같잖고 쓸모없는 꿈 따위 꾸지 말고 그 고운 얼굴을 아껴 주는 사내를 찾거라."

옷을 붙잡은 연주의 손을 떼어 낸 환이 자리에서 일어났다.

더는 연주도, 건원궁의 무엇도 눈에 보이지 않았다.

"혜완궁으로 갈 것이다. 준비하라."

"폐, 폐하."

"이것들이 황제를 홀아비로 만들 생각인가!"

환을 말리려 들어온 내시감이 날카롭게 나오는 혼잣말에 결국 몸을 숙였다. 대홍려의 여식이 들어왔다고 할 때부터 느꼈던 불길함은 주저앉아 있는 연주를 보는 순간 직감했다.

저 상태의 환은 누구도 건들 수 없다.

"모시겠습니다. 폐하."

감모로 힘들어하는 황후께 죄송했지만, 수틀린 환을 달랠 사람은 황후뿐이었다.

내관에게 연주를 정리하라는 무언의 시선을 짧게 보낸 내시감이 앞서가는 환의 뒤를 부지런히 따랐다.

***

혜완궁에 들어서자마자 보이는 건 힘든 숨을 내쉬며 기침하는 이원의 모습이었다. 새빨개진 얼굴로 식은땀을 흘리는 황후의 모습을 보는 환의 얼굴이 딱딱하게 굳었다.

"폐하. 어찌하여 오셨습니……콜록콜록."

"진짜 짐을 홀아비로 만들 뻔했네."

"감모가 옮으시면 안 됩니다. 탕약도 먹었으니……콜록콜록."

"황후와 단둘이 있겠다. 모두 나가라."

환의 말이 끝나기가 무섭게 이원을 간병하던 강 상궁부터 자리를 지키던 이들이 모두 나갔다. 이불을 뒤집어쓴 채 기침을 하는 이원의 옆에 앉은 환이 이마에 올려놓은 수건을 다시 식혀 올려놓았다.

"그래도 다른 사람보다는 가군이 낫지 않아?"

"콜록콜록. 그렇긴 하지만…… 감모 옮아요."

"혜완궁 밖으로 나가니까 피곤한 것들이 들러붙어서 짜증이 나. 그것들보다는 감모가 덜 무서워."

"콜록콜록."

"여기 있을게."

안 된다고 말하고 싶었지만 목소리조차 잘 나오지 않았다. 무거운 눈꺼풀을 억지로 들어 올리니 환이 걱정하는 눈으로 내려다보고 있었다.

다들 걱정해 주었지만, 환이 곁에 있어 주니 이상하게도 안심이 되었다.

머리로는 이러면 안 된다는 생각이었지만 몸은 의지와 상관없이 환을 붙잡았다.

"곁에…… 계셔 줄 거예요?"
"있을 테니까 좀 자자. 이야기를 들어 보니 잠도 거의 못 잤다며."
"탕약을 먹으면…… 좀 자요."
괜찮다고 말하면서도 잔기침이 다시 나왔다. 환의 손에 잡힌 이원의 손이 무척이나 뜨거웠다.
말은 그렇게 해도 의지가 되는지 이원이 환의 손을 꼭 붙잡았다.
"여기에 계시면 감모 걸리시는데……."
"차라리 같이 걸리라지."
"그건…… 안 돼요! 환이 힘들어요."
자신은 그렇게 앓으면서도 왜 환은 안 된다는 건지 아픈 와중에도 고개를 저었다.
이원은 환이 감모에 걸리지 않아서 다행이라고 했지만, 환의 입장에서는 앓는 이원을 보면 속이 쓰렸다.
옆에 준비된 명주 천을 적셔 열이 나는 몸을 닦아 내니 열이 조금 떨어진 이원이 고른 숨을 내쉬었다.
잔뜩 말랐건만, 이번에 앓고 나면 뼈만 남을 것 같았다.
"감모 안 옮게 조심할 테니까 좀만 더 자자."
말도 안 되는 이야기였지만, 지금은 그걸 생각할 겨를이 없었다.
그저 환이 곁에 있어 준다는 것만으로도 조금이나 안도가 되었다.
환의 손을 꼭 붙잡은 채, 눈을 감자 다른 손으로 이원의 뺨을 감싸 주었다. 환의 손길을 느끼며 이원이 모처럼 편한 숨을 내쉬며 잠들었다.

⁂

감모에 걸린 후, 내리 며칠을 앓았다.

힘들어하는 이원의 곁을 환은 계속 지켰다. 목소리가 나오지 않을 정도로 심했던 감모는 환이 식사부터 탕약까지 전부 수발해 주면서 조금씩 나아졌다.

"깼어?"

따듯한 방에서 숨소리조차 내지 않고 잠들었던 이원이 눈꺼풀을 들어 올리자 곁을 지키고 있던 환이 다가왔다. 나른한 숨을 내쉬는 이원을 보던 환이 작은 이마에 손을 갖다 댔다.

"열은 좀 떨어졌네."

"……환은 좀 쉬었어요?"

"네 옆에 있었잖아. 푹 쉬었지."

말은 그렇게 했지만 그녀의 간병을 하느라 거의 쉬지 못했을 것이었다. 미안함을 담아 환의 손등에 손을 올리자 환이 이원의 손을 붙잡았다.

자신의 뜨거운 손과는 다르게 환의 손은 평소와 똑같자 이원이 안도의 숨을 내쉬었다.

"환에게 감모를 옮기면…… 안 되는데."

"그런 걱정은 하지 말고."

열에 젖은 눈이 환을 쳐다보았다. 이원의 표정만으로도 무슨 말을 하고 싶어 하는지 보였다. 아직 뜨거운 뺨을 감싼 환이 고개를 숙여 이원의 젖은 눈에 입술을 맞추었다.

환이 곁을 지켜 줘서 안도가 되기는 했지만, 그래도 며칠 내내 땀을 흘려 엉망이었다. 환과 함께 있는지도 몇 년이나 되었지만 이렇게 흐트러진 모습을 보인 건 처음이었다.

"땀 흘려서 좀 그래요."

"땀은 나도 흘렸어. 방 엄청 덥거든."

"그래도……."

"답답하면 창문을 좀 열까?"

환의 물음에 이원이 굳게 닫은 창을 보았다. 땀을 내야 열이 내린다며 내내 더운 방에서 있었다. 오한을 느끼기는 했지만, 내심 시원한 공기가 아쉽기도 했다.

이원이 고개를 끄덕이자 환이 가까이 다가와 누워 있는 이원을 앉혔다. 이원의 몸에 이불을 단단하게 덮은 환이 창문을 반쯤 열었다.

"아……."

열린 문으로 시원한 바람이 불어오자 이원이 길게 숨을 내쉬었다.

불어오는 바람을 느끼던 이원이 창문 사이로 보이는 달을 물끄러미 쳐다보았다. 얼마 만에 보는 달인지 알 수 없었지만, 모처럼 보니 가라앉았던 기분이 한결 나아졌다.

"달이 환하네."

"그러게요. 아…… 땀 냄새 나요. 가까이 오지 마세요."

"감모 심해지면 안 되잖아. 이렇게 있자."

이원의 만류는 들리지 않는다는 것처럼 다가온 환이 뒤에서 이원을 안았다. 말은 그렇게 했어도 안도가 되는지 환에게 이원이 몸을 기댔다.

"실은 여민관에서 돌아올 때 몸이 좀 좋지 않았어요. 혹여 이것이 감모가 아니라 아이일지도 모른다고 생각했어요."

"흐음."

"그런데 아니었네요."

황후가 된 지도 1년이 넘었지만 이원에게는 소식이 없었다. 태의는 몸에 이상이 없으니 마음을 편안하게 가지고 있으면 곧 용종을 가질 수 있을 거라고 했지만, 그래도 말처럼 쉬운 것이 아니었다.

"너무 후계를 걱정할 필요 없어."

"후계가 아니더라도 아이를 갖고 싶기는 했었어요."

환이나 자신이나 서로뿐이었다. 시간이 흘러도 변함없는 연모를 주는 그에게 똑 닮은 아이를 주고 가족이라는 울타리를 만들어 주고 싶었다.

그리고 꼭 환 때문이 아니더라도 그를 닮은 아이를 가지고 싶었다. 아낌없는 황은을 받아도 소식이 없으니 자꾸 초조해졌다.

"내 팔자에 아이가 없으면 없는 거지."

"그건 싫어요!"

"너도 이상 없고, 나도 이상 없으니 언젠가는 생기겠지. 그런 걸 걱정하니까 이렇게 아픈 거야."

환의 설득에도 이원의 굳은 얼굴은 좀처럼 펴지지 않았다. 걱정하는 이원을 지켜보던 환이 좀 더 품으로 끌어당겼다. 허리를 감싸고 있는 환의 팔을 감싸며 이원이 애써 기분을 풀었다.

환의 말대로 인연이 있다면 아이가 찾아올 것이다. 다만 그

시기가 너무 늦지 않았으면 했다.

"아니면 너 감모 낫고 노력하자."

"환!"

새빨개진 이원을 보며 환이 크게 웃음을 터트렸다.

그래도 감모가 많이 나아진 듯 꽤 오랫동안 환에게 안겨 있으면서도 힘들어하지 않았다. 며칠 내내 이원은 대화는커녕 환이 주는 음식과 탕약만 먹고 누워 있기만 했었다.

나아지기 위한 휴식이라는 것을 알면서도 때로는 너무 잠만 자는 이원이 그대로 사라져 버릴지도 모른다는 두려움에 몇 번이고 그녀의 숨을 확인했었다.

"달은 조금만 더 보고 문 닫자."

"달이 고와요."

"너보다야."

"그건 억지예요."

환에게 안긴 채 힘없이 나오는 미소가 듣기 좋았다. 몸에 닿는 열도 많이 떨어졌고 조금씩 대화를 나눌 수 있는 것을 보니 안도가 되었다.

복수밖에 알지 못했던 삶에 이원이 곁을 지켜 주는 것만으로도 그는 정도를 지키며 살 수 있었다.

"이렇게 있으니까 행복하네."

"행복해요?"

"응."

지치고 힘들 때마다 이원은 항상 곁에 있었다. 자신의 본모습을 있는 그대로 받아 주는 이원이 있는 것만으로도 환은 더는 바라는 것이 없었다.

아이가 없다는 사실에 이원은 불안해했지만, 환은 신경 쓰지 않았다.

그의 생에 가장 소중한 사람은 부인인 이원뿐이었다.

"우선은 낫는 것부터 생각하자. 아직 더 쉬어야 해."

"그럴게요. 그리고 환."

"음?"

"저도 행복해요."

담백한 고백이었지만 충분히 그를 미치게 하는 말이었다.

이원이 아프지 않았다면 몇 번이고 그의 품으로 끌어당겼을 것이다. 치미는 욕정을 억누르면서 환이 이원을 품으로 안았다.

"이제 다시 쉬자. 원아."

고개를 끄덕이며 품을 파고드는 이원의 이마에 환이 진심을 담아 입술을 맞추었다.

⁂

지극정성의 간호로 이원은 감모에서 나을 수 있었다.

하지만 이원이 낫자마자 이번에는 환이 감모에 걸렸다.

"운원궁에 계신단 말인가?"

"예. 황후 마마."

환이 몸져누웠다는 말에 한달음에 건원궁으로 왔지만 그가 쉬는 곳은 운원궁이라고 했다. 북서쪽 정자와 운원궁은 철저히 환과 이원에게만 자유로운 곳이었다.

"태의께서는 운원궁으로 갔는가?"

"그것이…… 조용히 쉬고 싶다 하시어 아무도 들이지 말라는 명을 내리셨습니다."

내관의 말에 표정이 굳은 이원이 운원궁으로 향했다.

제 잘못이었다.

너무 아픈 나머지 환을 붙잡은 것이 실수였다. 자신도 앓았지만, 이번 감모는 유난히 독했다.

오전부터 몸져누웠다고 하니 그녀가 생각하는 것보다도 감모가 심할 수도 있었다.

"나 혼자 들어가겠다. 아무도 들어오지 마라."

우선은 이원의 눈으로 직접 환이 어떤지 확인하는 것이 맞았다.

홀로 운원궁으로 들어간 이원이 환의 처소 앞에서 길게 숨을 내쉬었다.

"환. 이원입니다. 들어갈게요."

운원궁에서는 황제와 황후는 잠시 접어 두자는 약조를 했었다.

앞에서 어떤 답도 없자 이원이 문을 열고 안으로 들어갔다.

"폐하."

침상에 누운 채, 이불을 덮고 있던 환이 이원의 목소리에 나른히 눈을 떴다. 옆으로 다가온 이원이 환의 이마에 작은 손을 가져갔다.

열도 없고 맥도 안정적이었지만 침상에 가만히 누워 있는 환을 보니 초조가 밀려왔다.

"많이 아프세요?"

"음."

"저 때문이에요."

열심히 배운 의술은 이 상황에 아무 도움도 되지 않았다. 어디가 아픈지 알아내고 싶었지만 아무리 진맥을 해도 찾을 수 없었다.

"좀 쉬면 나아질 거야."

"안 되겠어요. 태의를 불러올……아앗!"

태의를 부르려 일어나려는 순간 몸을 돌린 환이 이원의 허리를 감고 자신에게로 끌었다.

졸지에 환에게 붙잡혀 침상에 누운 이원의 눈이 커졌다. 침상에 누운 이원을 보며 환이 빙긋 웃었다.

"……환."

"응?"

"꾀병이죠?"

"아니야. 아파."

전혀 아프지 않은 얼굴에 몸도 전혀 아파 보이지 않았다. 오는 내내 들었던 걱정이 무색하게 너무나도 건강한 환을 보니 이원의 얼굴이 점점 굳어졌다.

"어디가 아픈데요?"

"음. 못 놀아서 마음이 아파."

"환!"

"진짜야. 일하기 싫어서 마음이 아파. 심하게 아픈 거 같아."

이원의 품을 파고들며 환이 웃음을 터트렸다. 봐달라는 것처럼 품을 파고드는 그를 보던 이원이 헛웃음을 터트렸다. 감모는 아니어서 진심으로 다행이었지만 너무나도 태연하게 마음이 아프다고 하고 있는 걸 보니 화조차 나지 않았다.

"환이 꾀병인 걸 알면 대신들이 분명 뭐라고 할 거예요."

"그래서 운원궁으로 도망 왔잖아."

뻔뻔한 말에 못 말린다는 듯이 고개를 저었다.

이원이 그러거나 말거나 품을 파고든 환이 편안한 숨을 내쉬었다. 사람을 놀라게 한 건 조금 얄미웠지만, 환의 지극한 간병 덕분에 감모에서 벗어난 건 부정할 수 없었다. 그녀를 간병하느라 제대로 쉬지도 못했을 터, 이번에는 그의 일탈에 장단에 맞춰 주는 것도 나쁘지 않을 것 같았다.

"그래도 다음에는 언질이라도 좀 주세요."

"응."

믿어도 되는 건지 전혀 알 수 없었지만 아무튼 대답은 잘도 했다. 품을 파고드는 환의 머리카락을 어루만져 주던 이원이 그의 이마에 짧게 입술을 맞추었다.

"연모해요. 환."

이원의 고백에 얼굴을 묻고 있던 환이 몸을 들었다. 뚫어지게 보는 시선에 이원의 얼굴이 붉어졌다. 감모가 나은 이원의 얼굴은 예전처럼 생기가 넘쳤다.

"역시 난 네 연모한다는 소리가 제일 듣기 좋아."

"네?"

"나도 연모해. 원아."

환의 고백에 미소를 지은 원이 먼저 그의 입술에 입을 맞추었다. 감모도 나았으니 이제 원 없이 이원에게 다가가도 이상은 없을 터였다.

옷고름을 풀고 달금한 체향을 맡으며 환이 귀한 정인을 향해 입술을 맞추었다.

외전 2.
태양의 꽃

하원의 북쪽, 산세가 험한 산들 사이에는 유명한 온천이 많았다.

"황후 마마. 도착했습니다."

목적지에 도착한 이원이 가마에서 내렸다. 산세가 험해 마차가 아니라 가마로만 갈 수 있는 온천이었지만, 워낙 물이 깨끗하고 피부에 좋아서 선제들이 피부병을 낫게 하거나 쉬고자 할 때 오는 곳이었다.

종종 환과 함께 왔었지만, 이번에는 황궁에 일이 있어 이원 혼자 오게 되었다.

"그대들 덕분에 편하게 왔다. 오늘은 그대들도 푹 쉬어라."

"황송하옵니다. 황후 마마."

"바람이 찹니다. 들어가시지요."

강 상궁의 안내를 받으며 이원이 안으로 들어갔다. 온천에서 느낄 수 있는 더운 바람과 겨울의 찬바람이 섞여서 얼굴에 닿앉다.

이제는 괜찮다고 생각하면서도 겨울만 되면 자꾸 가라앉았다. 좋은 곳에 있을 거라며 스스로를 위로해도 하얗게 내리는 눈을 보고 있으면 이호가 생을 내려놓는 그때의 장면이 떠올랐었다.

"황후 마마."

"아! 미안하다. 잠시 다른 생각을 하고 있었다."

이원을 모시게 되면서 누구보다도 그녀의 기색을 강 상궁이 가장 잘 알아차렸다.

겨울이 되고 눈이 오면 이원은 유난히 가라앉았다. 사정을 알지 못했을 때는 이원의 상태가 이해가 가지 않았지만 이제는 알기에 날이 쌀쌀해지기 시작하면 이원의 기분부터 살폈다.

이원이 아니었다면 서우명에게서 죽었을지도 모르는 목숨이었다. 그때 이후로 강 상궁에게 이원은 은인이자 평생 모셔야 할 주인이었다.

"아……."

"황후 마마. 또 몸이 불편하십니까?"

"요 며칠 잠을 제대로 자지 못했더니 몸이 좀 무겁긴 하구나."

"의관에게 잠시 보이시는 것이 좋지 않겠습니까?"

"피곤해서 그런 것이겠지. 힘들게 따라온 이를 오자마자 괴롭히지는 말자."

이호의 죽음이 자꾸 떠올라서 그런지 자꾸 잠이 덧들었었다. 그래서 그런지 오늘 내내 머리가 어지럽고 몸이 무거웠다.

이원이 무척 피곤해하자 강 상궁은 태의나 의관을 들이겠다고 했지만, 그저 잠깐 몸이 안 좋은 걸로 수선스럽게 하고 싶지 않았다.

"따뜻한 물에 들어가면 좀 나아지겠지."

"방이 준비되었다고 합니다. 우선 차가운 몸부터 녹이십시오."

겨울바람이 차게 불어오자 강 상궁이 이원을 재촉했다. 잠시 내리던 눈을 물끄러미 보던 이원이 곧 그녀가 이끄는 대로 방으로 들어갔다.

***

따뜻한 온천물에 들어간 이원이 편안한 숨을 내쉬었다.

황제들만 쓸 수 있다는 온천이라는데도, 정작 황제인 환은 귓등으로도 그 말을 듣지 않았다. 부부는 한 몸이니 누가 써도 상관없다는 환 덕분에 황후임에도 이원은 따뜻한 온천에 몸을 담글 수 있었다.

"후우."

소복을 입은 채로 이원이 온천에 몸을 담갔다. 따듯한 물에 몸을 담가 쉬던 이원이 자리에서 일어나 벗어 놓았던 장옷에 손을 가져갔다. 옷을 추스르는 것으로 보이는 행동은 곧이어 그녀의 손에 단검이 들려 나오는 것이 되었고, 그 단검이 장검으로 변하는 순간 이원이 기척을 향해 휘둘렀다.

챙!

"그러다가 황제 시해범이 될걸."

"폐, 폐하?"

"내 부인의 검은 날카롭기도 하지. 까닥했으면 홀아비가 아니라 부인을 청상과부로 만들 뻔했네."

이원의 검을 기검으로 막아 놓고는 앓는 척을 해 댔다. 전혀 생각하지 못한 이의 등장에 이원이 눈을 좁혔다.

분명 환은 황궁에 일이 생겨 같이 오지 못한다 했다.

자기도 따라가고 싶다고 노래를 부른 게 바로 며칠 전이었다.

"못 오신다고 하셨잖아요?"

"그래야 다들 속지."

"네?"

"석운하고 내시감만 알아. 대신들은 내 몸이 좋지 않아서 운원궁으로 도망간 줄 알거든. 아! 여기 사람들은 이제 알겠네. 입단속시켜야겠다."

예전의 강압적이고 이원의 말은 한 마디도 제대로 들어주지 않던 서우환은 어디에도 없었다.

부부로 함께하면서 환은 좀 더 능글맞고, 더욱 제멋대로고, 장난기조차 엄청 심해졌다.

물론 그 사실을 아는 건 부부로 함께하는 이원뿐이었다.

"폐하가 이런 분인지 아무도 모를 거예요."

"내 이런 모습을 누구에게 보여 주겠어. 그런데 아직도 폐하야?"

"환."

원하는 답을 들은 환이 빙긋 웃으며 무복을 벗었다. 젖은 옷을 입은 채 서 있는 이원을 안은 환이 온천 안으로 들어왔다.

따뜻한 물에 들어간 이원을 보던 환이 물에 젖은 머리카락을 옆으로 넘겨주었다.

“몸이 자꾸 늘어져요.”

“감모는 아닌 거 같은데.”

환의 손이 이마에 닿자 이원이 미소 지었다.

이마에 닿은 손을 끌어다가 손바닥에 입술을 맞추자 환의 미간이 옅게 떨렸다.

“유혹하려고 몸이 아프다고 한 거야?”

“환하고 있으면 따듯해서 좋아요. 그리고 감모는 아니에요.”

“여기까지 왔으니까 모처럼 쉬고 가자. 물론 그 전에.”

물에 젖은 이원의 옷고름이 환의 손에 풀렸다. 젖은 옷이 흘러내리면서 보이는 새하얀 어깨에 환이 입술을 맞추었다.

“……쉬라면서요.”

“그 전에 먼저 놀자.”

어깨를 빨아들었던 입술이 쇄골로 향하고 옷이 벗겨지면서 드러나는 등에 뜨거운 손이 닿았다.

온천물에 젖은 소복 위로 드러난 몸을 보는 것만으로도 이원을 가지고 싶다는 생각밖에 들지 않았다. 작게 열린 입술에서 터져 나오는 뜨거운 숨이 얼굴에 닿자 갈급은 머리끝까지 치달았다.

허리를 감은 손이 이원을 끌어당겨 몸을 밀착하자 이원의 입가에서 옅은 신음이 터져 나왔다.

“흐읏.”

이원의 몸에 새겨지는 흔적을 볼 때마다 쾌락은 그를 완전히 집어삼켰다. 다른 이들에게서는 전혀 느낄 수 없는 감정이 이원과 함께 있으면 끝을 알 수 없을 정도로 강렬하게 그를 흔들었다.

환의 움직임에 휩쓸린 이원이 휘청거리자 작은 어깨를 팔로 감싸 제 품으로 끌어당겼다.

온천물이 참방거리는 소리와 신음이 엉켜들었다.

억누르던 신음이 터져 나오고, 행위가 한계까지 격렬해지자 환이 낮은 숨을 터트렸다.

"하아."

가쁜 숨을 내쉬면서 늘어지는 이원을 환이 품으로 끌어당겼다.

나긋한 여체가 주는 보드라운 감촉을 느끼며 환이 이원의 어깨에 입술을 맞추었다.

*
**

얇은 소복을 입은 채 이원이 앉아 있는 환의 몸에 기대고 있었다.

제 앞에 앉아 있는 이원의 허리를 감싼 채, 환이 한 손에 반쯤 접힌 장계를 들고 있었다.

"아무리 생각해도 북쪽의 땅을 그대로 두는 건 손해란 말이지."

"그래서 올봄부터 개간을 해 보시겠다고 하셨잖아요."

"그런데 영 인력이 없어. 북쪽은 사람이 살기 어려운 곳이라 대부분 하원의 다른 곳으로 터전을 옮겼거든."

온천에서 놀고 쉬자고 했었던 말과는 달리 이원을 곁에 둔 채, 환이 요즘 가장 신경을 쓰는 정책에 대한 이야기를 먼저 꺼냈다.

하원의 관료 중에 여인이 하나둘 생기고 있기는 했지만, 아직 고위직은 오랫동안 자리를 지켜 왔던 가문의 사내들이 단단히 붙잡고 있었다.

그런 시기에 황후인 이원이 정치에 관여를 하는 건 절대 안 된다며 목소리를 내고 있었지만, 정작 당사자인 환은 그들의 불만 따위 듣지도 않은 채 하원의 크고 작은 일을 이원과 상의했다.

"어떻게 해야 저 개간사업에 관심을 갖게 하고, 스스로 북쪽으로 이주하게 할까?"

"얼마 전에 하원의 선제들이 했었던 정책이 적힌 서책을 찾아서 읽게 되었는데요. 거기서 보니 원래 귀족의 노비로 20년을 일한 자에게는 본인의 의지에 따라 자유를 준다는 정책이 있었더라고요."

"그래?"

"하지만 아무런 자금도 없고, 기반이 없는 노비가 가문을 나가는 건 불가능하잖아요. 그래서 흐지부지하게 사라져 버린 것 같더라고요. 만약 북쪽으로 이주할 의지가 있다면 나라에서 지원해 주고 일정 기간 도움을 준다면 조금은 가능하지 않을까요? 물론 가문에서 그런 조건의 노비를 풀어 줘야 가능하지만요."

이원의 말에 환이 장계를 내려놓고는 턱을 쓸었다. 귀족을 설득하는 일이 문제였지만 나쁜 방법은 아니었다.

하물며 그들을 면천시켜 평민으로 만들 수 있다면 거둘 수 있는 조세도 커질 테니 궁극적으로 나라에 도움이 되었다.

"네가 이러니 내가 같이 이야기를 할 수밖에 없지."
"놀리지 마시구요."
"놀리는 게 아니라 진짜야. 훨씬 도움이 되거든."
그녀와 대화를 하면 보이지 않던 방법도 떠오르니 대신들과의 지지부진한 토론보다 이 순간이 훨씬 더 즐겁고 유익했다.
"하아암."
"오늘은 여기까지만 하자."
"괜찮아요. 좀 더 할 수 있어요."
"쉬러 왔는데 머리 아픈 이야기만 하기는 그렇지. 좀 눕자."
이원을 침상에 눕힌 환이 그 옆에 앉았다. 턱에 얼굴을 기댄 채, 환의 손가락이 이원의 머리카락을 어루만졌다. 그에게 머리를 맡기며 이원이 미소를 지었다.
"무리해서 저와 정사에 대해 이야기하지 않으셔도 돼요. 대신들에게서 좋지 않은 말이 나오고 있다고 들었어요."
"그런 말을 하기 전에 시원한 해법이라도 내놓든가? 솔직히 너의 반만큼만 해 줘어도 내 고뇌가 사라졌을걸."
"……그래도."
피곤해하면서도 걱정하는 이원을 보던 환이 무거운 눈꺼풀에 입술을 맞추었다. 환이 이원과 함께 정사를 논한다는 이야기에, 권력이 그녀에게 갈지도 모른다고 생각한 귀족들이 노골적으로 이원을 견제했다.
환에게 피해가 갈지도 몰라 이원은 걱정했지만, 그들의 같잖은 불만 따위 환에게는 관심조차 없었다.
"네가 도움이 되지 않거나 꺼려졌다면 난 하지 않았을 거야. 그리고 나의 하원도 되지만, 너의 하원도 되잖아. 신경 쓰지 마."

나지막하고 다정한 말에 이원의 눈이 부드럽게 휘었다. 거의 잠들려 하는 이원을 보던 환이 언제나 안정을 주는 품을 파고들었다. 수마에 빠져들면서도 환의 체온을 느낀 이원이 그의 머리카락을 천천히 어루만져 주었다.

세상에서 가장 편안하고 전부를 보일 수 있는 품에서 환이 자신을 내려놓았다.

⁂

넓은 들판에 선 이원이 편안하게 부는 바람에 몸을 맡겼다.

분명 그녀는 환과 함께 잠들었었다. 심지어 이곳은 전혀 모르는 곳이었다.

"꿈인가?"

생각할 수 있는 건 하나였지만, 그렇다고 어떻게 깨야 할지 알 수 없었다. 잠시 들판에서 고민하던 이원이 바람을 따라 천천히 내려갔다.

"와……."

조용하게 불어오는 바람도 좋았고, 발에 밟히는 풀의 감촉도 좋았다. 지금의 삶에 불만을 가진 건 아니었지만 정말로 오랜만에 느껴보는 고요함이었다.

꿈이었어도 무척 선명했다. 불어오는 바람에 걸어가던 이원이 제 앞에 보이는 인영에 숨을 삼켰다.

"꿈은 진짜 꿈인 것 같다."

잠시 멈추었던 걸음이 천천히 앞에 보이는 사람을 향해 걸어갔다. 바로 앞까지 걸어간 이원의 눈이 붉게 물들었다.

"이호야."

몇 년 사이 나이가 든 이원과는 달리 제 앞에 서 있는 이호는 마지막으로 보았던 그대로였다. 더 다가갈 생각조차 하지 못한 채, 제 앞에 서 있는 이호를 보며 이원이 눈에 힘을 주었다.

"좀 일찍 나타나지."

이원의 말에 답을 하는 대신 이호가 미소를 지었다. 좀 더 다가가고 싶었지만 이호가 사라질지도 모른다는 생각에 손을 제대로 뻗지도 못했다.

꿈에서라도 이렇게 동생을 만날 수 있어서 다행이었다.

"나는 잘 지냈어. 환도 잘해 주고…… 힘든 일도 없어."

하고 싶은 말은 산더미였지만, 이상하게도 입 밖으로 제대로 나오는 것이 없었다. 그저 미소를 짓고 있는 이호를 보고 또 볼 뿐이었다.

"잘 지내고 있으니까 너무 걱정하지 마."

이원의 말을 듣던 이호가 손을 모아 보라는 것처럼 내밀었다. 영문을 알지도 못한 채 이원이 손을 내밀자 이호가 그녀의 손 위에 새끼 용을 올려놓았다.

용은 처음 보았지만 생각보다도 귀여웠다.

"작다."

깨우면 안 된다는 생각을 하면서도 그녀도 모르게 자꾸 손을 가져갔다.

용도 이원의 손길이 싫지 않은지 알 수 없는 소리를 내며 그녀의 손가락에 휘감겼다.

"귀여워."

"……."

용에 정신이 팔린 사이 들릴 듯 말 듯 한 목소리가 들렸다. 이원을 보며 미소를 지었던 이호가 입을 열었다.

"이호야. 잘 들리지 않는단다. 뭐라고 하는 거니?"

전혀 들리지 않는 말에 답답해하며 가까이 다가갔지만, 그 순간 이호의 인영이 점점 흐려졌다.

몇 년 만에 보는 동생을 이렇게 보낼 수 없었다. 새끼 용을 품에 안은 채, 이원이 이호를 향해 손을 뻗었다.

⁂

"하아."

눈을 뜬 이원이 몸 안에 쌓여 있는 것을 토해 내듯이 길게 숨을 내쉬었다. 천장을 보며 눈을 깜빡이던 이원이 고개를 옆으로 돌렸다.

고른 숨을 내쉬며 잠들어 있던 환이 그 순간 작게 눈을 떴다.

"왜 깼어요?"

"네 숨이 흐트러져서."

잠에 취해 있으면서도 환의 눈이 이원을 하나씩 살폈다. 더는 그녀가 죽였던 이들이 이원을 괴롭히지 못했지만 그때의 일을 기억하는 환은 그녀가 깰 때마다 같이 잠에서 깼다.

"꿈을 꿨어요."

"꿈?"

"환이 생각하는 악몽은 아니고요. 이호가 꿈에 나왔어요."

이호라는 말에 환이 고개를 들었다. 물끄러미 쳐다보는 시선을 보며 이원이 미소 지었다.

이럴 줄 알았다면 손을 뻗어서 한 번이라도 만져 볼 것을.

"처남 꿈을 꿨다는 건 처음 같은데?"

"처음이에요. 오랜만에 동생을 봐서 좋았어요."

손가락을 휘감던 새끼 용의 감촉도 아직 생생했지만 말하지는 않았다. 꿈은 그저 꿈일 뿐이었다.

지금은 그저 이호를 본 것만으로도 행복했다.

"음."

안겨 있는 이원의 머리에 턱을 기대며 환이 나른한 숨을 내쉬었다. 이원이 악몽을 꾸지 않은 건 다행이었지만 이호의 꿈을 꾸었다고 하니 내심 마음에 걸렸다.

"그러고 보니 처남에게 안 간 지 꽤 되었네. 이번에 같이 가자."

"같이 가요."

이원이 먼저 말하지 않아도 환이 먼저 그녀를 배려해 주었다. 동생을 잃은 상실감은 이원을 힘들게 하기는 했지만 환이 항상 곁을 지켜 주기에 주저앉히지는 못했다.

환의 품을 파고든 이원이 그의 체온에 자신을 맡겼다.

***

대전에 모이는 대신들이 모인 곳은 황궁이 아니라 대홍려인 소준우의 저택이었다.

"폐하께서 운원궁에 칩거하신 지도 벌써 2주째요. 내시감은 폐하의 용체에 어떤 이상도 없다고 하지만 사람의 일은 모르는 것이오. 하물며 소문에는 정사를 의논할 황후께서 출타하시어 칩거하고 계신다는 소문도 있소."

"솔직히 폐하의 묵인 아래 황후 마마께서 정사에 너무 깊게 참여하고 계시는 게 문제요! 냉정히 말하자면 아직 후계를 이을 용종도 가지지 못한 분이지 않소? 이러다가 황자라도 생기면!"

"황후 마마께서 용종을 가지시면 하원에 도움이 되는 일이 아니오?"

최근 사도의 자리에 오른 여주원의 말에 성토하던 대신들이 언제 그랬느냐는 듯이 꿀 먹은 벙어리가 되었다. 그들을 보던 주원이 소리 없이 한숨을 내쉬었다.

이원이 믿을 수 있는 것이라고는 환의 절대적인 총애뿐이었다. 이원의 가문은 반역을 저질러 멸문되었고, 하물며 충분한 황은을 받으면서도 후계조차 없으니 힘을 가진 이들에게 그녀는 눈엣가시 같은 존재였다.

"그럼 사도께서는 어찌 생각하시오? 황후 마마께서 본분을 잊고 하원의 정사에 관여를 하는 게 옳다고 생각하시오?"

소준우의 물음에 주여원이 소리 없이 입꼬리를 올렸다.

뜬금 소가에서 뵙기를 청하더니만, 단순히 장소를 빌려주고자 함이 아니었다.

얼마 전, 황후가 심한 감모로 자리에 누웠을 때 소준우의 여식이 선을 넘어 행동하다가 환에게 크게 무안을 당했다는 소문은 들어 알고 있었다.

힘을 얻기 위해서는 황제의 외척이 되어야 한다는 그였으니 이원이 눈에 거슬릴 수밖에 없었다.

"폐하께서는 사내와 여인의 차이를 생각하시는 분이 아니지 않소? 폐하께서 권좌에 오른 사이 하원은 많은 것이 달라졌소. 이번 의관으로 여인들이 들어온 건 경들도 알고 있지 않소? 무엇보다 황후 마마께서는 제 욕심을 내세우는 분은 아니오."

"그렇기에 더 위험하다는 것이오. 권력은 언제든지 사람을 바꿀 수 있으니 말이오. 황후께서는 현명하시지만 홀로 전부를 가지고 계시는 건 결국 큰 힘을 가진다는 것이오. 우리는 홍 황후가 저지른 일을 절대 잊어서는 안 돼요."

"대홍려의 여식을 후궁으로 들이지 못하는 게 불만인 것은 아니오?"

"나만의 불만은 아니라고 생각하오."

노골적으로 제 욕심을 드러내는 소준우를 보던 주원이 자리에서 일어났다. 그가 일어나자 주원을 따르는 이들 또한 자리에서 일어났다.

"경들이 무슨 생각을 가졌는지 알지는 못하지만, 오늘 난 이곳에서 얻은 것이 없을 것 같소. 황후 마마를 건드려서 폐하의 분노를 사느니 난 이만 나가 보겠소."

주원의 무리가 나갈 때까지 소준우는 미동조차 없었다. 그들이 완전히 사라진 다음에나 그가 의자에 몸을 맡겼다.

"처음부터 사도께 말이 통할 거라고는 생각하지 않았소."

"사도는 황제의 개라 불리는 사내입니다. 처음부터 뜻이 맞지 않는 무리였습니다."

경쟁적으로 의견을 지지해 주는 이들을 보며 소준우가 부드러운 미소를 지었다.

더는 멸문된 가문의 계집이 황제를 쥐락펴락하는 꼬락서니를 볼 수 없었다. 황제가 후궁을 들이지 않으려 한다면 차라리 혜완궁에서 황제 노릇을 하려는 계집을 억지로 끌어내리는 것도 방법이었다.

“어떻게든 혜완궁에 있는 황후를 끌어내려야 합니다.”

“이대로라면 그 계집이 전부 가지게 될 것입니다. 서둘러 손을 써야 합니다.”

의견이 통일된 이들만 남자 준우가 뒤쪽으로 눈을 돌렸다. 그와 눈을 맞춘 사내가 밖으로 나가고, 잠시 후 젊은 내관을 데리고 안으로 들어왔다.

“실은 제법 솔깃한 정보를 얻은 터라 그대들과 같이 듣고 싶어서 불렀소. 네가 나에게 말한 것을 여기서도 말하거라.”

“그, 그것이…….”

“괜찮다. 내가 있지 않으냐?”

눈치를 보던 내관이 고개를 숙였다. 모두의 눈이 내관을 향하자 얼굴을 들지도 못한 채 말을 이었다.

“이번 황후 마마께서 온천으로 가시는 여정에 소인이 따라갔습니다. 분명 황후 마마 홀로 온천에 가신 것으로 알고 있사온데 머무시는 내내 들이는 음식이나 옷은 사내의 것도 같이 들어갔습니다. 마, 망극한 말이지만 종종 황후 마마의 침소에서 사내와 교접하는 소리가…….”

“황후께서 지금 다른 사내와 통간을 하신단 말인가!”

“소인은 잘은 모르옵니다. 다만 이번에 따라간 이들은 분명 소인과 똑같이 보고 들었을 것입니다.”

“내 다시 부를 테니 이만 나가 보거라.”

웅성거리는 대신들을 진정시킨 준우가 내관을 밖으로 내보냈다. 아직도 충격에서 벗어나지 못하는 이들을 보며 소준우가 여유롭게 제 앞에 놓인 찻잔의 차를 비웠다.

권력에 눈이 먼 황후가 황제의 총애만을 믿고 무모한 짓을 저질렀다. 통간을 저지른 사내가 누구인지는 중요하지 않았다.

정 안 되면 통간한 사내를 하나 만드는 것도 일은 아니었다.

"이번 일이 나와 그대들에게 큰 기회를 줄 것 같지 않소?"

"흠흠. 그, 그러게 말입니다. 하지만 만약 사실이 아니라면……."

"내관이 그러지 않았소? 다른 이들도 듣고 보았다는 것을 말이오. 삼인성호(三人成虎)라는 말이 있지 않소? 황후가 간통했다는 사내만 만들 수 있다면 그게 진실인 것이오."

준우의 말이 계속될수록 이야기를 듣고 있는 대신들의 눈에 탐욕이 스며들었다.

처음에는 제 딸을 후궁으로 들여 이후에 기회를 엿보려 했지만, 마음이 바뀌었다.

이렇게 된 이상, 차라리 황후를 끌어내고 그 자리에 제 딸을 앉히겠다.

"경들의 여식들도 슬슬 준비하시오. 곧 간택령이 있을 것 같구려."

준우의 선언에 모두의 얼굴에 미소가 가득 생겼다.

***

편안히 푹 쉬고 돌아왔지만 여전히 몸은 피곤했다.

몸이 무거운 게 나아지니 졸음이 밀려왔다. 되도록 날이 밝을 때는 깨어 있으려 했지만 잠시 방심하고 있으면 그녀도 모르게 잠들었었다.

아무도 말하지 않았지만 꿈을 꿈 것도 있었고, 하루가 다르게 몸이 무거워지니 오늘은 태의에게 진맥을 받아 보려 했었다.

하지만 그녀의 계획은 강 상궁의 보고에 완전히 틀어졌다.

"온천에서 내가 사내를 불러서 주색을 즐겼다는 말인가?"

"송구하옵니다. 마마."

황제의 총애를 등에 업은 황후가 정사에 관여하는 것으로도 모자라 온천에 사내를 불러들여 통정을 하였다.

기가 막히다 못해 황당한 소문은 이미 황궁에 전부 퍼져 모르는 사람이 없다고 했다.

"하아!"

황후의 자리에 오른 이래 되도록 불편한 기색을 드러내지 않았지만 이번만큼은 그냥 넘기기 불편했다.

가문도 없이 황후의 자리에 오른 그녀를 대신들이 눈엣가시처럼 여기는 건 알고 있다. 심지어 환이 후궁조차 들이지 않은 채, 이원을 총애하고, 정사까지도 같이 논하니 내색하지 않을 뿐, 거슬려 하는 것 또한 알고 있었다.

"그 사내가 누구인지는 알고 입을 놀리는 것이더냐?"

"그것이……."

"있을 리가 없지."

눈에 거슬리니 내보내거나 소문을 빌미로 이원의 행동에 제약을 넣으려는 수작이었다.

자신은 잘못한 게 없으니 문젯거리가 될 건 없었지만, 본래 황궁이라는 곳은 방심하는 순간 거짓도 진실로 만드는 곳이었다.

"황후 마마!"

닫힌 문 너머로 들리는 송화의 목소리에 이원이 몸을 세웠다. 문이 열리고 다급히 들어오던 송화가 이원의 앞에 주저앉다시피 몸을 숙였다.

"지금 대전에서 대신들이 폐하께 황후 마마의 추문을 조사해야 한다며 주청을 올리고 있다고 하옵니다."

"추문?"

"대전에 황후 마마와 통정을 하였다는 사내가 와 있다고 합니다. 폐하께서는 노하셔서 그런 일이 없다며 자르셨지만 대신들은 시시비비를 살펴 황후 마마께서 통정을 하셨다면 폐위하셔야 한다며……."

이원의 분위기가 숨 막히는 것으로 바뀌자 송화가 다급히 몸을 숙였다.

환이 황제였기에 받아들인 황후였다. 변해 가는 나라가 신기했고, 그녀의 의견을 존중해 주는 환이 있었기에 자리의 무게가 무거웠지만 받아들였었다.

자신의 잘못으로 자격을 잃은 것이 아니라면, 이원은 저지르지도 않은 모략질에 제가 가진 것을 절대 내려놓을 생각이 없었다.

"대전으로 가겠다."

⁂

"황후 마마께서 통정을 하셨다는 추문의 진실을 밝혀 주시옵소서. 폐하."

"어찌 하원의 어머니가 되시는 황후 마마께서 이런 추문에 휘말리셨는지 통탄할 노릇이옵니다! 시시비비를 밝히시어 황궁의 기강을 바로잡아 주시옵소서. 폐하."

"짐은 분명 황후와 연관이 없는 일이라 밝혔다!"

"하오나 폐하. 이 자리에 와 있는 사내는 분명 이번 여정에 참여하여 황후 마마의 밤시중을 들었다고 고하고 있습니다. 진실을 밝혀 주시옵소서."

대전 밖을 지키고 있던 내관과 궁녀가 불안한 눈으로 문 앞에 서 있는 이원을 보았다.

손을 가리는 소매가 긴 옷을 입고 있기에 다행이었다. 겉으로는 무척 평온한 보였지만 핏줄이 도드라지도록 주먹을 쥐고 있었다.

"황후 마마께서는 몇 년 전 죽은 폐주 서우명의 정혼녀이었고, 심지어 죄인 서우명이 잠시마나 폐하의 모습으로 거짓된 황제 노릇을 했을 때도 곁을 지켰던 전적이 있으십니다. 아직도 그때의 일을 꺼내는 이들이 사사로이 있습니다. 황후 마마의 명예를 위해서라도 진실을 밝히셔야 합니다."

서우명이라는 이름이 나온 순간 강 상궁이 이원을 보고는 눈을 감았다.

오늘 저들의 의도가 무엇이든 간에 선을 완전히 넘어 버렸다. 이원의 앞에서 서우명은 절대 다시는 나오면 안 되는 이름이었다.

"고하라."

"황후 마마."

"폐하. 황후입니다. 들어가도 되겠습니까?"

이원의 목소리가 들리자 경쟁적으로 소리가 터져 나오던 대전이 꿀 먹은 벙어리처럼 고요해졌다.

황후가 된 지도 벌써 2년이 넘어가고 있었다.

그런데 이 상황에서 죽은 서우명까지 꺼내다니. 이건 명백한 도발이자 끔찍한 의도를 가진 수작질이었다.

후계도 없는 주제에 황제와 뜻을 같이하고, 귀족들의 이익을 빼앗아 가려는 계집.

적의로 가득 찬 대신들의 중앙으로 걸어간 이원이 환을 향해 고개를 숙였다.

'마음대로 해.'

마주 본 환의 시선에서 허락을 읽은 이원이 대신을 향해 몸을 돌렸다. 차분히 그들을 보던 이원이 대전 끝에 무릎을 꿇고 있는 사내를 차분히 쳐다보았다.

기억이 확실하지는 않았지만 분명 온천에서 청소를 하던 사내였다. 황후가 되었어도 무인이었을 때의 버릇이 사라지는 건 아니었기에 새로운 얼굴은 언제나 기억하고 있었다.

"경들은 나를 공격하는 추문을 걱정하면서 동시에 날 모욕하고 있군요."

"황후 마마. 신들은 그저 황후 마마께 드리워진 모욕적인 추문이 빠르게 해결되기를 바라는 마음으로 이러는 것입니다."

소준우를 보며 이원이 날카로운 눈으로 노려보았다.

심한 감모로 몸져누웠을 때도 제 여식을 환에게 들여보냈던 사내. 저 사내가 외척의 자리를 노리고 수를 쓰는 건 이미 알고 있었다.

하지만 이원도 환에게 가장 가까운 자리인 황후를 절대 빼앗길 수 없다.

"그래서 죽은 폐주의 이름까지 꺼내는 것이오?"

"사실을 말했을 뿐입니다."

"폐하. 만약 신첩이 여기에서 무고함을 증명하면 폐주의 이름까지 들먹이며 신첩을 모욕한 이들은 어찌 되는 겁니까?"

"사사로이 거짓에 현혹되어 황후를 모욕했으니 그 죄의 대가를 받아야겠지."

불같이 화를 내던 조금 전과는 달리 재미있어 죽을 것 같은 표정으로 환이 대전을 내려다보고 있었다.

환의 반응에 소준우의 눈이 가늘게 휘었다.

통정을 했다는 사내까지 준비시켜 대전에서 차마 듣기 힘들 황후와의 음담패설을 꺼내게 했다.

지금 황제는 황후에게 붙은 더러운 소문에 불같이 화를 내야 하는 것이 정상이었다. 하지만 권좌에 앉아 있는 그는 화를 내기는커녕 즐겁다는 듯한 눈으로 상황을 지켜보고 있었다.

'무언가가 있나?'

그런 것이 있을 리가 없다. 분명 온천에서 황후가 사내와 교접을 하며 함께 침소에 있었다는 보고를 받았다. 그 사내가 누구인지 모르지만, 어차피 모르면 만들면 될 뿐이다.

마음을 다잡으라는 듯이 무릎을 꿇은 사내에게 눈짓하자 그러겠다는 듯이 그가 몸을 숙였다.

'황후는 오늘 여기서 무너질 것이다.'

연주에게 황궁에 들어갈 준비를 하라고 일러두었다.

오늘 황후를 혜완궁에 연금하고 이번 달 안으로 폐위시킬 것이다. 연주만 황후에 올릴 수 있다면 조만간 소가는 예전에 홍가나 표가 정도의 세력을 얻게 될 것이다.

"고개를 들라."

대신들을 지나 몸을 숙인 사내의 앞으로 이원이 다가갔다. 이원의 말에 고개를 든 사내가 뻔뻔하게 그녀와 눈을 맞추었다.

"난 널 온천에서 보았다. 하지만 보았을 뿐, 난 네가 누구인지도 모른다."

"남녀가 교접을 하는데 이름은 필요 없다고 하지 않으셨습니까? 그저 소인은 황후 마마께서 하라는 대로 했을 뿐입니다. 소인보고 옷을 벗고 오지 않으면 목을 베어 버리겠다고 하지 않으셨습니까?"

"……."

"그저 가만히 있는 소인에게 다가오신 분은 황후 마마셨습니다. 그날 소인은 극락을 맛보았습니다. 소인 따위가 어찌 황후 마마의 속살을 맛볼 날이 있겠습니까?"

극진한 척 말할 뿐, 의도적으로 그녀를 흔들려 음담패설을 꺼내 놓았다. 당장에라도 검을 꺼내 이 사내의 목을 베어 버리고 싶었지만, 간신히 분노를 억누른 이원이 그의 앞에 한쪽 무릎을 꿇고 앉았다.

"네가 본 내 몸을 말하거라."

"네?"

"황후 마마. 어찌 그런 불경한 말씀을!"

"난 이미 잃을 체통 따위도 없고, 이 끔찍한 추문의 진실을 밝혀야 하지 않겠는가! 말하거라! 내 몸이 어떠했는지 말이다!"

이원의 일갈에 사내가 숨을 삼켰다. 풍파라고는 하나도 모를 것같이 여리게 생긴 여인의 일갈이 숨 막히도록 묵직했다. 하지만 오늘 어떻게 행동하느냐에 따라 제 인생이 달라질 터였다.

겁이 났지만 눈을 꼭 감은 채 사내가 입을 열었다.

"피부는 백옥처럼 하얗고 보드라웠습니다. 손에 감기는 피부가 탐스럽고 귀한 도자기를 보는 것처럼 매끄러웠습니다. 티끌 하나도 없으신 몸에 홀린 듯 소인이 황후 마마를 안았습니다! 소인이 잘못했습니다!"

사내의 고백에 이원이 실소를 터트렸다. 그녀의 실소에 사내의 눈이 커졌다.

"나는 황후이기 전에 무인이었다."

"네?"

"네가 나와 통정을 했다면 제일 먼저 볼 건 어깨의 흉터였다. 다시 묻겠다. 내 어깨의 흉터는 어떻게 생겼느냐?"

"그, 그것이……."

"나와 통간을 했다는 사내가 어깨에 무슨 흉터가 났는지도 모르는 건가?"

이원의 말에 대전은 찬물을 끼얹은 것처럼 정적에 휩싸였다. 당황한 이들을 향해 이원이 자리에서 일어났다.

"대홍려의 여식으로 하겠는가? 아니면 누구로 하겠는가?"

"황, 황후 마마. 그게 무슨?"

"내 몸이 백옥처럼 티끌 하나도 없는지, 흉터가 있는지 확인해야 하지 않겠나? 설마 내 체통을 잃었으니 그대들 앞에서 옷이라도 벗으라는 건가!"

"아, 아니옵니다! 소인들이 어찌!"

조금 전까지 진실을 밝혀 달라면서 목소리를 높이던 이들이 당황하여 흐트러졌다. 달라진 상황에 소준우가 쓴물을 삼켰다.

황후가 저리 체통 없이 제 몸의 상처를 꺼낼 거라고는 생각하지 않았다. 하지만 여기까지 온 이상 물러날 수 없었다.

"어둠 속에서 있었다면 흉터를 보지 못할 수도……."

"대홍려. 그만하라."

조금 전까지 재미있어하던 말투와는 완전히 다른 살기가 상석에서 들려왔다. 권좌에 앉아 이 상황을 보던 환이 아래로 내려왔다. 자리에서 일어나려는 이원을 환이 극진히 부축하였다.

"짐에게 황후의 흉터는 마음의 빚이다. 그리고 충분히 거짓은 해명이 된 것 같군. 황후는 잠시 대전 밖에서 기다리라. 나머지 해명은 짐이 하면 될 것 같다."

괜찮다고 하면서도 이원은 분노로 바들바들 떨고 있었다.

처음부터 그녀의 무죄를 알고 있었지만, 원하는 것이 있었기에 기다렸을 뿐이었다. 제 귀한 부인인 이원은 충분히 원하는 대로 해 주었으니 이 정도의 선에서 자르는 것이 맞았다.

"오래 걸리지 않을 것이다. 대전 밖에서 기다리라."

말은 딱딱하게 했지만, 사과하는 것처럼 이원의 팔을 환이 붙잡았다.

환의 눈을 보던 이원이 제 감정을 가라앉히며 대전 밖을 나갔다.

이원이 완전히 사라진 후, 환이 권좌를 향해 몸을 돌렸다. 그 순간 눈치를 보던 몸을 숙이고 있던 사내의 목에서 피가 터져 나왔다.

"컥!"

"감히 황후를 욕보였으니 죽어 마땅하고."

"폐하!"

"황후께서 온천에 가 있는 동안 사내와 함께 있던 건 사실이다. 다만 그 통정했다는 사내가 짐인 것은 몰랐겠지."

"네? 허나 폐하께서는 운원궁에 계시다 하여……."

환의 담담한 고백에 대전이 다시 술렁였다. 어쩔 줄 모르는 대신들 사이에서 하얗게 질린 소준우가 환을 쳐다보았다.

눈엣가시 같은 놈.

당장에라도 죽여 버려도 상관없지만, 지금 저놈이 해 줘야 할 일이 있었다.

하지만 이원을 모욕한 대가를 치르게 해야 했다.

"경들에게 짐이 어디를 가는지, 누구와 함께 있는지 보고해야 하는 일인 줄은 몰랐군."

"그, 그것이 폐하."

"오냐오냐하고 받아 줬더니 지금 경들이 하원의 황제라도 되는 것처럼 굴고 말이지."

"오, 오해이십니다! 폐하! 소, 소인들이 감히!"

"짐의 눈에는 그렇게 보인다는 거다. 끔찍하게 더러운 기분으로 말이지."

"……."

"저기에 죽은 놈이 경들이 되지 않을 거라는 생각은 하지 않는 게 좋다. 황후를 욕보인 것만으로도 짐은 경들을 죽여 그 머리를 황후에게 선물로 줄 수도 있다."

환의 차가운 일갈에 여주원의 눈이 소준우를 향했다.

더는 말할 의지조차 잃은 그가 창백하게 질린 채 몸을 떨고 있었다.

'그러게 왜 나서서는.'

황제는 절대 쉽지 않은 상대였다. 대신들에게 손을 대지만 않았을 뿐, 환은 이원을 모함한 이들을 전부 머리에 새겼을 것이다.

자신에게 오는 공격 따위 아무렇지도 않아 했지만, 이원은 아니었다.

은이원은 황제에게 그저 황후가 아니었다. 황제인 자신보다도 더 귀하게 여기는 존재였다.

"짐은 황후를 혜완궁으로 모셔다 드릴 것이다. 그때까지 경들이 어떻게 행동해야 할지 이곳에서 정하라."

"……폐, 폐하."

"경들의 반대로 아직 처리하지 못한 일들이 산더미군. 오늘 하루가 무척 길 것 같지 않은가?"

"……."

"짐이 대전으로 돌아왔을 때 마음에 드는 결과를 내놓지 않는다면 경들은 황후를 모욕한 죄의 대가를 치러야 할 것이다."

말을 끝낸 환이 대신들을 내려다보았다. 환과 눈을 마주칠지도 모른다는 불안에 대신들이 고개를 숙였다.

같잖은 행동을 하는 이들을 보던 환을 대전 밖으로 나가려는 순간 강 상궁의 비명이 들려왔다.

"황후 마마! 황후 마마!"

밖에서 들리는 비명에 환이 대전을 달려 나갔다.

문이 열리자마자 보이는 건 강 상궁의 품에 안겨 있는 이원이었다. 정신을 잃은 이원의 이마에서 송골송골 맺힌 땀이 얼굴을 타고 흘러내렸다.

그 순간 환의 세상이 멈추었다.

"원아!"

***

혜완궁까지 갈 겨를조차 없었다. 쓰러진 이원을 안은 환이 간 곳은 건원궁이었다.

이원이 쓰러졌다는 소식에 태의가 급하게 건원궁으로 달려왔다.

이원의 가는 팔에 실이 묶이고 성심껏 진맥을 하던 태의가 환을 향해 몸을 숙였다.

"경하드리옵니다. 폐하! 용종이십니다."

"경하드리옵니다!"

황후에 오른 이후로 후계가 전혀 없던 이원이 용종을 가졌다. 분명 즐거워할 일이었지만 환의 안색은 딱딱했다.

환의 손이 눈을 굳게 감은 이원의 이마에 닿았다.

따뜻한 이마가 손바닥에 느껴졌지만 정작 이원은 미동조차 없었다.

"황후께서는 어찌하여 깨어나지 않으시는 건가?"

"내색하지는 않으셨지만 이번 일로 신경을 많이 쓰신 듯 하옵니다. 곧 깨어나실 것이니 탕약을 바로 올리겠습니다."

"탕약이 들어올 때까지는 황후와 있고 싶다. 모두 나가라."

환의 명령이 끝나자마자 자리를 지키던 이들이 뒷걸음질로 모두 빠져나갔다. 침소가 조용해지자 환이 이원의 손을 붙잡았다.

"이제 일어나도 돼."

환의 한마디에 조금 전까지 정신을 차리지 못하던 이원이 눈을 떴다. 언제 그랬느냐는 듯이 건원궁 침소의 천장을 보던 그녀가 고개를 돌려 옆에 있는 그를 쳐다보았다.

"일부러 쓰러진 거 알고 계셨죠?"

"내 손을 힘주어 붙잡았잖아."

환의 눈을 보던 이원이 길게 숨을 내쉬었다. 하지만 곧 환을 보며 빙긋 미소를 지었다.

"아이래요."

"다음에는 좀 정상적으로 알려 줘. 놀랐거든."

"실은 얼마 전에 이호의 꿈을 꿨을 때 태몽도 같이 꾼 거 같아요."

"음?"

"이호가 새끼 용을 줬거든요. 그때는 그저 손에 잡힌 용이 귀엽고, 이호가 반가워서 대수롭지 않게 넘어갔었는데 태몽이었나 봐요."

환한 미소를 지은 이원과는 달리 환의 안색은 점점 굳어 갔다. 환의 변화에 이원이 고개를 갸웃했다.

화가 난 것 같지는 않았지만 묘하게 경직되어 있는 표정에 이원이 말해 보라는 것처럼 쳐다보았다.

"그런데 왜 말 안 했지?"

"확실하지도 않고, 원래 오늘 태의에게 진맥을 받아 보려고 했어요. 그래도 아이를 가져서 다행이에요."

활짝 웃는 미소가 눈이 멀도록 보기 좋았다. 이원을 내려다보며 환이 하얀 이마에 입술을 맞추었다. 환은 이원만 있으면 되었지만, 그래도 이원은 아이를 바랐었다.

조금이나마 이원의 걱정을 덜게 되어서 다행이었다.

"……환은 안 기뻐요?"

"음?"

"별로…… 기뻐 보이지는 않아요."

말을 꺼낸 이원의 눈이 시무룩해졌다. 이원의 반응에 난감한 듯 미간을 모았다.

누워 있는 이원의 손을 붙잡은 환이 손바닥에 입술을 가져갔다. 손바닥에서 느껴지는 감촉에 이원의 굳은 얼굴이 부드럽게 풀렸다.

"솔직히 말하면 네가 쓰러진 줄 알고 진짜 놀랐으니까. 솔직히 네가 손을 잡아 주기 전까지는 정말로 놀랐거든."

"아…… 그건."

"그리고 아이가 조금 실감이 안 나."

이원만 있어도 완벽한 세상에 다른 존재가 들어온다는 것이 피부로 와닿지 않았다. 누워 있는 이원을 보던 환이 그녀와 눈을 맞추었다.

"아이가 싫은 건 아니야. 하지만 네가 건강한 게 가장 중요해. 그러니까 태의가 말하는 대로 하자."

"저는 환하고 우리 아이하고 오래오래 같이 살 거예요."

약조처럼 느껴지는 말에 환의 눈이 부드럽게 휘었다. 자신은 정 상궁 같은 결말은 절대 바라지 않았다.

앞으로 태어날 아이도, 지금 함께하고 있는 부인인 이원도, 평생 아끼며 보듬으며 살 것이다.

"그, 그런데 대전의 귀족들은 어떻게 하고 있어요? 실은 그들의 행동이 괘씸하고 화가 나서 저지른 일인데…… 생각을 못 하고 있었네요."

"뭐 제 놈들이 저지른 죄를 어떻게 수습할지 머리 좀 쓰고 있겠지."

"그나저나 일부러 그런 거죠?"

"음? 뭐가?"

"온천이요! 일부러 몰래 와서 있었던 거죠?"

이원의 말에 환이 모르는 척 입꼬리를 올렸다. 그의 행동에 못 이기겠다는 듯이 이원이 고개를 저었다.

호시탐탐 이원을 공격하려는 귀족을 끌어내려면 그들을 방심하게 만들어야 했다. 결국 그들을 붙잡을 방법은 제 수에 넘어가게 만드는 것뿐이었다.

"내가 운원궁에 들어갔다고 하면 저들은 기회라고 생각할 테니까."

좋은 정책을 내놓아도 대신들이 반대하면 지지부진하게 끌기만 할 뿐, 이루어지는 것은 별로 없었다.

결국은 대신들과의 대립하는 상황에서 환이 기세를 잡을 방법은 저들 스스로 자신들이 만든 덫에 빠지게 하는 것뿐이었다.

환은 운원궁을 들어가면 제 생각이 정리될 때까지 나오지 않았고, 분명 이원이 가는 행렬에 붙여 놓은 이는 그녀의 부정을 고할 테니 그들은 기다렸다는 듯이 움직일 것이라 생각했다.

"결국 전 이용당한 거네요."

"그럴 리가 없는데. 나의 황후님은 내가 온천에 온 시점부터 무슨 생각인지 전부 알고 있었을걸. 그러니 오늘 대전에도 와서 쓰러진 거잖아."

"……."

"덕분에 대전에서는 아주 곤란한 일이 일어났다며 대홍려를 압박하고 있지."

전부 알고 있다는 표정에 이원이 이길 수 없다는 듯이 고개를 저었다. 아무튼 자신도 자신이었지만 이 사람도 만만치 않았다.

"결국 폐하나 저나 알고 움직였네요."

"우리는 손발이 잘 맞는 부부거든."

"그럼 변수는 아이였던 거네요."

"응. 그리고 이 아이 덕분에 이번 일도 잘 해결되겠지. 널 건들지도 못할 거고 말이야."

환의 손가락이 이원의 뺨을 간질였다. 일어나야 했지만 이대로 환의 손길을 받으며 누워 있으니 몸이 노곤해졌다.

"대홍려는……."

"네?"

"아니야. 이건 나중에 말하자."

귀한 아이 앞에서 목숨을 거둔다는 이야기는 굳이 할 필요가 없었다.

현명한 이원과 아이 덕분에 오랫동안 그를 괴롭히던 문제는 쉽게 해결될 것이었다. 어차피 이후의 일은 환이 해야 할 일이었다.

"아이도 아이지만 나한테 최우선은 너야."
"환?"
"아이를 아끼느라 널 전부 희생하지는 마."
아이를 생각하느라 이원이 제가 바라는 것을 놓게 하고 싶지 않았다. 지금도 충분히 제 몫을 다 하고 있었다.
그가 만들 하원에는 이원이 반드시 필요했다.
"절 쉬게 하실 생각도 없으시잖아요."
"내 부인은 현명하거든. 누가 날 이만큼 아껴 주고 배려해 주겠어."
태연한 말에 이원이 고개를 절레절레 저었다. 못 이기겠다며 고개를 저어도 싫다는 말은 하지 않았다.
"오늘은 쓰러졌으니까 여기서 쉬어."
"대전에 가 보셔야 하는 거 아니에요?"
"뭐가 예뻐서 이렇게 일찍 가 봐? 이따 해가 저물면 어떻게 할지 생각해 볼게."
작게 터트리는 이원의 웃음소리가 듣기 좋았다.
제 아이를 가진 귀한 부인의 입술에 환이 고개를 숙여 입을 맞추었다.

⁂

시간이 흐르고 이원의 진통이 시작되었다. 예전에 천동윤에게 중독되었을 때를 빼고는 비명조차 지르지 않던 이원은 진통이 시작되자 듣기 고통스러울 정도로 힘겨운 소리를 계속 터트렸다.

"폐하. 이곳은 소신들이 지킬 것이니 건원궁으로 가 계시어……."

"……."

"폐하."

환이 들은 척도 하지 않자 내관이 뒤로 물러났다.

새벽부터 시작된 진통은 해가 머리 위로 올라간 후에도 계속되었다. 원래 첫아이는 시간이 걸린다는 이야기는 귀에 닳도록 들었지만 그게 굳이 이원에게까지 적용될 필요는 없었다.

용종을 가진 내내 입덧 한 번 없었기에 순하다며 좋아했건만, 알고 보니 전부 거짓이었다.

"네 어미 좀 그만 괴롭혀라."

말이 끝나기가 무섭게 이원의 비명이 다시 터져 나왔다.

"황후 마마. 좀 더 힘을 주셔야 합니다."

새벽부터 내내 해가 중천에 뜰 때까지 이원은 힘을 주고 또 주고 있었다. 저것들은 그 사실을 알면서도 이원에게 다시 힘을 주라며 채근하고 있었다.

"내가 미쳤지."

그에게는 이원 하나만 있으면 충분했다.

괜히 아이 욕심을 냈다가 귀한 이원만 죽어나고 있었다. 제 말이 아이에게 닿을 리는 없겠지만 환이 수없이 빌고 또 빌었다.

네 어미 그만 괴롭히고 이만 나오라고.

나오기만 하면 아끼고 귀하게 여겨 줄 테니 네 어미는 그만 괴롭히라고.

"심술을 부릴 거면 어서 나와서 차라리 나에게 부리란 말이다."

자신이 무슨 말을 꺼내는지도 알지 못한 채, 환이 속으로 빌고 또 빌었다.

딸이든 아들이든 좋으니 저 아이만 태어난다면 그 이후에는 절대 아이 따위 가지지 않을 것이다.

빠르게 흘러가던 시간이 완전히 멈춘 것 같았다.

"황후 마마! 조금만! 조금만 더!"

"도대체 얼마나 조금만 더 힘을 주라는 것이냐!"

부글부글 끓던 속의 화가 머리끝까지 차오르는 순간, 목이 쉰 이원이 쥐어짜듯 비명을 질렀다. 힘겹게 터져 나오던 비명이 가라앉는 것과 동시에 아이의 울음소리가 크게 울렸다.

울음소리가 들리는 순간 내관의 만류는 보이지도 않는 것처럼 환이 산실로 들어갔다.

"태자 저하입니다. 폐하!"

"원아!"

환한 미소를 지으며 아들을 들어 올리는 의녀는 눈에 보이지도 않았다. 자신의 아들에게는 눈길조차 주지 않은 채, 환이 시중을 받는 이원에게 다가갔다.

핏줄이 터져 붉어진 눈과 깨물고 참느라 상처가 난 입술로 이원이 미소를 지었다.

무엇이 좋다고 저리 또 곱게 웃고 있는 건지.

두고두고 보고 싶을 정도로 고왔지만 지금은 저 모습을 보며 같이 웃어 줄 마음은 전혀 들지 않았다.

"아이. 그만 가지자."

"태어난 아이도 안 보고…… 그런 말부터 해요?"

이원의 말에 환의 눈이 그제야 제 아이를 향했다.

무척이나 작고 여린 아이가 눈조차 제대로 못 뜬 채 의녀에게 안겨 있었다. 저 작은 것이 이원에게서 나왔다는 사실은 무척 신기했지만, 이원을 이렇게까지 괴롭힌 건 무척이나 괘씸했다.

"아이 봤어. 이제 아이는 그만 가지자."

"나…… 괜찮아요."

"네 몰골을 못 봐서 그런 거야. 진짜 홀아비 되는 줄 알았어."

솔직하게 나오는 본심에 이원이 작게 웃음을 터트렸다. 환의 도움으로 몸을 반쯤 일으킨 이원이 의녀가 보여 주는 아들을 바라보았다.

온몸이 아프고 힘들었지만 아이는 무척이나 신기했다.

아직 누구를 닮았는지는 알기 어려웠지만 환과 자신의 아이라는 것에 너무나도 신기했다.

"조금 쉬었다가 보자."

"조금만 더 보고 싶어요."

"힘들어서 안 돼. 조금만 쉬자."

환의 시선을 받은 의녀가 태어난 아이를 안고 몸을 일으켰다. 더 보고 싶다고 했지만 이제 한계였는지 이원의 몸에서 힘이 완전히 빠져나갔다.

같이 있어 달라는 뜻으로 손을 내밀자 환이 손을 붙잡았다.

서로밖에 없었던 둘에게 아이가 생겼다. 환과 자신을 연결해 주는 존재가 생겼다는 사실에 행복해졌다.

"눈 좀 붙여. 자자."

환의 속삭임에 고개를 끄덕이며 이원이 어느 때보다도 편안하게 눈을 감았다.

***

이원이 아들을 낳은 지 두 달이 훌쩍 지나갔다.

환은 처음 얻은 아들에게 '온'이라는 이름을 지어 주었다. 멸문된 가문에 후계조차 없는 황후라며 이원을 공격했던 이들은 '온'이 태어난 이후부터는 어떤 말도 꺼내지 못했다.

건원궁에서 나온 환이 향한 곳은 여지없이 혜완궁이었다.

"온아."

혜완궁에 들어서자마자 보이는 건 온을 안은 채 서 있는 이원이었다. 날이 따뜻할 때마다 이원은 온을 안고 혜완궁을 걸어 다녔다.

"폐……."

"조용히 하라."

혜완궁 안으로 들어온 그를 발견한 송화가 고하려 했지만, 그보다도 먼저 환이 말렸다. 붉게 노을이 진 나무 아래 온을 안고 있는 이원을 보는 것만으로도 심장이 뛰었다.

처음 만났을 때부터 끌렸던 여인.

제 것이 아니라며 포기하려고 했어도 도저히 놓을 수 없었던 여인.

척박하고 황폐했던 제 삶에 유일한 빛이자 길처럼 보였던 여인은 그림자 속에서 멍들어 가고 무너지던 환을 빛으로 끌고 와 모든 것을 만들어 주었다.

"온아. 감모에 걸리면 안 되니 조금만 있다가 들어가자."

그녀의 말을 알아들었는지 알 수는 없었지만 안겨 있던 작은 아이가 알 수 없는 소리를 웅얼거렸다.

마음을 담아 연모하는 여인이 제 아이를 안고 환한 미소를 짓고 있었다.

어느 풍경화보다도 고운 모습에 자꾸 시선이 향했다.

"언제 오셨어요?"

온을 보던 이원이 기척을 느끼고는 환을 쳐다보았다. 그녀에게 답을 하는 대신 가까이에 다가간 환이 이원에게서 온을 안아 들었다.

제 팔 한마디보다도 작은 아이는 귀엽고 신기했다.

"제가 안아도 돼요."

"이 녀석 꽤 무거워."

갑자기 달라진 품이 싫었는지 온이 짧게 투정을 부렸지만 곧 환의 손길에 얌전해졌다. 동그란 눈으로 자신을 안은 환을 보던 온이 잇몸을 드러내며 미소를 지었다.

"웃는 게 너와 똑같아."

"온은 환을 닮았어요. 작은 환이야."

작은 환이라는 말이 뭔가 이상했지만, 솔직히 온을 보면 자신이 봐도 환을 그대로 닮았다. 자신의 어릴 적이 어떤 모습인지는 기억에 별로 없었지만, 묘하게도 온을 보다 보면 자신이 보였다.

"그래도 애 이름은 온이야. 작은 환이라고 부르면 헷갈려."

"저에게는 큰 환이나 작은 환이나 둘 다 귀해요."

"작은 환이 나와 너에게 귀한 존재라는 건 당연하지만, 아직 네 연모는 큰 환의 것이야. 그리고 다시 말하지만 우리 아들의 이름은 온이야. 작은 환은 절대 아니라고."

작은 환이라는 이름도 왠지 모르게 귀여웠지만 환이 너무나도 단호하게 아니라고 하니 그저 미소를 지을 뿐이었다. 농담인지 진담인지 알 수 없었지만 환은 종종 작은 환만 찾는 이원에게 서운하다며 작게 투덜거렸었다.

온을 향한 것이 자식으로서의 애정이었다면 환은 연모였다. 둘 다 귀하다고 했지만 감정의 결은 분명 달랐다.

"아!"

"바람이 차가워졌다. 이만 들어가자."

자신에게는 시원한 바람이었지만 어린 온에게는 추울 바람이었다. 온을 안은 환의 팔을 감싼 이원이 혜완궁으로 함께 들어갔다.

*
**

온을 데리고 오자마자 보이는 건 한쪽에 가득 쌓여 있는 장계였다. 한가득 쌓여 있는 일을 보며 이원이 미간을 좁혔지만, 정작 장계를 가져온 환은 반쯤 졸고 있는 온을 다독일 뿐이었다.

"머리 아픈 건 나중에 봐도 되지만 탁자에 올려놓은 건 지금 봐."

"대신들이 황후가 아이를 낳고는 정사에 관심을 가지지 않는다면서 좋아하는 소리를 들었는데요?"

"난 그들의 기대에 부응하는 착한 황제가 아니거든. 그리고 답이 잘 나오지 않네. 읽어 봐."

온을 낳은 후, 환은 이원에게 정사를 논하지 않았다. 온을 낳으니 환의 마음이 바뀐 걸지도 모른다는 생각에 서운했던 것도 잠시, 이원에게 읽어 보라며 서책을 보내거나 때로는 스승을 보내 처음 들어 보는 내용을 가르치게 했다.

영문을 알지 못했지만 환에게 생각이 있으려니 싶어 하는 대로 따랐다.

"음."

환이 보라고 한 장계를 열어 본 이원이 눈을 좁혔다. 적혀 있는 내용은 얼마 전에 그녀가 머리를 붙잡고 읽었던 서책과 비슷한 내용이었다.

"난 누구보다도 나에게 도움이 되는 황후를 장식품처럼 둘 생각은 없어."

"언질을 좀 달라고 했잖아요."

"그러고 싶었는데 또 슬금슬금 움직이려는 것 같아서. 아무튼 저들도 악착같단 말이지."

환이 밀어붙이는 정책은 평민들에게는 새로운 기회를 주었지만, 귀족들에게는 기존에 가졌던 이득을 빼앗기는 결과가 되었다.

물론 그들에게 무조건 빼앗기만 하는 것이 아니라 분명 내어줄 때도 있었지만 몇몇은 본인들이 얻는 건 생각하지 않고 빼앗기는 것만 억울하다며 목소리를 높였다.

"온은 내가 재울게. 오늘은 읽어만 봐."

"해결 방법을 찾으라는 거 아닌가요?"

"그러려면 밤을 새워도 안 될걸. 나랑 놀아야 하잖아. 온아. 네 어머니는 아버지에게 너무 박하구나."

넉살 좋게 나오는 말에 못 이기겠다는 듯이 이원이 고개를 저었다.

말은 저렇게 해도 환이 일부러 그녀에게 그랬다는 건 알고 있다. 황제인 그가 앞장서서 이원을 배려하고, 앞장서서 바꾸려 하니 조금씩이지만 하원 안에서의 여인의 입지는 달라지고 있었다.

제 뜻을 이루고 싶어 하는 다른 이들을 위해서라도 이원은 환과 함께 하원의 정치에 관심을 가져야 했다.

"아! 잠들었다."

"온이 자요?"

"쉿!"

환의 말에 이원이 입을 다물었다. 잠든 온을 다독이던 환이 이원의 침상 옆에 만들어 놓은 작은 침상에 온을 눕혔다.

태자라 불러도 되는데 이원은 굳이 온이라 이름으로 불렀고 따로 유모를 두고 봐도 되었지만, 되도록 곁에 두고 잠들었다.

그리고 황제와 황후인 두 사람이 단둘이 있을 때만큼은 환과 이원이고, 온의 부모일 뿐이었다.

"날 많이 닮은 것 같지만 그래도 눈은 너더라."

"눈이요?"

"눈을 보고 있으면 널 보는 것 같아."

깊게 잠든 온의 손을 만지며 나오는 말에 이원이 가까이 다가갔다. 환의 허리에 팔을 감자 그의 손이 이원을 붙잡았다.

황제와 황후라는 자리가 무겁기는 했지만, 이제는 손을 뻗기도 전에 먼저 다가오는 이원이 있었다. 환의 불안정한 현실은 이원이 곁을 머물면서 점점 더 안정을 찾았다.

"날 닮기는 했지만 분명 네 모습도 있어."

"환하고 저의 아이니까요."

"음."

"이렇게 온을 보고 있으면 딸도 있었으면 좋겠어요. 남매가 같이 있으면 좋을 것 같아."

이원의 말에 환의 몸이 순간 굳었다. 믿을 수 없는 눈으로 환이 쳐다보자 왜 그러냐는 듯이 이원이 그를 보았다.

지금 아이를 낳은 지 두 달 만에 진심으로 저런 말을 꺼내는 것일까?

"왜, 왜요?"

"아이를 또 낳자고?"

환의 반응에 이번에는 이원이 고개를 갸웃했다. 물론 온을 낳은 지 얼마 되지 않았지만 또 가지는 게 문제는 아니었다.

영문을 모르겠다는 눈으로 쳐다보는 이원을 보며 환이 기가 막힌다는 듯이 숨을 토해 냈다.

"너 온이 낳을 때도 죽을 뻔했어. 그런데 또 가지겠다고?"

"그건 환이 그렇게 생각하는 거고요. 온을 받아 준 의녀에게 물어보니 아이를 낳을 때는 다들 그런대요. 그리고 이제 괜찮잖아요."

"아이 그만 가지자고 했잖아?"

"전 대답 안 했어요."

미소를 지은 이원이 환의 뒤에서 앞으로 옮겨 갔다. 환의 허리에 팔을 감은 이원이 그에게 몸을 맞닿았다. 온을 낳고는 이원을 생각해 전혀 다가가지 않았었다.

하지만 다가가지 않는다고 욕구가 사라지는 것은 아니었다.

수많은 유혹이 환은 흔들었지만 그런 자극은 환에게 짜증만 불러일으켰다. 환이 안고 싶다는 욕구를 느끼고, 소유하고 싶어 하는 건 오직 이원뿐이었다.

"환."

"너 온이 낳은 지 얼마 안 되었어."

"태의에게 물어봤는데 이제는 괜찮다고 했어요."

이원의 말이 환의 굳건한 인내를 살살 건드렸다. 하지만 환이 다시 마음을 다잡았다.

그녀는 까먹었겠지만 환은 아직 온을 출산할 때에 이원이 질렀던 비명을 잊지 않고 있었다.

그때의 고통을 이원이 다시 느끼게 하고 싶지 않았다.

"아이를 가질 생각이 없다면…… 그럼 나한테는 다시 안 다가올 거예요?"

"그게 아니라! 그러니까 몸을 좀 회복하고 다가와도 되고…… 조금 안심이 될 때 다가가는 것도……."

"괜찮을 거예요."

"……."

이원이 환의 옷고름에 손을 가져갔다. 그녀의 손에 단단히 묶었던 옷고름이 풀리고, 곧이어 반쯤 풀어진 옷 사이로 보이는 단단한 근육에 이원의 손이 닿았다.

단단한 복부에 보드랍고 매끄러운 손바닥이 닿자 오랫동안 억눌러 왔던 열기가 단숨에 머리끝까지 닿았다.

분명 머리로는 안 된다며 밀어내야 한다고 생각했지만, 몸은 착실하게 이원의 손길에 반응하고 있었다.

"괜찮겠지?"

"진짜 이러면 서운할 거 같아요. 어떤 사내들은 여인이 아이를 낳으면 감정이 식어 버린다면서요. 혹 환이…… 아앗!"

말이 끝나기가 무섭게 환이 이원을 안아 올렸다.

침상에 이원을 눕힌 환이 위로 올라탔다. 거추장스러운 옷을 벗은 환이 이원의 몸에 남아 있는 옷도 전부 벗겼다. 온이 생기기 전에는 제 마음껏 허기를 채웠지만 온을 가진 후에는 거의 다가가지 못했다.

"그런 말을 하는 걸 보니 궁인들이 쓸데없는 말을 지껄인 거 같은데?"

"음…… 그게…… 건원궁에 여인들이 드나든다고……."

어깨에 닿는 더운 숨결에 이원이 몸을 잘게 떨었다. 나신인 이원의 손목을 붙잡은 환이 가는 목덜미에 입술을 묻었다. 열기가 가득 찬 입술이 목덜미의 하얀 피부를 담뿍 빨아들었다.

"난 수절하느라 힘들었는데 쓸데없는 것들이 혀를 놀렸네. 내가 그랬을 것 같아?"

"그건 아니지만…… 불안하기는…… 했어요."

환이 그럴 리가 없다고 굳게 믿었지만 자꾸 들려오는 말은 이원의 불안을 건드렸다.

사내들은 아이를 가지기 전과 후가 다르다고 했었다. 환은 그러지 않겠지만 주변에서 그를 흔들면 사람은 실수할 수도 있었다.

"내 신뢰가 바닥이네."

"그건 아니고요! 환은…… 안 흔들릴 줄 알았어요! 다만…… 자꾸 다른 여인이 들어왔다는 이야기를 들으면…… 좀 많이 불안했어요."

"난 꽤 까다로운 사내라서 내가 원하는 여인이 아니면 돌아 버리진 않거든."

"그, 그게……."

"나 수절하느라 힘들었어. 원아."

이원의 손목을 붙잡은 환이 머리 옆으로 눌렀다. 내려다보는 환의 눈을 마주하는 순간 익숙한 감각이 이원을 집어삼켰다.

저런 눈이었을 때의 환은 이원을 한계까지 몰아붙였었다.

"하아."

열기에 젖은 눈 위에 환의 입술이 닿았다. 눈가에 작게 매달려 있던 눈물이 환의 입술로 빨려 들어가자 이원이 더운 숨을 터트렸다. 신음이 힘겹게 터져 나오려 했지만 이원이 인내로 입술을 깨물었다.

"소리 내."

"그래도…… 온이가 깨면……."

"깊게 잠들어서 괜찮아."

이원을 자극하듯이 환의 입술이 오뚝한 코에서 입술로 내려갔다. 열기에 뜨거워진 입술이 이원의 입술을 덮자 그제야 참았던 신음이 흘러나왔다.

척추를 따라 등을 어루만지자 이원의 체향이 훅 밀려왔다. 그가 원하는 유일한 체향이었다. 수많은 분내가 유혹하듯 다가왔어도 그를 돌아 버리게 하는 건 이원뿐이었다.

"하아."

아이를 낳고 이원의 몸은 좀 더 달라졌다. 그 변화를 기억하듯 환의 손이 이원의 어깨를 지나가는 허리와 편편한 배를 따라 아래로 내려갔다.

붉어진 이원이 고개를 들어 그의 입술에 다시 입을 맞추었다. 허리를 내려 엉덩이를 감싸자 매끄럽고 보드라운 감촉이 손안 가득 잡혔다.

손에 닿는 피부도 좋았고, 힘겹게 내쉬는 더운 숨도 달금했다. 작은 입술에서 터져 나오는 더운 숨을 한가득 삼킨 환의 얼굴이 점점 아래로 내려왔다.

곱게 파인 쇄골에 입술을 맞추며 그녀에게 가까이 다가갔다. 가득 채우는 그의 존재에 머리끝까지 치밀어 오른 열락이 그녀를 집어삼켰다.

"하읏."

내내 참았지만 더는 한계였는지 이원이 힘겨운 신음을 터트렸다. 약간은 울먹이듯 나오는 신음에 환이 거침없이 몰아붙였다.

아이가 있었기에 참는 그 시간이 미치도록 피가 말랐다. 몸이 그토록 원하던 것을 가지는 순간, 절제는 사라져 있었다.

"조, 조금만…… 처, 천천히."

"날 진짜 말려…… 죽이려고."

가라앉은 소리가 힘겹게 나오며 거친 움직임이 이어졌다. 온몸에 제 흔적은 각인처럼 새기고 싶었다. 오랜만에 그를 받아들이는 이원이 힘들어했지만, 그마저도 환에게는 유혹적이었다.

"흐읏."

색에 젖은 신음이 터져 나오고, 휘몰아치던 행위가 절정에 이르는 순간, 서로의 숨이 얽혀 들었다.

머리끝까지 밀려드는 감각에 모든 신경이 상대에게 향했다.

힘겹게 토해 내는 숨소리를 들으며 환이 이원의 품을 파고들었다. 간지럽다고 작게 터트리는 웃음소리가 환의 열기를 다시 톡톡 건드렸다.

허기를 참았던 시간이 너무 길었고, 그를 만족시켜 줄 여인은 제 품에 안겨 있었다.

“이 정도로는 신뢰 회복이 안 될 거 같아. 원아.”

넉살 좋게 나오는 말에 이원이 환한 미소를 지었다. 수없이 보고 또 봐도 이원의 미소는 사람이 돌아 버리게 했다.

받아 달라는 듯이 미소를 지은 입술에 입을 맞추자 이원이 환의 목에 팔을 감았다.

원하는 허락을 받은 환이 즐거운 미소를 지으며 이원에게 다시 다가왔다.

*
**

나긋한 여체에 몸을 맡기며 잠들었던 환이 거슬리는 소리에 눈을 떴다.

이원이 깊게 잠든 것을 확인한 환이 소리가 나는 방향으로 고개를 돌렸다. 언제 깼는지 온이 작은 몸을 꿈틀대며 움직이고 있었다.

“으음.”

“더 자.”

온의 소리에 이원이 잠에서 깨려 하자 환이 다독였다. 환의 손길을 받던 이원이 피곤한 숨을 내쉬며 다시 잠들었다.

오랜만에 그를 받아들였으니 괜찮다고 하면서도 피곤했을 것이다. 더 깊게 잠들라는 것처럼 몸에 이불을 덮어 준 환이 침상에서 내려왔다.

바동거리며 움직이던 온이 환을 보며 잇몸을 드러내며 웃었다.

"어머니 잔다. 조용히 해야지."

낮은 환의 말을 듣듯이 보고 있던 온이 안아 달라는 것처럼 손을 내밀었다. 온의 옹알이가 점점 더 커지자 환이 침상의 아들을 안아 들었다.

외모는 자신을, 눈은 이원을 그대로 닮은 아들을 보면 볼수록 복잡한 감정이 들었다.

온이 꺼려지거나 불길하다는 것은 절대 아니었다. 도리어 이원에게서 낳은 하나뿐인 아들이 무척 귀하고 신기했다.

"착하다."

말을 알아듣는 것처럼 얌전해지는 온을 보며 환의 눈이 부드럽게 휘었다. 권좌에 오르고 마음에도 없는 여인을 황후와 후궁으로 들였을 때만 해도 제 피로 이어진 자식은 생각조차 하지 않았다.

정 상궁을 죽인 명과 은건명의 복수만을 생각하며 살아온 삶이었다. 그때의 환에게는 마음을 다한 부인을 얻고, 그 부인에게서 낳은 자식을 얻는 미래 따위 관심은커녕 생각조차 없었다.

"서우온."

이름을 알아듣는 것인지 그저 보이는 게 환이어서인지는 알 수 없었지만 이원을 닮은 크고 깨끗한 눈이 빤히 환을 쳐다보았다.

"네가 내 아들은 맞는 것 같다."

살수 때의 버릇이 있어서인지는 알 수 없었지만, 이원을 제외한 다른 이들이 환을 저렇게 쳐다보면 불편하고 짜증이 났었다.

하지만 온이 쳐다보는 시선에는 짜증보다도 기분이 좋아졌다.

온의 통통한 뺨을 손가락으로 만지던 환이 아이와 눈을 마주쳤다.

"내가 네 아버지다."

자신은 아버지를 향한 애정 자체를 모르는 사람이다.

그의 아버지인 선제는 자신의 안위를 위해 환을 알은척도 하지 않았던 이였다. 선제의 말로는 홍가와 홍 황후에게서 자신을 지키기 위한 선택이라고 했지만 결과적으로는 선제는 환을 방치하고 외면했었다.

"쉽지는 않겠지만."

"……."

"너에게는 좋은 아버지가 되도록 노력하마."

전혀 겪어 보지 않았기에 어떻게 해야 할지 걱정이 되는 것도 사실이다. 하지만 그에게는 현명한 이원이 있었고, 자신은 선제처럼 살다가 의미 없이 죽고 싶은 생각은 절대 없었다.

그는 이원과 평생을 즐겁게 누리며 온이 커 가는 것을 보며 아주 행복하게 살다가 갈 것이다.

"대신 너도 협조는 해야겠지? 불만은 아버지에게는 말해도 어머니에게는 해서는 안 된다. 서우라는 성을 쓴 사내라면 그래야 한다."

이원이 환을 끝까지 내려놓고 외면했다면 그는 결국 모든 것을 놓치고 무너졌을 것이다.

제 삶이 온전해진 것은 이원이 곁을 지켜서였다. 아들인 온도 귀했지만 그 무엇도 이원을 앞서 생각할 수 있는 건 없었다.

"어머니에게 대들면 아버지에게 혼날 테니 조심하거라."

"아이에게 해 주는 말이 점점 이상해지잖아요."

뒤에서 들려오는 간지러운 웃음소리에 환이 고개를 돌렸다. 온을 보면서도 도드라지게 변하지 않던 표정은 이원을 마주하는 순간 부드러운 미소로 바뀌었다.

"깼어?"

"이제 겨우 두 달이 된 아이에게 그런 말은 좀 그래요."

"사실이잖아."

태연한 말에 못 이기겠다는 듯이 다가온 이원이 환의 품에 안겨 있는 온을 바라보았다. 환을 보던 시선이 이원을 보자마자 방긋 미소를 지었다.

환에게서 온을 받아 든 이원이 포동포동한 아이의 손바닥에 입술을 맞추었다.

"우리 아들은 반듯하게 잘 자라 줄 거예요."

"두 달밖에 안 된 아이에게 그건 너무 근거 없는 확신 아닐까?"

"근거가 왜 없어요? 아버지가 환이고 어머니가 저잖아요. 온이는 반듯한 부모 아래서 많은 걸 배울 거예요. 환이 부족한 건 제가 해 주면 되고, 제게 어려운 건 환이 해 줄 거니까요."

자신 있게 꺼내는 말에 주저는 전혀 없었다. 언제 깼냐는 듯이 다시 하품을 길게 하는 온을 보던 환이 이원에게 다가갔다.

"하긴 서우온은 부모 복은 타고났지. 서우환은 부인복을 타고났고 말이지."

농담처럼 나오는 진심에 이원이 웃음을 터트렸다.

환이 주는 상처와 이호의 상실로 모든 감정을 내려놓았었던 이원은 이제 환의 옆에서 제 감정을 마음껏 드러냈다.

이원이 기쁘면 자신도 기뻤다.

무슨 일을 해도 채워지지 않던 서우환의 결핍을 이원을 채워 주었다.

"연모해."

"……."

"원아. 연모해."

수없이 꺼내고 또 꺼냈을 고백을 환은 다시 말했다. 이원에게는 평생을 연모한다며 고백해도 제 감정을 전부 보이지는 못할 것 같았다.

이제 이원이 없는 서우환의 삶은 생각조차 하고 싶지 않았다.

"가군복은 저에게도 있어요."

"……."

"연모해요. 환."

폐하라는 말도, 가군이라는 말도 좋았지만 환은 이원이 제 이름을 불러 줄 때가 가장 행복했다.

환한 미소를 지으며 다가온 환이 세상에서 제일 귀한 부인에게 입을 맞추었다.

외전 3.
서우온

나비가 눈앞을 지나가자 아이가 통통한 손을 길게 뻗었다. 당장에라도 손에 잡힐 것 같았던 나비는 손을 빠져나가 다시 날아갔다.

"나비야! 가지 마!"

발을 구르며 달려갔지만 나비는 이미 담을 넘어 날아간 후였다. 분한 표정으로 나비를 보던 아이가 뒤에서 들리는 소리에 고개를 돌렸다.

하얀 피부와 커다랗고 반짝이는 눈. 땀에 젖은 머리카락이 햇빛을 받아 반짝거렸다.

"어마마마!"

"온아."

한달음에 달려간 온이 이원의 다리에 매달렸다. 아무리 어려도 온은 환을 닮아 무골이었다. 또래보다도 큰 온이 이원에게 매달리자 이원이 비틀거렸다. 펑퍼짐하던 치마가 흔들리자 곁을 지키고 있던 강 상궁이 놀라 다가왔다.

"태자 저하! 조심하셔야 하옵니다."

"어마마마. 동생이 놀란 것입니까?"

"이 정도로 놀라지 않는단다."

길게 늘어져 있는 예복에 감춰진 이원의 배는 불러 있었다.

처음 아이 소식을 들었을 때, 온 이후에 아이는 없다고 선언했던 환은 머리를 부여잡고 절규했지만 막상 이원의 배가 불러오자 아들인지 딸인지 본인이 더 궁금해했다.

"어마마마. 소자는 동생이 사내일 것 같습니다."

"음? 왜 그렇게 생각하느냐?"

천천히 걷는 이원의 옆으로 다가온 온이 이원의 손을 붙잡았다. 온의 작은 손을 붙잡은 채 이원이 궁을 천천히 걸었다.

"얼마 전에 어머니께서 배가 움직여서 깜짝 놀라지 않으셨습니까? 동생이 움직이는 거라고 하셨는데 소자의 눈에는 너무 괴로우신 듯 보였습니다. 동생이 여자아이였다면 그러지 않을 것입니다! 그러니 사내입니다!"

재잘재잘하는 말이 너무나도 귀여웠다. 이원만의 생각은 아니었는지 뒤따라오는 강 상궁과 송화의 입가에도 미소가 생겨났다.

"하지만 온이가 이 어미 배 속에 있을 때는 무척 얌전했단다. 그래서 다들 온이가 여아인 줄 알았지."

"소자는 사내이옵니다! 혹…… 어마마마께서 잘못 느끼신 것이 아니십니까?"

진지해지는 온을 보며 이원이 웃음을 터트렸다. 커 가면서 온은 호기심도 많아졌고, 말도 빠르게 늘었다.

문득 시선이 느껴져서 내려다보니 손을 붙잡고 걸어가던 온이 이원을 빤히 쳐다보고 있었다.

환을 그대로 닮은 아들.

부모의 애정을 넘치도록 받은 아이는 반짝반짝 빛이 났다.

"하고 싶은 말이 있는 것이냐?"

"어서 동생이 태어났으면 좋겠습니다. 어마마마께서 많이 힘드십니다. 그리고……."

환이 이원에게 극진한 것을 직접 보고 자라서인지, 항상 이원에게 잘해야 한다는 환의 교육 때문인지는 알 수 없었지만 온은 종종 저리 예쁜 말을 한다.

"그리고?"

"아, 아닙니다!"

같이 걸어가던 이원이 멈추었다. 조심스럽게 한쪽 무릎을 굽혀서 앉은 이원이 온과 눈을 마주쳤다. 이원과 눈을 마주친 온이 얼굴을 붉히며 고개를 숙였다.

아이의 작은 뺨을 감싸고 눈을 마주치자 온의 눈이 옆으로 돌아갔다. 환이 말을 돌릴 때마다 하는 행동을 그대로 따라 하자 이원이 입꼬리를 올렸다.

"어미에게 숨겨야 할 일이더냐?"

"그게 아니라! 실은…… 어마마마의 비파가 듣고 싶습니다."

"태, 태자 저하. 황후 마마께서는 몸이 무거우시어……."

"비파를 가져오거라. 온이는 어미와 저기에 앉아서 기다리자."

온을 말리려는 상궁을 저지한 이원이 한쪽에 놓여 있는 넓은 바위를 가리켰다. 이원이 먼저 앉고, 온이 바위를 올라와 옆에 붙어 앉았다.

"듣고 싶으면 듣고 싶다고 하면 된다."

작은 머리에 이원의 손이 닿자 온이 환하게 미소 지었다. 많은 이들이 아껴 주었지만, 온은 이원의 손길을 가장 좋아했다.

앉아 있는 이원의 옆에 꼭 붙어 있자 얼마 지나지 않아 강 상궁이 비파를 들고 왔다.

"황후 마마."

이원이 비파를 받아 들자 온이 눈을 빛냈다. 잠시 후, 이원의 손가락이 현을 튕기고 듣기 좋은 음률이 비파에서 흘러나왔다.

이원의 곁에 붙어 비파를 듣던 온이 바위 아래를 잠시 보았다. 그러더니 폴짝 아래로 내려왔다.

그사이 비파 연주가 끝나고 이원이 가쁜 숨을 내쉬었다.

괜찮다고 했지만 부른 배로 연주하는 건 쉽지 않았다. 그래도 환만큼이나 온도 이원의 비파를 좋아했다.

짝짝짝!

연주를 하는 동안 아래에 내려와 있던 온이 작은 손으로 박수를 쳤다. 아이의 손에 들려 있는 작은 것을 보던 이원이 눈을 좁혔다.

"그것이 무엇이냐?"

"어마마마. 손이요."

"음?"

"어서요!"

온의 채근에 이원이 손을 내밀었다. 이원의 손 위에 작은 들꽃이 놓였다. 손바닥에 있는 작은 들꽃을 보던 이원의 눈이 커졌다.

"아바마마께서 비파를 들으면 이렇게 해 주시는 걸 봤습니다. 어마마마의 비파가 세상에서 최고입니다!"

"고맙구나."

"어마마마께서 힘드시니까 한 곡만 듣겠습니다! 이제 그만 가 보겠습니다아!"

이원에게 환하게 웃어 준 온이 도도도 다른 곳으로 달려갔다. 순식간에 사라지는 아들을 보던 이원이 웃음을 터트렸다.

환은 그다지 내켜 하지 않았지만 온은 보면 볼수록 작은 환이었다.

"음?"

방금 전까지 도도도 사라졌던 온이 다시 그녀에게 오고 있자 이원이 고개를 갸웃했다. 사라졌었던 그 속도로 다시 달려온 온이 낑낑거리며 바위에 올랐다.

"동생아! 안녕!"

이원의 배에 손을 가져간 온이 인사를 끝낸 후, 다시 사라졌다.

온이 완전히 사라질 때까지 보고 있던 이원이 아들의 귀여운 행동에 다시 한번 크게 웃음을 터트렸다.

***

환의 집무실 밖을 지키던 내시감의 귀에 경쾌한 발소리가 들리고, 곧이어 느껴지는 강렬한 시선에 입꼬리를 올렸다.

모르는 척 굳게 닫힌 집무실을 보던 내시감이 조심스럽게 다가와 고개를 빼꼼 내밀었다. 눈치를 보며 숨어 있던 온과 내시감의 눈이 딱 마주쳤다.

"아앗!"

"태자 저하."

"어떻게 알았어?"

"소인은 태자 저하께서 오시는 걸 바로 알 수 있지요."

큰 발소리 때문이었지만 내시감은 말하지 않았다. 얼굴에 나 있는 흉터 때문에 내시감은 어린 온에게 두려움이 될 수 있었지만, 온은 전혀 개의치 않는 것처럼 내시감을 잘 따랐다.

"우와! 내시감은 대단하구나."

"하지만 태자 저하께서도 곧 소인이 어찌 알았는지 아시게 될 것입니다. 저하께서는 소인과는 비교도 안 될 정도로 명석하시니까요."

내시감의 말에 기분이 좋아진 온이 환하게 미소를 지었다. 외모나 체형은 환을 닮았지만, 미소만큼은 이원과 똑 닮았다.

감히 하원의 차기 황제가 될 그를 자식이라 표현할 수는 없었지만 내시감에게 온은 그의 곁을 가장 따뜻하게 해 주는 자식과 같은 존재였다.

"아바마마께서는 안에 계셔?"

"들어가셔도 될 듯하옵니다. 문을 열어 드리겠습니다."

"아! 그리고 이거!"

손바닥을 보여 달라는 시늉에 내시감이 주름진 손을 내밀었다. 그의 손에 이원에게 주었던 것과 똑같은 들꽃이 올려졌다.

손바닥에 올려진 들꽃을 당황하며 보는 내시감을 향해 온이 당당히 몸을 세웠다.

"어마마마의 비파를 듣고 있는데 들꽃이 예쁘더라고! 어마마마 것을 떼는데 내시감이 생각나서 한 송이 더 가져왔어!"

"……."

"선물이야!"

내시감의 말을 듣기도 전에 집무실 앞으로 온이 도도도 걸어갔다. 문을 지키는 내관과 상궁에게도 하나씩 쥐여 주며 활짝 웃어 준 온이 문 앞에서 숨을 길게 내쉬었다.

"아바마마! 소자 온입니다! 들어가겠습니다!"

복도가 쩌렁쩌렁하게 울리도록 고한 온이 문이 전부 열리기도 전에 안으로 쏙 들어갔다.

제 손에 올려 있는 작은 들꽃을 보던 내시감이 나오려는 웃음을 삼켰다. 그러고는 온이 주고 간 꽃을 조심스럽게 쥐었다.

피와 분노밖에 없었던 황궁은 이원이 황후로 들어오고 온이 태어나면서 바뀌고 있었다.

⁂

사락사락 종이가 넘어가는 소리에 온이 감았던 눈을 떴다. 환의 집무실로 와서 오늘 있었던 일을 재잘재잘 열심히 떠들었었다.

황제인 환은 바빴지만 온이 하는 이야기를 싫은 기색 하나도 없이 들어 주었다.

한참을 그의 무릎 위에서 떠들던 온은 따뜻한 환의 품에서 잠들었다.

"일어났느냐?"

잘 떠지지 않는 눈을 뜨니 환이 미소를 지으며 내려다보고 있었다. 온이 잠들었으면 내관을 시켜 내보냈어도 되었지만, 그러는 대신 한쪽 팔로 온을 붙잡은 채 장계를 보고 있었다.

"아바마마."

"음?"

"오늘 이 많은 것을 전부 보셔야 하는 것입니까?"

온의 물음에 환이 책상에 가득 쌓여 있는 장계를 훑었다. 평소에 보던 수준에서 조금 더 있을 뿐이었지만 온의 눈에는 산더미처럼 쌓여 있는 것으로 보일 수 있었다.

"오늘 안에는 끝내야겠지."

"이걸 어떻게 아바마마 혼자 하십니까?"

"아바마마가 해야 하는 일이고 누군가는 해야 하는 일이 아니겠느냐?"

"그래도 너무 많습니다."

암담한 눈으로 보는 온을 보며 환이 나오려는 웃음을 삼켰다.

저 나이의 환은 명과 똑같이 생겼다는 이유만으로 집 안에서 한 걸음도 빠져나올 수 없었다. 그나마 나올 수 있었던 건 건명에게 훈련을 받을 때 야밤에 몰래 나오는 것뿐이었다.

그들에게 환의 어린 나이는 전혀 문제가 되지 않았다.

자신의 어릴 적은 어둡고 끔찍했지만 제 아들인 온은 애정을 가득 받아 제 감정을 숨기지도 않았고, 호기심도 많았다.

"황제가 게으르면 백성이 힘들어진단다. 지금은 장계가 온이보다 더 높게 쌓인 터라 많아 보이겠지만 나중에는 온이도 충분히 할 수 있을 거란다."

"아바마마는요?"

"응?"

"아바마마도 힘드시잖아요."

무릎에 앉아 있던 온이 갑자기 환의 손을 톡톡 두드렸다. 갑작스러운 행동에 왜 그러냐는 듯이 고개를 갸웃했다.

"지난번에 보니 어마마마께서 아바마마께 힘드셨다면서 등을 두드리는 것을 보았습니다. 소자는 팔이 짧아서 등에 닿지 않으니 이렇게 해 드리겠습니다."

온의 말에 놀라 환이 크게 웃음을 터트렸다.

그의 아들은 말도 빠르고 생각도 또래들보다도 빨랐다.

힘이 드실 거라며 손을 토닥여 주는 아들이라니, 생각보다도 기분이 좋았다.

"으앗!"

"내가 아들 하나는 잘 두었구나."

"아바마마. 답답합니……우와앗!"

머리카락을 거칠게 휘젓는 손에 작게 당황한 것도 잠시 환에게 들어 올려진 온이 그의 어깨에 앉혀졌다. 순간 목말을 탄 온의 눈이 커졌다.

"오늘은 아바마마도 놀고 싶긴 하구나. 온이가 놀아 줄 것이냐?"

"아! 놀아도 되는 것입니까?"

할 일이 많으신 것이 아니냐고 걱정을 했어도 내심 환과 놀고 싶었는지 목마를 탄 온이 눈을 빛냈다. 아무리 어른스럽게 굴어도 아직은 어린아이였다.

"혼자 놀기는 심심하니 온이가 놀아 줄 것이냐?"

"네! 아바마마와 놀고 싶습니다!"

환을 꼭 붙잡은 온이 진심으로 행복하다는 듯이 활짝 미소를 지었다.

언제나 환은 바빴기에 먼저 놀아 달라는 말을 하지 못했다. 정말로 드물게 온 기회에 온이 기쁜 기색을 감추지 못했다.

"아바마마. 소자 하고 싶었던 것이 있었습니다."

머리 위에서 들리는 목소리에 환이 무엇이냐는 듯이 쳐다보았다.

오랫동안 보기만 하고 하지 못했던 일을 할 수 있다는 생각에 온의 눈이 반짝거렸다.

⁂

"우와."

담에 올라간 온이 탄성을 내질렀다. 온이 올라간 곳은 황궁의 담 뒤에 있는 커다란 나무 위였다. 환의 도움으로 나무에 올라간 온이 신기한 듯 눈을 반짝였다.

넓은 황궁을 달리면서 볼 때와 나무 위에서 볼 때의 정경은 완전히 달랐다.

"아바마마! 황궁 밖이 보입니다."

"반대편을 보면 혜완궁도 보인단다."

환에게 붙잡힌 채로 고개를 돌리자 그의 말대로 혜완궁이 한눈에 보였다. 조금 전까지 이원과 함께 앉아 있었던 바위가 보이자 신기한 듯 온이 눈을 굴렸다.

환에게 안긴 채, 온의 눈이 앞뒤로 정신없이 옮겨 갔다.

"왜 아바마마와 어마마마께서 함께 올라와 계셨는지 알 것 같습니다!"

온의 말에 환이 의미심장한 미소를 지었다. 둘째가 태어날 달이 가까워 오자 황궁 밖으로 나가기 힘들어졌다.

이원은 괜찮다고 했지만 전처럼 황궁 밖을 나가지 못하니 답답해했다. 대신 이원을 안고 나무에 앉아 황궁 밖으로 봤었던 것을 온이 본 것 같았다.

"이렇게 전부 볼 수 있는 게 너무 신기합니다! 아바마마께서도 이곳을 좋아하셨습니까?"

"예전에는 좋아하지 않았단다."

"네?"

이상한 듯 쳐다보는 온을 보며 환이 말을 삼켰다. 영문을 모르는 온의 머리를 어루만졌다.

홀로 버티던 삶이었다.

환이 있을 곳이라고는 아무도 모르는 커다란 나무 위뿐이었다.

황궁의 수많은 이들이 나무 아래서 다녀도 환은 그 아래로 내려갈 수 없었다. 명의 대타이자 검으로 살았던 그에게 땅으로 내려간다는 것은 목숨을 걸어야 하는 일이었다.

"이 아비는 아래로 내려갈 수 없었단다."

"왜요?"

"무서운 사람들이 있었거든."

시간이 흐를수록 나무 아래서 다른 이들과 섞여서 지내고 싶다는 바람은 사라지고, 그러고 싶다는 의지조차 점점 희미해졌다.

"네 어머니가 아니었다면 나무에서 내려오지 못했을 거란다."

나무 아래에 내려와도 괜찮다는 것을 알려 준 사람이 이원이었다. 이원을 만나고, 그녀가 내민 손을 붙잡으면서 환의 세상은 하나씩 달라졌다.

이제는 나무에 앉아 있어도 되고, 아래에서 나무를 올려 봐도 된다는 것을 이원 덕분에 배우게 되었다.

"나무가 싫으셨다면 왜 어마마마와 올라가시는 것입니까?"

"혼자 나무에 있는 건 좋아하지 않지만, 네 어머니와 함께 나무에 앉아서 보는 건 좋아한단다."

"소자와도 같이 보셔야죠."

"음?"

"소자도 아바마마와 함께 나무에 앉아 있는 게 좋습니다."

당찬 말에 웃음이 먼저 터졌다. 자신과 똑같이 생긴 아들은 때로는 환보다도 더 많은 것을 보고 통찰하는 능력이 있었다.

이원은 아직 어린아이라며 고개를 저었지만, 이대로만 자라준다면 온은 하원에서 가장 뛰어난 황제가 될 터였다. 환이 할 수 있는 일은 자신의 아이가 권좌에 올라 올바른 황제가 되도록 자신이 먼저 모범을 보이는 것뿐이었다.

"혼자보다는 둘이 더 많은 것을 볼 수 있으니 앞으로는 온이와도 자주 와야겠구나."

환의 말에 온이 활짝 미소를 지었다.

아이의 모습에서 보이는 이원을 마주하며 작고 하얀 이마에 환이 입술을 맞추었다.

*
**

거친 숨을 내쉬며 숨을 고른 온이 주변을 빠르게 둘러보았다.

혼자 오고 싶었지만, 그를 따라다니는 내관은 절대 온을 혼자 두려 하지 않았다.

간신히 그를 피해 빠져나온 온이 도착한 곳은 지난번에 환과 함께 올라갔던 나무 아래였다.

"괘, 괜찮겠지?"

혼자 올라가는 건 겁이 났지만, 오늘은 환이 그에게 시간을 내기에는 바빴다.

그날 환과 봤었던 정경이 무척 좋았다.

조심히 올라가면 괜찮을 것이다. 환은 온을 안고 한 번에 나무에 올라갔지만 그는 그럴 수 없었다.

"후우."

길게 숨을 내쉰 온이 천천히 나무를 붙잡았다. 중간중간 미끄러지기는 했지만 침착하게 나무를 타고 올라갔다. 반쯤 올라간 온이 나무 아래를 내려다보았다.

까마득해 보이는 땅바닥을 보던 온의 눈이 파르르 떨렸다. 여기서 떨어지면 크게 다칠 것이다.

그러나 아래로 되돌아가기에는 너무 많이 올라왔다.

두려움을 억누르며 온이 조심히 위로 올라갔다.

"하아. 되었다!"

이마에 땀이 송골송골 맺히는 줄도 모르고 올라가던 온이 힘겹게 가지에 자리를 잡았다.

환이 올라갔던 곳까지는 어려웠지만 그래도 앉을 만한 가지까지 도착할 수 있었다. 심장이 터질 듯이 뛰고 온몸이 아팠지만, 한눈에 보이는 정경은 그때와 똑같았다.

"예쁘다."

혼자 무언가를 해냈다는 뿌듯함과 노력한 결과를 보는 온의 눈이 반짝였다.

황궁 밖의 정경을 보던 온이 조심스럽게 몸을 돌렸다.

"어마마마다! 어마마마!"

혜완궁에서 주변을 둘러보던 이원이 먼발치의 나뭇가지에 앉아 있는 온을 발견하고는 눈이 커졌다. 이원을 향해 온이 크게 팔을 움직였다.

주변의 만류에도 상관없이 치마를 붙잡은 이원이 온을 향해 달려갔다.

"온아! 어째서 거기에 올라간 것이냐?"

"어마마마. 소자가 직접 올라왔습니다! 걱정 마시……."

이원을 향해 온이 손을 뻗는 순간 두툭 소리를 내며 가지가 부러졌다. 비명을 지를 틈도 없이 온의 몸이 바닥에 뚝 떨어졌다.

"온아!"

나무에서 뚝 떨어지자 놀란 온이 눈을 질끈 감았다. 온몸에 통증이 밀려올 거라는 생각과는 달리 따뜻한 온기가 등에서 느껴지자 온이 감았던 눈을 떴다.

"아, 아바마마!"

"나무에서 아들이 떨어지기도 하는구나."

말은 여유로웠지만, 행동은 전혀 그렇지 않았다. 이원에게 가는 길에 온이 앉아 있는 가지가 점점 휘어지는 게 보였다. 조금만 더 늦게 몸을 날렸다면 온을 받아 내지 못했을 것이다.

"온아!"

"어마마마!"

"무슨 생각으로 혼자 올라간 것이냐!"

환이 내려 주기도 전에 뛰어온 이원이 온을 보자마자 소리를 쳤다. 좀처럼 화를 내지 않는 이원이 화를 내자 환에게서 폴짝 내려온 온이 고개를 숙였다.

"아바마마가 아니었다면 크게 다쳤을 것이다! 어찌하여 그렇게 위험한 짓을 했단 말이냐!"

"……어마마마. 그게 지난번에 아바마마와 함께 올라갔는데 보기 좋아서……."

"너 혼자 올라갔으면 내려올 때는 어찌하려 했느냐! 네가 다치면 널 수행하는 내관과 상궁들이 그 모든 책임을 져야 했을 것이다. 그로 인해 그들이 죽을 수도 있었다!"

도와 달라며 온이 환을 보았지만, 환은 한 걸음 뒤에 서 있을 뿐 다가오지 않았다. 한참을 눈을 굴리며 버티던 온이 결국 고개를 숙였다.

"자, 잘못했습니다. 혼자 해도 되는 일이라 생각했습니다."

"……."

"잘못했습니다."

굵은 눈물을 뚝뚝 흘리면서도 울음만은 참던 온이 결국 울음을 터트리자 이원이 입술을 깨물었다.

울음을 터트리는 아이는 마음에 걸리나 진심으로 큰일이 날 뻔했다.

온이 나무에서 떨어졌으면 어찌 되었을지 상상하는 것만으로도 손이 떨렸다.

죄송하다, 잘못했다는 울음소리를 들으면서도 이원은 가까이 다가가지 못했다. 둘을 보던 환이 다가가 온의 머리를 어루만졌다.

"아버지가 어머니와 함께 나무를 올라간 것은 같이 정경을 보면 더 좋지만 다치지 않기 위함이란다. 같이 있다면 붙잡아 줄 수 있으니 말이다."

환을 향해 고개를 든 온의 눈가에 눈물이 그렁그렁 맺혔다.

울음을 터트리는 아들을 어루만지던 환이 이원을 보며 말했다.

"네가 다치면 많은 이들이 힘들어질 뿐만이 아니라 아버지와 어머니는 진심으로 버티지 못할 것 같구나. 어머니께서도 무척 놀라셨을 거란다."

환의 말에 온의 작은 눈이 이원을 향했다. 눈치를 보는 행동에 이원이 참았던 숨을 내쉬었다. 차마 다가오지 않는 온을 보던 이원이 무거운 몸을 숙여 팔을 벌렸다.

"다음에는 절대 혼자 올라가서는 안 된다."

"네. 어마마마."

이원에게 달려간 온이 작은 품을 파고들었다.

울음을 터트리는 온을 달래던 이원이 뒤에 서 있는 환을 쳐다보았다. 어린아이니 어쩔 수 없다는 시선에 이원이 소리 없이 숨을 내쉬었다.

"잘못했습니다!"

서럽게 울음을 터트리는 온을 이원이 오랫동안 다독였다.

⁂

비가 들이붓듯이 쏟아졌다.

며칠을 쉬지 않고 내리는 비에 온은 태자궁에서 나오지도 못한 채, 머물렀다.

우르르 쾅!

이불을 뒤집어쓰고 웅크리고 있던 온이 천둥이 칠 때마다 움찔거렸다. 태자는 만인의 황제가 될 몸이니 의연해야 한다고 배웠지만, 배움과 현실은 달랐다.

쾅!

다시 들리는 천둥소리에 온이 귀를 막았다. 질끈 감았던 눈을 뜨니 절묘하게 번개가 쳤다.

닫힌 창으로 번쩍거리는 빛에 온이 자리에서 벌떡 일어났다.

"……무서워."

잠은 완전히 사라진 지 오래였다. 겁에 질린 온이 잠시 고민하듯 밖을 지켜보았다.

하지만 곧 몰아치는 천둥에 고민은 사라졌다.

"태자 저하. 어찌하여 이 야심한 시간에 나오셨습니까?"

"나 어마마마께 갈래."

말이 끝나자마자 내리치는 천둥에 온이 다시 움찔댔다. 눈에 가득 고여 있는 눈물과 떠는 몸을 보던 상궁이 온의 앞으로 다가왔다.

"태자 저하. 소인이 같이 있겠습니다."

"어마마마께 갈래."

앞을 막는 내관과 상궁을 외면하며 온이 긴 복도를 짧은 다리로 걸어갔다. 바쁜 걸음으로 궁 밖을 나온 순간 다시 내리치는 천둥과 번개에 온의 몸이 굳었다.

이원을 보기 위해서는 여기서 나가 혜완궁까지 가야 한다.

그걸 알면서도 발걸음이 떨어지지 않았다.

"태자는 어찌하여 지금 나와 있는 것이냐?"

"아바마마?"

며칠 내내 몰아치는 비가 신경이 쓰여 이원에게 가기 전에 잠시 들른 것이었다. 잠들어 있을 거라고 생각하며 왔지만, 막상 환이 마주한 건 창백한 얼굴로 눈가에 눈물이 그렁그렁 맺혀 있는 아들이었다.

소리 내어 울지만 않을 뿐, 온의 얼굴에는 흘린 눈물이 가득 묻어 있었다.

"아바마마. 어마마마가 보고 싶습니다."

말이 끝나기가 무섭게 내리치는 천둥소리에 온이 다시 몸을 움츠렸다. 겁에 질린 온을 보던 환이 아들을 안아 들었다.

"어마마마에게 가자."

바들바들 떨던 온이 환의 품을 파고들었다.

어쩔 줄 몰라 하는 이들을 적당히 물린 환이 온을 안은 채 혜완궁으로 걸어갔다.

혜완궁에 도착하자마자 보이는 건 장계를 보다 잠이 든 이원이었다.

주변의 견제와 우려에도 환은 이원에게 장계를 넘겼고, 환의 절대적인 신뢰 덕분에 이원은 아이를 가졌음에도 정사를 게을

리하지 않았다.

"어마마마께서 주무시는구나."

환에게서 내려온 온이 살금살금 이원에게 다가갔다. 온을 가졌을 때도 부쩍 잠이 늘었었던 이원은 둘째를 가지자 그때처럼 다시 피곤해했다.

천둥은 여전히 무서웠지만 그래도 이원과 환이 함께 있으니 두려움은 가라앉았다.

작은 손이 이원의 손등을 감쌌지만, 깊게 잠든 이원은 고른 숨소리만 낼 뿐이었다.

"온아."

낮은 목소리에 온이 옆으로 피하자 환이 이원을 안아 들었다. 정말로 피곤했는지 평소였으면 다가오는 것만으로도 기척을 읽었을 이원이 지금만큼은 환의 품에 안긴 채 깊게 잠들어 있었다.

이원을 안은 채, 고개를 돌리니 제 소리를 막으려는 것처럼 온이 손으로 입을 막았다.

그 모습에 입꼬리를 올린 환이 침상에 이원을 눕히고는 이불을 덮어 주었다. 몸이 무거워 옆으로 돌리고 자는 이원의 머리카락을 짧게 어루만져 준 환이 온에게 가까이 다가오라며 손짓했다.

"어마마마께서 주무시는데 소자가 있어도 됩니까?"

"아비도 여기 있지 않으냐? 오늘은 여기서 자거라."

환의 허락에 환한 미소를 지은 온이 침상 위로 올라왔다. 이원이 깨지 않도록 숨을 삼킨 온이 이원과 환의 가운데에 자리를 잡았다.

"아바마마도 누우십시오."

비어 있는 옆자리를 작은 손으로 톡톡 가리키자 환이 미소를 지으며 침상에 누웠다. 여전히 밖에서 천둥과 번개가 치고 있었지만, 이제는 안정이 되었는지 온의 얼굴에 미소가 생겼다.

"아직도 천둥 번개가 무서운 것이냐?"

"소자. 혼자 있을 때는 무서웠지만, 지금은 아바마마와 어마마마가 계시니 무섭지 않습니다."

커다란 손으로 온의 머리를 어루만져 주자 아이가 간지럽다고 웃음을 터트렸다.

만약 처음에 약조했었던 것처럼 환과 이원이 하원에서 도망쳤었다면 온은 황궁이 아니라 평민 아이들처럼 자랐을 것이다.

제 귀한 아들이 풍족한 환경에서 원하는 것을 전부 이룰 수 있는 자리에 있다는 것은 좋았지만 때로는 온에게 있는 태자라는 자리가 주는 압박감이 내심 마음에 걸렸다.

"온아. 다른 이가 없을 때는 좀 편하게 불러도 된단다."

"네? 무슨 말씀이십니까?"

"아버지라 불러 보는 것이 어떠하냐?"

"네? 하지만 법도가……."

"여기서 법도를 논할 사람이 누가 있겠느냐? 그러니 불러 보거라."

환의 말에 고민하듯 온의 눈이 이리저리 굴렀다. 잠든 이원을 보고, 기다리는 환을 보던 온이 조심스럽게 작은 입을 열었다.

"아버지."

"그래. 한결 듣기 좋구나."

환의 말에 온의 입가에 환한 미소가 생겼다.

온에게 환은 원래도 인자하고 다정한 아버지였지만 아바마마가 아니라 아버지라고 부르니 평소보다도 좀 더 가까워진 것 같았다.

제가 가진 느낌을 환도 알아줬으면 하는 기분. 항상 이원은 온에게 제 감정을 숨기지 말고 말하라며 가르쳤었다.

"아버지께서 제 아버지여서 행복합니다."

생각하지 못한 고백에 환의 눈이 커졌다. 아직 어린 온에게 나오는 말치고는 무척이나 어른스러웠지만 생각보다도 듣기 좋은 말이었다.

"나도 네가 내 아들이어서 좋구나."

환의 고백에 온의 입가가 환하게 벌어졌다. 누워 있던 온이 자리에서 일어나서는 환과 이원의 이마에 입술을 맞추었다.

"안녕히 주무십시오. 아바……아버지. 어마마마."

"어마마마는 그대로인 것이냐?"

"그……그래도 어마마마께 여쭤봐야 할 것 같습니다. 어마마마도 괜찮다고 하시면 그리하겠습니다."

똑 부러지는 답을 한 온이 제 몸에 이불을 덮고는 눈을 감았다. 재잘거리며 이야기하던 온의 눈꺼풀이 점점 무거워지고 곧 이어 고른 숨을 내쉬며 온 또한 잠이 들었다.

환이 잠든 아들의 몸을 토닥여 주었다. 그의 손길에 깊게 잠든 온을 보는 환의 눈은 묘하게 가라앉아 있었다.

이원과 혼인을 하고 아들을 얻어 가족을 이루고 그 감정에 대해 알아 갈수록 환은 선제를 이해할 수 없었다.

'당신에게 난 아들이 아니었던 것입니까?'

이원처럼 제 속마음을 전부 내색하지 않아도 환에게도 온은 귀한 아들이었다.

그 아들이 커 가는 모습만 봐도 시간이 어떻게 흘러가는지 알 수 없을 정도였다. 환은 명만큼 귀하지 않았던 것일까? 한 번이라도 자신을 봐 달라고 매달렸지만 선제는 한순간도 아들인 환을 봐 주지 않았었다.

'전 그렇게 살지는 않을 것입니다.'

이원을 연모하는 것처럼 그녀에게 낳은 아이들을 아껴 줄 것이다.

'난 당신과 같은 끝 따위는 절대 보지 않을 것입니다.'

자신이 겪었던 일 따위 아이들이 겪지 않도록 환은 단 하나도 놓지 않을 것이었다.

깊게 잠든 아이의 이마에 다시 짧게 입술을 맞춘 환이 이원과 온이 보이는 방향으로 누웠다.

천둥과 번개가 매섭게 몰아치자 환이 온의 작은 손을 붙잡았다. 아이가 더는 밖의 무서운 소리에 겁먹지 않도록 손을 붙잡은 채 환이 잠을 청하였다.

시선을 느끼고 눈을 뜨니 제일 먼저 보인 건 앉아 있는 이원이었다.

"언제 일어났어?"

"좀 전에요."

이원이 환의 얼굴을 어루만지자 그 위에 제 손을 겹쳤다. 그의 손에 갇혀 있는 보드라운 손등을 천천히 어루만졌다. 흉터는 많이 없어졌지만 그럼에도 희미하게 남아 있는 흔적이 맞닿은 손바닥에 느껴졌다.

"이제 아프지 않는다는 거 알잖아요."

답하는 대신 환의 손가락이 이원의 흉터를 따라 움직였다.

싫다며 손을 빼는 대신 얌전히 기다렸다. 굳은 얼굴로 이원의 손에 나 있는 흉터를 천천히 어루만졌다.

"곧 사라질 거예요."

"흉터가 있어도 넌 고우니까 괜찮아. 그래도…… 사라졌으면 좋겠어."

한때의 복수심으로 저지른 죄는 이원의 몸에 수많은 흉터를 남겨 놓았다. 이원은 괜찮다고 했지만 그녀의 몸에 남아 있는 흉터를 마주할 때마다 제가 저지른 어리석은 과거가 환을 괴롭혔다.

하지만 자신의 죄책감을 환은 절대 이원에게 드러내지 않았다. 환의 작은 흔들림조차 이원은 빠르게 알아차렸고, 제 곁을 지켜 주는 고운 여인에게는 약간의 걱정도 끼치고 싶지 않았다.

"전에는 연주도 못 할 거라고 했지만 지금은 비파 연주도 할 수 있잖아요. 사라질 거예요."

"음."

"더 자요."

"너도 자야지."

"그래야 하는데 잘 자기도 했고, 실은 보기 좋아서 계속 보고 있었……아얏!"

말하던 이원이 배를 붙잡으며 낮은 신음을 터트렸다. 누워 있던 환이 몸을 일으켜 이원에게 다가갔다.

부른 배에 손을 가져가자 생생한 태동이 느껴졌다. 얌전했던 온과는 달리 둘째는 하루에도 몇 번이고 강한 태동으로 이원을 놀라게 했다.

"어머니를 놀라게 하면 안 된다."

배 속의 아이에게 말하듯이 나지막이 나오는 말에 이원이 미소를 삼켰다. 온을 가졌을 때도 그랬지만, 환은 이원이 아이 때문에 힘들어할 때마다 배를 감싸고 대신 말해 주었다.

아이가 진짜 환의 말을 듣는지는 알 수 없었지만 그가 이렇게 말해 주고 나면 힘들었던 것이 조금이나마 가라앉았다.

"태동이 심한 걸 보면 사내아이 같은데 말이지."

"온이는 또 아니었잖아요."

"하긴…… 아들이든 딸이든 상관없기는 해."

이원이 낳아 주는 자신의 아이라면 환에게는 전부 기꺼웠다.

처음부터 이원이 아니었다면 지금의 환은 없었다. 그가 이룬 전부가 이원이 있기에 있을 수 있었다.

"온하고 사이가 좋았으면 좋겠어요."

"온은 의젓하니까 좋은 형님이나 오라버니가 되어 주겠지."

잠든 온의 머리카락을 짧게 만져 주던 환이 다시 이원의 배에 손을 갖다 댔다.

"잘 커서 어머니 고생시키지 말고 나와야 한다."

"이제 진짜 얼마 안 남았어요."

"그래서 더 초조하기는 해. 나에게 가장 중요한 사람은 너야."

괜찮을 거라고 생각하면서도 출산은 여인에게 힘든 일이었다. 하물며 온 때 이원이 고생했던 건 아직도 머릿속에 생생했다.

지금 바람이라고는 온이 때처럼 이원과 아이 모두 건강한 것뿐이었다.

"환이 있으니까 무섭지 않아요. 이번에도 저도 안전하고, 아이도 건강하게 나올 거예요. 그러니까 환도 너무 걱정하지 마세요."

마치 속마음을 본 것처럼 나오는 위로에 환이 입꼬리를 올렸다.

시간이 흐르면 연모는 점점 희미해진다고 했지만 환에게 이원은 처음 만났을 때의 그 감정 그대로였다.

"어서 나왔으면 좋겠다."

참았던 본심이 나오자 이원이 활짝 미소 지었다.

얼마 후, 이원의 진통이 시작되었다. 온이 함께 지켰기에 제 본심을 입 밖으로 꺼낼 수 없었지만, 이원의 신음이 들릴 때마다 피가 마르고 애가 탔다.

새벽에 시작된 진통이 끝난 것은 해가 중천에서 기울어진 다음이었다. 아이의 울음소리가 들리자 다급히 들어가는 환을 따라 온이 작은 보폭으로 따라갔다.

환과 이원의 둘째 아이는 딸이었다.

"요 자그마한 게 널 왜 그렇게 괴롭혔는지 이해가 안 돼."

환의 팔에 안겨 있는 딸을 보던 이원이 힘든 미소를 지었다. 딸아이를 안은 채 환이 이원의 옆으로 다가왔다.

환의 손이 뺨에 닿자 이원이 힘든 숨을 내쉬었다.

"고생했어. 그런데 이제는 진짜 조심하자."

"저보다는 환이 더 조심해야죠."

부정할 수 없는 말에 환이 미간을 좁혔다. 진통으로 힘들어하는 이원의 신음을 들을 때마다 다시는 자식 따위 없다며 몇 번이고 다짐했지만 정신을 차려 보면 그도 모르게 이원을 제 품으로 끌어당기고 있었다.

난감한 듯 굳은 환을 보며 이원이 힘없이 웃음을 터트렸다. 이원의 눈이 아이를 향했다.

여아라서 그런지 온과는 또 달랐다.

"아바마마! 어마마마! 저도 볼래요!"

자신은 보지 못할지도 모른다는 불안에 온이 환의 다리에 매달려 통통 뛰어올랐다. 다급해하는 온을 보던 환이 제 품에 안겨 있는 아이를 내려 보여 주었다.

"아……."

처음 보는 아이는 귀엽기보다는 쭈글쭈글하고 새빨갰다. 신기한 것은 요 이상한 것이 자꾸 눈길을 끈다는 것이었다.

작은 손이 아이의 뺨에 닿기 직전, 주저하던 눈이 환을 향했다. 괜찮다는 허락이 떨어지자 아이의 뺨에 손가락이 닿았다. 아이의 뺨에 닿자마자 놀란 온이 다급히 뗐다.

"작아서 다치게 할 것 같습니다."

"그 정도로 다치지는 않는단다."

환의 말에 온의 눈이 다시 아이를 보았다. 눈조차 제대로 뜨지 못하는 작은 아이가 자꾸 눈에 밟혔다.

하나뿐인 동생. 이제 자신도 혼자가 아닌 여동생이 생겼다.

"아바마마. 아이를 어떻게 부르실 것입니까?"

온이 어떻게 반응할지 걱정했던 것이 무색하게 온은 아이에게서 눈을 떼지 못했다.

까치발로 아기를 바라보는 온을 보던 환이 이원을 바라보았다. 환의 시선에 미소를 지은 이원이 고개를 끄덕였다.

남아든 여아든 둘째가 태어나면 부를 이름을 이미 정해 놓았었다.

"'유'라고 부를 거란다."

환의 다리에 매달린 채, 온이 아기를 빤히 보았다. 그 순간 아기가 아주 작게 눈을 떠 온을 쳐다보았다. 곧 눈을 다시 감았지만 짧은 순간 심장이 터질 듯이 뛰었다.

"유야."

얼굴이 새빨개진 채, 유라고 이름을 부른 온이 환의 다리에 얼굴을 묻었다.

부끄러워하는 온의 머리를 쓰다듬으며 환이 유를 말없이 쳐다보았다. 아들인 온과는 또 다른 기분이었다.

시선이 느껴진 환이 고개를 돌리자 누워 있던 이원의 눈이 부드럽게 휘었다.

이원이 낳아 준 아이들이었기에 환에게는 전부 귀했다. 고맙고 미안한 마음을 담아 환이 이원의 이마에 짧게 입술을 맞추었다.

*
**

시간은 훌쩍 지나갔다.

태어났을 때는 자그마하던 유는 온보다도 더 잘 먹어 살이 바짝 올랐다. 황제의 치세가 안정되고, 황후가 후계를 낳자 감히 그녀에게 멸문된 집안의 여식이라며 적의를 노골적으로 드러내는 이들은 없어졌다.

"황후 마마. 폐하께서 오셨사옵니다."

"모시거라."

문을 열자마자 보이는 광경에 환이 눈을 좁혔다. 침상에 앉아 있던 이원이 환을 보며 눈을 내렸다.

언제나 문을 열기도 전에 문까지 마중 와 있던 이원의 목소리가 오늘은 멀리서 들린다고 했더니만 넓은 침상에 한쪽 팔에는 유가, 다리에는 온이 매달려 잠들어 있었다.

"나무에 열매가 달린 것 같네."

"유하고 놀다가 온이까지 같이 잠들었어요."

세상모르고 잠든 온과 유를 보던 환이 침상에 앉아 있는 이원에게로 향했다. 이원의 허벅지를 베개 삼아 잠든 온 때문인지 환을 보면서도 이원은 일어나지도 못했다.

"다리에 쥐도 났겠는데?"

"너무 잘 자서요. 못 움직이겠어요."

"이렇게 잠들 수는 없지."

아이들이 귀하지 않은 건 아니었지만 아무리 그래도 밤까지 아이들에게 이원을 빼앗길 수는 없었다.

환의 손이 유의 작은 뺨을 손가락으로 간질였다. 깊게 잠들었는지 환이 괴롭혀도 유는 꼼짝도 하지 않았다.

푹 잠든 것을 확인한 환이 유부터 받아 들었다.

"폐하!"

"쉿!"

환의 말에 이원이 입을 막았다. 밖에서 대기 중인 유모에게 유를 맡긴 환의 이번 목표는 이원의 다리를 베고 자는 온이었다.

유보다는 깰 확률이 더 큰 온을 보던 환이 주저 없이 안아 들었다. 주저했더라면 온은 바로 깼을 것이나 거침없이 안아 버리니 이원 나무에 매달려 있던 온 열매가 힘없이 환에게 안겨 들었다.

"태자를 데려가라."

"예. 폐하."

내관에게 잠든 온을 넘긴 환이 문을 닫은 후, 빙긋 미소를 지었다. 넉살 좋게 웃는 모습에 이원이 못 이기겠다는 듯이 고개를 저었다.

온과 유에게 아낌없는 애정을 쏟으면서도 환은 절대로 저녁에는 이원과 단둘이 있으려 했다.

'아이들은 아이들이고, 나는 나니까.'

홀아비도 싫지만, 혼자 자는 건 더 싫다며 부부 싸움을 할 때도 환은 잠만큼은 이원과 함께 자려 했다. 그 때문인지 화를 내며 싸워도 얼마 못 가서 결국 풀어졌다.

"아……."

자리에서 일어나려던 이원이 다리에서 느껴지는 통증에 미간을 찌푸렸다.

몇 시간을 그 자세 그대로 있었더니만 팔은 저리고, 다리에 쥐가 나 버렸다. 낮은 신음을 흘리며 이원이 다리를 주물렀다.

"그대로 있어."

이원의 변화를 알아차린 환이 몸을 숙였다. 단단히 뭉쳐 있는 다리를 주무르자 이원이 낮게 신음을 흘렸다.

"다리에 쥐가 나면 온이를 좀 옆으로 옮기지."

"그랬더니 유가 울어서요."

"예민한 열매들이었네."

여전히 다리가 아팠지만 그래도 환이 주물러 주니 통증은 점점 나아졌다. 통증이 가라앉자 느껴지는 건 환의 따뜻한 손길이었다.

"이제…… 좀 나아졌어요."

"음?"

"다리 좀 풀어 줘요."

다리에 쥐가 나서 아팠던 것과는 또 다른 표정이었다. 이원의 변화에 환이 눈을 좁혔다.

자꾸 도망가려는 이원의 다리를 붙잡은 환이 그녀의 몸 위로 올라왔다.

"저, 저…… 다 나았으니까요. 폐하!"

"이제 둘밖에 없잖아. 원아."

"그, 그래도…… 환!"

이원의 몸을 안은 환이 침상 위로 그녀를 눕혔다. 자리옷의 고름을 풀자마자 보이는 하얀 피부에 환이 코를 묻었다. 아이들의 향과 이원의 체향이 섞여 달금한 향이 났다.

단정하게 여미고 있던 자리옷이 다급한 손길에 하나씩 벗겨졌다.

"다시 이름 불러 봐."

"……환."
"폐하라는 호칭보다 더 듣기 좋아."
뺨을 어루만지는 손이 가는 목을 감싸고 보드라운 어깨를 지나 가리개로 반쯤 가려진 가슴 위에 닿았다. 아이를 낳으면서 몸의 선은 더욱 보드라워졌다.
환을 흔들 수 있는 유일한 존재.
그의 손이 닿을수록 손안에 잡혀 오는 가슴이 점점 가득해졌다. 손에 감기는 탄력적이고 매끄러운 감촉을 느끼던 환이 고개를 숙여 하얀 피부에 입술을 맞추었다.
"하아."
이원이 길게 내쉬는 숨이 머리카락을 간질이자 몸 위에 올라탄 환이 제 옷을 남김없이 벗었다.
환과 맞닿는 몸에서 느껴지는 열기에 이원의 얼굴이 보기 좋게 달아올랐다.
더운 숨을 내쉬는 붉은 입술에 입을 맞추었다. 몽글거리는 입술을 파고들자 녹아들 것처럼 말캉한 촉감이 온몸의 신경을 곤두서게 했다.
숨이 한계에 다다르도록 삼키고 또 삼키자 그에게 갇혀 있다시피 한 이원의 몸이 잘게 떨었다.
그녀를 배려하듯 입술을 떼자 작은 손이 환의 뒷덜미를 감쌌다.
"조금만 더요."
속삭이는 목소리가 도망칠 수 없는 유혹처럼 그를 붙잡았다. 미소를 지으며 이원에게 다가가자 기다렸다는 듯이 환의 목에 팔을 감았다.

맞닿은 몸에서 느껴지는 나긋한 감촉도 좋았고, 내쉬는 숨은 달금했다.

깊게 입맞춤을 하며 가슴을 가리고 있던 가리개를 내렸다.

"흐응."

환의 손이 몸에 닿을 때마다 이원의 하얀 피부가 점점 붉게 물들었다. 손안 가득 담기는 촉감과 심장의 박동이 움켜잡은 손에서 그대로 느껴졌다.

힘주어 안자 이원의 하얀 피부에 붉은 손자국이 남았다. 희롱하듯 가슴을 애무하던 손이 척추를 타고 등을 어루만졌다.

그가 먹고 맡았었던 그 어떤 독한 미향보다도 더 중독적이었다. 항상 제 곁에 있어도 충족되는 시간보다도 허기가 더 빠르게 밀려드니 이원에게는 인내보다는 제 감정이 원하는 대로 다가가게 되었다.

"……환."

낮게 들리는 색기 어린 목소리가 그를 미치게 했다. 이원의 손이 목에서 쇄골을 따라 움직이고 열기에 뜨거워진 가슴을 감쌌다.

함께할 때 이원은 제 욕구를 숨기지 않았다. 이원의 젖은 입술이 환의 목에 닿자 열기는 머리끝까지 치달았다.

"하읏."

등을 애무하던 손이 매끄러운 허리를 어루만지고 탄력 있는 엉덩이를 감쌌다. 이원의 쇄골에 입술을 묻고 붉어지도록 피부를 빨아들이자 달금한 향이 콧속으로 훅 밀려들었다.

품에 안겨 있는 이원을 자극하듯 입술을 쇄골에서 점점 아래로 내리더니 탄력 있고 보드라운 피부를 이를 세워 깨물었다.

"하아."

매끄러운 피부 위에 환의 잇자국이 새겨지자 이원이 몸을 잘게 떨었다. 그가 낸 잇자국을 달래듯이 곧이어 말캉한 혀가 붉어진 피부를 따라 움직였다.

잇자국이 어느 정도 사라질 즈음 같은 자리를 빨아들이니 이원의 몸 곳곳에 환이 남긴 흔적들로 가득했다.

"환…… 나……에 하고 싶어요."

"음?"

"위에서…… 할래요."

이원의 말이 끝나기가 무섭게 환이 그녀를 안아 세웠다. 위치에서 주도권을 잡자마자 이원이 환의 몸을 밀었다.

환을 침상에 눕힌 이원이 몸을 숙여 그의 입술에 입을 맞추었다.

입을 열고 들어오는 달금한 숨을 마음껏 삼키며 환의 손이 이원의 허리를 붙잡았다.

"하아. 절대 일어나면 안 돼요."

환의 복부에 손을 짚고 몸을 일으킨 이원이 절대 안 된다는 듯이 눈을 좁혔다. 알았다는 듯이 고개를 끄덕이자 이원이 몸을 일으켰다.

스스로 그를 받아들이는 건 여전히 쉽지 않았지만 그래도 지금만큼은 그를 직접 받아들이고 싶었다.

"하아."

환을 완전히 받아들인 이원이 더운 숨을 길게 내쉬었다. 처음에는 아릿한 통증이었지만, 곧이어 열기와 욕정이 아래서부터 위로 치달았다.

부끄럽다기보다 좀 더 그를 제대로 제 것으로 소유하고 싶었다.

환의 복부에 손을 대고 중심을 잡은 이원이 천천히 허리를 움직였다. 천천히 이어지던 움직임에 점점 속도가 붙자 환이 제 앞에서 움직이는 이원의 몸을 애무했다.

그의 손자국이 몸에 남자 이원이 입술을 질끈 깨물었다.

"하아."

가쁜 숨을 토해 냈지만 몸의 열기는 점점 차올랐다. 이원이 움직일 때마다 오는 자극에 참았던 인내는 온데간데없이 사라졌다.

"미안."

"……무, 무슨……."

"……안 될 거 같아."

환의 손이 이원의 허리를 붙잡았다. 누워 있던 환이 허리 짓을 하자 이원의 몸이 휘청거렸다.

"대신 일어나지는 않을게."

말이 끝나기도 전에 환이 다시 허리를 튕겼다. 그녀가 움직일 때와는 비교조차 할 수 없는 강한 움직임에 이원이 휩쓸렸다.

숨을 마시고 내쉬는 것조차도 버거울 정도로 거친 움직임이 계속되었다.

이원이 몸을 비틀거릴 때마다 환이 붙잡으니 할 수 있는 것이라고는 환을 붙잡고 버티는 것이 전부였다.

"……환."

힘겹게 부르는 목소리에 환이 더 거칠게 움직였다.

그를 진정시키고자 하는 행동이겠지만, 지금은 한계까지 이원과 함께하고 싶었다.

힘이 빠진 이원이 환의 몸에 기대자 기다렸다는 듯이 환이 이원을 침상에 다시 눕혔다. 무게를 실어 다가오자 이원의 몸이 비틀거렸다.

힘에 밀려 이원이 제 품에서 빠져나가려 하자 환의 팔이 이원의 허리를 휘감았다.

“흐읏.”

쾌락에 젖어 울먹이는 신음이 들리고, 거친 움직임은 한계에 다다랐다. 이원에게 자신을 밀착한 환에게서 낮은 신음이 터져 나오고, 눈앞이 새하얘지는 절정에 이원이 몸을 떨었다.

물기에 젖은 눈이 환을 보자 가쁜 숨을 내쉬던 그가 이원의 눈에 입술을 맞추었다.

“나…… 입술에 받고 싶어요.”

희미하게 나오는 말에 환이 활짝 미소를 지으며 이원의 입술에 입을 맞추었다. 그의 입맞춤을 받으며 이원이 까무룩 잠들었다.

⁂

날이 따뜻하고 좋았다.

유가 잠든 사이 이원이 혜완궁 밖으로 나왔다. 따스하게 불어오는 바람에 이원의 입가에 옅은 미소가 생겼다.

환은 이원이 답답해할까 봐 걱정했지만, 이원에게 황궁은 그녀가 머물 집이었다.

"음?"

"아! 어마마마."

나무 앞에 서 있던 온이 이원을 발견하고는 몸을 움찔거렸다. 어찌할 줄 몰라 하는 온을 보던 이원이 앞에 있는 커다란 나무를 보았다.

환에게 모든 이야기는 들어 알고 있었다. 온이 떨어질 뻔했었던 날에는 그저 놀라 혼부터 냈었지만 전부 듣고 나니 담 위의 보이는 정경이 온에게 얼마나 신기하고 재미있었을지 다시 생각하게 되었다.

"올라가 보겠느냐?"

"네?"

"설마 아바마마와는 좋고 나하고는 싫은 것이냐?"

"아니요! 절대 아닙니다!"

다가온 온을 이원이 안았다. 묵직하게 느껴지는 아들을 안은 이원이 나무를 박차고 올라왔다.

순식간에 환이 올라갔었던 곳까지 단숨에 올라간 온의 눈이 반짝였다.

"와."

"오늘 날이 좋아서 황궁 밖도 보이는구나."

"어마마마……아니 어머니!"

단둘이 있을 때 온은 아버지, 어머니라고 불러 주었다. 호칭이 약간 달라졌을 뿐이었지만, 그럼에도 어마마마라는 호칭보다는 어머니가 더 듣기 좋았다.

"저쪽으로 가면 큰 시전이 있단다. 보름의 밤에 나가면 무척 많은 사람이 나와 있단다."

"진짜요?"

"온이가 더 크면 아버지와 함께 다 같이 가 보자."

이원이 나무에 앉자 온이 가까이 다가왔다. 옆에 다가온 아들의 머리카락을 어루만지며 이원이 등을 토닥였다.

"네! 어머니!"

"지금은 나무에 혼자 올라오는 게 위험하지만 나중에는 온이 혼자서 나무에 오를 날이 올 거란다. 그 시기가 곧 오니 너무 조급해하지 말거라."

"네!"

온이 이원의 품을 파고들었다. 나무 사이로 불어오는 바람이 무척이나 시원했다.

이것저것 재잘거리던 온이 이원의 다리에 머리를 베고 길게 하품을 하였다.

나무 사이의 시원한 바람과 이원의 손길은 어린 온에게는 빠져나오기 어려운 수마였다.

결국 잠든 온을 다독이며 이원이 편안한 숨을 내쉬었다.

"음. 여기 있다고 해서 왔는데 잠들었네?"

"오셨어요?"

양쪽에서 불던 바람이 한쪽에서 멎자 이원이 뒤로 고개를 돌렸다. 이원의 뒤에 선 환이 잠든 온과 이원을 보며 빙긋 미소를 지었다.

몸을 살짝 숙여 온의 뺨을 손가락으로 간질이니 간지럽다며 온이 이원의 품을 파고들었다.

"나무에 올라가는 걸 닮으면 안 되는데 말이야. 난 올라가고 싶어서 올라간 게 아니었거든."

"그런데 저는 환이 나무에서 내려와서 다가올 때가 제일 설레었어요."

이원의 고백에 환의 눈이 커졌다가 보기 좋게 휘었다.

생각해 보면 원은 나무에 서 있는 환을 유일하게 무서워하지 않은 사람이었다. 나무에서 아래만 내려 보며 분노하던 환은 이원을 만나면서 나무 위에서도, 아래에서도 살 수 있게 되었다.

"환은요?"

"음?"

"환은 절 보면서 언제 설레었어요?"

"네가 날 환이라고 불러 줄 때."

"아……."

"처음으로 날 서우환으로 알아본 사람이 너니까."

그를 본 사람들은 언제나 명을 먼저 찾았었다. 그렇게 오랜 시간을 버티고 나니 어느새 명으로 먼저 불리는 것에 더 익숙해져 있었다.

스스로조차 갇혀 있던 틀을 깨 준 사람이 이원이었다.

"환하고 전 인연이었네요."

"아주 잘 맞는 인연이지."

넉살 좋은 대답에 이원이 환하게 웃음을 터트렸다. 이원의 뒤에 앉은 환이 그녀의 머리카락을 손가락에 감았다.

이제 이원이 없는 삶은 환에게는 어떤 의미도 없었다.

아끼는 부인의 어깨에 얼굴을 묻으며 환이 편안한 숨을 길게 내쉬었다.

꿈조차도 꾸지 못했던 행복한 모습이 이제는 당연한 것처럼 저에게 만들어져 있었다.
 이원과 함께 만든 삶을, 그녀가 만들어 준 삶을 누릴 수 있어서 진심으로 다행이었다.

외전 4.
평화

불어오는 바람에 온의 머리카락이 흔들렸다.

온의 양 볼에 있었던 통통한 볼살이 빠지면서 하얀 피부에 눈매가 날카로워지자 환과 더욱 비슷해졌다.

자신은 이제 어린아이가 아니라며 온은 턱을 세우고 어른스럽게 행동하려 했지만, 황궁에 있는 이들에게 온은 여전히 어린아이였다.

"오늘에야말로 내가 어린애가 아니라는 걸 보여 줄 테다!"

"오라버니!"

상궁과 같이 오던 유가 온을 발견하고는 치마를 잡고 달려왔다. 하나로 길게 땋아 매달아 놓은 빨간 댕기가 달릴 때마다 흔들렸다.

하나뿐인 동생은 누구보다도 온을 잘 따랐다.

"혼자 오라니까."

"그러고 싶었는데 이 상궁이 안 된대."

온과 유의 공통점이라면 또래에 비해 말이 빠르고 발음도 정확하다는 것이었다. 온이 또 어떻게 놀아 줄지 기대되는 건지 바라보는 유의 눈이 반짝거렸다.

환을 그대로 닮은 온처럼, 유는 이원을 그대로 빼닮았다. 귀한 부인을 그대로 닮은 어린 딸을 환은 무척이나 귀하게 여겼다.

"오라버니. 어떡하지?"

"끄으응."

온의 눈이 유에게서 조금 떨어져 있는 상궁에게로 향했다. 평소에는 몰라도 오늘만큼은 유하고 단둘이 있어야 했다.

온의 기색을 눈치챈 유가 울상이 되었다.

유에게 여기에 있으라고 말한 온이 이 상궁에게 다가갔다.

"태자 저하."

"황궁 안은 안전하니 유와 둘이 다니겠다."

"저하. 그래도 소인이 따라다니면서 시중을 드는 것이 편하실 것입니다. 멀리 떨어져서 걸을 테니 앞서가시지요."

강경한 이 상궁의 태도에 온이 속으로 달달 졸였다. 평소에야 상궁이 따라다니든 내관이 따라다니든 상관이 없었지만 오늘은 아니었다.

오랫동안 유와 기다린 일이었다.

"이 상궁! 많이 피곤하지?"

"네? 태자 저하. 소인은 전혀 피곤하지 않습니다."

"아니야. 이 상궁. 내가 걱정이 돼서 안 되겠어."

"네?"

"눈 감아."

"그것이……."

"얼른!"

온의 재촉에 이 상궁이 눈을 감았다. 이 상궁의 앞에서 확인하듯 온이 손을 휘휘 저었다.

온의 손짓에도 이 상궁이 반응이 없자 발걸음을 죽여 가며 온이 유에게 다가갔다. 오라버니라 부르려는 유의 입을 막은 온이 조심스럽게 고개를 돌렸다.

"이 상궁은 백을 셀 동안 눈을 감고 있어! 알았지?"

"태자 저하."

"무슨 소리가 나도 절대 눈을 뜨면 안 돼!"

말을 끝낸 온이 유의 작은 손을 붙잡았다. 온과 유의 기준으로는 무척이나 조심스러운 걸음 소리가, 상궁의 기준으로는 무척이나 큰 발걸음 소리가 도도도 하더니 멀어졌다.

"절대 눈 뜨면 안 돼!"

멀리서 들리는 목소리에 이 상궁이 억지로 웃음을 삼켰다. 둘의 소리가 어느 정도 멀어지자 이 상궁이 감았던 눈을 떴다.

도대체 어디로 가려고 그러는지 알 수 없었지만, 이 상궁이 어설프게 쫓아가 봤자 눈에만 띌 뿐이었다. 고수인 환과 이원의 피를 그대로 물려받은 아이들은 은연중에 기를 읽는 능력이 뛰어났다.

"잘 부탁드립니다."

아무도 없는 허공에 이 상궁이 고개를 숙였다. 잠시 후, 그녀의 말에 답을 하듯 무언가가 약간의 기척을 내며 사라졌다.

***

"유야! 거의 다 왔다!"

원하는 목적지까지 같이 가던 온이 유를 보며 환하게 미소 지었다. 오라버니의 말에 앞을 보던 유가 신기한 듯 눈을 빛냈다.

둘이 향한 곳은 북서쪽의 문 앞이었다.

"지난번에 어마마마와 가 봤는데 진짜 고왔거든. 오라버니가 길을 아니까 같이 가 보자."

"응!"

유의 반짝이는 눈을 보며 온이 마음을 다잡았다.

이원이나 환과 함께 가 보기는 했지만 혼자는 처음이었다. 조금 떨리기는 했지만, 지난번에 이원과 함께 나왔을 때 길을 하나씩 살폈었다.

물론 안을 보고 싶다면 내관에게 부탁하거나 환과 이원에게 말해도 되었지만, 이제 자신도 마냥 어린 나이는 아니었다.

"대신 오라버니 손을 절대 놓으면 안 돼."

"응! 알았어!"

이 작은 언덕만 넘어가면 커다란 호수가 보이고, 그 호수를 비치는 정자가 있었다. 짧게 봤지만 나무에서 처음 황궁 밖을 봤었던 것같이 좋았었다.

고운 정자에 맑은 호수를 보고 있노라니 동생인 유에게도 보여 주고 싶었다.

"혹시 잘못 나가도 황궁이니까 너무 걱정하지 마."

"오라버니랑 가니까 괜찮아."

유의 손을 붙잡은 온이 안으로 들어갔다.

⁂

북서쪽 궁은 숲 안에 있는 곳이었기에 황궁의 길과는 다르게 정돈이 덜 되어 있었다.

조금은 험한 길을 올라가는 건 쉽지 않았지만 유와 함께 올라가니 목적지에 점점 가까워졌다.

"유야. 조금만 더 가면 돼."

"응."

유의 키만 한 풀을 지나서 작은 길로 가고 나니 드디어 원하는 목적지에 도착했다. 옆으로 놓인 나무 사이로 정자가 보이자 온의 눈이 반짝거렸다.

"유야! 저기야!"

온의 손가락을 따라 유의 눈이 움직였다. 온이 가리키는 정자와 그 앞에 있는 호수를 보던 유의 걸음이 멈추었다. 유의 작은 눈이 토끼처럼 동그랗게 커지는 걸 보며 온이 입꼬리를 올렸다.

처음 이곳에 왔을 때의 온도 유와 똑같은 표정이었다.

"예쁘지?"

"오라버니! 어서 가 보자!"

수동적으로 따라가기만 하던 유가 온을 끌어당기며 눈을 빛냈다. 유의 손을 붙잡은 채, 온도 정자를 향해 달려갔다.

정자에 들어서자 햇빛을 받은 호수가 반짝반짝했다.

이원과 함께 봤을 때와는 또 다른 기분이었다. 고개를 옆으로 돌리니 유는 햇빛에 반짝이는 호수를 홀린 듯이 보고 있었다.

"오라버니. 진짜 예쁘다."

"하지만 절대 혼자 오면 안 돼. 알았지?"

"응. 오라버니가 같이 와 줘야 해."

"그래."

온의 허락에 유가 활짝 미소를 지었다. 황궁에서 봤었던 것과는 또 다른 광경이었다.

부스럭.

호수를 홀린 듯이 보던 유의 눈에 수풀 사이로 작은 토끼가 모습을 드러내는 게 보였다. 토끼를 따라 유가 움직이자 손을 붙잡고 있던 온도 몸을 휘청거렸다.

"유야. 왜?"

"오라버니! 토끼!"

유의 손가락이 가리키는 방향에 갈색 토끼가 빼꼼 얼굴을 들이밀고 있었다. 오물오물 작은 입을 움직이며 풀을 먹는 모습이 무척이나 귀여웠다.

"귀엽다."

토끼를 보던 유가 몸을 숙였다. 아직 온과 유를 발견하지 못한 토끼가 그 자리에서 입을 오물거렸다. 보송보송한 털도 귀엽고 쫑긋거리는 귀도 만져 보고 싶었다.

온만의 생각은 아닌지 유가 토끼를 향해 손을 뻗었다.

"아앗!"

유의 손이 가까이 가기도 전에 놀란 토끼가 발을 박차고 사라졌다.

"오라버니! 얼른! 얼른!"

"아! 유야! 같이 가!"

토끼를 따라 달려가는 동생을 놓치지 않기 위해 온 또한 달려갔다. 토끼가 숨은 수풀로 유가 먼저 뛰어가고, 그 뒤를 온이 들어갔다.

아이들의 돌발 행동에 무흔이 뒤쫓아 가려 했지만 수풀 사이로만 달려가는 둘을 쫓아가는 건 쉽지 않았다.

"찾았는가?"

"없으시네."

다급히 주변을 훑으며 찾으려 했지만 이미 둘은 완전히 사라진 후였다.

⁂

작은 다리로 열심히 쫓았지만 처음부터 도망가는 토끼를 잡는 건 무리였다. 토끼가 완전히 보이지 않게 된 다음에나 유와 온의 걸음이 멈추었다.

뒤늦게 어두운 숲속에 둘밖에 없자 겁에 질린 유가 온의 손을 붙잡았다.

"오라버니."

"괘, 괜찮아."

말은 그렇게 했지만 주변을 둘러보는 온도 흔들리고 있었다.

이원과 정자에서 돌아오는 길만 알고 있었다. 아무리 둘러봐도 빛도 제대로 들어오지 않는 커다란 나무와 둘의 키만 한 수풀밖에 보이지 않았다.

"오, 오라버니만 믿어."

"으응."

온은 침착하려 했지만 유를 붙잡은 손이 떨고 있었다. 길이라도 있다면 따라가면 되었지만, 어디를 둘러봐도 작은 길도 보이지 않았다.

조금 후면 해가 완전히 저물 것이니 어두워지기 전에 빠져나가야 했다.

'어쩌지.'

피가 바짝바짝 마르고 심장이 콩닥콩닥 뛰었다.

이원과 환에게 혼날 거라는 걱정보다 어쩌면 여기서 나가지 못할 수도 있겠다는 걱정이 먼저 들었다.

"오라버니. 어떡해?"

유의 눈에 눈물이 그렁그렁 맺히자 온이 불안한 듯 주변을 부산히 둘러보았다. 하지만 어디에도 길 비슷한 것도 보이지 않았다.

"아! 유야! 저기 사람이 있다!"

수풀 너머의 나무에 어린 사내가 서 있었다. 내관인가 싶어서 다가갔는데, 입고 있는 옷은 황궁에 있는 이들과 분명 달랐다.

"저……저기요."

황궁 사람이 아닌 게 분명해 보였다. 그래서인지 황궁의 사람들에게는 거침없이 반말을 했지만 앞의 사내에게는 그마저도 쉽지 않았다.

"저……."

주저하는 듯한 온을 보던 사내가 빙긋 미소를 지었다.

말없이 웃고 있는 사내는 가는 선만큼이나 체구도 황궁에 있는 이들보다도 작았다. 얼핏 보면 아픈 사람으로까지 보였지만, 온과 유를 보는 사내의 눈은 묘하게 이원을 보는 것 같았다.

"죄송합니다만 길을 잃었습니다. 나가는 길을 알고 계십니까?"

"……."

"알고 계시다면 꼭 좀 알려 주십시오."

지금 태자라는 직위가 중요하지 않았다. 사내를 향해 다가간 온이 고개를 숙였다.

말없이 온을 보던 사내가 가까이 다가왔다. 사내의 손이 온의 머리카락을 부드럽게 어루만졌다.

"아!"

사람의 손인데도 따뜻한 바람이 지나가는 것 같았다. 놀라 고개를 드니 괜찮다는 듯이 사내의 눈이 휘었다.

분명 처음 보는 사내였지만, 자꾸 겹쳐 보이는 사람은 이원이었다.

"혹시 황궁에 계시는 분인가요?"

답을 하는 대신 사내가 손가락으로 다른 방향을 가리켰다. 사내가 가리키는 방향이 황궁으로 가는 길이라는 것을 깨달은 온이 좀 전의 물음을 잊어버린 채 안도의 숨을 내쉬었다.

"유야. 이쪽인가 봐."

온의 말에 가까이 다가온 유가 앞의 사내를 물끄러미 쳐다보았다. 한참을 뚫어지게 사내를 보던 유가 온을 보며 활짝 미소를 지었다.

"오라버니. 어마마마와 똑같이 생겼다."

"유야. 그러면 안 돼! 저…… 죄송합니다."

유를 말린 온이 사내 앞에 몸을 숙였다. 한마디라도 할 법한데도 사내는 웃고만 있을 뿐, 어떤 말도 꺼내지 않았다.

조금은 이상하다는 생각이 들었지만 지금은 상황을 가릴 때가 아니었다.

사내의 눈치를 보며 온이 몸을 틀자 그가 손을 내밀었다.

"데려다주시는 것입니까?"

사내가 고개를 끄덕였지만, 이번만큼은 온도 선불리 손을 잡을 수 없었다. 모르는 사람을 따라가지 말라고 배웠다. 비록 그가 길을 알려 주기는 했지만 그렇다고 완전히 믿을 수는 없었다.

"아! 유야!"

"오라버니. 괜찮아."

온이 고민하는 사이에 유가 사내의 손을 붙잡았다.

평소 유는 제 의견을 절대 먼저 말하지 않았다. 하지만 이번만큼은 무엇을 느낀 건지 유는 단호했다.

이대로 유를 혼자 보낼 수는 없었다. 사내의 반대편 손을 온이 붙잡았다.

"그럼 잘 부탁드리겠습니다."

여전히 말은 없었지만, 무섭기보다는 묘하게 안심이 되었다. 사내를 따라 걸으니 전혀 보이지 않던 길이 드러났다.

길이 보인다는 안도에 온이 크게 한숨을 내쉬자 사내가 걱정하지 말라는 것처럼 머리를 어루만졌다.

"실은 저의 어머니와 무척 닮으셨습니다. 혹시 은이원이라는 분을 아십니까?"

온의 물음에 사내의 얼굴에 보이는 미소가 바뀌었다. 확실하지는 않았지만 조금 더 애틋하고 미안해하는 것 같았다.

마치 이원을 아는 것 같은 행동에 온이 다시 입을 열려는 순간 사내가 걸음을 멈추었다.

“오라버니! 저기!”

“아!”

사내의 손가락이 향한 곳에는 처음 들어왔었던 문이 보였다. 그리고 문에서 좀 더 떨어진 곳에 이원의 모습이 얼핏 보였다.

그토록 보고 싶었던 문과 이원을 본 온의 눈이 커졌다.

“오라버니. 어마마마야!”

“유야. 인사해야지.”

“오라버니도 고마워.”

환한 목소리로 유가 말하자 사내의 손이 유의 머리도 어루만졌다. 사내의 손길을 그대로 받던 유가 문 너머의 이원을 향해 달려갔다. 앞서가던 유를 잡으려던 온이 제자리에 서서 사내를 보았다.

한 마디도 제대로 듣지 못했지만, 누구인지 모르는 이 사내 덕분에 밖으로 나올 수 있었다.

보면 볼수록 이원과 닮은 사내.

이원에게 들었던 대로 예전에 죽은 삼촌이 있다면 이랬을 것 같았다.

“감사합니다.”

온을 보던 사내가 가 보라는 것처럼 손짓했다. 한참을 그를 보던 온이 유를 챙기는 이원을 향해 달려갔다.

⁂

품으로 파고드는 유를 세운 이원이 딸이 어디 다치지는 않았는지 부지런히 살폈다.

"온아! 유야! 어디를 갔었던 것이냐?"

"오라버니와 정자를 보고 왔는데 예뻤습니다. 그런데 토끼를 따라갔다가 길을 잃었어요. 그런데 모르는 오라버니께서 도와주셨습니다."

"뭐?"

두서없는 말에 이원이 고개를 갸웃거리는 사이에 온이 가까이 다가왔다. 유와 마찬가지로 온의 몸도 살핀 이원이 걱정하는 눈으로 쳐다보았다.

걱정하는 이원을 보자 제가 저지른 잘못에 온이 고개를 숙였다.

"다친 곳은 없느냐?"

"죄송합니다. 지난번에 봤었던 정자가 너무 예뻐서 유하고 잠시 보고 오려고 했습니다."

"북서쪽 정자는 길이 미로처럼 되어 있어서 둘이 다니기에는 위험하단다."

혼낼 줄 알았던 이원이 받아 주자 움츠리고 있던 온이 고개를 들었다. 긴장하는 아들의 얼굴을 어루만지며 이원의 눈이 휘었다.

처음에는 사람을 모두 떼어 내고 가 버린 아이들에게 화가 났지만 막상 아무렇지도 않게 좋아하는 모습을 보니 화를 낼 수 없었다.

그저 안전하게 돌아온 것만으로도 긴장은 풀어졌다.

"다치지 않고 돌아와서 다행이구나."

이원의 손길을 받을수록 떠오르는 것은 말없이 그의 머리를 어루만져 주던 젊은 사내의 손길이었다.

"정자에서 본 토끼가 길이 아닌 곳으로 들어갔습니다. 따라갔다가 길을 잃었는데 어느 공자께서 도와주셨어요."

"공자? 거기에 누가……."

"어마마마와 똑같이 생긴 오라버니였어요. 말은 하지 않으셨는데 친절하게 길을 알려 주셨어요!"

유의 말에 놀란 이원이 온을 보았다. 이원의 시선을 받던 온이 고개를 끄덕였다.

"길을 잃고 어쩔 줄 모를 때 처음 보는 공자가 계셨습니다. 그 공자께서 길을 알려 주셔서 나올 수 있었습니다. 그런데…… 어마마마와 무척 닮으신 분이었습니다."

"아……."

온의 말을 듣던 이원의 말문이 막혔다. 둘을 피해 고개를 돌린 이원의 눈가가 붉어졌다.

"어마마마?"

"그…… 공자가…… 말이…… 없었느냐?"

"네! 그런데 엄청 다정하셨어요! 머리를 어루만져 주셨는데 꼭 어마마마가 만져 주시는 것처럼 따뜻했습니다."

이원의 가라앉은 분위기를 모르는 유가 재잘재잘 말을 꺼냈다.

유와는 달리 이원이 달라진 것을 본 온이 그녀에게 가까이 다가갔다.

"어마마마께서 아시는 분입니까?"

온의 물음에 이원이 애써 미소를 지었다. 입은 웃고 있었지만 눈가에 눈물이 가득 고여 있었다. 온이 놀라 물어보려는 순간, 이원이 옷소매로 눈물을 닦아 냈다.

감정을 정돈하듯 소리 없이 긴 숨을 내쉰 이원이 온을 보며 미소를 지었다. 그 모습조차 그 공자와 똑같았다.

"그 공자가 너희들을 지켜 주었구나."

"길을 알려 주셔서 무섭지 않았습니다. 그래도 죄송합니다."

거듭 잘못했다는 온의 머리카락을 이원은 어루만져 주었다. 수많은 감정이 복받쳐 올랐지만 아이들 앞에서는 내색하지 않으려 했다.

"길이 없는 곳은 이 어미도 찾기 힘든 곳이란다. 그러니 다음에는 반드시 상궁이나 내관과 같이 가거라. 알았느냐?"

"네. 어마마마."

"네. 어마마마."

얌전히 답을 하는 아이들의 머리를 어루만져 주며 이원이 애써 미소를 지었다. 감정을 추스르며 자리에서 일어나니 오른쪽에는 온이, 왼쪽에는 유가 다가와 손을 붙잡았다.

아이들의 손을 붙잡은 이원이 잠시 고개를 돌려 정자로 가는 문을 보았다. 아무도 없는 길을 말없이 보던 이원이 유의 재촉을 받고는 반대 방향으로 걸음을 옮겼다.

***

이원의 침소에서 재잘거리며 놀던 아이들이 그 자리에서 잠들었다.

강 상궁과 송화가 잠든 아이들을 처소로 옮기려 했지만, 이원은 그대로 두라 하였다. 잠든 아이들의 얼굴을 천천히 어루만지며 지켜보던 이원이 밖으로 나왔다.

침소 밖에 서 있던 송화가 이원을 발견하고는 몸을 숙였다.

"잠시 홀로 걷겠다."

"그래도 소인이……."

"네가 아이들 곁에 있으면 내가 안심하고 나갈 수 있구나. 부탁하마."

이원의 손이 송화의 머리카락을 어루만지자 얼굴을 붉힌 송화가 몸을 숙였다. 어린 티는 많이 사라졌지만, 시간이 흘러도 여전히 이원에게는 황궁에서 가장 신뢰하는 이였다.

이원의 진심을 알기에 송화 또한 그녀에게 극진했다.

"혜완궁 앞을 걸을 뿐이니 너무 걱정하지 말거라."

몸을 숙이는 송화의 손을 살짝 잡아 준 이원이 궁 밖으로 나왔다.

이원을 발견한 이들이 가까이 다가왔지만 고개를 젓는 것으로 그들을 물린 이원이 혜완궁의 담을 따라 걸었다.

긴 숨을 내쉬자 하얀 입김이 흘러나왔다.

차가운 바람을 맞으며 걸었지만 울렁거리는 마음은 좀처럼 가라앉지 않았다.

결국 궁의 계단에 앉은 이원이 아무것도 보이지 않는 허공을 아쉬운 듯 바라보았다.

"내 아이들에게만 오지 말고 나에게도 좀 와 주지."

길을 지나가며 보이는 풀과 꽃을 보고, 바람을 마주할 때마다 동생을 보는 것처럼 느껴졌지만, 이호를 다시 보지는 못했다.

오늘 아이들에게서 이호를 만났다는 말을 듣고 나서부터 이상하게도 마음이 가라앉았다.

"나는 네가 우리 주변에 있으면 좋겠지만…… 네가 보고 싶기도 했지만…… 이상하게도 마음이 그다지 좋지는 않구나."

그녀의 말을 들어 주는 것처럼 바람이 다시 불었다. 제 존재를 보여 주는 것처럼 부는 바람을 맞는 이원의 눈이 붉어졌다.

"네가 나 때문에 좋은 곳으로 못 가고 머물러 있는 것 같구나."

환은 그녀를 변함없이 아껴 주고, 귀한 아이들도 반듯하게 자라고 있었다. 더는 바랄 것이 없을 정도로 평안한 삶이었다.

자신이 편안한 만큼 이호가 자꾸 마음에 남았다.

만약 그녀의 주변을 지키느라 좋은 곳으로 가지 못하는 거라면.

"네가 나 때문에 못 가는 건 아니었으면 싶구나."

입 밖으로 말을 꺼내다 보니 그녀도 모르게 한숨이 나왔다.

이호가 좋은 곳으로 갔으면 싶다가도, 한편으로는 헛것으로라도 이호를 보고 싶기도 했다.

"이런 말 한다고 서운해하지는 말고…… 갈 수 있다면 이제는 좋은 곳으로 가."

말을 끝내고 난 이원이 길게 숨을 내쉬었다.

이원의 말을 들어서인지 알 수 없었지만, 조금 전까지 불던 바람이 멈춰 있었다. 심란한 마음으로 허공을 보던 이원이 기척을 느끼고는 고개를 돌렸다.

"언제 오셨어요?"

"좀 되었어."

가만히 서 있는 환을 보며 이원이 눈을 내렸다. 일정 거리에서 있던 환이 이원에게 다가갔다. 소매 사이로 보이는 작은 손을 붙잡자 한기가 몰려왔다.

별다른 말을 하는 대신 가만히 쳐다보자 숨길 수 없다는 것처럼 이원이 눈을 내렸다.

"전부 듣고 계셨겠네요."

"지금 듣기도 했고, 해가 지기 전에 왔었던 온과 유가 말해주기도 했었지."

"……."

"우선순위에서 밀리는 건 아는데 그래도 나한테도 나타나 주질 않네."

약간은 투정처럼 나오는 말에 이원이 힘없이 웃음을 터트렸다. 조금이나마 표정이 풀어진 이원을 보던 환이 그 옆에 앉았다. 밤바람에 차가워졌던 이원을 환이 말없이 안아 주었다.

다정하게 안아 주는 손길에 온기가 천천히 돌아왔다.

"우리가 생각하는 것보다 처남은 자유로운 걸지도 몰라."

"자유롭다고요?"

"생전에…… 지나가듯이 했던 이야기가 있긴 했었지. 몸이 나아지면 너와 많은 곳을 보고 싶다고 말이야. 물론 그 말에 난 좀 곤란하다는 듯이 말하긴 했었지만 말이야."

"아……."

"이제 녀석은 자유로우니까. 가고 싶을 곳을 질리도록 다 보고 가끔씩 들르는 걸 거야. 물론 오늘은 구경하러 왔다가 애들이 위험하니까 다급히 도와준 것 같지만 말이야."

"……."

"아무튼 누구 자식 아니랄까 봐 둘 다 대담하다니까. 처남도 보고 헉했을걸. 꼬맹이 둘이서 무서운 줄도 모르고 말이야."

환의 농담에 이원이 부정할 수 없다는 듯이 미소를 지었다. 그저 생각일 뿐이었지만 환이 말한 게 맞기를 바랐다.

이제는 아무런 걱정도 없이 원하는 곳을 마음껏 다니기를. 그래서 이후에 이호를 만나면 내내 마음에 품고 있는 말을 해 주고 싶었다.

네 덕분에 생을 질리도록 누리다가 오게 되었다고.

네가 내 앞의 길이 되어 준 덕분에 무섭지 않게 걸어갈 수 있게 되었다고.

물론 아주 먼 훗날의 이야기겠지만, 그때가 되면 꼭 동생에게 그렇게 말해 주고 싶었다.

"환이랑 이야기하니까 기분이 한결 나아졌어요."

이원의 표정이 조금 전보다도 풀어지자 환이 자리에서 일어나 손을 내밀었다.

"나가자."

"네?"

"오늘 보름이라는 걸 잊어버렸나 보네. 둘이서만 나가 보자."

환의 말에 이원이 미소를 지으며 그의 손을 붙잡았다. 표정이 풀어진 이원의 이마에 입술을 맞춘 환이 따르려는 이들을 모두 물린 채, 황궁의 담을 넘었다.

분명 같은 바람인데도 황궁 안에서의 바람과 밖은 또 달랐다.

마음속에 남아 있던 안 좋은 감정을 모두 떨어내며 이원이 활짝 미소 지었다.

⁂

환이 자리를 잡은 후, 하게 된 일은 보름을 제외한 다른 날에 있었던 통금을 늦춘 것이었다. 도시와 도시 사이에 길이 다듬어지고, 하나씩 변해 가면서 정적이었던 수도 석영은 유난히 사람들이 몰렸다.

하지만 역시 새벽 늦게까지 즐길 수 있는 보름에 가장 많은 이들이 몰렸다.

"음?"

처음 관계를 가졌었던 허름한 저택은 이제는 깨끗하게 단장하여 종종 환과 단둘이 머무는 곳이 되었다. 저택에는 언제나 이원과 환이 입을 옷이 준비되어 있었다.

이원이 환복하고 나간 후, 환이 곧바로 따라 나가려 했지만, 황궁에서 온 무흔의 보고로 시간이 지체되었다.

"오늘 같은 날에 여인 혼자 다니시는 건 무척 위험한 일입니다. 낭자께서 괜찮으시다면 같이 다니시지요."

"이 사람 말이 맞습니다. 이 주변은 저희들이 싹 다 알고 있으니 같이 다니시지요. 낭자."

'얼씨구?'

환을 기다리는 이원의 앞에 사내 둘이 그의 기준으로 아주 불쾌한 미소를 지으며 서 있었다.

환과 혼인을 하고 아이를 낳았어도 이원의 외모는 좀처럼 나이를 먹지 않았다. 이원은 아니라며 손사래를 쳤지만, 환에게 이원은 혼인했을 때의 그 모습 그대로였다.

한자리에서 같이 자며 함께하는 가군인 환이 이럴 정도인데 다른 사내가 봤을 때 이원이 얼마나 고울지 고민하지 않아도 뻔했다.

"저에게는 가군이 있으니 관심을 주지 않으셔도 될 것 같습니다. 두 분 정도라면 충분히 다른 일행을 찾으실 듯하니 그리 하시는 게 좋겠습니다."

상황을 보던 이원이 정중하게 거절했지만 그녀의 말을 들어야 할 사내들은 저들끼리 시선을 주고받으며 웃고 있을 뿐이었다.

마주 보는 시선이 굳이 고민하지 않아도 무슨 생각을 하는지 뻔히 보였다.

"에이…… 그러지 마시고…… 좋은 게 좋은…… 으앗!"

이원을 붙잡으려 사내가 손을 뻗었다. 사내의 손이 이원에게 닿기 직전, 사내를 붙잡은 이원이 손을 틀었다. 비명을 지르며 고통스러워하자 이원이 붙잡고 있던 손을 풀었다.

손을 붙잡은 채, 험악하게 노려보는 사내를 향해 이원이 조용히 몸을 숙였다.

"곧 가군이 오실 것입니다. 혼인한 여인이니 이만 돌아가 주십시오."

"이년이!"

"야! 이거 어찌할 거야! 손이 부러진 것 같잖아! 이게 미쳤나!"

조금 전의 치근덕거리며 지었던 사람 좋은 미소는 온데간데없이 사라지고 사나운 눈으로 바뀐 사내들이 이원을 포위했다.

위압적인 분위기에 사람들의 이목이 셋을 향해 쏟아졌다.

"사람이 좋게 이야기하니까 무서운 줄을 모르고 감히! 계집 주제에!"

"그 정도로 손이 부러지지는 않습니다. 그리고 여인이든 사내든 잘못을 했다면 벌을 받는 것은 당연합니다."

"이년이! 악!"

"부인."

손을 잡히지 않은 다른 사내가 이원을 향해 손을 드는 순간 손바닥에 날카로운 것이 베인 상처가 나며 피가 터져 나왔다. 고통스러운 비명을 지르며 손을 붙잡은 사내는 보이지도 않는지 가까이 다가온 환이 이원의 어깨를 감쌌다.

"가군."

"손을 부러뜨리지 그랬어."

"야!"

"왜?"

모처럼 느끼는 즐거운 기분을 고작 이런 것들 때문에 엉망으로 만들고 싶지 않았다. 수수한 옷을 입고 있었어도 이원은 이원이었고, 그녀의 진가를 아는 사람은 자신이면 충분했다.

"네가 이년의 가군이라는 새끼…… 아악!"

"자. 다시 말해 볼까?"

괜찮다는 이원을 등 뒤로 세운 환이 소리를 치는 사내들의 손목을 붙잡았다. 그 상태 그대로 모여든 사람들을 향해 빙긋 미소를 짓자 구경하던 이들이 하나둘씩 사라졌다.

"으득!"

"야!"

"소리 지르면 뼈 부러진다?"

"……크윽."

통증에 비명까지 삼키니 사내들의 얼굴에 땀이 비 오듯이 쏟아졌다. 어쩔 줄 몰라 하며 힘겹게 버티던 이들을 시큰둥하게 보던 환이 사내들의 다리 사이를 슥 보았다.

"쓸모없는 걸 베어 버릴까?"

"그, 그건!"

"가군이 있는 부인을 희롱하는 놈들에게는 필요 없는 거 같은데?"

나지막이 나오는 협박에 사내들이 놀라 도망가려 했지만, 손을 단단히 붙잡힌 터라 그마저도 쉽지 않았다.

"아……."

가장 무서운 것은 분명 눈에 보이지는 않는데 사내들의 옷이 날카로운 것으로 잘리고 있다는 것이었다.

아무리 눈을 좁혀도 보이지 않는 검이 점점 아래로 내려가자 사내들의 얼굴이 창백해졌다.

"저, 저!"

"뭐?"

"죄, 죄송합니다! 소인들이 가군이 없는 여인인 줄 착각했습니다!"

"가군이 있다고 분명 말했는데?"

"그것이 제대로 듣지 못했습니다! 죄송합니다! 잘못했습니다!"

"틀렸어. 다시."

환의 말이 끝나기가 무섭게 사내들의 복부 부근 옷이 천천히 잘려 나갔다. 자비를 내려 달라며 다급히 환을 보았지만, 그의 눈은 이원을 향할 뿐이었다. 점점 잘리는 옷을 불안하게 쳐다보던 사내들이 비로소 환의 뜻을 알아차리고는 이원을 향해 고개를 숙였다.

"부인! 잘못했습니다!"

"저희들이 무식해서 그런 것입니다! 자비를! 자비를 내려 주십시오! 부인! 제발!"

다급하게 나오는 말에 이원이 시큰둥하게 사내들을 쳐다보았다. 환이 아니었다면 이원이 직접 먼지가 나게 두들겨 패고 있었을 것이다.

환과 이원이 많은 것을 바꾸었어도, 여전히 이런 이들은 하원 곳곳에 있었다.

다시는 이런 짓을 하지 않게 먼지가 나도록 혼내고 싶었지만, 모처럼 황궁을 나와서 이목이 주목되는 일은 저지르고 싶지 않았다.

"가군. 모처럼 밖에 나왔잖아요."

나긋한 목소리였지만 그 의미는 또렷했다. 이원의 말뜻을 이해한 환이 붙잡고 있는 사내의 손목을 풀어 줬다. 조금만 더 버텼으면 진짜 사내구실을 하지 못할 뻔했다.

두려움에 울음을 터트리는 이들에게 시선을 주지도 않은 채 환이 낮게 일갈했다.

"꺼져라."

말이 끝나기가 무섭게 비틀거리며 일어난 이들이 몰려 있는 사람들 사이로 사라졌다. 그들은 보지도 않은 채, 서 있는 이원을 향해 환이 미소를 지으며 다가왔다.

이원에게 다가간 환이 제일 먼저 한 일은 사내의 손을 비틀었던 이원의 손을 붙잡는 것이었다.

"제가 화를 낼 틈도 안 주시네요. 그리고 다치지 않았어요."

"네가 저놈 손을 만졌잖아. 충분히 해로운 거야."

"제압해야 하니까요. 어쩔 수 없잖아요."

"그래도 싫어."

이원의 손을 꼭 붙잡으며 환이 미간을 좁혔다. 혼인을 하고 많은 시간이 흘렀어도 환은 여전히 이원에게 극진했다. 자신에게 일어나는 안 좋은 일에는 눈 하나 깜짝하지 않으면서도 이원에게 들어오는 시비는 사소한 것도 그냥 넘어가지 않았다.

"다음에는 손을 비틀지 말고 그냥 차 버리자."

"음. 아마 제가 차기 전에 환이 기검으로 잘라 버리겠죠."

"……."

"맞죠?"

부정할 수 없는 말에 환이 눈을 돌렸다. 피하는 듯한 반응에 이원이 웃음을 터트렸다.

듣기 좋은 웃음소리에 눈을 돌렸던 환이 이원을 다시 바라보았다.

세상의 어느 고운 음색보다도 이원의 웃음소리가 가장 듣기 좋았다. 귀한 부인의 뺨을 환이 감싸자 이원이 손바닥에 얼굴을 기댔다.

"이제 천천히 둘러보자."

"네."

환의 손을 붙잡은 이원이 가까이 다가왔다. 모처럼 황궁 밖으로 나와서인지 시전을 둘러보는 이원의 얼굴이 평소보다도 더 상기되어 있었다. 빼곡히 모여든 사람들 사이에 길을 만들며 환이 이원과 함께 시전으로 파고들었다.

⁂

밤늦도록 열린 시전은 생활에 필요한 물품보다는 사치품이 많았다.

특별히 무언가를 사기 위해 나온 것이 아니었기에 환의 손을 잡은 채 이원이 사람들 사이를 구경하였다.

처음 환과 몰래 나갔었던 시전에 비하면 규모도 커지고 사람들도 훨씬 많아졌다. 하물며 사내들 위주로 있었던 시전에는 이제 제법 많은 여인이 장사를 하거나 구경을 위해 나와 있었다.

"사람이 진짜 많네."

"지난번에 왔을 때보다도 많아졌어요."

이원과 함께 가고 있으면서도 환의 눈은 부지런히 주변을 살폈다. 내색하지는 않아도 시전에 있는 이들이 무슨 이야기를 하는지, 어떤 문제가 있는지 눈과 귀로 담고 있을 것이었다.

더 나은 나라를 위한 노력.

환은 아직 갈 길이 멀다며 고개를 저었지만 그래도 차근차근 하원은 바뀌고 있었다.

'음?'

그와 함께 걸어가던 이원이 무언가를 발견하고는 고개를 옆으로 뺐다. 이원이 멈칫하자 환이 그녀를 향해 눈을 돌렸다.

그녀의 눈이 향한 곳은 이 시간에 나와 있기에는 어린 여자

아이가 주변의 눈치를 봐 가며 차린 좌판이었다. 어디서 얻어 왔는지 알 수 없었지만, 아이가 파는 건 광택은 전혀 없는 장신구였다.

"환! 잠시만요."

환의 손도 놓은 채, 이원이 좌판을 향해 걸어갔다.

비어 버린 손을 마음에 안 든다는 듯이 보던 환이 이길 수 없다는 듯이 이원에게 다가갔다. 그 사이 좌판 앞에 몸을 숙인 이원이 가락지 두 개를 들고 눈을 빛냈다.

"환. 이리 와 봐요."

환이 가까이 다가오자 몸을 일으킨 이원이 환의 손가락에 가락지를 끼웠다. 환의 손에 딱 맞춘 것처럼 들어가는 가락지를 보던 이원이 다른 가락지를 제 손가락에 끼웠다.

솔직히 가락지라고 하기에는 투박하고 거칠었지만, 손에 닿는 부분은 수없이 다듬어 흠 하나 없었다. 그리고 그 흔한 보석도 없이 반지에 새겨진 문양은 마감이 부족하여 거칠기는 해도 장인들이 만든 걸로 보일 정도로 자세하고 세심했다.

"곱지요?"

"그러게."

가락지가 끼워져 있는 손가락에 제 손가락을 올린 이원이 활짝 미소를 지었다. 처음에 봤을 때는 눈에도 들어오지 않던 가락지가 막상 이원과 똑같은 것을 하고 있으니 제법 태가 괜찮았다.

"오늘 제가 돈을 가져오지 않았으니 환이 사 주세요."

좀처럼 사 달라는 말을 하지 않는 이원에게서 나온 부탁에 환이 웃음을 터트렸다.

"가락지의 값이 얼마인가?"
"은전 한 닢만 주십시오."
"음?"
생각하지 못한 가격에 환은 물론이고 이원조차 고개를 갸웃했다. 아무리 가락지가 싸도 은전 한 닢은 너무 적었다. 아이의 반응을 보던 환이 그 자리에서 쓱 둘러보았다.
환과 눈이 마주친 장신구 상인들이 서둘러 시선을 피했다.
굳이 파악하지 않아도 상황은 뻔하였다. 어디에나 텃새는 있었고, 볼품없는 장신구를 파는 여자아이는 어렸으니 표적이 될 법했다.
"흐음."
"내 물어보고 싶은 게 있는데 답을 해 줄 수 있겠느냐?"
"말씀하세요. 마님."
"여기에 있는 건 전부 네가 만든 것이냐?"
이원의 물음에 여자아이의 눈이 커졌다. 아이의 반응에 도리어 물음을 던진 이원이 왜 그러냐는 듯이 고개를 갸웃했다.
"저기…… 어찌 아셨습니까?"
"뭐?"
"다들 제가 훔쳐 오거나 다른 이가 만든 것을 판다고 생각하십니다. 그런데 어찌 제가 만든 걸 아시는 것입니까?"
아이의 물음에 이원이 미소 지었다. 분명 다른 위치이고, 다른 상황이었지만 아이의 눈에서 예전의 이원이 보였다.
여인들을 잔인할 정도로 가둬 놓던 하원의 틀에서 이원도 벗어나기 위해 발버둥을 쳤었다. 이제는 그 틀에서 많이 벗어났지만 아직 하원에는 생각하지 못한 자리에서 틀이 남아 있었다.

가락지에 새겨져 있는 문양을 이원이 손가락으로 가리켰다.

"가락지의 문양이 거칠어 보이지만, 손이 베이지 않도록 꼼꼼하게 세공이 되어 있더구나. 그리고……."

이원의 손이 아이의 작은 손을 감쌌다. 굳은살과 상처로 가득 찬 손이 드러나자 아이의 얼굴이 붉어졌다.

"아!"

"다른 이의 물건을 훔쳐서 파는 이는 이런 손을 가지고 있지 않는단다."

"그게……."

"난 손재주가 없어서 이런 건 엄두조차 못 내는데 너는 정말 대단하구나. 잘 쓰마."

이원의 말에 아이의 얼굴이 새빨갛게 달아올랐다. 어쩔 줄 몰라 하는 아이의 머리카락을 어루만진 이원이 말을 끝냈다는 듯이 뒤로 물러나자 환이 아이의 앞에 섰다. 환의 차가운 눈매에 아이가 잠시 몸을 떨었지만, 곧 미소를 짓는 이원을 보며 긴장을 풀었다.

"이건 가락지 값이다."

"감사합니다. 음?"

환이 쥐여 준 돈을 받은 여자아이의 미간이 좁아졌다. 쥐고 있던 손을 열어 은전을 확인하려는 순간, 은전 뒤로 금색의 돈이 조금 겹쳐 보였다. 은전 뒤에 있는 것이 금전이라는 것을 확인한 아이가 놀라 소리를 치려는 순간, 이원이 아이의 손을 다시 쥐였다.

"용건이 있다면 아무 때나 동쪽 문에 있는 가장 큰 저택에서

서가라는 사람을 찾아와라. 지금 하고 싶은 이야기는 그때 듣겠다."

"네?"

"원아. 이만 가자."

"가락지가 아주 마음에 든다. 고맙다."

미소를 지은 이원이 환의 손을 붙잡고 사라졌다. 둘이 사라진 후, 주변을 둘러보던 여자아이가 다시 손을 확인했다.

은전 뒤에 가려져 있던 금전을 보던 여자아이가 숨을 삼켰다. 이 정도라면 여기에 있는 것을 모두 사도 될 만큼 큰 금액이었다.

혹 잘못 본 건가 싶어 주머니에 몰래 넣어 놓고 보았지만, 손에 든 금전은 사라지지 않았다.

이건 자신이 받기에는 너무 과하게 큰 돈이었다.

'용건이 있다면 아무 때나 동쪽 문에 있는 가장 큰 저택에서 서가라는 사람을 찾아와라. 지금 하고 싶은 이야기는 그때 듣겠다.'

여자아이의 눈이 부부가 사라진 방향을 향했다.

다른 이에게 들키지 않도록 조심스럽게 받은 돈을 넣어 놓았다. 돈의 의미는 알 수 없었지만, 왠지 사내의 말이 그곳으로 오라는 명령처럼 들렸다.

부인 몰래 저지르는 사내의 고약한 수작이라고 생각했지만, 그러기에는 금전을 준 것을 알면서도 여인은 받아도 된다며 손을 잡아 주었다.

'너는 정말 대단하구나.'

다른 이들은 어린 여인이 손을 망가뜨려 가며 세공을 한다는 것을 이해하지 못했다. 돈을 벌고 싶으면 이런 거친 일이 아니라 다른 일을 하라는 말을 귀에 피가 날 정도로 내내 들었었던 아이에게 여인의 말은 생전 처음이었다.

이상하게도 심장이 뛰었다.

돈을 돌려주기 위해서라도 가야 했지만 처음으로 제 실력을 알아 준 여인에게 좀 더 나은 장신구를 만들어 드리고 싶었다.

둘이 사라진 방향으로 아이가 고개를 숙였다.

⁂

"그렇게 좋아?"

연신 손가락의 가락지를 보는 이원을 보며 환이 물었다. 환의 물음에 이원이 활짝 미소를 지었다.

달빛에 손바닥을 쭉 내밀자 반지의 문양이 그대로 보였다. 이원의 문양을 보던 환이 자신의 손에도 끼워진 가락지를 보았다. 크기만 다를 뿐, 문양은 똑같았다.

"문양을 잘 보면요. 오른쪽 선과 왼쪽 선이 각자 다른 방향에서 시작을 하지만, 가운데로 갈수록 하나로 모이거든요."

"음. 그러네?"

"마치 환이랑 저 같아서요."

이원의 말에 환이 입꼬리를 올렸다. 하늘도 떨어뜨릴 권력을 가졌던 은가의 딸이었던 이원과 명의 그림자로 쓰이다가 제거

될 운명이었던 환이었다.

이후에는 황제로, 죄인으로 다른 위치에서 만나면서 오해와 시련으로 엉켰었지만 결국 저 문양처럼 부부로 함께 하게 되었다.

"네 이야기를 들으니까 다르게 보이네."

"조금 광을 냈으면 좋기는 하겠지만, 이대로 계속 보다 보면 또 광을 내지 않은 게 더 고운 거 같아요. 그리고……."

"그리고?"

"환하고 같은 가락지잖아요. 같이 끼고 있으니까 좋아서요. 오랜만에 밖에 나와서 이렇게 같이 있어서 더 좋은 걸 거예요."

황궁에 있었을 때만 해도 어두웠던 이원은 밖으로 나와서는 화색이 돌았다. 어느 때보다도 눈을 빛내며 좋아하는 것을 보니 기분이 좋으면서도 한편으로는 씁쓸했다.

이원은 커다란 담 안에서의 호화로운 삶이 아니라 자유롭게 의원을 하며 지내고 싶어 했다. 결과가 어찌 되었든 환의 연모는 이원을 황궁에 붙잡은 것이 되어 버렸다.

"나랑 혼인해서 황궁에 붙잡은 게 되어 버렸네."

같이 걷고 있던 이원이 그 자리에 멈추었다. 말없는 시선에 환의 눈이 휘었다.

많은 물음이 담겨 있는 눈을 보던 이원이 환의 앞에 서서 그를 쳐다보았다.

예전의 하원이었다면 사내의 앞을 여인이 막는 것만으로도 많은 말이 나왔을 것이다. 하지만 그때도, 지금도 환은 제 앞을 이원이 막아도 신경조차 쓰지 않았다.

환은 이원을 자신의 틀에 가두었다며 마음을 썼지만 이원은 그와 함께 있었기에 제 바람을 전부 이룰 수 있었다.

“황궁이 답답하다는 생각은 절대 하지 않아요. 이제 저에게 황궁은 환과 아이들과 함께 하는 집인걸요.”

“그래도 황궁을 나올 때 더 편안해하잖아?”

“그건 환과 함께 나와서죠. 혼자 나왔다면 온과 유도 걱정되고, 환도 어떻게 하고 있을지 신경 쓰여서 이렇게 편안하게 보지 못했을 거예요.”

“음.”

“그리고 오래오래 살아서 내 곁에 있어 준다면서요. 이제 저에게 장소는 중요하지 않아요. 환과 같이 있다는 게 더 중요하죠.”

제 감정이 거짓이 아니라는 것처럼 다가온 이원이 환의 손을 붙잡았다.

과거에 자신이 저지른 일로 환은 종종 불안해했다. 이제는 괜찮다며 수없이 말해도 환은 여전히 자신의 잘못을 마음에 품고 있었다.

“제가 질리도록 생을 누릴 동안 환은 제 곁에 있어 줄 거잖아요.”

“그거야 당연하잖아.”

조금도 주저하지 않는 대답에 이원의 눈이 부드럽게 휘었다. 이 사람이 지금처럼 함께 있어 준다면 길게 이어질 생을 즐겁게 누리다가 갈 수 있을 것 같았다.

“그러니까 황궁이 답답하게 느낀다거나 환을 떠날 거 같다는 불안은 느끼지 말아요. 솔직히 온하고 유까지 있는데 제가 어디를 가겠어요? 솔직히 두 아이들이 사고 치는 것만 봐도 하루가 어떻게 가는지 모르겠다고요."

"……음. 그렇긴 하네."

온과 유는 성격은 달랐지만 사고를 치는 건 둘이 똑같았다. 잠시 정신을 놓으면 어디론가 사라지거나 사고 치는 아이들을 신경 쓰다 보면 하루는 금세 지나갔다.

환의 반응을 보던 이원이 웃음을 터트리며 옆으로 옮겨 갔다.

사람들 사이를 걷기 시작한 지 얼마 되지 않아 환이 이원의 앞을 막았다. 무슨 일이냐며 물어보려는 순간, 매서운 바람이 이원의 앞으로 불었다.

다른 사람들이 바람에 몸을 움츠리는 동안, 환에게 가려진 이원은 그대로였다. 마주 보는 환을 보던 이원이 환하게 미소 지었다.

"어쩌면……."

"음?"

"저에게 동생이 보이지 않는 건 이제 괜찮다고 생각해서일 거예요. 제 앞에 걸림돌은 환이 전부 치워 주잖아요. 새로운 길도 환이 항상 곁에 있어 주니까요."

"내가 꼴 보기 싫어서 안 올 수도 있지."

환의 말에 이원의 눈이 동그랗게 변한 것도 잠시 곧 크게 웃음을 터트렸다. 듣기 좋은 목소리에 환의 눈이 부드럽게 휘었다.

이원이 가진 미안함만큼이나 환도 이호에게는 빚이 있었다. 지금은 어쩔 수 없지만, 이원과 함께하는 생이 정리된다면, 그래서 다시 만나게 된다면 그때는 미안하다며 이호에게 머리를 숙일 것이었다.

"환이 말한 대로 기다려 보려고요. 자유롭게 다니다가 저나 환에게 와 줄 거예요."

그녀가 가볍게 해 주는 모든 말이 환에게는 안정이자 빛이었다.

환에게 가장 날카로운 조언자이자 절대적인 신뢰를 주는 존재. 상실과 분노밖에 없었던 과거의 상처는 더는 흔적조차 남지 않았다.

"나한테 먼저 오면 너에게도 좀 가라고 할게."

환한 미소를 지은 이원이 환의 손을 꼭 붙잡았다.

"그런데 아까 그 아이는 어떻게 하실 거예요? 일부러 저택으로 부르셨잖아요?"

"요즘 황궁 장인들이 배가 부른지 은근슬쩍 저지르는 짓거리가 좀 거슬리거든. 파문을 좀 남겨 보려고."

"쉽지는 않을 거예요."

"다른 상인들의 눈칫밥을 먹으면서도 악착같이 자리까지 만들어서 제가 만든 것을 팔 정도의 배짱이면 잘할 거야. 욕심도 있고, 실력도 있는 거 같고, 결정적으로 네가 좋아하잖아. 제법 해낼 거야."

"또 여럿 긴장하겠네요."

"그러면서 또 바뀌는 거지."

이원에게 극진한 만큼 환은 하원을 하나씩 바꾸어 가고 있었다. 환은 새로운 생각이 떠오를 때마다 가장 먼저 이원에게 말해 주었다.

이 사내가 가는 길이 쉽지는 않아도, 그 길을 걷는 게 고되기보다는 기꺼웠고 즐거웠다.

그의 손을 꼭 붙잡은 채로 이원이 환의 귀에 작게 속삭였다.

"연모해요."

그 어떤 말보다도 환을 행복하게 해 주는 고백이었다. 이원의 손등을 입술로 가져와 짧게 입맞춤을 하자 이원이 똑같이 그의 손등에 입술을 맞추었다.

이원과 함께 할 수 있어서.

이원이 제 부인이어서.

이원이 제 곁에 있어서.

서우환의 세상은 행복해졌다.

이원이 걸어가자 환이 그 옆을 함께 걸었다. 함께 걸어가는 그 길을 맑은 달이 비추고 있었다.

-完

작가 후기

〈달 그늘 아래 부서진 각인〉이 마무리되었습니다.

카카오페이지에서 처음 인사를 드리고, 중간에 단행본 작업을 거쳐 종이책으로까지 나오게 되었는데요.

드디어 마무리했다는 후련함과 왠지 조금 더 써야 할 것 같은 아쉬운 기분이 같이 듭니다.

처음에는 그저 나무 위에서 아래를 내려다보는 남자와 아래에서 남자를 올려다보는 여자가 떠올라서 쓰게 된 글이었는데 말입니다. 또 어찌 고생 고생을 하고, 피는 피대로 보고, 시련은 시련대로 있었지만 그래도 잘 해결되어서 진심으로 다행이라고 생각합니다.

아쉽기는 하지만 어차피 제가 글을 더 쓰지 않아도 이원과 환은 잘 먹고 잘 살 것이고, 저는 저대로 새로운 글을 쓰게 될 것이니 이 정도 선에서 확실한 '완결'이라고 말씀드리는 게 가장 어울릴 것 같다는 생각이 듭니다.

항상 잊지 않고 기다려 주시는 고우신 독자님들. 책이 완성되는 데까지 물심양면으로 도와주시는 로크미디어의 모든 분! 작가라는 이름을 붙이기도 전에 함께해 주셨던 로맨스화원 작가님들.

모두 모두 감사드립니다! 그리고 앞으로도 잘 부탁드립니다.

여전히 부족함이 더 많고, 배울 건 산더미고, 갈 길이 먼 글쟁이입니다만 부지런히 인사드리러 오겠습니다. 그러니 절 보시면 도망가지 마시고…… 어디 가십니까! 손 꼭 잡고 끝까지 같이 가 주시는 겁니다!

추운 날씨에 건강 조심하시고, 마지막까지 즐겁게 읽히는 글이기를 바라며, 이만 후기를 마치겠습니다!

그럼 다음 글에서 전 인사드리겠습니다!

-무연 드림